Марина Дяченко / Сергей Дяченко　Шрам

Скитальцы

疤面人

流浪者
四部曲 / 卷二

[乌克兰] 玛琳娜·加琴科　[乌克兰] 谢尔盖·加琴科 / 著　　黄晓敏 / 译

重慶出版集團 重慶出版社

THE SCAR

Copyright © 1996 by Sergey and Marina Dyachenko
Published in agreement with Hannigan Getzler Literary,
through The Grayhawk Agency Ltd.
Simplified Chinese Translation copyright © 2024 by Chongqing Publishing House
By CHONGQING PUBLISHING HOUSE CO.,LTD.

版贸核渝字(2022)第125号

图书在版编目（CIP）数据

疤面人 /（乌克兰）玛琳娜·加琴科,（乌克兰）谢尔盖·加琴科著；黄晓敏译. -- 重庆：重庆出版社, 2024.10
ISBN 978-7-229-17905-2

Ⅰ．①疤… Ⅱ．①玛… ②谢… ③黄… Ⅲ．①长篇小说－乌克兰－现代 Ⅳ．①I511.345

中国国家版本馆CIP数据核字(2023)第160375号

疤面人
BAMIANREN

［乌克兰］玛琳娜·加琴科 ［乌克兰］谢尔盖·加琴科 著
黄晓敏 译

责任编辑：邹 禾 魏映雪 王靓婷
封面设计：谢颖设计工作室
封面图案设计：seyo
责任校对：杨 婧
排版设计：池胜祥

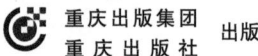
重庆出版集团 出版
重庆出版社

重庆市南岸区南滨路162号1幢 邮政编码：400061 http://www.cqph.com
重庆市国丰印务有限责任公司 印刷
重庆出版集团图书发行有限公司 发行
E-MAIL:fxchu@cqph.com 邮购电话：023-61520646
全国新华书店经销

开本：880mm×1230mm 1/32 印张：12 字数：288千
2024年10月第1版 2024年10月第1次印刷
ISBN 978-7-229-17905-2
定价：76.00元

如有印装质量问题，请向本集团图书发行有限公司调换：023-61520678

版权所有 侵权必究

目　录
СОДЕРЖАНИЕ

序　幕

第一部分　埃格特

第一章 ·· 7

第二章 ·· 50

第三章 ·· 89

第二部分　托丽雅

第四章 ·· 107

第五章 ·· 133

第六章 ·· 193

第三部分　卢阿扬

第七章 ·· 257

第八章 ·· 313

第九章 ·· 337

ПРОЛОГ
序 幕

FOREWORD

序 幕

他从何处来,亦往何处去?
他在此世徘徊,如星在天。
漂泊在人间,一路风尘。
敢于随其者,唯其影。

传说,他魔力非凡。
以至众魔法师唯恐避之不及,因技不如人。
或因命运安排,或因己之愚昧,欲阻其前行者——
必咒相逢那一日。
其所思所想不为人知,其擅造拣选之人。
一切道路皆似其犬马。
高山和大海,峡谷和田野,
到处流传着他的秘密。

天涯海角,森林与山丘,小路与大路,
传说,他将永世徘徊和流浪。
小心与之相遇,或在攘攘闹市,
或在隐士之居,因其无处不在。
或许有朝一日,流浪者会现身贵府门前?

埃格特

第一章

拥挤的小酒馆内，醉酒的吵闹声震荡着四壁。大家相互礼貌敬酒，而后又开起下流的玩笑，愉快地吵闹着。之后，到了在桌上跳舞的时间。他们和两个女侍跳起了舞。她们涨红了脸，尽管还清醒地知道自己的服务职责，但已经完全被闪亮的肩章、纽扣、剑鞘、领章，还有充满激情的目光所迷惑。她们使出浑身解数，只是想取悦戍卫队的先生们。

高脚杯、瓶瓶罐罐摔落地板的声音此起彼伏，银质餐叉被凶猛的鞋跟践踏得变了形。宽大的裙摆像赌徒手中的一扇纸牌在空中翻飞。欢乐的尖叫声响彻耳边。小酒馆的女主人——一个精明、瘦弱的老妇人——坐在厨房里，只是偶尔探出头来看看。这位狡猾的女人心里非常清楚，根本不必担心，戍卫队的先生们既富有又大方，他们会对酒馆的损失给予绰绰有余的补偿，而她的小酒馆只会更受欢迎。

跳过舞之后，狂欢者们疲惫不堪，喧嚣声有所消退。女侍们气喘吁吁，一边整理服饰，一边给幸存的酒罐倒满了葡萄酒，并从厨房拿来了新的高脚杯。此刻，平静些许之后，她们羞涩地垂

Шрам
疤面人

下眼帘，思忖自己是否太过放肆了。与此同时，她们每个人的心里都隐藏着热切的期盼，期盼某种模糊不清、无法实现的东西。每当布满尘土的长靴似乎不经意地触碰到女人的小脚，这种期盼便会燃起，于是青春的面庞与细嫩的美颈便会泛起红晕。

女孩一个名叫伊塔，一个名叫费塔。也难怪喝醉酒的狂欢者们时常弄混她们的名字。更何况许多客人的舌头已经不听使唤，说不出恭维的话来。激情四射的眼神已经变得黯淡无光。当一把军用匕首插到伊塔头顶的门框上时，少女的期盼也渐渐消失了。

周围立刻安静了下来，甚至女主人都从厨房里探出了她那充满忧虑的淡紫色鼻子。狂欢者们沉默并惊奇地环顾四周，仿佛期待在熏黑的天花板上看到恐怖的幽灵拉什。伊塔先是困惑不解地张大了嘴巴，而后她终于意识到发生了什么，随即失手碰翻了一个空酒罐。

在随之而来的寂静中，一把沉重的椅子从桌子旁被移开，一位腰间别着空刀鞘、脚穿长靴的人，踏着酒罐的碎片向少女缓缓走来。他从厚厚的钱包里掏出一枚金币。

"美人儿，拿着……还想要吗？"

随之传来一阵尖叫声、哈哈大笑声，小酒馆沸腾了。戍卫队的先生们中那些还能动弹的，兴奋地相互搡肩敲背，为自己的同伴能有如此成功的点子而欢呼。

"这就是索尔[①]！真是好极了，埃格特！他真是一头猪，真的！再来！"

匕首的主人笑了。当他微笑的时候，他的右侧脸颊靠近嘴唇

[①] 小说男主人公的全名为埃格特·索尔，因此下文中作者会交替使用"埃格特"或"索尔"。

的地方有个酒窝。伊塔无助地握紧拳头,目光紧紧盯着这个酒窝。

"可是,埃格特先生……您怎么能这样,埃格特先生……"

"怎么,害怕吗?"中尉埃格特·索尔轻声问道,他那双清澈湛蓝的眼睛看得可怜的伊塔浑身冒汗。

"可是……"

"请背对门站好。"

"可是……埃格特先生……醉得这么厉害……"

"怎么,你不相信我?!"

伊塔频繁地眨动毛茸茸的睫毛。观众们爬上了桌子,只为获得更好的视野。甚至喝醉了的人为了一睹奇观也变得清醒起来。有些担忧的女主人手里拿着一块白色的抹布,身子前倾,愣在厨房门口。

埃格特转向同伴们喊道:"拿刀来!拿匕首来!快,有啥拿啥来!"

顷刻间,他已经被武装得像个刺猬。

"埃格特,你喝醉了。"另外一位叫德隆的中尉状似无意地说。

戍卫队的人群中跳出一位皮肤黝黑的年轻人,说道:"他才喝了多少?!很少。他才喝了多少,怎么能说是醉了呢?"

埃格特大笑起来:"对!费塔,拿酒来!"

费塔听从了命令,但没有马上去,只是下意识地服从。因为她从来没有勇气违抗客人的命令。

"但是……"伊塔看着埃格特咕咚咕咚地将酒喝下,嘟囔道。

"不要……说话,"后者擦了擦嘴说,"所有人……都躲开。"

"他真的喝醉了!"最后一排观众中有人喊道,"他会害死小姑娘的,傻瓜!"

紧接着一阵喧嚣,但很快就沉寂下来,显然,喊叫的人放弃了争执。

"扔一次飞刀,给你一枚金币,"趔趔趄趄的埃格特向伊塔解释道,"扔一次飞刀,给你一枚金币……站住!!"

试图从橡木门口走开的姑娘吓得又退回了原处。

"一,二……"索尔从一堆武器里抽出第一把飞刀,"不行,这样没有意思……卡尔维尔!"

皮肤黝黑的年轻人就在旁边,似乎就在等待着这一声吆喝。

"拿蜡烛来……让她手持一支,另一支放到头上……"

"不!"伊塔哇的一声大哭了起来。一时间,她痛苦的抽泣声打破了周围的平静。

"来,让我们这样玩儿,"看来索尔又有了个绝妙的主意,"扔一下,亲一下……"

伊塔抬起汪汪的泪眼望向他,迟疑了一下。

"最好我来!"于是费塔推开同伴,站到门下,并从哈哈大笑的卡尔维尔手中接过点燃的蜡烛头。

刀刃十次削过摇曳的火苗,两次扎入女孩头顶的木头,另有三次,刀插入的地方离女孩的太阳穴只有一指远。

中尉埃格特·索尔亲吻了那位朴素的女侍费塔十五次。

现场所有人都一起数了数,除了伊塔,她跑到厨房里去号啕大哭。费塔翻起了白眼,中尉那双神刀手温柔地扶住了女孩的纤腰。酒馆女主人悲伤但很理解地望着这一切。费塔发起了烧,索尔先生自告奋勇地送她回自己的房间。他离开了一下,不过时间不长。回来的时候,迎接他的是艳羡又带了点儿嫉妒的目光。

当这伙人离开好客的小酒馆时,已是清晨。德隆冲着埃格特摇摇晃晃的背影说："周围地区的所有母亲都用索尔中尉来吓唬自己的女儿……你,真是个坏蛋!"

有人哈哈大笑道:"有个商人瓦帕……话说这位有钱人在河边买了一栋空房子……之后,从郊区领来了他那位年轻的妻子,结果呢,你猜?他已经得到消息……说,您不用怕瘟疫和破产,但要小心一个叫索尔的中尉。"

众人哄堂大笑起来,只有卡尔维尔听人提起商人的妻子时皱起了眉,说:"我想的是……有人随便那么一说,结果现在商人连眼睛都不敢合上……昼夜守着……"

他气愤地摇了摇头。显然,他并非第一天想到这位商人的妻子,而她那爱吃醋的丈夫令人烦恼至极。

跌跌撞撞的埃格特停下了脚步,本来心不在焉,一下子好奇地兴奋起来:"你在撒谎吗?"

"就当我撒谎了。"卡尔维尔不情愿地回应。显然,这样的谈话对他来说是一种负担。

这伙人陆续站了起来,有人故意发出惊呼声。

埃格特从剑鞘中拔出自己那把著名的古剑,对着刀刃郑重其事地宣布:"我对刀发誓……商人逃不过瘟疫,也免不了破产,还……"

他的最后一句话淹没在新一轮的爆笑声中。卡尔维尔皱了皱眉,把头缩到了双肩里。

光荣的卡瓦伦城古老而又善战。没有哪座城里生活着如此多曾经辉煌的古代王朝后人;没有哪座城里繁衍着如此多的家族血脉。再无任何地方如此推崇英勇气度和操使武器的功夫,就像他们推崇驯养战猪的本领一样。

卡瓦伦城的任何一栋房子都可以承受住几百人军队的进攻。墙壁坚固厚实，狭窄且晦暗的窗户坚不可摧，大大小小的门上都布满了无数的铁刺。每家每户的地下室里都珍藏着大量的各式武器，屋顶上方则飘扬着一面面带流苏的旗帜。大门外侧的一面上通常会有一枚徽章格外引人注目，只要瞧一眼这枚徽章，就会让整支军队四散逃窜，因为徽章上有好多利爪、牙齿、燃烧的眼睛以及凶猛的兽嘴；这座城市本身有堡垒墙环绕，而且城门装备了各种危险武器，即使是战士守护神哈斯试图攻击卡瓦伦城，也会失去头颅或拼命逃跑。

但卡瓦伦城最为骄傲的是她的精英团——城防戍卫队。任何一个受人尊敬的家庭，只要一有新生儿，他的父亲就会立即为其报名加入光荣的军队。任何一次庆祝活动都少不了阅兵，即便没有阅兵，安静的小城街道上也是巡逻不断，小酒馆蓬勃发展；而母亲们则严格敦促女儿们要谨慎，时不时会有决斗发生，而后便会成为大家津津乐道的谈资。

然而，卫兵们不仅以饮酒和冒险而闻名。过去，战争频发，戍卫队取得过血腥战争的胜利。现如今的卫兵，即过去光荣战士的后代，不止一次与穷凶极恶、装备精良的强盗团伙战斗，并在战斗中表现出了高超的武艺。这座城市所有受人尊敬的人都曾手持武器在马鞍上度过他们的青春岁月。

然而，这座城市历史上最可怕的事件并非战争或被围城，而是几十年前在卡瓦伦城暴发的瘟疫，三天之内市民人数减少了近一半。面对瘟疫，坚固的墙壁、堡垒和锋利的钢铁也无能为力。卡瓦伦城那些童年时代经历瘟疫而幸存下来的老人爱给孙子们讲这些骇人听闻的故事；如果年轻人不具备左耳进右耳出的快乐能

第一部分 埃格特

力，那么这些恐怖故事很可能会吓得他们失去理智。

埃格特·索尔是卡瓦伦城的亲骨肉，是她忠实的儿子，是这座城英勇精神的化身。假如他在20岁半的年龄一夜之间突然去世，那他很可能会成为卡瓦伦城的精神图腾；然而，他那漂亮的金发脑袋瓜里什么想法都可能会有，但就是从未想过死。

也许，埃格特根本就不相信有死亡这回事儿。可正是他曾在决斗中杀死过两个人！两起事件都曾公之于众，但由于这关乎荣誉，且严格遵守了所有决斗规则，因此，人们谈论索尔的时候更多是尊重，而非谴责。关于索尔的其他战斗事迹，比如其对手受伤或残废的故事，成了青少年教科书式的榜样。

然而从某一时期起，埃格特参加决斗的机会越来越少，不是因为他的战斗激情已枯竭，而是因为愿意遭遇他家传宝剑的人越来越少。索尔痴迷剑术，是个中高手；十三岁那年，他的父亲庄严地授予他一把带螺旋手柄的家传宝剑，而不是儿童玩具剑。此后，剑便成了他唯一的玩具。

因此，埃格特没有敌人也就不足为奇了。在某种程度上，这也是他朋友过多所致。每个小酒馆都有朋友欢迎他，总是有一群朋友跟着他，于是这些朋友不知不觉就成了他各类轶事的见证者和参与者。

索尔酷爱各种冒险，他发现在刀尖上跳舞独具魅力。有一次，他跟人打赌，顺着外墙爬上了消防塔，那是这座城市中最高的建筑，并且三次敲响大钟，引起了不小的恐慌。与索尔赌输的中尉德隆不得已亲吻了他遇到的第一位女士，而这位女士竟然是一位老处女，还是市长的姨妈，酿成一出大闹剧！

还有一次，一个名叫拉刚的卫兵跟索尔打赌输得很惨。因为埃格特当众制服了一头凶猛的棕色公牛。公牛虽然野性难驯，但也被埃格特的勇猛吓住了。于是拉刚嘴里叼着一根马缰,肩上背着埃格特从城门口一直走到家门口……

但还是卡尔维尔付出的代价最大。

他们从小就形影不离。卡尔维尔跟埃格特很亲近,像兄弟一样黏着他。卡尔维尔不是特别英俊,但也不丑,不是特别强壮,但也不是最弱的。跟埃格特比,卡尔维尔总是会输,不过他也同享了索尔荣耀的光辉。从小,他便被称为如此优秀之人的朋友,这是他赢得的权利,不过有时要忍受一些羞辱和嘲笑。

他想要成为像埃格特那样的人,非常热切地想,以至于他不知不觉地仿效着他朋友的习惯、说话方式、步态,甚至声音。他学会了游泳和走钢丝,只有天知道,他为此付出了怎样的代价……他甚至学会了大声嘲笑跌进脏水坑的自己。当小男孩索尔抛出小石子精准地砸到他的肩膀或膝盖并留下瘀青时,他并没有哭。这位伟大的朋友对他的奉献精神大加赞赏,并以自己的方式爱着卡尔维尔。但他哪怕只有一天没有出现在索尔的面前,这位朋友就会忘记他的存在。有一次,十四岁的卡尔维尔决定考验一下他的朋友,谎称自己病了,整整一个星期都没有出去跟朋友们见面,待在家里,提心吊胆地期待着埃格特能想起他。然而埃格特并没有想起他。有无数的娱乐、游戏、野餐吸引着埃格特;当然,索尔并不知道,卡尔维尔整整七天都默默地坐在窗前。有一天,他自己都鄙视自己,甚至痛哭流涕。他忍受着孤独的痛苦,发誓要永远与埃格特断绝关系。可是后来他还是没忍住,再次来到索尔的身边,迎接他的是真诚的喜悦,于是他立刻忘了自己所受的委屈……

长大成人之后,两人的相处模式并没有什么变化。胆小的卡尔维尔在艳遇方面并不走运。埃格特指导着自己的朋友,却时不时会把卡尔维尔喜欢的那些女孩从他的鼻子底下带走。卡尔维尔也只能无奈叹气，原谅他，认为自己所受的屈辱是为了友谊而做出的自我牺牲。

埃格特有个规矩，要求周围人要跟他一样勇敢，如果哪位朋友辜负了他的期望，那他会极尽其能事地嘲笑他。但这对卡尔维尔来说格外困难。那是在深秋的一天，当环绕城市的卡瓦河刚刚结冰，埃格特提议大家比赛，看谁能更快地沿冰面跑到对岸。他的所有朋友都借口说有病或不舒服，而恰巧卡尔维尔像往常一样跟在旁边，索尔轻蔑的讥笑以及刻薄的话语让他浑身从耳朵一直红到脚后跟……他几乎是哭着同意了索尔的条件。

当然，个头更高、体重也更重的埃格特安全地滑过光滑的冰面到达对岸。冰河深处的鱼儿被惊得张大了嘴。当然，卡尔维尔在关键时刻害怕了，停了下来，打算折回，结果扑通一声，落入了一个漆黑冰窟窿，在水面留下闪烁的波光。他慷慨地给了埃格特一次机会来拯救自己，又赢得了新的桂冠。

有趣的是，他真诚地感激埃格特把他从冰冷的水中拉出来。

成年女儿的母亲们一听到埃格特·索尔的名字就不寒而栗，而成长中的儿子的父亲们却让年轻人把他当成榜样。戴了绿帽的丈夫们在街上遇到埃格特时会皱起眉头，可他们仍会礼貌地向他打招呼。市长原谅了他在城里的各种打架斗殴和恶作剧，遇到别人指控索尔也是睁一只眼闭一只眼，因为斗猪事件还历历在目。

埃格特的父亲像卡瓦伦城的许多人一样，饲养了一些作战野猪。养战猪被认为是一种精巧而受人尊敬的艺术。埃格特家的黑猪异常凶猛且嗜血成性，只有市长家的棕纹猪能与之争锋。没有哪次决战的赛场上会见不到这两家宿敌。战斗曾各有胜负，直到一个晴朗的夏日，一头叫雷克的棕纹猪在赛场上发了疯。

Шрам
疤面人

发狂的棕纹猪刺破了对手黑猪哈斯的肚皮，然后冲向观众。而被刺破肚皮的黑猪倒在路上，挡住了那头疯狂的棕纹猪，但也只是一会儿；按惯例与家人坐在第一排的市长，当时只顾得上大叫一声，一把拉过他的妻子，跳到了带天鹅绒软垫的座椅上。

没人知道这个血腥的场面会如何结束；很可能，当时许多来看斗猪的人，尤其是市长，就要遭受跟靓仔哈斯一样的悲惨命运了。因为雷克已经从一头小猪长成了一头颇具杀伤力的大猪，它明显觉得属于它的幸运日终于到了。然而这个可怜的家伙犯了一个错误，这天并非是它的幸运日，而是索尔的。还没等到后排观众意识到发生了什么，索尔早已凑上前去。

埃格特冲着棕纹猪雷克大声咆哮，喊出了最下流的脏话；他的左手一直在旋转一块颜色鲜艳的布（后来事实证明，这是一位怪癖女士用来遮盖裸肩的披肩），而雷克只犹豫了一秒钟，这一秒钟足以让无畏的埃格特跳上前来，将他打赌赢来的长匕首刺入棕色疯猪的肩胛骨。

受到惊吓的市长向索尔家赠送了最慷慨的礼物：他把自家圈养的所有棕纹猪一下子全都烤来吃掉了（尽管猪肉筋很多，而且很硬）。埃格特坐在桌子的主位；他的父亲感动得流泪。毕竟，现如今，索尔的那些黑色靓仔在城里已经无可匹敌！渐渐步入老年的老索尔感到平静又欣慰，因为他的儿子是所有儿子中最优秀的。

埃格特的母亲当时并没有出席宴会。她经常生病，不喜欢吵闹的聚会。这个曾经强壮、健康的女人第一次病倒是在埃格特杀死了第一个决斗对手之后。有时埃格特会想，他母亲好像在躲避他，就像是怕他。不过他总是能把这些奇怪或不愉快的想法迅速赶走。

第一部分　埃格特

在一个阳光灿烂的日子，或许这是第一个真正的春日，商人瓦帕手挽着他年轻妻子在河边散步，愉快地认识了一位新朋友。

奇怪的是，这位新朋友在瓦帕看来是一位出身高贵的贵族青年，叫卡尔维尔·奥特先生。令人注意的是，这位年轻的卫士由妹妹陪着散步，妹妹是一位身材出众的女孩，挺着高耸的乳房，低垂着一双灰蓝色眼睛。

女孩的名字叫贝尔蒂娜。他们四个人，卡尔维尔与瓦帕肩并肩，贝尔蒂娜陪在年轻貌美的商人妻子身旁，四人在河边随意地漫步。

瓦帕惊讶又感动，"这些该死的贵族"当中第一次有人向他表示如此热烈的关注。塞尼娅瞥了一眼卡尔维尔那张年轻的脸便垂下了眼睛，似乎害怕因一个被禁止的眼神而遭到惩罚。

他们从一群卫兵身旁路过，后者正驻足在护栏的周围。塞尼娅警惕地看了他们一眼，突然发现那些年轻人并没有像往常一样彼此交谈，而是面向河边，像是接到了命令，他们都用手捂着嘴，身体不时古怪地颤动，像是所有人在同一时刻遭到了同样的痛击。

"他们怎么了？"她惊讶地询问贝尔蒂娜。

贝尔蒂娜只是忧伤地摇了摇头，耸了耸肩。

卡尔维尔担忧的目光从卫兵们身上移到妹妹身上，再移向塞尼娅，突然压低了嗓音说："哦，相信我，这是一个放荡成风的城市！贝尔蒂娜是一个很单纯的女孩，要想避开各种堕落的影响，那她就很难找到朋友……哦，要是贝尔蒂娜能和塞尼娅夫人交个朋友该有多好啊！"他说完便叹息一声。

他们四人转身折回，护栏旁边的守卫少了一些，那些留下的人正专注地盯着河面，而有一人就坐在卵石马路上啜泣。

"这是喝醉了。"卡尔维尔指责道。坐着的人抬起迷离的眼睛望着他，随即弯下腰，抑制不住地大笑起来。

第二天，卡尔维尔和他的妹妹拜访了瓦帕。贝尔蒂娜向塞尼娅坦白说，她根本不会刺绣。

第三天，难以忍受孤独的塞尼娅请求丈夫允许她常与贝尔蒂娜见面，这会让她们两个人都感到快乐。再说，卡尔维尔的妹妹还要向她请教关于刺绣的事儿。

第四天，哥哥作为保镖陪同贝尔蒂娜来到了商人家。哥哥眉头紧锁，但很快便点头致意。商人坐下来开始整理账目，塞尼娅带着客人上楼去了自己的房间。

带花纹的笼子里一只金丝雀在啼啭。她们从针线筐里拿出了针和一块薄布。贝尔蒂娜的手指太硬，也太笨拙，不听使唤，但女孩已经竭尽全力了。

"亲爱的，"塞尼娅突然若有所思地问，"你真的，真的还是处女吗？"

贝尔蒂娜手中的针一下子扎到了自己，于是她把手指含进了嘴里。

"不要不好意思，"塞尼娅笑道，"我想我们彼此完全可以坦诚。你真的……你明白吗？"

贝尔蒂娜抬起她那双清澈的灰眼睛看着塞尼娅，后者惊讶地看到，面前的这双眼睛无比忧伤，只听道："啊，塞尼娅……哎，这是一段悲惨的故事……"

"我想也是的!"瓦帕的妻子惊呼,"他引诱了你,之后又抛弃了你,是吗?"

贝尔蒂娜摇了摇头,又重重地叹了口气。

一段时间里房间内很安静,然后街上传来二十几个年轻人的齐声大笑。

"是卫兵们……"塞尼娅嘟囔道,她走到窗前,"他们在笑……为什么他们总是在这里笑?"

贝尔蒂娜抽泣着。塞尼娅从窗口走过来,坐到了她身旁道:"听着……他……你的恋人……是卫兵吗?"

"假如,"贝尔蒂娜小声说道,"卫兵们都是温柔且高尚的,都是忠诚和勇敢的,卫兵们……"

塞尼娅噘起嘴唇,怀疑地说:"我真心不太相信卫兵们是忠诚的……顺便问一下,你恋人的名字是不是叫埃格特·索尔?"

贝尔蒂娜从坐垫上跳起来,而后又安静了下来。

"亲爱的,"塞尼娅低声道,"你……你能告诉我……你体验到了……你明白的,据说女人也会体验到……快感……你明白吗?"

就连塞尼娅自己都脸红了,这种坦诚对她来说并不容易。

贝尔蒂娜再次抬起头,大为惊讶地说:"但是,亲爱的……你已经嫁人了!"

"是的,说的正是这个。"塞尼娅突然站起来,对自己很不满。她从牙缝里挤出一句话:"嫁人了……正是因为嫁人了……"

她的客人慢慢放下了刺绣。

她们的谈话持续了大约一个小时。贝尔蒂娜一直说啊,说啊,她的声音不但没有变得沙哑,反而愈发有精神。她的眼睛滴溜溜地转着,轻轻地抚摸着椅背;她柔声细语,而塞尼娅屏住呼吸，瞪大双眼，不时地舔舔干涩的嘴唇。

"这一切是真的吗？"她终于用颤抖且断断续续的声音问道。

贝尔蒂娜一本正经地缓缓点头。

"可我永远都体验不到了吗？"塞尼娅低声说，悲痛欲绝。

贝尔蒂娜站了起来，深吸了一口气，似乎想要跳进冷水里。她撕开了胸前的衣服，于是两坨圆形的棉花袋一个接着一个地掉到了地上。

塞尼娅喘不过气，无法叫出声来。

裙子就像蛇皮一样从贝尔蒂娜的身上滑落。裙子下面，肌肉发达的肩膀裸露了出来，宽阔的胸脯被卷曲的胸毛遮挡着，腹部有凸起的肌肉……

当裙子滑落得更低时，塞尼娅用手遮住了眼睛。

"你要是尖叫，"那个曾是贝尔蒂娜的人悄声说，"你的丈夫会杀了你的……"

塞尼娅还没听完，就晕倒了。

当然，埃格特并没有乘人之危。他很快便设法让塞尼娅恢复了知觉，于是秘密谈话很快就恢复了，只不过性质完全不同。

"你……答应我？"塞尼娅问，浑身颤抖。

"卫兵说话算话。"

"你……是卫兵？"

"这有什么好问的！我是埃格特·索尔！"

"但是……"

"只要你愿意。"

"但是……"

第一部分 埃格特

"让我走，我就走。"

"但是……"

"让我走吗？"

"不！"

一楼的商人瓦帕愤怒地皱起了眉头，因为账上出现了一个错误。他家窗前的二十几个卫兵开始感到无聊，正准备散开。

针线筐早已滚到了地板上，彩色的线团也掉了出来。笼子里受惊的金丝雀陷入了沉默。

"噢……天啊……"塞尼娅喘着粗气，用手搂着埃格特的脖子。而他则沉默着，此刻根本顾不上说话。

可怜的鸟儿开始躁动不安，她的笼子就位于床的上方，此刻正在有节奏地剧烈晃动着。古老的时钟敲了一声又一声，庄严又隆重。

"噢……神啊……老天啊……"塞尼娅不知道还能提谁，勉强克制住自己，没有尖叫出声。

商人瓦帕满意地搓了搓手，账目上的错误已经更正，疏忽的抄写员很快就会丢掉饭碗。不过，塞尼娅能与卡尔维尔先生的妹妹交朋友可真是太好了！一整天都听不到她的声音，也见不到她的人影儿，她不会在你跟前转悠，也不会缠着你让你陪她去散步……这甚至有点不习惯。商人咧嘴笑了起来。我是不是应该上去看看她？

他已经欠起身，正打算离开椅子，但因腰部疼痛而皱起了眉头，于是又坐了回去。

埃格特·索尔蹒跚着走到窗口，看向河岸。他赤身裸体，虚弱无力地站在窗口，责备地看着他的那些同伴。商人瓦帕打了个寒颤，皱了皱眉头说："该死的卫兵们！这是在笑什么？在嚎什么？"

  几分钟后，塞尼娅和贝尔蒂娜下了楼。瓦帕感觉自己的妻子有些心情不好，似乎刺绣课令她疲倦不堪。在告别时，她看贝尔蒂娜的眼神格外温柔："你……还会来，是吗？"

  "一定。"女孩叹了口气道，"刺绣对我来说太难了，亲爱的塞尼娅。"

  商人轻蔑地皱了皱眉：这些女人真是多愁善感。

  "谁要是出去乱说，我就把他的舌头割下来，明白吗？"埃格特在酒馆里对朋友们说。

  如果商人家的秘密在城里传了出去，没人怀疑他会这样做。大家都还记得他家的家传宝剑，于是集体沉默。

  在整个故事中扮演重要角色的人是卡尔维尔，大家都冲他使眼色，握他的手。可是，这些祝贺似乎并未给他带来多少快乐，尽管索尔的光辉照耀到了他。这位"兄弟"第一个喝醉，默默地离开了。

  春天暴发了洪水。泥泞的溪流沿着陡峭的石道冲了下来，厨娘和店主的孩子们把木鞋放到水里让其漂走，而年轻的贵族公子们从高高的拱形窗后看着他们，暗自羡慕。

  一日清晨，卡瓦伦城中心的"高贵之剑"旅馆门口驶来一辆轻便的旅行马车。与惯常不同，车夫没有急于开门，而是冷漠地坐在原地，看来乘客并非他的主人，只是雇主。车门自己打开了，一位身材矮小、干瘦的年轻人扔出了脚踏板，以便下车。

第一部分　埃格特

卡瓦伦城的游客并不少,如果不是埃格特·索尔和他的朋友们在对面的"忠诚之盾"小酒馆消磨时光,也许根本没人会注意马车的到来。

"看!"坐在窗口附近的卡尔维尔说。

两三个人转向他指的方向,其他先生都在专注地聊天喝酒。

"看!"卡尔维尔轻轻推了一下坐在旁边的埃格特。

埃格特望了过去。此时年轻人已经跳到湿漉漉的卵石地面上,正在向里面一个看不见的人伸出手。这位年轻人穿着一身黑衣服,其怪异的外表吸引了埃格特的目光。

"他没有剑。"卡尔维尔说。

直到这时,埃格特才看清,这位陌生人手无寸铁,连肩带都没有,细细的腰带上没有匕首,连菜刀都没有。埃格特更仔细地观察了一下,陌生人的衣服看起来像是制服,但就算是制服,那也绝不是军装。

"他是一名学生,"卡尔维尔解释道,"肯定是个学生。"

与此同时,这位年轻人与马车里的人说了几句话之后便去给车夫付钱。车夫仍然没有表现出任何恭敬,似乎这个学生并不富裕。

"怎么,"埃格特从牙缝里挤出一句话,"学生和女人一样都不带武器吗?"

卡尔维尔轻轻一笑。

埃格特轻蔑地笑了笑,正欲转身离开窗口,但就在那一刻,一名女子扶着学生的手臂,从马车上走了下来。酒馆立刻安静了。

她看起来忧心忡忡,脸色有些苍白,在雨中显得有些伤感。但即使这样,也丝毫无损她的美。这是一张完美的面庞,几乎像

Шрам
疤面人

是用大理石雕刻而成。只是大理石雕像的眼睛是发白的，目光空洞又暗淡，而这位女孩的黑眸闪闪发亮，平静如水，毫无卖弄风情之意。

与同伴一样，她也穿着一件朴素的旅行裙装。然而，这既掩盖不了其曼妙的身姿，也掩盖不了其轻盈、灵活的动作。女孩从车上跳下，站到了年轻人身旁。后者说了些什么，于是女孩那柔软的双唇露出微微一笑，眼睛似乎变得更加深邃而明亮。

"真是不可思议。"埃格特低声道。

车夫赶走马车，两人赶紧跳到一旁，避开四溅的泥浆。随后这位年轻人背起一个大背包，两个人手牵手走入了"高贵之剑"旅馆。带有花字的那扇门关上了。

酒馆里一下子炸开了，而埃格特一言不发，并没有回应大家投来的询问目光，随后冲着卡尔维尔漫不经心地说："我要知道他们是谁。"

卡尔维尔习惯性地站起身，急忙去为朋友效劳。埃格特看着卡尔维尔跳过水洼，匆匆穿过街道，走入"高贵之剑"旅馆；带有花字的那扇门再次砰的一声关上。大约一刻钟之后，埃格特的朋友回来了。

"的确，他是一名大学生……他会在这里待上大约一个星期。"卡尔维尔停下来，得意地等着提问。

"她呢？"埃格特问道。

"她，"卡尔维尔奇怪地笑了笑，"非我所希望的，她既不是他的姐姐，也不是他的姨妈……她竟然是那家伙的未婚妻，貌似婚期也不远了！"

埃格特沉默着。卡尔维尔的信息虽然并不意外，却还是令他不快，几乎让他感到受伤。

"这是一桩反常的婚姻,"卫兵中有人说道,"这是不平等的婚姻。"

大家都嚷嚷着认为是这样。

"而且我听说,"卡尔维尔惊讶地插话道,"所有大学生都是要净身的,为的是让他们不要分心去追求肉体的享乐,完全投身到科学中去……怎么,难道这是谎言吗?"

"所以这是在撒谎。"中尉德隆失望地嘟囔道,碰翻了被遗忘的酒杯。

"他身上没有带剑,是不是阉人都无所谓。"索尔平静地说。所有人都转身看向了他。

埃格特的脸上露出贪婪、轻蔑的笑意:"阉人还要什么女人,先生们,甚至还是这样的女人?"

他站起身来,所有人都恭敬地让出一条路。他给酒馆主人扔下几枚金币,付了所有人的酒钱。埃格特·索尔中尉冒雨走出了酒馆。

当天晚上,那位外来的年轻人及其女伴在"高贵之剑"旅馆的一楼共进晚餐。他们点的饭菜很简单,直到酒店老板面带微笑,把一个装有酒瓶的藤编篮子放到他们面前的桌子上,说:"这是埃格特先生送给这位女士的!"

说完这些话,老板带着意味深长的微笑离开了。

埃格特舒服地坐在餐厅的角落里,看到大学生和那位美人惊讶地对视了一眼。他们犹豫了许久,才把盖在篮子上的餐巾拉下来,看到礼物,这对情侣的脸上显现出惊喜的表情。当然,食物和酒选的都是上好的!

然而很快困惑便取代了惊喜。大学生在与女伴进行了激烈的交谈之后，急忙站起身去找老板，显然是想弄清楚这位慷慨的馈赠者埃格特先生到底是谁。

埃格特将手中的酒一饮而尽，慢慢地起身，穿过大厅走向独自留在原地的女孩。他在那一刻故意不去看她，生怕失望。万一走近一看，美人根本没有那么美怎么办？

餐厅有一半都是空的，只有为数不多的几桌客人在吃晚饭，也有一桌安静的市民在此打发时间。"高贵之剑"旅馆被誉为是一个安适、高雅的地方。老板精心地保护着它免受吵闹酒宴的干扰。在拖延与美丽女士见面的前一刻，埃格特又注意到了一张新面孔。这位身材高大但并不年轻的旅行者明显来此地不久，都没来得及引起埃格特的注意。

终于接近目标之后，埃格特做了一下心理准备，看了一眼大学生的未婚妻。

的确，她很美。她的脸不再显得那么疲惫，光滑如雪花膏般的脸颊稍稍泛起了红晕。此刻在这样近距离下，他可以看到之前没注意到的小细节：其挺拔的脖颈上有几颗痣构成了一个星座的形状，她的睫毛格外卷翘。

埃格特站在一旁欣赏着，女子缓缓地抬起头，索尔第一次领略到她那严肃且略带冷漠的目光。

"下午好。"埃格特问候道，并坐到了大学生的位置。这位女士该不会反对一个卑微的爱美之人的陪伴吧？

女孩并没有感到尴尬，也没有受到惊吓。她似乎只是有点困惑："抱歉，您……"

"我叫埃格特·索尔。"他起身鞠了一个躬，再次坐下。

"啊……"她似笑非笑地说，"原来我们要感谢的是您。"

"不必！"埃格特似乎受宠若惊，"是我们，卡瓦伦城的良民，要感谢您带给我们荣幸……"为了说完这句华丽的辞藻，他不得不深吸一口气，"屈尊拜访我们这里……只是，我们能有幸招待您多久呢？"

女孩终究还是笑了，而埃格特希望那笑容永远不要离开她的脸庞。

"您太客气了……我们会待一个星期，或许会更久一点……"

埃格特以主人的姿态从篮子里抽出随手碰到的一瓶酒，熟练地开了封，说："请允许我履行待客的职责，提议您……您在卡瓦伦城有亲戚或者朋友吗？"

她摇了摇头表示没有，就在这时，大学生回来了。女孩冲着他笑了，很开心的样子，不似刚才对埃格特微笑那般；埃格特注意到了这一点，内心闪过一丝不愉快，几乎就是嫉妒。

"迪纳尔，这是埃格特·索尔先生，是他盛情款待我们，为我们提供了这一切……索尔先生，请允许我介绍一下，这是我的未婚夫迪纳尔。"

大学生冲埃格特点了点头，但并未伸出手。这是他的幸运，因为埃格特一辈子都不会握这样一只瘦骨嶙峋、从未摸过武器的手掌。这只手掌上还残存着已经浸入皮肤的黑色墨斑。近距离看，埃格特觉得这位大学生更难看，也更笨拙了。于是埃格特在心里默默向老天爷控诉其如此不公，竟然让这样的一位大学生和如此美丽的女子同坐一桌……

不过此刻同坐一桌的是美女和埃格特。因为只有两把椅子，大学生只能在旁边站着。

埃格特丝毫不理会他，再次转向女孩："对不起，我还不知道您的名字……"

Шрам
疤面人

她惊讶的目光从站在旁边的大学生身上移到了懒洋洋地坐在椅子上的埃格特身上，干巴巴地回答道："我叫托丽雅……"

埃格特立刻重复了一下这个名字，像是在品味它。与此同时，大学生醒悟过来，从不远处拖来了第三把空椅子。

"您在这里没有亲戚朋友……"索尔稍稍站起，在女孩的酒杯上方俯下身，他的衣袖很自然地触碰到了托丽雅的衣袖，"更确切地说，您是从前在这里没有亲戚朋友。因为现在，我想，整座城市的人都会想和您交朋友……您只是来旅行，来玩儿的吗？"

大学生微微皱眉，从女侍手中接过第三只杯子，给自己倒了一杯酒。埃格特微微一笑，高贵的饮料还不到杯身的三分之一。

"我们是来旅行，"女孩拘谨地答道，"但我们并不是来玩儿的……在卡瓦伦城里，许多世纪以前，生活过一位让我们很感兴趣的人……是从学术研究角度来看。他是一位魔法师，一位伟大的魔法师。我们希望他有留下关于自己的印记，在古老的文献、手稿或编年史中……"

她越说越兴奋，忘了自己一时的困惑：一些发霉的手稿显然比她的亲兄弟更珍贵，在说"文献"这个词时，她的声音因敬畏而颤抖了一下。埃格特举起了酒杯，他不在乎是什么让这个女人如此兴奋，只要能让她的双目有神，脸颊红润。

"为寻找手稿的旅行者干杯！只是我认为，卡瓦伦城里从来没有什么编年史……"

大学生噘起了嘴唇，没有任何表情地说："在卡瓦伦城有座规模很大的历史图书馆，就在市政厅。您不知道吗？"

索尔懒得跟他说话。托丽雅显然知道如何品鉴好酒，喝下第一口酒后，她享受地闭上了眼睛。让她享受了一会儿后，埃格特从篮子里又拿出了一瓶："请注意，这是卡瓦伦城酒窖的骄傲，南部葡萄园的宝贝，'麝香葡萄小夜曲'。想尝尝吗？"

他再次为她斟满，呼吸她身上散发出来的香气，那是酸草泡制的香水味。而后，他往她的盘子里放了一小块粉红色的肉，袖口触碰到了她那带有温度的、微微颤抖的衣袖。那位大学生阴沉地用长长的手指扭动着瓶塞。

"这么多年过去了，你们仍然对他感兴趣，那么这位幸运儿到底是什么人呢？"埃格特带着迷人的微笑问，"我真希望自己是他。"

于是她开始兴致勃勃地讲起那个完全无趣的冗长故事。这是一个关于魔法师的故事。这位魔法师创建了某个教团；埃格特没有立即意识到，她讲的就是关于圣灵拉什的故事。的确，有些地方的一些人确实崇拜拉什。

"是的，在他死后，他的追随者将他奉为圣灵。历史学家认为，在这位大魔法师的最后时日里，他已经疯癫了，他的疯狂甚至传染了他的教团。你相信吗，他们至今在枯等时间尽头。"

他在聆听托丽雅的讲述，女孩的话语从他耳畔流过，她的声音甜美、非同寻常，充满魔力……她那柔软的双唇微微张开，闪动着洁白的牙齿。埃格特已经满身是汗，想象着这美丽的双唇能献出怎样甜蜜的吻来。

他希望这个女孩就这样永远地讲下去。但她突然停了下来，瞥了一眼大学生。他像一只病鸟一样弯腰驼背地坐着，眼神责备地看着她。

"请继续，"埃格特奉承地说，"我非常感兴趣……你们说的这位魔法师最终是疯了对吧？"

大学生意味深长地瞥了一眼托丽雅，然后把目光转向天花板。埃格特并不瞎，他能从这一动作中看出对方对自己才智的蔑视。然而,介怀这么一个可鄙的大学生的冒犯有损他的尊严。

托丽雅尴尬地笑了笑,继续说:"真的,我也很想给您详细讲讲,但我们旅途实在太劳累了。或许,我们该走了。"她轻巧地起身,可她杯子里的酒还没有喝完。

"托丽雅小姐,"埃格特也站了起来,"也许、也许,您明天会允许我履行招待的职责吗?毕竟,您对我们当地的名胜古迹感兴趣,而我在这方面是城里最优秀的专家……"

埃格特认为卡瓦伦城里最重要的名胜古迹就是酒馆和斗猪场,可轻信的托丽雅一下便落入这简单的圈套,问:"真的吗?"

学生重重地叹了口气。埃格特没有理会他,坚定地点了点头:"当然……我可以问问您明天的计划吗?"

"还没确定。"年轻人闷闷不乐地回应道。埃格特眯起眼睛看着他,惊讶地发现大学生也会生气。

"托丽雅小姐,"埃格特转向女孩,就好像大学生完全不存在一样,"明天我请您参观名胜古迹,到卡瓦伦城最好的餐厅吃午饭,晚上乘船夜游。卡瓦河是一条罕见的风景如画的河流,您注意到了吗?"

不知为何,她忽然变得沮丧,眼神黯淡下来,就像暴风雨中的两口深井。而埃格特微笑着,尽可能地表现出迷人、真诚、不设防的姿态:"您讲的故事,我还没有完全听懂。有关那位创建了教团的拉什,我很想提几个问题。为了感谢您给我讲这个故事,只要您愿意,您卑微的仆人将全力为您效劳,您想要的一切都将匍匐在您的脚下。明天见!"

他鞠了一躬就走了,那位上了年纪的房客眼神疲惫地目送着他离开。

第一部分 埃格特

市政大楼的管理员犹豫了很长时间,摇了摇头:藏书室年久失修,部分书籍已被三十年前的一场大火烧毁。房梁和砖头很可能就会砸到年轻人的头上,然而他们还是坚持要找,于是最终得以见到想要的宝物。

不过宝物也只是一些幸免于火灾的残片,成了几代老鼠的吃食。两位研究者扒开垃圾和粪便,不时地发出绝望的呼叫声。当埃格特手捧一大束玫瑰出现在藏书室时,这对年轻情侣刚好在一片废墟中发现了一个保存尚好的角落。

他们根本没有注意到埃格特。那个大学生正蹬在一个摇摇晃晃的破旧梯子上,而托丽雅正仰头看着他。埃格特在她的姿态中仿佛感受到了一种崇拜。她的头发上缠着一缕蜘蛛网,但她的眼睛熠熠生辉,柔软的嘴唇因喜悦而微张,而大学生则喋喋不休个没完。

他说话就像喷水不畅的喷泉一样,从某个地方读到了莫名其妙的引语,便会立即为托丽雅解释。他提到了一串长长的古怪名字,兴致勃勃地谈论着古代文字,时不时地切换到索尔听不懂的语言;女孩从他的手中接过布满灰尘的沉重书卷,她温柔的手指无比虔诚地抚摸着书卷的封面,惹得索尔都开始嫉妒起这些书卷来。

他在旁边站了半个小时,人家甚至都没有看他一眼。他把花束放到了最近的一个架子上便离开了。他的自尊心受到了深深的伤害。

直到晚餐前这对年轻人才回到旅馆。但一整晚托丽雅都未走出过房间,也没有回复索尔客气的便条。在卫兵们的大本营"忠诚之盾"小酒馆里，他们开始怀疑，埃格特的目标是不是太高了？对于这样带着嘲弄的问题，他只是嗤之以鼻。

第二天，市政大楼管理员与慷慨的索尔先生见了一面。于是再次前来查书的这对年轻人便遭到了尴尬的拒绝：今天完全不行，梯子正在修理，钥匙在看门人那里。惊讶不已的大学生和托丽雅只好回旅馆。埃格特一整天都坐在餐厅里，但托丽雅依旧没有下来。

雨下了整整一夜。大学生淋了雨，因为他一大早去了趟市政大楼，但又是空手而归。直到午后，云层散去，阳光照耀着潮湿的城市；这对无所事事的年轻情侣终于决定出来散散步。

似乎害怕远离酒店，大学生和未婚妻沿着快速风干的街道来回走了几趟，并不知道有多少双关注的眼睛透过"忠诚之盾"酒馆的窗户看着他们。有人注意到，比起商人瓦帕对妻子的疼爱，大学生对未婚妻的疼爱更胜一筹。也有人认为，商人的妻子远不如这位外来的美女，有人笑了。

然后，卡尔维尔出现在这对年轻恋人散步的路上。

贴在"忠诚之盾"窗户上看热闹的那群人看到，卡尔维尔不小心用肩膀撞到了大学生，而后立即鞠躬致歉；大学生也鞠了一躬，卡尔维尔向托丽雅表示抱歉之后把大学生叫到一旁，愉快地聊了起来。当索尔从小酒馆的门里走出来时，卡尔维尔使劲儿地打手势，把年轻人领到越来越远的街角后面。

对于埃格特彬彬有礼的问候，托丽雅只是礼貌性地冷冷点头回应了一下。她并没有感到窘迫或害怕，她的眼睛仍然略显冷漠，带着疑问专注地看着埃格特，无所畏惧。

"您真坏，"埃格特酸溜溜地责备道，"您答应过的……我还在等您继续讲故事，可是您竟然一次都没有下楼来！"

第一部分 埃格特

她叹了口气:"您还是坦白吧……其实您对此一点也不感兴趣。"

"我?!"埃格特愤愤不平。

托丽雅环顾四周寻找自己的未婚夫。捕捉到这种稍显紧张的眼神,埃格特皱了皱眉,很快低声说:"您为什么要躲起来呢?难道您真的愿意做一个恭顺的妻子吗?还是暴君丈夫的恭顺妻子?一起聊天,散步,一起分享美食,一起划船难道有什么不好吗?难道我有冒犯您吗?除了您自己,您难道是别人的所属物吗?"

她转过身,埃格特开始欣赏她的侧影。

"您……真是倔强。"她责备道。

"您要我怎么做?"埃格特惊讶道,"世界上最美丽的女人正在我的城市。"

"谢谢,您对好客的理解真的很特别。但我不得不离开您。"托丽雅朝卡尔维尔带离大学生的方向走去。

然后埃格特怒了:"您这是要去追一个男人吗?!"

托丽雅的脸一下子红了,又向前迈出了一步。

埃格特挡住了她的去路:"一枚珍贵的宝石却选择一块朽木为框。睁大眼睛吧!您生来就是指挥别人的命,可……"

大学生从街角后面出来。他红着脸,激动万分,仿佛刚刚经历过肉搏战,而他和卡尔维尔之间也确实好像发生了类似的事情。卡尔维尔从他身后跳出来,冲着整条大街喊:"先生,您还没结婚,可您已经戴上了绿帽子!如果您的女人想和她喜欢的人在大街上说说话,那您也没有必要歇斯底里!"

一些路过的手艺人都大笑了起来。那位白发客人刚好从旅馆里走出来,慢慢转过身;中尉德隆和永远愁眉苦脸的拉刚恰好踏

Шрам
疤面人

上"忠诚之盾"门前的台阶。

大学生的脸色由红变紫,转向卡尔维尔,好像就要揍他,但他改变了主意,急忙走到不知所措的托丽雅身边,紧紧地挽起她的手道:"我们走吧。"

然而埃格特挡住了他们的去路。他紧盯托丽雅的眼睛,柔声问道:"您真的会毫无怨言地允许这个……人带你去过一种灰暗、沉闷的生活吗?"

卡尔维尔仍在远处不停地喊着:"先生,您还来得及去试试您的绿帽子!幸福婚礼之后肯定不过一个星期,绿帽子就会装点您那科学家的额头!"

大学生开始微微颤抖,尽管托丽雅紧紧抓着他的手腕,这也抑制不住他的颤抖。

"索尔先生,请让一下。"

"先生,要是一个人先拔出剑,您要顶上去!"卡尔维尔继续说,"这会让您有些优势……"

大学生就像一个盲人一样,直接冲向埃格特;埃格特那结实有力的胸膛立刻把他撞回到了原处。

"大学生先生,这种招式怎么称呼?"卡尔维尔问,"是顶架吗?这是在大学里学的吗?"

"索尔先生,"托丽雅紧盯埃格特的眼睛轻声道,"我还以为您是一位高尚的人。"

在索尔并不漫长的生命中,他已经充分地领略过各种女性。他见过许多卖弄风情的女人,她们口中的"滚开"意味着"来吧,亲爱的",而"卑鄙的无赖!"意味着"我们晚些时候一定再讨论"。当配偶在场时,已婚妇女在他面前会表现得非常冷淡,以便之后在独处时扑向他的怀抱。埃格特很会观察别人的细微情绪，他在托丽雅的眼神中读出了她对自己男性魅力的漠视，同时还有强烈的拒绝。

埃格特·索尔中尉瞬间受到了刺激。几乎是在躲在"忠诚之盾"里的整个兵团面前，从未尝过失败滋味的他输给了一个大学生，一个不带任何武器的阉人。

他毫不情愿地让到一边，咬牙切齿地嘀咕道："好吧，恭喜！书呆子怀抱女学者！真是美妙的一对！或许，学者丈夫只是一个幌子，掩盖着两三个情人？"

酒馆里的女侍和客人都从酒馆的窗户向外望去，被外面的骚动吸引。

大学生松开了托丽雅的手，并没有注意到她的恳求，他竭尽全力地用沾满灰尘的鞋头在埃格特的靴子前画了一条深深的线，这是提出决斗的传统方式。

索尔居高临下地笑了起来："什么？！我不跟女人打架，先生，您连武器都没有！"

大学生抡起拳头朝着索尔的脸打了过去，简短而又响亮。

⚔

兴奋的人群挤满了"高贵之剑"旅馆的后院，其中有卫兵、酒店客人、女清扫工、女侍和路人等；卡尔维尔正在努力地清理出中间的一块地方用来进行决斗。

有位好心人借了一把剑给大学生，但这把高雅的剑在他的手中显得很荒谬，就像杂货店里的骑士盔甲。他的未婚妻似乎就要失控了，埃格特第一次见她这副模样。托丽雅的脸颊白得就像桌布，布满了不规则的斑点，而这些斑点掩盖了她的美；她咬着嘴唇，依次冲向所有人呼喊："请阻止决斗！老天啊，迪纳尔……

Шрам
疤面人

"来人啊,请阻止他们!"

阻止一场按规矩宣布的决斗是非法且愚蠢的,卡瓦伦城的每一位居民从一出生就知道这一点。人们充满同情且好奇地看着托丽雅,许多女人暗暗嫉妒她,当然是因为她能让男人们为了争夺她而决斗!

有位善良的女清洁工想来安慰一下可怜的托丽雅,绝望的托丽雅甩开她的手试图离开,但立即又回来,就好像被拴住了。在她面前,人们礼貌地让出了一条道,默认她有权看到决斗的所有细节。托丽雅靠在了一辆马车旁,在那里站着,就好像得了破伤风。

两位对手已经准备就绪,彼此面对面站好了,更确切地说,两位敌人。埃格特冷笑了一下,没有得到爱情,那么来一场决斗也好!不过,对手简直一无是处,瞧他气喘吁吁的样子,正试图站好位置,很明显,他还是上过击剑课的……

埃格特在人群中寻找托丽雅,她看得见吗?她最终会明白,她没有选择隆隆的瀑布,而是选择了盥洗器下的涓涓细流。她会后悔吗?

埃格特没有看到托丽雅,而是看到了一位年长的客人,就是那位头发花白的客人,他的脑袋在人群中显得异常突出,就像果园里的一棵松树。那位客人的目光专注,但似乎毫无表情。埃格特莫名不喜欢他的目光,他甩了甩头,向学生挥剑,像一位严厉的老师挥动惩罚用的树条。

"啊,嗒,嗒!"

大学生不由自主地躲闪了一下,人群笑了起来。

"刺他,埃格特!"

埃格特笑得更加开怀:"只是来一点礼貌性的教训……啊,

嗒，嗒！"

大学生眯起眼睛，屈起膝盖，像在击剑馆里一样，拼命地向前冲，就好像要把埃格特剁成卷心菜，转瞬间，他惊讶地环顾四周，寻找对手，直到对手在他身后给了他后腰处礼貌性的一击："请不要分心……"

大学生转过身，仿佛被刺痛了，埃格特礼貌地鞠了一躬，后退了一步："一切都还没完，年轻人！加油，再试一次……教训才刚刚开始！"

大学生再次站好，他的剑锋不是冲着对手，而是冲着天空。他剑法笨拙，埃格特随手一击，大学生的剑锋便刺到了沙土中，而他自己则勉强握住剑柄。观众鼓起掌来。但是埃格特厌倦了这样的游戏，如果不是一个弱爆了的对手让他感到如此无聊，他可以毫不停歇地击剑一百个小时。

埃格特熟练掌握了十七种防御招式和二十七种攻击招式，而整个有趣之处在于如何结合这些招式，形成一种混合招数，融会贯通。许多即兴的招式埃格特无法再重复，这些招式只是即兴产生，就像诗歌一样，通常以某人受伤或是死亡而告终。唉，与自己对战的是一个大学生，即便他拿着剑，埃格特也可以仅用一招——简单、低级且无关紧要的一招来应付。

索尔避开笨拙的攻击，随意挡掉猛烈但并不精准的进攻，同时他还转头四处寻找托丽雅的身影。他看到了人群中她那张苍白的、冷若冰霜的脸，于是他自己开始发起进攻。大学生甚至都来不及反应，刀尖已经顶在了他的胸部。观众热烈欢呼，只有那位高个子的白发客人没有任何反应。

如此接二连三地，大学生可能已经死了十次，可索尔先生却与年轻人玩儿出了乐趣，就像猫捉老鼠的游戏。大学生跑来跑

Шрам
疤面人

去，挥舞着他的剑，脚下的小石子四处崩落；而敌人就像一个影子，既无法摆脱又无法靠近，他那恶狠狠的训话也故意地一刻不停：“这样？啊，就这样！您怎么像在煎锅里一样转来转去？再来！再来！哎，您真是位懒散的学生，应该受到惩罚！来一下！”

每次的"来一下"都会伴随着轻轻的一击，大学生的衣服有几处已经变成了破布条，扭曲的脸上满是汗水。

当双方再次面对彼此时，大学生看起来已经筋疲力尽，张皇失措；而索尔甚至没有急喘。看着对手那双悲伤、仇恨但无力的眼睛，埃格特感受到了自己的威力，懒散、从容不迫的威力，甚至都不必去使用的威力，他只是拥有这种威力而已。

"害怕吗？"他低声问道，随即在对方的眼睛里读到了答案，是的，害怕，这是对他埃格特的恐惧，他的剑就像蛇的芯子，瞄准了这位可怜年轻人的胸部……对手在埃格特面前毫无自卫能力，他已经不再是对手，而是一个牺牲品，愤怒褪去，只剩焦灼，是时候求饶了，只是骄傲不允许。

"饶了你？"埃格特的嘴角露出一丝笑意。他感受到了大学生的极度恐惧，这种感觉甜蜜地撩动着他的神经，尤其是内心深处，埃格特早已决定不会严厉惩罚这个家伙。

"饶了你？啊？"

痛苦和恐惧将大学生再次推向新一轮的无望进攻，碰巧的是埃格特的靴子踩到了水坑中，眼看着就要摔倒。厉害的埃格特的双脚就像初生牛犊的蹄子一样分开，差点失去重心，而大学生的剑恰好刺到了他的肩膀处，削到了肩章。象征军人尊严的肩章此时就像一只死蜘蛛一样挂在了一根线上。而人群，可恶的人群永远都是为胜利者喝彩的！现场迸发出了欢乐的尖叫：

"啊，索尔挨打了！"

第一部分 埃格特

"挺住，挺住，就要倒下了！"

"太棒了，大学生！教训他！揍他！"

通常，卫兵会因卑鄙行为和贪生怕死，或是背叛被赶出戍卫队，同时会加以令人感到耻辱的处决，那就是当众削去肩章。不知不觉中，大学生让埃格特受到了极大的侮辱。埃格特看到，他的伙伴们彼此交头接耳，咧嘴笑着，窃窃私语：哎呀呀……

接下来发生的一切就在一瞬间。

埃格特怒气冲冲地扑向前，大学生笨拙地举剑迎击，突然愣住了，惊愕的目光定格在了埃格特身上。索尔的家传宝剑从其后背处闪现，并非像往常一样闪闪发光，而是暗红色的，几乎发黑。大学生站立片刻便笨拙地坐了下去，就像经过厮杀。现场立刻安静了下来，哪怕是一个盲人，都能知道酒馆的后院里空无一人。大学生重重地倒在了沙地上，索尔那把长剑像蛇一样从他的胸口滑出。

"他被刺伤了。"中尉德隆大声说道。

埃格特提着血淋淋的剑站在那里，茫然地盯着躺在面前的尸体。人群开始骚动，让出一条路给托丽雅。

她小心翼翼地走着，就好像走在钢丝上。她没有理会埃格特，走近躺在那里的年轻人，踮着脚尖，像是害怕吵醒他："迪纳尔？"

年轻人没有回答。

"迪纳尔？！"

人群渐渐散去，不忍直视。棕色的血斑从大学生的黑夹克下面洇散开来，旅店老板低声哭诉："看他们，这就是决斗。众所周知，年轻气盛。可我现在该怎么办呢？我该怎么办，啊？"

埃格特吐了口唾沫，想要吐出口中的金属味。老天啊，这一

Шрам
疤面人

切到头来竟然变得如此愚蠢!

"迪纳尔?!"托丽雅充满祈求地看着躺在那里的男人。

院子里空了,那位身材高大、头发花白的客人离开的时候,盯着索尔的眼神让人莫名其妙。

⚔

市民们出钱埋葬了大学生,葬礼办得匆忙,但也相当隆重。整整一周,市民们都在传各种谣言。托丽雅向市长提出了申诉,后者也接待了她,但也只是表达哀悼,并无奈地表示:决斗是按照规则进行的,尽管他非常怜悯已故的年轻人,但难道不是他自己向索尔先生发起的决斗吗?唉,亲爱的女士,这件不幸的案子无论如何都不能被称为谋杀。索尔先生没有被偏袒,他是在为荣誉而战,反过来,他也可能会死……如果已故的大学生先生没有武器,而且也不会使用武器,那么这是大学生先生的不幸,但这无论如何都不是索尔中尉的过错……

决斗后的第四天,也就是葬礼过后的第三天,在一个灰蒙蒙的清晨,托丽雅离开了这座城市。

一个星期的卡瓦伦城之行在她的脸上留下了哀悼的印记。她拖着大学生的旅行背包,独自一人,没有外人的帮助,走到等候着的马车的入口处。她的眼睛黯淡无光,被黑眼圈包围,看着地面,也因此并未立即认出那位殷勤放下马车脚踏板的人。

这人的手帮她把包放到座位上,她机械地表达感谢之后抬起眼睛,与她面对面的人就是埃格特·索尔。

埃格特早就在守护着这位被他杀死的大学生的未婚妻,而他自己也并不清楚,这究竟是为什么。也许,他想道歉并表示同情,但更有可能是一种模糊不清的希望将他推向了托丽雅。他热

第一部分　埃格特

爱冒险，早已习惯轻松面对自己或他人的死亡；还有什么比这更自然的呢？难道胜利者无权分享失败者留下的遗产吗？这不是很自然吗？

托丽雅的目光与埃格特的目光相遇。

他准备好迎接愤怒、绝望、仇恨，也预先准备好了适合这种场合的话，他甚至准备好要接受她打过来的一巴掌。然而，他从托丽雅那双充满痛苦但依旧美丽的眼睛里所看到的就如同一记重拳，将他狠狠推开。

女孩极度厌恶且冷漠地看着埃格特，没有仇恨，这是最可怕的。她心里没有仇恨，但她好像马上就要呕吐了。

埃格特不记得自己是如何走开或是跑开的。他是滚开的，永远地滚开了，永远不再见面，不再想起……

一天后，他坐在"忠诚之盾"酒馆内，苦闷，沮丧又愤怒。卡尔维尔就在旁边，愉快地谈论着战猪和女人，传统的斗野猪活动为期不远了，父亲会不会让靓仔、屠夫和小博伊出场呢？顺便说一句，美丽的季莉娅，上尉的妻子，还问过索尔的情况，忽视她可是非常危险的，她会报复的……本城本周最重要事件的主角索尔为什么要不开心呢？明明生活无与伦比，日子灿烂无比。

埃格特在朋友的声音中捕捉到了某种愉快的兴奋。似乎在灵魂深处，卡尔维尔高兴地意识到，伟大的埃格特在决斗场上得意，却在情场上失意，这样他与其他凡人也没什么不同。或许埃格特是在冤枉卡尔维尔。不管怎么说，朋友的喋喋不休令索尔感到厌烦。他用食指的指甲在发黑的桌面上刻出一道道浅沟。是的，他觉得卡尔维尔说得都对，只是希望他看在老天的分上，能

Шрам
疤面人

把嘴闭上一会儿,能让他安静地喝完一杯……

就在这时,门开了。一股凉爽的空气和一缕阳光涌进闷热的酒馆。来者站在门口,似乎在确认他来对了地方,之后才走进来。

埃格特认出了他,他就是那位奇怪的白发男子,在"高贵之剑"旅馆已经住了十天。他从卫兵们的身旁走过,从附近一张空桌子旁拉出一把椅子,重重地坐到了座位上。

不知道为什么,埃格特用眼睛的余光观察着他。在光线昏暗的小酒馆内,他第一次看清这位陌生人的脸。

白发客人的年龄无法判定,要么四十岁,要么九十岁;两道深深的垂直皱纹穿过他的脸颊,消失在干裂的嘴角处。他的鼻子细长,鼻子上的皮肤发黄,鼻翼不时地起伏,仿佛要飞起来;眼睛清澈,眉间距很宽,似乎对周围的世界漠不关心。仔细一看,埃格特发现他那没长睫毛、皮革似的眼皮在细微地抽动。

酒馆老板亲自给陌生人端来了一杯酒,正要离开时,突然被拦住了:"亲爱的,请留步。您看,没有人跟我喝酒。我知道您在做生意,那您就陪我喝一杯吧。我想为光荣的卫兵们干一杯,为这些杀害手无寸铁之人的凶手。"

老板抽搐了一下,他十分清楚这杯酒针对的是谁。他口中嘟囔着说了声抱歉,然后急忙离开。正凑巧,埃格特也听到了这句针对他的话。

埃格特慢慢地把杯子放到桌上,终于直视陌生人的眼睛。那双眼睛依然平静,甚至冷漠,似乎刚刚那句话是别人说的。

"最尊贵的先生,您究竟是在为谁喝酒?您这是在骂谁……"

"为您,"陌生人毫无畏惧地说,"为您,索尔,您脸色变得惨白,这就对了……"

第一部分 埃格特

"我，脸色惨白？"

埃格特起身。他有些醉意，但远没有喝醉。

"怎么，"他随意地从牙缝里挤出一句，"恐怕，明天会有人要叫我杀害体弱老翁的凶手了。"

陌生人的脸色发生了奇怪的变化。埃格特意识到，他这是在微笑。

"成为什么样的人，靠什么出名是自己选择的。您为什么不用剑刺死一个女人，或是一个十岁的孩子呢？也许，他们比您最近刺死的那位受害者更会抵抗……"

埃格特一下子说不出话来，他不知所措，转向卡尔维尔，后者通常都是巧舌如簧，可是此刻，不知为何他也默不作声。酒馆里的客人很少，老板在厨房门口，老是流鼻涕的帮厨等其他人都躲了起来，好像感觉到有特别的事情要发生。

"您想要我怎样？"埃格特挤出一句话，恨恨地盯着那双清澈的大眼睛，"您究竟是谁，非要我拔出剑吗？"

陌生人微笑依旧，干燥的嘴巴细长，眼神冰冷依旧："我也有把剑……我以为您更喜欢那些根本不携带武器的人，嗯，索尔？"

埃格特强迫自己松开紧握剑柄的手指。

"您是喜欢那些能够轻松拿下的受害人吗？"陌生人突然一针见血地问，"那种充满恐惧的受害人？甜蜜的掌控感。是吗，索尔？"

"他疯了，"卡尔维尔在他身后莫名慌张地轻声说，"埃格特，我们走吧？"

埃格特吸了一口气，陌生人的话深深地刺痛了他，远超他的想象。

Шрам
疤面人

"您真幸运,"他艰难地说,"很明显,您都可以当我的祖父了,而我不跟老头子打架,明白吗?"

"明白,"陌生人再次举起酒杯,对着埃格特、卡尔维尔和所有屏息倾听他们谈话的人朗声道,"我为埃格特中尉干杯,为他这个戴着勇敢面具的懦夫干杯!"

然而他的酒并没有喝成,因为埃格特的剑瞬间飞出剑鞘,击落了他的酒杯。咣当一声,银制酒杯落到了石头地板上,滚动了一下,停在了一摊深红色的酒水中。

"很好,"陌生人满意地用餐巾擦了擦湿漉漉的手指,他巨大的鼻孔张大,"您有勇气迈出下一步吗?"

埃格特垂下他的剑,剑尖抵在石头地板上,在陌生人的脚前画出一条弯曲的线。

"很好,""高贵之剑"的白发客人非常满意,尽管他的目光冷漠依然,"只是我不在酒馆里打架。地点和时间?"

"在城门外的桥旁,"埃格特勉强说,"明日黎明之时。"

陌生人掏出钱包,从中取出一枚硬币,放到了桌上那条沾有酒渍的餐巾旁边。他向老板点点头,朝门口走去。埃格特冲着他的背影问:"谁给您当证人?"

"高贵之剑"的客人在门口止步,回过头道:"我不需要证人。您可以为自己找一个证人。"

陌生人走到门楣下时微微屈了一下身,走了。那道重重的门砰的一声关上了。

⚔

卡瓦伦城发生的所有决斗中足有一半是指定在城门外的桥旁的。这个选择是合理的,离道路只有几步之遥,决斗者们选在一

第一部分 埃格特

个僻静的无人之地,道路一旁有古老的杉树墙来遮挡。然而,在这清晨决斗的时刻,道路和桥梁都显得如此荒凉,似乎已经废弃了很久。

决斗双方几乎同时来到桥旁。埃格特略微领先于白发陌生人。在等待的间隙,他望着浑浊的河水出神。

春日里浑浊的河水卷携着泡涨了的木片、海草和落叶,河里某处的石头旁还有漩涡在转动,埃格特喜欢看那些黑色的漩涡,这会让他体验到一种令人陶醉的危险。桥的栏杆已经完全腐烂,埃格特全身都靠在上面,仿佛是在试探命运。

他的对手终于登上了桥,埃格特感觉他似乎气喘吁吁。此刻,这个陌生人看起来是真的老了,比埃格特的父亲还要老得多。埃格特已经开始犹豫,这样的决斗公平吗?但他看到那人清澈的冰冷目光时,立刻放弃了这样的想法。

"您的朋友呢?"陌生人问。

埃格特非常严厉地阻止了卡尔维尔来陪自己,如果对手无视规则并拒绝邀请证人,那么他索尔为什么要例外呢?

"要是我耍花招怎么办?"白发男子盯着埃格特再次问道。

埃格特冷笑了一下。他本可以说,他根本不会害怕一个倔强的老头,更不会害怕他耍花招,他也不屑于闲扯,他一生中见过太多被击败的对手了。但他保持沉默,只是选择了意味深长的冷笑。

双方没有再多说一句话便走下桥。埃格特走在前面,漫不经心地将背部暴露给对手,也想以此羞辱一下陌生人,他根本不屑于对方可能使用的奸诈之计。他们穿过云杉林,来到一个像竞技场一样的圆形空地,这是被卡瓦伦城几代决斗者的靴子踩平的一块空地。

Шрам
疤面人

河水散发着潮湿的味道。埃格特脱下肩章缝得结结实实的制服,他沮丧地想道,今年的春天异常寒冷,春寒持续时间太久,本已计划好的后天的野餐可能要推迟到一个好天儿。露水压弯了小草,大滴大滴地从树干上落下,就好像这些树木在为什么人哀悼;埃格特那双制作精良的靴子上也沾满了露珠。

双方面对面站好。埃格特惊讶地意识到,在他经历的所有决斗中,他第一次面对一位完全不了解的对手。不过这并没有搅扰到埃格特,他希望就在这一刻揭晓一切。

两人都拔出了剑,埃格特看起来很懒散,而他的对手则如往常一样平静而冷漠。陌生人并不急于进攻,他只是站着,盯着埃格特的眼睛,他的剑尖也直指埃格特的眼睛,专注又严肃。仅从陌生人的站姿来看,埃格特已经意识到,这次,所有的十七招防御术他都用得上。

埃格特想要试探一下对手,便发起试攻,但被对手从容击退。埃格特再次尝试,陌生人再次从容击退了他狡猾的一击,这是埃格特刚刚发明的一招。

"恭喜,"埃格特嘟囔道,"您这个岁数,非常不错。"他这新招非常巧妙,完成得也很好,但白发陌生人都轻松化解了。

埃格特不无高兴地意识到,这位对手值得关注,想要取胜并非易事,更何况这是光荣之战。在他的内心深处,他非常后悔周围没有观众,也没有人欣赏他精彩的即兴表演。就在这一刻,陌生人发起了进攻。

索尔勉强躲开。他尽数施展十七招防御术,无助地交替使用。对方连续进攻,快速,阴险,猛烈。疯狂抵抗的埃格特不止一次地看到剑从脸庞闪过。

接着一切戛然而止。陌生人向后退了一步,似乎想要从头到脚好好看看埃格特。

索尔喘着粗气，湿漉漉的头发黏在太阳穴上，汗流浃背，握剑的手像铜铃一样在鸣响。

"不错，"他呼出一口气，看着那双清澈的眼睛，"您为什么不承认自己是一个隐退的击剑大师？"

说话间他冲上前去。如果这场决斗有证人，那么他们会毫不犹豫地说，索尔这样出色的剑术他们从未见过。

他像蚱蜢一样跳跃着，左右夹攻，上下夹攻。他会提前想好接下来的二十个招式，他的进攻快速而又完美，他此时状态绝佳，可他却一次都未成功，哪怕是微小的。

他的每一次进攻都像撞到了石墙上，大概就像牛犊第一次顶橡树的感觉。他没有一套招式能够全部完成，对手好像预知了他的想法，能够拆招之后转为反攻。埃格特感觉到对方的剑锋时而划过他的胸部，时而划过他的肚子，时而又划过他的脸旁。埃格特终于尝到了大学生对战时的滋味，那种猫捉老鼠的滋味。显然，埃格特可能已经死过十次了，但不知何故，对方还让他活着。

"有意思，"他跳开两步，嗓音嘶哑地说，"我非常想知道，您为了这般武艺，把灵魂卖给了谁？"

"害怕吗？"陌生人问。这是他决斗开始之后所说的第一句话。

埃格特看着他。一位身怀绝顶武艺的老人，冷漠，满脸皱纹，一双冰冷的大眼睛没有睫毛。陌生人甚至都没有急喘，他呼吸平稳，一如他的嗓音、他的目光。

"害怕吗？"

"不。"埃格特轻蔑地回应道，老天见证了这是真的，即使面

Шрам
疤面人

对必然的死亡,埃格特似乎也没有丝毫颤抖。陌生人明白这一点,他的嘴唇动了动,就像彼时在酒馆里一样:"那好吧……"

双剑击打叮当作响,随后陌生人轻晃剑刃,动作几乎难以察觉。埃格特痛苦地叫了一声,他马上就明白自己的手腕脱臼了。他的手指自动松开,那把家传宝剑在灰色的天空中划过一道弧线,可耻地落到了一堆去年的落叶上,埋没其中。

埃格特把那只受伤的手按在胸前,向后退了一步,目光并未从对手身上离开。他感到极度懊丧,因为这位虚弱的老人在决斗的第一分钟就能击落他的武器,那么决斗本身就只不过是一场闹剧,一场游戏。

陌生人看着他,默不作声。

"我们要这样一直站着吗?"埃格特问,他感受到了侮辱,但没有恐惧,"接下来干吗?"

陌生人仍旧一言不发。埃格特明白,他的勇敢和对死亡的蔑视也是一种武器,可以羞辱获胜者的武器。

"杀了我吧,"他冷笑道,"你还能把我怎样?我不是那个在死亡面前颤抖的可怜学生,你想确定这一点吗?那就来吧!"

陌生人脸上的表情变了,他向前一步,埃格特惊讶地意识到这人真的想杀他。

杀死一个手无寸铁的人在埃格特眼中是最为卑鄙的,他极尽轻蔑地笑了笑。已经获胜的对手举起了手中的剑,没有移开目光,埃格特无所畏惧地看着靠近他脸庞的那把利剑。

"来啊?"

陌生人出手了。

连眼睛都没眨一下的埃格特看到,银色的剑仿佛一把闪亮的扇子,在空中舞动了几下,他期待着一击,而后是一死,但这一

第一部分　埃格特

切并没有发生，他感到脸颊一阵剧痛。

他还没明白是怎么回事，抬手去摸他的脸，一滴滴温热的液体顺着他的下巴流了下来。衬衫的袖口瞬间被血染红，埃格特高兴的是，他已经脱掉了制服，避免了损坏制服。

他抬起头看向陌生人，但只看到了他的背影。他边走边把剑插入鞘内，仍是从容不迫地蹒跚着离开。

"嘿，"埃格特胡闹般地喊道，"这就完了吗，先生？"

但"高贵之剑"的白发客人没有回头。他一次也没有转身，就这样走了。

埃格特用一张手帕按住脸颊，拿起家传宝剑，并将制服甩到肩上，他由衷地高兴卡尔维尔没有来观看决斗。失败就是失败，哪怕白发陌生人实际上就是战士的守护神哈斯。不过他并不是。战士的守护神会尊重习俗，他不会以如此奇怪且愚蠢的方式结束决斗。

埃格特走到河岸边，四肢着地，看向波光荡漾的河面。在河面映照出的埃格特·索尔的脸颊上有一道长长的、深深的疤痕，从颧骨直到下巴。看到这道疤痕，水中的倒影埃格特难以置信地紧闭双唇；几滴温热的红色液体落下，瞬间溶散于冰冷的河水中。

第二章

回城时,埃格特不想遇见任何熟人。也许正因为如此,他在第一个十字路口就碰到了卡尔维尔,后者极度兴奋。

"那位老人安然无恙地回到了旅馆,像一轮满月般完好无损。我以为……你的脸怎么了?"

"猫挠的。"埃格特咬着牙挤出来一句。

"啊,啊……"卡尔维尔同情地拉长声音,"我都想过,要不要到桥这边看看……"

"是想往我凉透了的尸体上撒一些土吗?"埃格特不想再克制自己的恼怒,脸颊上那道深深的疤痕已经不再流血,但他感觉疤痕好像在燃烧,就像一根炽热的铁棍贴在他的脸上。

"好吧——"卡尔维尔含糊地拉长音回应着,随即又压低声音补充道,"那位老人离开了,马上就离开了。他的马已经套好了马鞍。"

埃格特吐了一下口水:"这跟我有什么关系?!城里少了一个疯子……"

"我可是立刻告诉你了。"卡尔维尔明智地摇了摇头,"你知道,通过一个人的眼睛就可以判定他是不是疯子……这个人的眼睛完全不正常,你发现了吗?"

显然,卡尔维尔很想谈论一下疯子,尤其是那位陌生人。当然,他很想知道决斗的细节,也期待着接下来的一句话是邀请他去酒馆,但这一次卡尔维尔等来的却是失望。埃格特并没有满足他的好奇心,只是立刻干巴巴地说了一句再见。

大铁门上,索尔家族的徽章旨在能让朋友感到骄傲,让敌人感到恐惧。徽章上刻画的凶猛野兽没有名字,但却有分叉的舌头和钢牙,在利爪上还有两把剑。

埃格特艰难地挪动双腿,迈过高高的门槛。仆人在门口迎接他,准备从少爷手中接过斗篷和帽子。但在那个不幸的早晨,埃格特身上并无这两件东西,所以少爷只是点头回应了仆人恭敬的鞠躬。

埃格特的房间和索尔家的其他房间一样,都装饰着挂毯,上面绘有各种战猪。小书架上摆着几本感伤小说,还夹杂着几本狩猎手册;这些书埃格特从未翻开过。在两扇狭窄的窗户之间的墙上挂着一幅肖像,画的是埃格特年轻美丽的母亲,还有一个长着金色卷发的小男孩靠在她的膝上。十五年前为老索尔作画的画家原来是一个十足的奉承者,母亲画得过于美丽,有点失真;而男孩像是所有美好品质的具体化身,眼睛画得太蓝,胖乎乎的脸蛋儿过于动人,下巴上有个酒窝。画中这个美妙的小孩欲腾空飞起,消失在空中。

埃格特凑近床边桌子上的镜子。他的眼睛现在并非蓝色,而是灰色的,如同阴暗的天空。埃格特用力咧了咧嘴唇,酒窝不见了，却见一条伤口蜿蜒穿过他的脸颊。伤口很长，刺痛，还在流血。

他叫来了管家老太婆，长久以来都是她负责处理家里发生的大事小情。她叹了口气，咬了咬嘴唇，拿来一罐治疗伤口的药膏，于是疼痛消退了。在仆人的帮助下，埃格特脱下靴子，把制服扔给仆人，他疲惫不堪，瘫倒在椅子上。他感到浑身发冷。

到了吃午饭的时间，埃格特没有下来用餐，让人转告母亲说他已在酒馆里用过餐。他真的很想去酒馆，已经后悔自己没有去跟卡尔维尔一起喝酒了；他甚至已经起身，打算出去，但犹豫了一下，又坐了下来。

他很快感到头晕。肖像中的那个金发男孩，脸颊干干净净，还未被剑碰过，此刻摇了摇头，意味深长地微笑着。

夜晚临近，黄昏已至，白昼正在死去，黑夜还未诞生。窗外的天空渐渐暗淡，夜幕开始降临，房间里面貌一新。挂毯上的野猪脸依稀可见，埃格特感到一阵淡淡的、模糊的不安。

他警惕地体会着这种挥之不去的不适感觉，这似乎像是一种等待，等待某种无形、无名、模糊却不可逃避的东西。野猪咧嘴笑着，靠在母亲膝前的金发男孩也在微笑，床幔的一角在轻轻地摆动；埃格特坐在温暖的扶手椅中突然感到浑身发冷。

他站起身，试图摆脱这种糟糕的、莫名的不安。他想叫什么人过来，可随后又改变了主意。他再次坐下，痛苦地试图搞清楚，究竟是什么在威胁着他；他跳起来，走到客厅，幸运的是，仆人拿来了点燃的蜡烛。一座古老的多头烛台摆放在桌子上，房间里被照得通亮，夜晚取代了黄昏，于是埃格特一下子忘掉了昼夜交界时那种奇怪的感觉。

那一晚，他睡着了，一夜无梦。

第一部分 埃格特

又一个星期过去了。这座城市的人们已经忘记了与索尔有关的那出惨剧，只有埃格特的母亲并没有变得更加开朗或是健谈。大学生的坟墓上已经长出了新草，卡瓦河岸上又设置了新的斗猪竞技场，而戍卫队的上尉，也就是美丽的季莉娅的丈夫在列队时宣布即将举行训练，夸张一些可以说是演习。

演习每年都会举行，旨在提醒卫兵们，他们不仅仅是一群狂欢者和决斗者，他们还是一支军队。埃格特·索尔喜欢这种演习，因为演习时自吹勇武是一件很自然的事情，每到演习，他都会很开心。

然而这次他并不开心。

他脸颊上的伤口已经愈合，几乎不疼了。仆人习惯了小心翼翼地为埃格特刮胡子，他的贵族身份不容许他蓄有胡须，所以埃格特从未想过要用胡须来遮挡疤痕。周围人渐渐习惯了他的新容貌，而他自己也不再去想。但他灵魂深处那种奇怪的不安却与日俱增，愈发强烈，最后变成了惊慌。

白天他还可以忍受，一旦黑夜降临，无法解释的焦虑便从黑暗的缝隙中爬出来驱使他回家。在他的命令下，仆人几乎把家里所有的蜡烛都搬到了他的房间。即便埃格特的房间像舞厅一样灯火通明，他仍感觉时不时地看到挂毯上野猪那布满血丝的眼睛在动。

一天晚上，他找到了一个办法来对抗这种奇怪的病。他让仆人提前铺好了床。他躺下，但没有立刻睡着。埃格特闭着眼睛，倔强地保持清醒，然而睡意袭来，之后他还是睡着了。

老天爷啊，最好能让他整夜站岗。

Шрам
疤面人

在凌晨时分，他做了一个梦。他从前也做过梦，只是一些简单的、日常的、或多或少让人愉快的梦。会梦到女人、马、熟人、蟑螂……以前他醒来时，还来不及想梦到了什么就忘了，但这次，他半夜跳起来，浑身湿漉漉的，衬衣紧贴着他的身体，就像淋过大雨的狗崽一样瑟瑟发抖。

也许，这是记忆深处那些被遗忘的瘟疫来袭的故事，不知从哪里听到的老人们所讲的故事，他在少年时代曾经嘲笑过的故事……在梦中，他看到一个奇怪的生物正在登上他家门前的台阶，此人身穿涂有树脂的粗布上衣，头裹黑布，手持一件类似干草叉的工具，其上带有长长的弯曲杆，就像一只巨型的鸡爪子。房子里空无一人，来人走到客厅，客厅里大键琴的盖子打开着，蜡烛已经燃尽，埃格特的母亲坐在那里，她的手放在了琴键上……那是一双枯黄的、死气沉沉的手。来人举起耙子，母亲便像一个木偶一样倒了下去。一个满身树脂的人用他的工具耙着尸体，就像园丁耙着去年的落叶一样。

埃格特再也无法在黑暗中停留，他不要再想起他的梦，他要忘掉它，忘掉它！他点燃一支蜡烛，然后再点燃另一支；黑暗中肖像出现了，女人膝前的金发男孩也出现了。埃格特愣了一下，凝视母亲年轻的脸，像是要寻求保护，就像小时候那样。窗外已是夜深人静，蟋蟀在歌唱。埃格特拿起烛台，走近肖像，而就在这一瞬间，肖像中的女人脸色发青，表情扭曲成了可怕的愤怒，咧着嘴在笑。

随着一声惊叫，他第二次醒来，已在现实中。窗外仍是那个夜晚，压抑，沉闷。

他颤抖着双手再次点燃了蜡烛，赤脚在房间里走来走去，用尽全力地抱住颤抖的双肩。万一这又是梦呢？万一他到死都注定

第一部分　埃格特

要活在噩梦中，醒来只是为了让另一场噩梦开始？明天会怎样？明天又会梦到什么？

黎明时分，他蜷缩在扶手椅中抽搐颤抖，脸色憔悴。

⚔

几天后，他被分配到夜间巡逻。他很高兴，自从做噩梦以来，一看到床他就难受。对他来说，最好是手持武器在马鞍上过夜，免得还要纠结是否要让蜡烛一直燃烧到清晨！

值班的一共有五人。埃格特，他的中尉头衔让他当了巡逻队长，还有卡尔维尔，拉刚和另外两个非常年轻的卫兵，才十六岁左右。

巡逻队是卡瓦伦城夜生活的必要部分，任何店主都不无自豪地宣称，当听到窗外的马蹄声和卫兵们的说话声时，他们可以安然入睡。很少有什么事情发生。要么是卡瓦伦城很少有夜间强盗，要么是强盗在僻静的地方抢劫，或者他们就是害怕，毕竟卫兵们可不是开玩笑的。

像往常一样，与上尉告别后，卫兵们出发了。前面是埃格特和卡尔维尔，跟在他们后面的是拉刚，年轻的奥尔和博尼弗。在市政大楼周围的街道上转了一圈之后，他们来到了城门前；各家各户窗户里的灯光一个接一个地熄灭了，到处都能听到插上门闩和关上护窗板的声音。城门附近的酒馆还没有打烊，骑兵队在宽大的橡木门前转来转去，想着要不要进去看看那位一直指使可爱的伊塔和费塔做事的老板娘。最终还是责任感战胜了诱惑，巡逻队正要继续上路时，一位醉汉踉跄着走出酒馆。

黑暗中看不清这位醉汉的身份，甚至无法判断他是贵族还是平民。卡尔维尔欢快地大声吆喝了一声，打马全速前进，停在迷

Шрам
疤面人

迷糊糊的醉汉面前,马腾起前蹄,但并没有碰到这个可怜的家伙,但马热腾腾的哈气把他吓得半死。卫兵们笑了起来,醉汉发出奇怪的低哼,跌坐在人行道上。卡尔维尔满意地回到了队伍中,一直看着埃格特,因为这是埃格特曾经教过他的一个玩笑。

他们继续前进。城市笼罩在夜幕中,只有巡逻卫兵手中的火把和云层间隙中的几颗星星照耀着沉睡房屋的黑色外墙。他们默默地骑着马,人行道上的马蹄声嗒嗒作响。埃格特不喜欢街上舞动的影子,于是低头看向那些磨平的石头。

他突然感觉到,脚下的人行道就像解冻时的河流,鹅卵石随机地相互挤压在一起,露出锋利的一角,仿佛在等待受害者。埃格特打了一个寒战,突然明白了他以前没有明白的东西;他意识到这一点,并惊讶于自己以前的盲目无知:人行道上的铺路石是充满敌意的,是十分危险的,人若是从高处,哪怕是从马背跌落,那几乎必死无疑。

骑兵队继续前进,埃格特的马和其他人的马一起奔跑。但埃格特已经不再关注周围的任何事物。他用湿漉漉的手掌抓着缰绳,尽管他是天生的骑手,但此刻却因害怕摔倒而吓得要死。

脖子断裂的声音在他的耳畔响了很多次。铺路石凸出地面,仿佛在期待把勇敢的中尉的脑袋像成熟的西瓜一样砸开的那一刻。汗水从埃格特的背上流下,尽管夜晚很凉爽,甚至有些冷。在走过两个街区的路途中,他可能已经死过千百次了,终于他的马也感觉到了不对劲,似乎骑手的焦虑传递给了他。

骑兵队恰恰在这时转了个弯。受了惊的马猛地一跳,而这一突如其来的动作足以让著名骑手埃格特从马上摔下来。

埃格特自己也不明白,这是怎么发生的;他早就忘了从马上跌落的滋味,因为最近一次从马上摔落时,他还是一个十岁的小

第一部分　埃格特

男孩儿。他感受到的只是瞬间的恐怖，星点稀疏的天空在他的眼前闪过，随之而来的是痛苦的撞击，但令埃格特惊讶的是，他没有死。

他侧身躺在地上，马蹄就在他的眼前，从他手中掉落的火把在旁边的水坑里嘶嘶作响。远处传来一声声惊问，索尔瞬间意识到发生了什么，并认为假装失去意识是件好事。

他，戍卫队的中尉埃格特·索尔，怎么会从马上摔下来？还是在四个下属面前？躺在那里的埃格特只想死，他很想死去。

"索尔！嘿，拉刚，快来帮帮忙，他好像死了，哇……"

他觉得有一双手抓住了他的肩膀，转动他的身体让他脸朝上，但他并没有表现出生命迹象。

"水壶！博尼弗，快拿水壶来，快！"

他的脸上被淋了点水，等了一会儿，他呻吟着睁开了眼睛。

在火把的照耀下，卡尔维尔、拉刚、奥尔和博尼弗正弯着腰看着他；所有人都露出了惊讶的表情，年轻的卫兵们更是被吓到了。

"还活着。"奥尔松了一口气说。

"他不会有事的，"拉刚冷淡地响应，"索尔，你喝醉了吗？"

"我们出发时他还是清醒的，"卡尔维尔很有道理地反驳道，"除非路上喝了。"

"在哨所？"拉刚温和地说。

"他身上没有酒味儿！"博尼弗愤愤不平道。

埃格特面朝天地躺着，还成为大家关注的对象，这让他非常不舒服。而人行道上的铺路石，像是等到了自己的高光时刻，正扎着他的背。他挣扎着，慢腾腾地想要靠手肘支撑站起来。就在这时，几只手一起扶他站了起来。

"你怎么了？"卡尔维尔终于直截了当地问道。

埃格特自己也不知道他究竟怎么了，但他并不打算向卫兵们详细汇报。

"我不记得了，"他撒谎道，试图让自己的声音听起来尽可能嘶哑，"我只记得我们一起骑马走，然后眼前一黑，我就躺在了地上。"

卫兵们彼此交换了一下眼色。

"情况不妙，"拉刚说，"你看过医生吗？"

埃格特没有回答。他强忍住颤抖，再次爬上了马背。夜间巡逻继续，但直到早上埃格特都感觉到同伴充满疑惑的目光一直在盯着他，似乎期待着他再次摔倒。

几天后，戍卫队启程去参加演习。

按当地习俗，送行仪式非常隆重，演习之前是阅兵。几乎整个卡瓦伦城的居民都聚集在了河边。德高望重的家族首领出现时都配备了带有族徽的小旗帜，挂在赤裸裸的剑上，就像乐队的指挥棒一样被高高举起。市长穿着绣有纹章兽的披风；已经报名入伍但还未达到年龄的男孩排成纵队，来回齐步走了几圈；队伍打头的是一个十五岁的男孩，而队尾则是一个三岁的小家伙，他身穿制服，腰间别着一把匕首。这些未来的戍卫兵迈步长短不一，小家伙上气不接下气，几次摔倒，被肩带缠住，但他没有哭，显然他也知道自己能参与其中是何等的殊荣。

然后庆典的主角终于出现在了观众面前。在上尉的带领下，卫兵们庄严肃穆地骑马走过大街，每人身下的马匹都被照料得很好，每人都右手举剑行礼。一些勇敢的姑娘从人群中跳出来，跑

第一部分　埃格特

到马匹跟前，抛出装饰着紫罗兰的花环，套住卫兵们的剑。每个花环都代表着她们的柔情与友好。得到最多花环的是上尉，因为他军衔高。当然埃格特得到的也不少，尽管那天早上他脸色苍白，不太舒服。鲜花和抛掷的帽子在人群的头上旋转，随即落下；这场景仿佛是送卫兵们上战场，尽管大家都知道，三天后卫兵团将全员毫发无损地悄悄返回城里。

市民留下来继续庆祝，而卫兵们穿过城门，踏上了大路，前往一周前已经准备好的军营。

这一日春意盎然。埃格特驼着背骑在马上，丝毫没有因道路两旁那美丽的春日风光而感到欢快。前一天晚上，他几乎一夜无眠。还是在午夜之前，他又做了一个噩梦，于是他把烛台上燃尽的蜡烛换了一支又一支，一直等到黎明。本以为阅兵游行能让他振作起来，但是相反，这让他受到了新的刺激：埃格特发现自己一看到赤裸裸的剑就会无比难受。天啊！原本一直以来可以安慰剑客和决斗者心灵的剑锋，此刻却无法唤起他对荣耀与胜利的甜蜜渴望。看到锋利的剑，震惊不已的埃格特如今只会联想到裂开的皮肤、露出的骨头、鲜血和痛苦，以及随之而来的死亡……

戍卫队里的同伴们对埃格特中尉投以白眼，官方的说法是他为情所伤。大家讨论了谁最有可能是这一不幸恋情的对象，一些最敏锐的人推测，中尉的心是被已故大学生那位高冷的未婚妻托丽雅俘获了。只有卡尔维尔没有参与这些争论，他只是默默地、远远地观察着。

戍卫队在行进中转了个弯，疾驰在深深的峡谷边缘，马蹄下的土块纷纷落入深渊。上尉一声令下，大家停了下来。当埃格特看到一根被刨光且没有任何节疤的圆木从峡谷的这一头架到了另一头时，他不禁打了个寒颤。

Шрам
疤面人

  曾有一次，为了打赌，索尔就站在圆木的正中央，即峡谷最深处的上面跳舞。每当埃格特脚踩圆木光滑的表面，他都快要窒息，迫在眉睫的危险以及自己大无畏的精神令他欣喜若狂。他不满足于独自冒险，他利用自己中尉的权威以及"懦夫"这一具有魔力的字眼，强迫别人也来冒险，安排大家在圆木上对打。终于有一天，有人摔下峡谷，并摔断了腿；埃格特并不记得那个可怜的家伙叫什么名字，从此那人成了瘸子，后来不得不离开卫兵团。

  就在上尉下令让卫士们在圆木旁下马的那一刹那，埃格特回想起了这一切。

  他们开始排队。上尉把那些没有经验的年轻卫兵单独排成一排。被公认是年轻人导师的中尉德隆开始郑重其事地向他们解释这次考验的本质。与此同时，上尉不想耽误一分钟，于是下令开始行动。

  任务很简单，就是要沿着圆木从这一边跑到另一边，然后在那里等待其他人。此次演习一起来的还有一些看马的侍从男孩，他们要负责把马匹牵回营地。埃格特用一只冰冷的手把缰绳递给一个少年，而那位少年崇拜地看着他。

  卫兵们秩序井然，一个接一个地克服了障碍，有人虚张声势，有人难掩胆怯，有人跑着过去，有人小心谨慎地走着小碎步。索尔站在队列的最后，看着队友们一个接一个无畏地踏着光滑的圆木过到峡谷的另一侧，他竭尽全力地想要弄明白，他胸中的窒息感和膝盖处病态的无力感究竟从何而来？

  埃格特以前从未体验过真正的恐惧感，他还没有明白，他不过就是害怕，害怕得双腿无力，胃部疼痛……

  峡谷这一侧的卫兵越来越少。第一次经历考验的少年们欢呼

第一部分　埃格特

雀跃地挤在对面，他们大声地叫喊着，鼓励着每一个踏上圆木的人。快要轮到埃格特了，那些早该执行命令牵马离开的小男孩迟迟不肯离开，就想抓住难得的机会，看看索尔中尉的新把戏。

排在埃格特前面的最后一个人是卡尔维尔，他踏上了圆木。起初，他随意地走着，甚至有些放肆，但在中间某处他失了脚，走得有些不稳，于是他张开了双臂，最终走了过去。若是以前，埃格特一定不会错过奚落自己朋友的机会，会冲着他的后背吹口哨。但此时即将踏上圆木的埃格特只是深吸了一口气。

此刻，所有卫兵在对岸排成了一排，所有人疑惑的目光都齐聚在埃格特身上。

他强迫自己走近圆木，老天啊，为什么他的膝盖抖动得如此厉害?！

他犹豫不决地站到了圆木的边缘。走到对岸是不可能的，圆木是滑溜溜的，他肯定会滑倒，即便运气好，埃格特也会像那个不幸的人一样摔成瘸子。

所有人都在期待着，埃格特耍的把戏一开始就非同寻常。

他舔了舔干燥的嘴唇，向前迈了一步，踉跄了一下，双臂在空中乱舞。对岸的卫兵们大笑起来，觉着埃格特装得真像。

他又走了半步，清晰地看到了峡谷的底部，看到了那些锋利的石头，同时也看到了岩石上自己那具已经摔残的尸体。

然后，他抬起忧愁的眼睛注视着深渊之上的路，下定了决心。

他下定决心之后，急忙后退，用戏剧性的动作捂住了胸口。他像发病似的抽搐了一下，踉跄之中却轻巧地跳下圆木，晕倒在地。

埃格特在一堆去年的枯叶中抽搐，他拼命回忆那些可怕疾病的发病症状，比如曾经听说过的癫痫病，要是能口吐白沫就好了，但此时他的嘴巴干得就像一口废弃的枯井。由于表演出的症状不够骇人，他不得不再加点令人莫名其妙的肢体动作。

　　对岸的惊呼与欢笑已经被恐怖的尖叫取代。第一个跑上来的是拉过埃格特的马的那位少年。天啊！埃格特感到既羞愧又屈辱，但他别无选择。他就像一条被扔到岸上的鱼，在挣扎，奄奄一息，直到上尉、卡尔维尔和德隆等人围上来。他们花了十分钟左右的时间，试图让他恢复知觉，但都白费力气；索尔咬紧牙关，翻着白眼，竭力在演绎着死者的形象。只是这种情况下，真正死人的身体会慢慢冷却，脸色会发青，可埃格特的身体却是发烫的，皮肤却是泛红的，因为他羞愧得无地自容。

　　索尔中尉突然生病，这让上尉感到惊惶不安，于是上尉立即把他派回城里。他原本要安排一位护送人员，但被埃格特拒绝了。上尉心想，即使在重病中，索尔也表现出了在卫兵中都少见的勇气。

　　埃格特父亲的担心不亚于上尉。埃格特刚一脱下靴子瘫倒在椅子上，敲门声就传来了，礼貌而又坚定。是老埃格特和一位身材矮小、身穿长袍的医生出现了在门口。

　　埃格特别无选择，只能坚称自己身体不适，并接受医生检查。

　　医生用小锤子仔细地敲了敲，摸了摸，听了听，闻了闻；然后疑惑地盯着埃格特的眼睛看了很长时间，还扒开了他的下眼皮。埃格特硬着头皮回答了一些非常详细的问题，其中有些问题让他感到羞愧难当：不，没病过。不。不。是清澈的。每天早

第一部分 埃格特

上。伤口?也许有几个小擦伤。脸颊上的疤?是一场意外,已经毫无大碍。

老埃格特坐立不安,搓着双手,都快搓出了血。医生希望看着埃格特的喉咙,结果差点扯断了他的舌头;而后,医生用雪白的餐巾擦了擦手,叹了口气,建议用放血来治疗,这是无计可施的医生惯常采用的疗法。

过了一会儿,一个大铜盆被端进了房间。医生打开了一只黑色的袋子,取出手术用的刀和针放到干净的台布上,这些手术器具闪闪发亮,如同窗外晴朗的春日。各种小圆罐子在药箱里叮当作响,老管家拿来了一条崭新的床单。

看着这些准备工作,埃格特陷入了一种深深的苦闷之中;他甚至觉得,还不如回到演习中去。父亲很高兴他能以某种方式帮到他生病的儿子,小心翼翼地帮他脱掉衬衫。

一切准备工作已就绪。然而,当埃格特看到医生手里的手术刀时,他一下子意识到,他不会接受放血。

"我的儿啊,"父亲茫然地嘟囔道,"天啊,你真的病得很重……"

埃格特端着一支重重的烛台蜷缩在角落里,呼吸沉重:"我不想,你们都离我远点儿。"

管家老太婆若有所思地咬着嘴唇。一位面色苍白的老妇人,埃格特的母亲,就站在房间的门口。

医生看了看在场的人,又再次打量了埃格特,他赤裸着上半身,肌肉线条分明,皮肤紧实。医生无奈地耸耸肩道:"唉,先生们……"

医生把器具收回到了袋子里。困惑的老埃格特试图想让医生解释一下他那个"唉"究竟是什么意思,是不是意味着埃格特已

Шрам
疤面人

经无药可救了?

医生收拾好之后再次看了看埃格特,摇了摇头,与其说是冲着索尔的家人,不如说是冲着挂毯上的野猪说道:"年轻人,嗯,非常健康。是的,先生们。但如果是有什么东西在折磨着这位年轻人……那么,亲爱的先生们,这不是医学问题。不是医学问题。"

⚔

老天爷啊!英勇的哈斯,战士的守护神,你怎能容许此事发生?

中尉埃格特·索尔伤势惨重,他那受伤的自尊在痛苦地呻吟着。最令他不快的是,他的自尊受到的伤害不是外伤,而是内伤。

他在镜子前站了整整一个钟头,检查自己的身体。镜子中还是那位老熟人索尔,灰蓝色的眼睛,金色的头发,脸颊上有一道刚刚愈合的刀疤。想到疤痕,他伸出手指摸了摸那道疤。从此以后,埃格特身上便有了特殊的记号。幸好,男人脸上的刀疤与其说是缺陷,不如说是英勇的符号。

他对着镜面哈了一口气,然后在镜面上的白雾小圈内画了一个叉。现在绝望还为时过早,如果埃格特真的是病了,那么他知道该怎么去治。

埃格特脱下麻布衬衫,换上了一件丝绸衬衫。他根本不听父亲的劝阻,就这样离开了家。

⚔

所有卫兵都知道,上尉的妻子,美妇人季莉娅,偏爱中尉。

第一部分 埃格特

可为什么上尉本人还一直蒙在鼓里，这是一个谜。

与季莉娅的幽会能给埃格特带来双倍的快感，因为在享受上尉夫人的热情拥抱的同时，他也收获了惊险刺激的快乐。他尤其喜欢在上尉上楼的脚步声越来越近时亲吻季莉娅。索尔心里非常清楚，如果上尉，这位爱吃醋的正派男人，在季莉娅的蕾丝床上抓到自己的属下，自己会是什么下场。即便神经大条的美妇人也受不了总是疑神疑鬼的丈夫来敲她的卧房门。埃格特一边笑着，一边溜出窗外，有时也会跳入壁炉的烟囱，而且还会在逃走的过程中拿好自己的衣服。该死的索尔从未遗落过衣扣或卡子之类的东西，从未从窗台上摔下过，也不会发出一点儿声音。躺着一动不动的季莉娅一耳听着窗下的窸窣声，一耳听着走近床边的丈夫那沉重的脚步声，可是警觉的上尉从未在他们夫妇的床上嗅出陌生男人的气味。

与季莉娅幽会总是能让埃格特感到兴奋。如今，他期盼着她的酥胸能够医治他的怪病。

天色已晚，黄昏暮色仍会让埃格特感到不舒服，但想到即将到来的幸福时刻，他克服了这种不快。照例，他买通了女仆；镂空的罩衫遮不住季莉娅的美，看到索尔，她瞪大了眼睛道："天啊，你们不是去参加演习了吗?!"

不过，她惊讶的表情一下就变成了微笑，充满爱意与渴求的微笑。美妇人受宠若惊。怎样的勇士，才会为了跟心爱之人幽会而偷偷溜出军营？

女仆用托盘端上了葡萄酒和一盘水果，果盘里装饰着一根孔雀的羽毛，这是激情之爱的象征。季莉娅非常满足地躺在床上，四肢伸展，就像一只吃饱了的猫。

"哦，索尔，这些天我正想着要骂您呢!"她浅浅地笑了笑，

Шрам
疤面人

说，"您的决斗难道比您的爱还重要吗……我嫉妒您去决斗,埃格特!"季莉娅甩了甩头,想让自己乌黑的卷发看起来更美一些。"就算您真的杀了人,可这是您离开季莉娅这么久的理由吗?!"

埃格特尽量不去看卧室里的黑暗角落,喃喃地说了句甜言蜜语。季莉娅喃喃自语,声音充满了柔情蜜意:"既然您来了,我会原谅您,真的。我知道,演习对于你们这些卫兵来说意味着什么。既然您都做出了牺牲,那我会犒赏您的。"季莉娅倾身向前,半启柔唇,埃格特闻到了浓郁的玫瑰香气。"我要犒赏您……"

他深吸了一口气,季莉娅那柔嫩的手指已经在解他制服的扣子。"就让我丈夫睡在帐篷里喂蚊子吧,是吧,埃格特?我们有一整晚的时间呢。还有明天,后天,是吗,埃格特?这个伤疤,它让你变得更帅了。就让这一刻成为我们共处的最好时光吧……"

她帮他脱掉衣服,或者更确切地说,是他配合她脱下了自己的衣服。钻进被窝,他感受到了她那光滑如绸缎的身体在燃烧。埃格特的手掌顺着她那充满弹性的身体抚摸下去,突然他打了个寒颤,他的手碰到了一块儿被美妇人的热血焐热的铁。

季莉娅大声笑了起来:"这是贞操带!这是你们上尉送我的礼物,埃格特!"

他还没来得及弄明白怎么回事,她已经扭身从枕头下面掏出了一把小小的钢钥匙。

在接下来的几分钟里,索尔忘记了自己的不快,听着关于诞生于"肥皂沫"的魔法钥匙的故事,他爽朗地笑了起来。在出发演习前,上尉想在浴室里洗澡,季莉娅非常贴心地去帮忙,就在醋坛子在温暖的水流和纤柔的玉掌的爱抚下忘乎所以之时,季莉娅取下了挂在上尉脖子上的钥匙,在一块肥皂上用力按了一下。

第一部分 埃格特

上尉清清爽爽地上路去演习，心满意足。

贞操带，这个铁制的小怪胎，啪的一声掉在了地上。

房子里死一般寂静。显然，仆人们都已经走了，而女清洁工也已上床就寝。埃格特在爱抚着上尉妻子的同时，抑制不住地想，从演习的野外营地到城里也只不过需要两个小时。

"索尔，"美妇人热切地低语着，她那妖娆的一笑让她露出了一排小小的皓齿，"真是太久没给我了，索尔，快抱抱我啊。"

埃格特乖乖地拥抱着她，一股炽热的激情淹没了他。美妇人呻吟着，埃格特的吻似乎穿透了她的全身。两人的身体甜蜜而有节奏地扭动着，都正准备登上极乐之翼，就在这时，埃格特敏感的耳朵听到了门外的沙沙声。

就像被烧得炽热的铁块被扔进冷水中，埃格特一下子冷却了下来，皮肤眨眼间冒出了豆大的汗珠，上尉的妻子独自呻吟了好几声，惊讶地睁开了眼睛。

"埃格特？"

他吞下了一口黏稠的唾液。沙沙声再次响起。

"那是老鼠，"季莉娅松了一口气，"你怎么了，亲爱的？"

埃格特自己也不知道他怎么了。他看到上尉就蹲在门口，从锁孔里偷偷地看着他们。

"我去看看。"埃格特喘了口气，抓起烛台，急匆匆地向门口走去。

一只小灰鼠躲开了，但显然，它比埃格特中尉更勇敢，并没有打算立即回到洞里去，而是停在了门口，它那充满质疑的亮晶晶的小黑眼珠瞪着埃格特。

埃格特准备打死它。

季莉娅等着他，宠溺地嘲讽道："哎呀，你们这些卫兵，怎

Шрам
疤面人

么这么任性啊,索尔,开什么玩笑?快到我这儿来,我的中尉。"

于是她又钩住了他的脖子。尽管他还是在娴熟地爱抚女人柔软的身体,但自己却仍是冰冷的,屈缩起了身体。

季莉娅把嘴唇贴近他的耳朵,甜甜地喃喃道:"整座房子里只有我们两个。你的上尉此刻离得很远,埃格特。你不会听到他上楼的脚步声。他在那儿,在营地,在帐篷里,守卫着他那群人。他是一位勇敢的上尉,他每小时就会查一次岗,快抱我,我勇敢的索尔,我们的夜就在眼前。"

她的喃喃低语令他昏昏欲睡,他终于不再去听辨外面的声响,年轻的激情又回来了。他的身体重新恢复了力量与弹性,兴奋起来,燃烧起来。季莉娅咬着他的肩膀,埃格特无比贪婪地进入她的身体,那最甜蜜的一瞬即将到来,大门突然响了一下,楼下传来了轻轻的脚步声。

埃格特的眼前突然一黑,所有被激情激发的血色瞬间从他脸上退却,昏暗中他的脸色看起来惨白。冷汗再次滴到了美人娇嫩的肌肤上,他浑身发抖,像是得了热病,于是他爬到了床边。

楼下传来低声交谈的声音,厨房里传来餐具的碰撞声。奇怪的是,埃格特的听力在这一刻变得异常敏锐!再次传来脚步声,低语的咒骂声,让别人安静的嘘声。

"是仆人们回来了,"季莉娅疲惫地解释道,"真的,埃格特。你不能这样折磨一个爱你的女人。"

索尔坐在床沿上,双臂搂住自己赤裸的双肩。天啊,怎么这么丢脸?!他真想不顾一切地逃走,但一想到他如果就这样离开,留下一脸困惑的季莉娅,一想到这些,他就咬牙切齿,无所适从。

"你怎么了,我的朋友?"上尉的妻子在他身后悄悄地问。

第一部分 埃格特

他想用尽全力咬住自己的手,可一感觉到疼痛,他就不由自主地松开了牙齿。

"埃格特,"季莉娅的声音里含有一丝苦涩的抱怨,"索尔中尉,你不再爱我了吗?"

埃格特想说,我病了,但马上又改了主意,于是沉默不语。天啊,这是怎样的蠢事啊。

"我爱你。"他沙哑地说道。

楼下的仆人们终于平静下来,整栋房子又陷入了死寂。

"也就是说,我白白摘下我的贞操带了?"季莉娅的话如同一支毒镖,刺入了埃格特赤裸的后背。

他又一次战胜了自己。浑身冰冷又湿漉漉的他,爬进了蕾丝被子下面。这样的话,季莉娅还不如在身旁放一只青蛙或蝾螈。美妇人生气地躲开他,埃格特用僵硬的手把她拉到怀里。

神奇的是,他的身体仍然非常强壮且欲火中烧。在经历了两次打击之后,他的身体再次渴求爱,就像被无情之水浇灭的篝火一样,死灰复燃。

季莉娅也同他一样兴奋起来,几分钟后,房间里回荡着两人的声音。埃格特正在冲向目标,已经不再考虑自己的快感,他希望尽快完成这项任务,恢复哪怕一点点他往日的雄风。离渴望的高潮仅剩下几秒钟,房子里一片死寂,整座城市都在沉睡,月下的整个世界万籁俱寂。似乎没有什么能够妨碍中尉索尔达到高潮。就在这时,他的脑海中出现了上尉,他在德隆和卫兵们的陪同下闯入了房间。画面如此清晰生动,埃格特甚至看到了他们眼里的血丝;他感觉到,一只僵硬粗糙的手已经抓住了被子的一角,紧接着马上就会掀开。

他一下子瘫软下来,就像一具被掏空的尸体。原来,一切都

Шрам
疤面人

是徒劳的；连续几次的努力都失败了，而反复的重复显得可悲，甚至可笑。埃格特·索尔，这座城里的一流情人，却遭遇了这样的失败。

季莉娅苦涩地笑了起来。

埃格特跳了起来，抱起自己的衣服冲向窗口。半路上，他丢掉了自己一半的衣服，打翻了装有葡萄酒和水果的托盘，撞倒了一张小桌子。他飞奔到窗台上，二楼的高度让他感到害怕，但为时已晚，他已经无法停下来。随着加速度，他飞出了窗外。出色的索尔光着身子扑通一声落在了花坛上，摧毁了一片杜鹃花，园丁会骂他一辈子。他一边跑，一边穿衣服，搞混了袖子和裤腿，他哭了起来，既羞愧又疼痛，索尔飞快地赶回了家。幸运的是，距离天亮还有几个小时，没有人看到光荣的中尉如此悲惨。

⚔

回到城里的卫兵们第一件事就是打听中尉索尔的健康状况。脸色苍白、憔悴的埃格特苦笑着对前来探望的使者保证，情况正在好转。

关于跟季莉娅做爱失败的流言转日就成了大家茶余饭后的谈资，大家对此津津乐道，但在内心深处大家并没有真的相信，显然，可恶的上尉妻子这是在报复。

原来，孤独竟然是埃格特唯一的安慰。连续几天，他要么把自己反锁在房间里，要么在空无一人的街道上闲逛；就在一次这样的闲逛中，一个简单又可怕的想法突然出现，如果发生在他身上的状况不是偶然，也不是暂时的不适，而是要持续数月、数年到永远，那该怎么办呢？！

埃格特暂时不用去训练，也不用去巡逻；他尽量避开自己的

第一部分 埃格特

伙伴们，与女士幽会他想想都会害怕，被遗忘的宝剑像一个受惩罚的孩子一样杵在角落里。整座房子都能听到老埃格特的叹息声，他和儿子一样，都很清楚，他不能再这样拖下去，埃格特要么把病治好，要么离开卫兵团。

母亲时不时会悄悄地出现在儿子的房门前。她会站上几分钟，然后再慢慢地退回到自己的房间里。有一天，她在客厅遇见了埃格特，她没有像往常一样保持沉默，而是小心翼翼地抓住他的袖口问道："我的儿啊，你怎么了？"

而且母亲为此还踮起脚尖，将手掌放到他的额头上，似乎是为了确保他并没有发烧。

母亲最后一次问他点什么，那还是五年前的事了。他早已经不习惯跟母亲聊天了，他忘了干枯的手指触碰自己额头的感觉了。

"埃格特，发生什么事了？"

他一头雾水，终归还是一言未发。

⚔

从此，他也开始躲避他的母亲。他一个人的散步也变得越来越令人沮丧；有一天，他自己也不知道怎么就在闲逛中偶然走到了城市墓地。

他最后一次来这里的时候，还是一个孩子；幸运的是，他所有的亲戚和朋友都还活着，埃格特不知道为什么人们要拜访死人的住所。此刻，他穿过围栏，开始浑身发抖，于是停了下来。墓地在他看来是一个奇怪可怕的地方，不属于这个世界。

一个残疾的守墓人从他的小房子里探出头来张望，随后又缩了回去。埃格特打了个寒颤，想要离开，但他却沿着墓碑之间的

Шрам
疤面人

小径慢慢移动。

富人家的坟墓用大理石装饰,穷人家的坟墓用花岗岩装饰;也有用木头雕刻的墓碑。依照当地传统,几乎所有墓碑上都雕有各类栖息于此疲惫之鸟的形象。

埃格特继续走啊,走啊,他早就已经感觉不舒服了,但他像中了邪一样,不停地读那些模糊不清的铭文。天下起了雨,雨水顺着石喙和垂翼流淌,汇集成细流在刻入石板的爪子之间流下来。天色暗淡下来,四周升起了灰色的薄雾。埃格特迎面看到了大理石上的老鹰,展翅的小燕子,垂头的仙鹤……在一处宽阔的围栏中安息着整个家族,在一块墓碑上两只彼此依偎的鸽子一动不动地坐在那里,而在另一块墓碑上,一只疲惫不堪的小鸟无力地低着头,石头上沾满雨滴的铭文迫使埃格特停下来:"我将再次飞翔……"

雨水从埃格特的脸上流下来。他努力了一下,转身向出口走去,一团灰色的浓雾从地面升起。

在墓地的边缘,他停了下来。

在小径的旁边有一座没有纪念碑的新坟,上面覆盖的是光滑的花岗岩石板。在灰色的石板上,透过积水几个字母隐约可见:迪纳尔·达兰。

仅此而已。一个字也没有,一个符号也没有,一条信息也没有。但也许这是另外一个完全不同的人,埃格特痛苦地想,也许这是另外一个迪纳尔……

他勉强移动他的脚步,走上前去。迪纳尔·达兰。"高贵之剑"旅店门口的马车和一位绝色女子。大学生曾在索尔脚前的地面上画下一条弯曲的线,还有她脸颊上的红晕:"迪纳尔?!"

埃格特打了个寒颤,托丽雅的声音在他耳边清晰地响起。就

第一部分 埃格特

像玻璃破碎的声音：迪纳尔？迪纳尔！迪纳尔！

疲惫的石头鸟永远不会落到这座坟墓上。

守墓人又从小屋里探出了身来，惊奇而警惕地看着埃格特。

埃格特转过身去，急忙离开。

在远离卡瓦伦城的一条黑暗空旷的小巷里，一个穷汉像雕像一样一动不动地坐着。空气中弥漫着从河里飘来的腐鱼气味。

小巷里回荡着脚步声，一个大约十七岁的年轻人出现在视野中，他脸上肥嘟嘟的，像一个鼓胀的卷饼。很明显他迷路了。似乎有人给他指错了方向。到达穷汉坐着的地方后，那家伙放慢了脚步。

"嗯……"他很困惑……或者说或受到惊吓。他身处的这条小巷，相当安静且冷清。"先生，你能告诉我……我要怎么去那家叫独眼蝇的酒馆吗？"

乞丐伸出手掌。男人有些犹豫地拿出一枚小硬币，又放了回去，再取出一枚较小的硬币："拿着，给我妈妈送上你的祝福，她——"

这个穷汉突然伸出手，像虎钳一样死死捏住了年轻人的手腕。一个健壮的家伙出现在这个倒霉路人的身后，用一根粗麻绳紧紧勒住他粉红色的脖子。那人发出呼哧声。

"别动！卫兵！"

这个年轻人快没命了，都快挣扎不起了，而他突然被松开了。原本勒住他喉咙的绳子松开了，眼前的黑暗消失了，男人发现自己四肢着地地趴在地上。他一边咳嗽，一边扯开绳索，意识到自己还活着。他得救了。

Шрам
疤面人

小巷里的脚步声远去了。这个男人起身逃离这个可怕的地方，随即他差点撞上一名身穿灰色连帽长袍的男子。

"哦……"才出狼窝又入虎口，脸颊肥胖的男人被吓到后退，不知道该往哪儿走。

"别害怕。"长袍男子摘下了兜帽，露出了一张明亮、老实的脸，"我把他们吓跑了。劫匪害怕拉什和信奉他的人。"

"谢、谢谢。"年轻人一边道谢，一边后退。他的膝盖和肘部都在颤抖。

"没什么好担心的。"那人的声音轻柔但稳定，"我们离开这里吧。你是怎么走到这条危险的巷子里的？走吧，走吧……"

年轻人不打算和那个穿着连帽长袍的人一起去任何地方。可莫名其妙地，他决定跟随他。他的脚开始移动，一步一步地沿着无人居住的街道行走。很快，他们来到一家小面包店的后门廊，坐到了一张隐蔽的桌子旁。

"嗯，先生，我是一名学生。不，先生，我是最近才开始在大学学习。我父亲是一名公证员，他受过教育，不用说，他决定我也应该学习科学。我是一个好学生……事实上，我仍然是。"

这个脸颊肥胖的年轻人在骗人。他的父亲是一个谦逊的文员，他的姐妹们穿着彼此的旧裙子，因为家里从来没有足够的钱。希望在这个家里更是渺茫。

"卢阿扬主任？是的，他是一位伟大的魔法师，了不起的科学家……是的，不用说，我们是亲密的朋友！"

穿着长袍的男人伤心地摇了摇头。文员的儿子突然感到泄气。"我的意思是……我想说……我每周都会参加主任的讲座。"

而我什么都不懂，年轻的学生心想。

长袍男子将白皙的双手放在桌子边缘——手腕上的文身清晰

可见——然后说话了。他的每一句话都像冰冷的星号一样尖锐而刺骨。每个字都把他的听众骂得入骨三分。

文员的胖脸儿子靠着桌子坐着。他的蓝眼睛圆圆的,像时装模特衣服上的豌豆。

"末日即将到来……很快。"身穿灰色长袍的男子说。

"怎么会?"学生问道,"时间的终结……的确,这没有……"他对上了对方的目光,轻声地说完了他的话:"……科学解释。"

"世界上没有人能理解所有的科学。"长袍男子听起来似乎很懊悔,"即便是卢阿扬主任……顺便说一下,不要告诉他我们的谈话。"

"可为什么不行呢?"

穿着灰色长袍的男子愤怒地瞪着眼睛。很快桌子开始颤抖,杯子里的啤酒在摇晃。年轻人脸上的困惑被恐慌取代了。

"不过你不必害怕。"文身男子抬起嘴角。"如果你行了一切必须之事,拉什会保护你。信奉我们的所有人都会得救。"

"我会行一切必须之事。那其他人呢?教团不会拯救的其他人会怎样呢?"

"教团会拯救那些应得的人,"长袍男子冷冷地说,"其他人会痛哭直至死亡。"

日子一天天过去了。上尉时不时会派人来询问同样的问题:索尔中尉身体怎么样,是否能够归队服役?来人回去了,也带走了同样的答案:中尉身体好多了,但他还不能归队服役。

卡尔维尔也来过几次。每次他只能听到通过仆人转达的歉意:唉,少爷太虚弱了,无法见老朋友。

Шрам
疤面人

卡瓦伦城的卫兵们逐渐习惯了没有索尔的狂欢；他那夺命的爱情故事曾一度令大家激动，但后来这一话题自然而然就消失了。城门口酒馆里的侍女费塔偷偷叹了叹气，抹了抹眼泪，但很快就心安了，因为即使没有光荣的埃格特，这里也有足够多戴肩章的卓越先生们。

最后上尉还是派人来问索尔的情况，但换了种问法：索尔中尉究竟能否继续服役？他犹豫了一下，但还是回答说能。

于是第二天队里就叫他归队参加实战演练。在这些战斗中要求一定要使用钝化武器，从前，这一直遭到埃格特的嘲笑：手持一把无齿的钝铁，怎么能知道危险呢？可是现在，只要一想到要手持武器与对手面对面，埃格特就不寒而栗。

一夜无眠，翌日清晨，他派一个仆人去队里送信，欲告知埃格特中尉的病情已恶化。信使顺利地走出了房门，却未走出家里的大门，因为埃格特那位严厉的父亲无情地截获了儿子的信。

"我的儿啊，"老埃格特出现在儿子房间的门口，牙关紧咬，面带怒色，"我的儿啊，该解释一下了。"他深吸了一口气。"我一直认为我的儿子首先是一个男人。你这种怪病究竟是怎么回事？你真的打算离开卫兵团吗？能在这个团中服役是每一个有着高贵血统的年轻人的荣耀。如果你并非懦夫，我真的希望你不是，那你怎么解释你不愿意去参加实战演练呢？"

埃格特看着自己的父亲，不太年轻，不算健康，他看到了父亲满是皱纹的脖子上的血管，眉毛之间深深的皱纹，一双充满愤怒的双眼。父亲继续道："我的老天爷！我已经观察你好几个星期了。如果你不是我的儿子，如果我以前不认识你，我向哈斯起誓，那我会认为你的病就叫懦弱！"

埃格特猛地抽动了一下，就像挨了一记耳光。他整个身心都

第一部分　埃格特

在痛苦又委屈地呐喊，但话已出口，埃格特内心深处非常明白，父亲所说的是真的。

"索尔家族中从未出过懦夫，"父亲压低声音说，"你要振作起来，或者……"

或许，老索尔想再说些更骇人的话，他的嘴唇紧张地抽动着，太阳穴上的青筋都鼓了起来。或许，他想大骂一通，或是将其逐出家门，但他还是没骂出口，而是再次强调："索尔家族中从未出过懦夫！"

"离他远点。"老埃格特背后传来一个声音。

那是埃格特的母亲，她脸色苍白，肩膀下垂，通常她不会干涉男人之间的谈话。

"离他远点，不管我们儿子怎么了，这是他这么多年来第一次这样……"

她停了下来。也许她想说，这么多年以来，她第一次感觉到儿子身上那种坚硬而残暴的东西不见了。那些东西曾让她感到害怕，因为那些东西让自己的孩子变得陌生而又讨厌，但这些她并没有说出口，她只是看着埃格特，久久地，充满疼惜。

埃格特拿起他的宝剑，离开了家。

⚔

索尔并没有去参加那天的实战演练，因为他走出大门之后，并没有去团里，而是沿着僻静的街道慢慢地走向城门口。

他在酒馆旁停了下来，很难说是什么让他走入那扇宽阔而又非常熟悉的大门的。

早晨时段，酒馆里空无一人，只有远处的桌子之间闪过一个人弯着腰的背影；埃格特走上前去。那人并没有起身，正在擦地

Шрам
疤面人

板，嘴里哼着一首既无歌词也无旋律的歌；当埃格特拉开一把椅子坐下时，歌声停止。这人站了起来，原来是女侍费塔。她满脸通红，上气不接下气，看到埃格特之后惊喜地失手落了抹布。"埃格特先生！"

索尔勉强笑笑，吩咐她拿酒来。

阳光透过方形的窗户照在桌子、地板和雕有花纹的椅背上。一只苍蝇在嗡嗡乱飞，使劲儿地用头撞击方窗的玻璃。埃格特一边轻咬着杯沿儿，一边茫然地盯着木头桌面上的图案。

父亲说的那个词，此刻，埃格特在心里默念着，每默念一次，他都像是哪儿疼似的打个哆嗦。懦弱。天啊，他是一个懦夫！他已经当了无数次懦夫，而他的恐惧也有人见证，其中主要就是中尉索尔，前中尉索尔，英雄和无畏的化身……

他不再咬酒杯沿儿，而是开始咬他的指甲。懦夫令人讨厌也很可怜，埃格特曾不止一次观察过贪生怕死的人是什么样的，他从旁观者的角度看到了一些恐惧的特征，脸色苍白，不自信，膝盖抖动……如今，他知道自己懦弱的样子。恐惧是一头怪物，从外观之，其一无是处，毫无价值；但从内观之，其系刽子手，力大无敌的施虐者。

埃格特摇了摇头。难道卡尔维尔在害怕的时候也会经历类似的情况吗？难道所有人都是这样吗？

费塔已经第十次拿着抹布来为埃格特先生擦桌子了，终于他回应了她那羞涩又谄媚的目光："别忙活了，小姑娘……坐到我这里来。"

她坐下来的动作如此爽快，甚至把橡木椅子弄得吱吱作响："您有什么事，索尔先生？"

他回忆起，他往她头顶投掷各种刀和匕首，然后扎入门框的场景。想到这些，他浑身冒出了冷汗。

见他突然脸色不好，费塔同情地说："埃格特先生病了这么久……"

"费塔，"他垂下眼睛，问道，"你害怕什么东西吗？"

她高兴地笑了，显然，她以为埃格特先生是在跟她调情："我怕有一天我不能让埃格特先生感到满意，然后老板娘把我赶走。"

"嗯，"埃格特耐心地叹了口气，"那你还怕什么？"

费塔眨了眨眼睛。

"嗯，比如说黑，"埃格特提示道，"你怕黑吗？"

费塔皱起了眉头，似乎想起了什么；不情愿地嘀咕道："是的，只是，埃格特先生为什么要问这个？"

"那恐高吗？"他似乎没有注意到她的问题。

"我也恐高。"她低声承认道。

接下来两个人尴尬地都不说话了。费塔看着桌子。埃格特以为她不会再说什么了，这时，女孩身子抖了一下，接着娓娓道来："您知道吗，我特别害怕打雷，那轰隆隆的雷声，伊塔说他们村里有个女孩被雷劈死了。"她叹了口气，将手掌捂在脸颊上，非常害羞地补充道："我特别害怕……怀孕。"

埃格特一惊。费塔被自己的坦诚吓坏了，开始喋喋不休，好像试图想用一连串的话语来缓解尴尬："我害怕臭虫、蟑螂、流浪汉、哑巴乞丐、女主人，老鼠。但老鼠并不是最可怕的，这种恐惧是可以克服的。"

"克服？"埃格特问道，"当你……当你害怕的时候，你有什么感觉？"

她不确定地笑道："就是感到害怕，而且一切，身体里面的

Шрам
疤面人

一切都似乎……在变弱,还有……"

她突然涨红了脸,这也是无法解释的一种恐惧特征。

"费塔,"埃格特轻声问道,"我在朝你扔飞刀的时候你害怕吗?"

她为之一振,仿佛回忆起了自己生命中那最美好的一天:"不,当然不怕!因为我知道,埃格特先生的手很准……"

这时老板娘在厨房里咆哮了一声,费塔带着歉意飞跑而去。

阳光从桌子上移落到了地板上,再从地板爬到椅子上;埃格特坐在那里,垂头丧气,手指在空酒杯的杯沿上来回滑动。

费塔无法理解他。世界上没人能理解他。在他曾经熟悉的世界里,他是权威,他是主人,可那个温暖又可靠的世界现如今已经彻底崩塌。新世界里盯着他的是剑锋、锐石和手术刀……在这个新世界里栖居着许多幽灵和夜间幻影,埃格特也因此度过了许多需要点灯才能睡觉的夜晚。在这个新世界里,他一无是处,卑贱至极,无助至极,就像一只折翼的苍蝇,而当别人发现这一点时,又会怎样?!

沉重的酒馆大门砰的一声开了。戍卫队的先生们闯了进来,其中包括卡尔维尔。埃格特仍坐在原地,只是不由自主地缩起了身子,就像在起跳之前那样。卫兵们瞬间将他团团围住。响亮的问候在埃格特耳畔响起,友好的轻拍让他的肩膀有些发疼。

"我们想你来着!"德隆的嗓门最大,"俗话说得好,说曹操曹操到……"

"有人说,索尔要死了!"一位年轻的卫兵说。

"你不会等到他死的!"拉刚大笑道,"我们所有人都会死在他的前面。他在酒馆里坐着,那就说明他健壮着呢。"

"他在酒馆里坐着,却嫌弃他的朋友。"卡尔维尔酸酸地抱怨道，遭到了一些人的白眼。

埃格特极不情愿地抬起眼睛，与之对视，惊讶不已。卡尔维尔表情奇怪地看着他，就好像他刚刚问了一个问题，而此刻正耐心地等着答案。

伊塔和费塔穿梭在客人之间忙碌。有人要为索尔中尉的康复干杯，于是大家干了杯。埃格特呛得咳嗽起来。他用眼角的余光看到，卡尔维尔正充满疑惑地盯着他。

"你这是怎么了，成寄居蟹了吗？躲了起来，没了动静。"拉刚愉快地问道，"卫兵如果没有良好的社交，就会像夜壶中的玫瑰一样凋零、枯萎。"

年轻的奥尔和博尼弗大笑起来，声音格外大。

"我发誓，他是在写一本书信体小说，"德隆猜测道，"有一次，我在巡逻的时候发现，他家的灯一直亮到早上。"

"是吗？"卡尔维尔吃惊道，而其他人也都咯咯地笑了起来。

"我很想知道，索尔把这些不眠之夜都奉献给了哪位美女……"某位浪漫之人拉长声音说。

埃格特坐在欢乐喧闹的人群中，尴尬地笑着。卡尔维尔凝视的目光令他不快。

"季莉娅给你问好，"卡尔维尔随口说道，"她拜访了我们的竞技场，还打听为什么索尔没来参加实战演练……"

"对了，要给上尉带什么话吗？"德隆突然想起来，问道。

埃格特把牙齿咬得咯吱作响。他想马上消失，但此刻离开就意味着他在挑衅众人，扫众人之兴，辜负别人对自己的善意。

"拿酒来！"他朝老板娘的方向喊道。

在接下来的两个半小时里，埃格特·索尔获得了他生命中的重大发现：酒精，如果喝足量，它会消解人的精神痛苦和恐惧。

Шрам
疤面人

  黄昏时分,酒馆里所剩不多的卫兵一起涌上街头,朝着"忠诚之盾"的方向挪动。索尔的叫喊声和笑声不亚于其他人。他的眼角余光时不时能捕捉到卡尔维尔那警惕的目光,但已经疲倦无力的埃格特根本不在乎。他正在享受期待已久的那种拥有力量、自由和勇气的感觉。

  路上如果有人碰到这群喝醉酒的卫兵,他们都会蜷缩着挤到路边去,绝不希望这群卫兵穿过马路。滨河路上,一名路灯工人正在一盏盏地点亮路灯,狂欢者们差点把他脚下的梯子推倒。埃格特笑得上气不接下气,路灯在他的眼前跳舞,像跳华尔兹一样旋转,相互鞠躬,行屈膝礼。暮春的空气中散发着浓浓的、多种气味混合的味道,埃格特用鼻子、用嘴一口一口去感受这些味道。他闻到了温暖的河水、青草、潮湿的石头、焦油、某人的香水以及热乎乎的粪便的味道……他一只手抱着卡尔维尔,另一只手依次抱过每个人,他坚信他的病已经痊愈了,并且像每个痊愈的病人一样,他有权获得极大的生活乐趣。

  在"忠诚之盾"酒馆大门的对面,离大学生和未婚妻托丽雅第一次下马车的地方不远,人行道上有一个水坑,如同忏悔般深沉,如同节日的肉汤般油腻。太阳没有晒干它,风也没有吹干它;它从早春存到暮春,只是稍稍变浅。完全可以期待,如此顽强的生命力会让它活到秋天。

  此刻,油乎乎的水面映照着傍晚的天空。一个酒醉的小裁缝正摇摇晃晃地站在水坑边。

  为什么说他是个裁缝,只要看一眼就会明白。他细长的脖子上挂着一条脏兮兮的米尺,帆布围裙上沾着粉笔灰,草黄色的头发有两缕别在了耳后,小裁缝看着水坑,轻轻地打了个嗝。

  卡尔维尔大笑起来,其他人也跟着笑起来,但笑笑也就完

第一部分 埃格特

了。小裁缝抬起蒙眬的眼睛，什么也没说，卫兵们从他身边路过，向酒馆的门口走去。

好巧不巧，就在索尔走到酒鬼身边的那一刻，后者的身体失去了平衡，向前大踏了一步，于是沉重的木鞋踩到了水坑中间。一股恶臭的水花猛地溅起，其中大部分都溅到了埃格特中尉的身上。

埃格特几乎被溅得从头到脚满身都是。恶臭的水花弄脏了他的制服、衬衫、脖子和脸。埃格特感觉到硕大、冰冷的水珠顺着他的脸颊滚下来，他愣在了原地，呆呆地盯着酒鬼。

卫兵们紧紧地围着裁缝，紧张地看着埃格特，同时又充满同情和好奇地看着那个家伙。然而那个家伙喝得比索尔中尉还要醉，这意味着他更勇敢；他不怕卫兵们，或许，他根本就没有注意到他们。他只是带着纯粹学术研究式的好奇心，仔细看了看他的鞋子，又看了看被他搅动了的水面，再看看全身被溅脏的埃格特。

"把他弄到一边儿。"德隆毫无恶意地建议道。

年轻的博尼弗跳了出来，觉着这会很好玩儿："让我来，可以吗？"

"这是埃格特的人。"卡尔维尔平静地说。

索尔中尉恶狠狠地咧嘴一笑，向小裁缝跨出了一步，不过，他立刻清醒了过来。现实轰然倒塌，压垮了春天、自由，还有重新鼓起的勇气；突然的清醒让他两腿发软，他意识到，那种恐惧会卷土重来。的确，只要一想到恐惧，那种令人讨厌的虚弱感就会在肚子里弥漫开来；他只需伸出手，抓住那家伙的衣领，但他的手湿了，根本不听使唤。

伟大的战神哈斯啊，帮帮我吧！

Шрам
疤面人

  由于用力,他浑身颤抖,把手伸向裁缝的脖颈。他汗津津的手抓住对方的衣领,就在这一刻,这个家伙的身子抖了一下,甩开了他的手。

  卫兵们沉默不语。埃格特感到一股股冷汗从他的背上渗出来。

  "很遗憾,"他勉强挤出一句,"他这个笨蛋,喝多了,是不小心……"

  卫兵们面面相觑。与此同时,小裁缝要么是为了驳斥埃格特的话,要么只是为了继续自己的学术探究,他慢慢地再次抬起穿着木鞋的脚,朝着水坑踩了下去。

  卫兵们及时躲跳开来,只有索尔,好像被禁锢在了原地,再次被溅得满身脏污。小裁缝摇晃了一下,勉强保持住了平衡,欣赏了一下自己的劳动成果,而后满意地笑了。

  "他会杀了你的,"德隆低声说,"真该死。"

  埃格特的脸、耳朵和脖子在黑色污物的覆盖下依旧涨得通红。打他!他的理性、经验以及所有常识都在大声嘶吼,打他,教训他,哪怕你过会儿就会被别人拖走,埃格特,这是令人无法忍受的,不能再忍了,已经忍无可忍了,快打他啊!

  卫兵们依旧沉默不语。小裁缝醉醺醺地笑着。

  埃格特用僵硬的手掌握住了剑柄。不对!理性在大喊,你要把剑伸向手无寸铁的平民吗?

  指向手无寸铁之人的剑,指向手无寸铁之人的剑……

  小裁缝第三次抬起脚,直视着埃格特的眼睛。显然他喝得太醉了,周围发生的一切对于他来说不过是一个游戏,把水花溅到某位先生的脸上和衣服上的游戏。

  小裁缝第三次抬起脚,就在这一刻中尉德隆已经忍无可忍,

第一部分　埃格特

随着一声模糊不清的咆哮，他猛地冲上前去，伸出拳头砸向小裁缝的下巴。受到惊吓的小裁缝，一声不响地向后翻倒在地，随即便躺在那里，打起了呼噜。

埃格特深吸了一口气。他站在那里，从头到脚全身被淋满了泥水，十双震惊的眼睛齐刷刷地盯着他，看着泥水从他制服的金色绦带上淌下。

德隆第一个打破了沉默："埃格特，要是你出手，可能他命就没了。"他抱歉地说，"看把你折磨的，或许，是他自己找死，但不应是在此时此地。他喝醉了，这样一个笨蛋，你怎么会跟一个平民打呢。埃格特，你听见了吗？"

埃格特站在那里，看着水坑，就像此前小裁缝那样。天啊，德隆竟然以为，埃格特是被气得无法动弹！

大伙儿拽着他湿漉漉的袖子把他拖走了。

"埃格特，是什么卡住你了吗？不要杀人，德隆是对的。要是杀了所有人，那手艺人也就没有了。走吧，埃格特？"

奥尔和博尼弗已经在酒馆门口等得太久了，不停地换脚站着。不耐烦地看着其他人。有人搀起了埃格特的手臂。

"等一下。"卡尔维尔说。于是大家都惊讶地看向他。

"等一下，"他大声重复道，"德隆，还有你们，先生们。你们认为，索尔中尉做得对是吗？"

有人抱怨道："胡说什么，在战友面前说什么对不对的。他什么都没做，好吧，那位笨蛋还活着。"

"不对，他发狠是不对的，"德隆调解性地说，"够了，卡尔维尔，我们走吧。"

于是奇怪的事情发生了。卡尔维尔在卫兵们中间溜过，突然出现在小裁缝倒下之前站着的地方。卡尔维尔抬起脚，并没有太

Шрам
疤面人

用力地朝水坑踩下去。

现场一下子静了下来,就像在早已被人遗忘的坟墓里。索尔全身抽搐了一下,新鲜的泥水再次溅到他的制服上,顺着他脸颊上的疤痕流了下来,金色的头发打起了绺。

"啊?"有人感到莫名其妙。"呃……啊?"

"埃格特,"卡尔维尔轻声问,"你会一直这样站着吗?"

他的声音时远时近,埃格特的耳朵好像塞满了棉花。

"他会一直这样站着,先生们。"卡尔维尔同样轻声答道,并再次将恶臭的污水溅到埃格特的身上。

就在这时,拉刚和德隆从两侧上前来一把抓住卡尔维尔。他没有反抗,任由两人将其拖出水坑:"先生们,别担心。看看埃格特,他并非是气得浑身发抖。他病了,可你们知道这病叫什么吗?"

埃格特艰难地张开嘴挤出一句:"闭嘴……"

卡尔维尔更来劲儿了:"看看,你们看看。你们瞎了,先生们,抱歉我这么说,你们都瞎了,就像一群鼹鼠。"

拉刚和德隆在慌乱中松开了手,卡尔维尔趁机又急忙走进水坑,几乎是想要把它清空的架势,再次踩溅索尔一身。

"忠诚之盾"酒馆的窗口和门口里纷纷探出一只只好奇的脑袋,就像篮子里的蘑菇。

"他喝醉了!"博尼弗惊慌地喊道,"卫兵对卫兵……"

"索尔已经不再是卫兵了!"卡尔维尔厉声说道,"他的荣誉已经被玷污,就像他身上的制服一样。"

这时,埃格特抬起头,迎上了卡尔维尔的目光。

他这位附庸朋友非常善于观察,多年的配角角色让他学会了观察和等待。如今,他瞄准之后正中靶心,他赢了,他获胜了。

第一部分　埃格特

在他冷峻的眼神中,埃格特读到了有关他们忠诚友谊的一整篇长篇故事。

卡尔维尔的眼睛似乎在说,你一直都比我更勇敢,更优秀,更幸运,可为此我难道没有付出忠诚和忍耐的代价吗?你还记得吧,我大无畏地忍受了你最恶意的玩笑;我忍受是因为我认为那是公平的,我简直为你的嘲笑而欢欣鼓舞!生活是多变的,现在我比你更勇敢,埃格特,如果你……那将是公平的。

"你疯了,卡尔维尔!"几个声音一下子喊了起来。

"如果你,埃格特,甘当懦夫,那将是公平的。"

"这是一场决斗,索尔!"德隆沙哑地说,"你要发起挑战……"

埃格特看到他的朋友在眨眼。卡尔维尔的意识深处闪过一个疯狂念头:要是他失算了怎么办?要是埃格特发起挑战呢?要是真决斗呢?

你要跟他决斗,索尔,埃格特的耳边再次响起这样的声音,快说,现在或明天,哪天都行,黎明时分,在桥旁……决斗……决斗……决斗……

随即,埃格特感受到了费塔避而不谈的那种恐惧症状。每次听到"决斗"一词都让他感觉越来越难受。

卡尔维尔看到了,瞬间明白了。他定格在埃格特身上的眼睛闪过一丝得意,他知道自己彻底安全了。

决斗……决斗……决斗……

在埃格特灵魂深处,以前的埃格特正在上蹿下跳,怒其不争,正命他立即拔剑在卡尔维尔脚下的泥泞中画出一条线……但恐惧已经完全降服了前中尉,毁了他,使他无法动弹,并让他犯下男人最可耻的罪行:拒绝应战。

Шрам
疤面人

埃格特向后退了一步。黑暗的天空像疯狂的旋转木马一样在他的头上旋转。有人叹息,有人喊出警告;这时埃格特·索尔中尉转身跑了。

当天晚上,他把那件沾满泥污的制服留在了父亲的房子里,只拿了一个旅行包,在无法忍受的恐惧和耻辱的驱使下,埃格特离开了这座城市。

第三章

窗外阴云密布，天很快就黑了下来。驿马在路上遇到坑坑洼洼的地方就会发出痛苦的呻吟。埃格特蜷缩在角落里，茫然地盯着灰色、单调、不知疲倦地向后退去的路沿。

自他从卡瓦伦城逃走的那天起，确切说是自那晚起，已经过去了三个星期。那时，世界末日和生命终结的感觉控制了埃格特，把他从家里、城市、制服和自己的皮囊中抛了出来，这种可怕的痛苦现在已经变钝了，埃格特坐在驿车布满灰尘的角落里，手抵着下巴，眼睛望着窗外，尽量什么都不想。

他的旅行包在行李架上放不下，现在正挡着他的腿，让他无法把脚放到座位下面；整个行李架上放满了一位旅行商人的包袱和篮子。这位商人是一个刻薄瘦弱的老头，就坐在埃格特的对面；埃格特很清楚，他完全有权挪动一下老头的东西，为自己的旅行包腾出一个地方，但他没敢提一个字。

老人的邻座是一位年轻漂亮、有点胆怯的少女。显然这个女孩过早离开了家，她要出去找工作，找丈夫，期待着奇遇。这位可怜的人儿对埃格特很感兴趣，但埃格特丝毫不理会她，于是她

Шрам
疤面人

委屈地用手指在玻璃上画来画去。

与索尔并排坐着的是一位满面愁容的老人,看不出他的年龄,他的鼻子发紫,短短的手指上墨迹斑斑。埃格特觉得他是一位流浪的抄写员。

马车平稳地行驶。商人把脸靠在窗框上睡着了,女孩试图抓住一只恼人的苍蝇,抄写员一直在发呆,埃格特因不舒服的坐姿而腰酸背痛,腿发麻,思考着过去和未来。

埃格特在卡瓦伦城生活了二十年,从未出过远门。如今,他有机会出去看世界。然而这个机会让他感到恐惧,而非开心。世界原来就是一个让人不舒服的、模糊的地方。这里有城镇、村庄、旅馆和道路,路上走着各色人物,他们有的闷闷不乐,有的很危险,更多的是冷漠,但都是一些令埃格特感到不快的陌生人。埃格特感觉自己蓬头垢面,筋疲力尽,备受折磨。此刻,他坐在平稳行驶的马车上闭着眼睛,他不止一次地希望发生在他身上的一切只不过是一场愚蠢的梦。有那么一刻,他真的相信,他会在自己的床上醒来,睁开眼睛,看到挂毯上的野猪,叫来仆人,在一只银盆里用清水洗漱,他还是以前那个埃格特·索尔,而不是可怜懦弱的流浪汉。他真的相信了,以至于自顾自地笑了起来,而他的一只手顺着脸颊摸去,仿佛在驱赶睡意。

他的手指碰到了一条长长的伤疤,埃格特不禁一颤,睁开了眼睛。

商人打着呼噜,女孩终于抓到了那只苍蝇,攥在手里,饶有兴趣地听着这位不幸的俘虏发出的声音。

老天爷啊!索尔的整个生活,整个幸福而有尊严的生活,变成了成千上万的碎片飞入了难以想象的深渊,在他身后留下了耻辱和痛苦,让人不敢去回忆。前面等待他的是灰色、模糊的未知，让人不敢去想。为什么？！

索尔一遍又一遍地问自己这个问题。所有落到他头上的不幸的根源是懦弱，是一位勇士心中突然苏醒的懦弱。但为什么会发生这种转变？病从何而来？

是与那位陌生人的决斗。埃格特不断在脑海中回想这次决斗，每一次都会感到奇怪。难道一场败仗就能这般摧毁他吗？一场荒唐、偶然的失败，发生在没有证人的情况下……

他竭力咬紧牙关，盯着窗外。窗外，潮湿，黑暗，无尽的森林绵延不断。

马蹄走在路上敲打出均匀的节奏。商人醒了，解开了一个小包裹，里面是一片面包和一条熏鸡腿。埃格特转过身去，他饿了。女孩终于掐死了那只苍蝇，也伸手去拿了一个小包裹，里面是一个小圆面包和一块奶酪。

抄写员显然在犹豫，他是否也该吃饭了。就在这时，富有节奏的马蹄声中突然出现了多余的不和谐音符。

马车猛然晃动了一下，先是向前，接着向侧面；前面的车夫吓得叫了起来。从后面和侧面都传来了马蹄声；商人的脸色突然变得如粉笔一样白，他那只抓着鸡腿的手在剧烈地抖动着。

女孩惊讶地转过头来；嘴唇上沾着白色的面包屑。抄写员打了个嗝；埃格特一头雾水，但感觉到不妙，向后靠了一靠。

前面好像有什么东西重重地落在了地上；马车来了个急刹车，埃格特几乎向前飞了出去，撞向商人。

"等等！"后面的某个地方，一个男人的声音恶狠狠地喊道，"等等，停下！"

几匹马一下子歇斯底里地嘶鸣起来。

"老天啊，"商人带着哭腔说，"不要啊，不要！"

Шрам
疤面人

"这是什么?"女孩小声问道。

"强盗。"抄写员平静地解释道,好像就在他的办公室里。

埃格特的心,一颗悲伤、胆怯的心,震颤了一下,一下子提到了嗓子眼,又一下子掉到了胃里。他在座位上抽搐起来,紧紧地闭上了眼睛。

马车颠簸了一下之后停了下来。车夫急促而哀切地嘀咕着,然后尖叫了一声,之后又陷入了沉默。马车的门从外面被猛地拽了一下。

"快开门!"

有人摇了一下埃格特的肩膀:"年轻人……"

他勉强睁开眼睛,看到一张苍白的脸和一双忽闪忽闪的大眼睛。

"年轻人,"女孩低声说,"您就说,您是我的丈夫。求求您了,可能……"

出于弱者的本能,她在寻求强者的保护,她抓住了埃格特的手,就像一个溺水的人抓住了一根腐烂的木头。她的目光里充满了急切的恳求,让埃格特感觉像在烧红的煎锅上一样热。他的手指在他的侧身摸索着,在寻找一把剑,但一碰到剑柄,他的手就像被烫着了一样,缩了回去。

"年轻人……"

埃格特移开了视线。

车门又被拽了一下,外面有人在咒骂,昏暗的窗户里的灯被某人的影子挡住了。

"快,快开门!"

这个声音让埃格特颤抖了一下。恐惧感阵阵袭来,冷汗从他的背部和两肋流了下来。

第一部分 埃格特

"应该打开门。"抄写员冷静地说。

商人的拳头里依旧还攥着鸡腿,眼睛瞪得大大的。

抄写员把手伸向门闩,就在这一刻,那位刚刚求助过埃格特的女孩突然看到对面的座位下面有一个黑暗的空隙。

"稍等,"抄写员对门外等候的人心平气和地说,"门闩卡住了,等一下。"

女孩灵巧地钻到座位下面,铺在座位上已经磨掉毛的织物完全将她遮住,从外面看不到她了。

索尔几乎不记得接下来发生了什么。

被恐惧占据的意识让他突然看到了一个能爬进去的小洞,一个微弱的逃命希望。这个希望实际上是不存在的,但埃格特糊涂的大脑根本不明白这一点,一个唯一的、几近疯狂的强烈念头抓住了他,那就是:藏起来!

他把女孩从座位下面拖了出来,就像一只腊肠犬从洞里拖出一只狐狸。她似乎进行了抵抗,似乎咬了他的胳膊肘,在他的手中扭动着,试图向后爬回去,但埃格特更强壮。他吓得筋疲力尽,勉强挤到了座位下面去,就缩在了最黑暗的缝隙中,然后才意识到究竟发生了什么。

他没有羞愧而死,只是因为在那一刻车门终于打开了,新的恐惧再次袭来,让埃格特失去了思考能力。所有的乘客都被赶下了车。躺在座位下面的埃格特透过眼前的织物,先是看到一双马丁靴,然后是支在地板上的一只毛茸茸的手,最后,看到的是黑色的大胡子和两只在燃烧的眼睛。

"哈!果然,看,这还有一只胆小鬼!"

埃格特的意志再度崩溃。似乎,他甚至都没有反抗;他被拖出了马车,马儿被吓得甩了甩头,眯着眼睛看着横卧在马路上挡

Шрам
疤面人

住了去路的一棵大树。眼睛肿得几乎闭上的车夫苦笑着，讨好似的把双手奉上，让强盗绑了起来。商人的包裹和篮子从行李架上被扔了出来，其中一些已经被掏空，就像集市上被掏空内脏的兔子，就堆在旁边。

埃格特也被搜遍了全身。只有家传宝剑和外套上的镀金纽扣成了强盗们的战利品。抄写员的钱包被抢走了；商人只是颤抖地抽泣着，看着自己那只大箱子的锁被撬开。女孩一下子就被两个人抓住，她转着头看看这个又看看那个，在不断地哀求着什么。

强盗共有五六个人。埃格特无法记住他们当中的任何人。抢劫过后，他们把战利品分别塞进不同的袋子，而后围在马车周围。抄写员和商人被绑在了一起，车夫被绑在一棵树上，只有埃格特是自由的，但他无法跑，他的腿根本不听使唤。

强盗们围成一圈后，轮流把手伸进了某人的帽子里。埃格特勉强明白，他们这是在抓阄。黑胡子男人满意地点了点头；抓住女孩的那两个人松开了手，黑胡子男人像主人一样搂起她的肩膀，把她带上了马车。

埃格特看到了她圆圆的大眼睛和颤抖的嘴唇。她跟着上车，并没有反抗，只是不断重复地在苦苦哀求着。黑胡子把她推上马车，其他人则满怀期待地在草地上等着。马车有节奏地晃动着，弹簧吱吱作响，里面传来压抑的尖叫。

强盗们一次又一次地抓阄。埃格特已经失去了时间的概念，他的意识分裂了：他不停地冲向强盗，击碎他们的肋骨，拧断他们的脖子，而后又突然意识到他仍坐在地上，用弯曲的手指紧紧抓着草地，身体前后来回摇晃着，他是自由的，却被异常的恐惧束缚住了手脚……

而后他又崩溃了，他失去了记忆力和思考力。树枝抽打在他

第一部分 埃格特

的脸上,似乎他仍在奔跑,只是他的腿发软,无法动弹,就像在噩梦中一样。然而此刻,比痛苦和恐惧更折磨他的是死去的渴望。他渴望死去,他渴望没有出生。如今,他是谁?老天爷啊,在这一切之后他究竟是谁?还有什么罪行会比恐惧这头怪物犯下的罪行更可怕呢?恐惧摧毁了他的意志,把他的内心撕裂。

之后黑暗降临,一切都结束了。

住在溪边窑洞中的一位老隐士经常会在森林里发现一些人。

在一个寒冷的冬日清晨,他在密林中发现了一个十四岁左右的小女孩,她像雕塑一样白皙而坚硬。她背靠树干坐在那里,手里抓着一个空篮子。隐士最终也没搞清楚,她是谁,她是怎么死的。

还有一次,他在树林里发现了一个女孩,浑身青一块紫一块,沾满了血,口中说着胡话。他把她带回到窑洞里,但第二天还是不得不埋葬了她。

隐士发现的第三个人是个男人。

他是一个英俊而强壮的年轻人。他比隐士本人要高得多也重得多,因此拖他回去特别困难。老人累得气喘吁吁,用溪水为他洗了脸。于是,年轻人呻吟着睁开了眼睛。

隐士喜出望外。至少不用再去埋葬了!他两手轻轻一拍,赞许地叫了几声,他天生就不会说话,只会用这种方式来表达自己的感受。

小溪的水面上漂浮着水草。深绿色的草梢试图随波逐流,伸

Шрам
疤面人

展开来,像是在恳求水底泥土里的草根不要阻止它们。一只只蜻蜓悬停在溪流之上,看起来珠光宝气,像是女人的首饰。

埃格特·索尔终日坐在小溪旁,看着水面漂浮的水草和飞来飞去的蜻蜓。眼前的景象时有不同。俯身看向水面,他会看到一个瘦削的流浪汉,脸颊上有一道疤痕。稀疏的胡须掩不住那道疤痕。

尽管隐士完全人畜无害,可埃格特还是花了整整一个星期才适应,才不会在他靠近的时候再哆嗦。这位心地善良的老人用干草为他弄了一张床铺,并诚实地与他分享食物:鱼、蘑菇,还有不知从哪弄来的烤饼,不断变换着花样。可他对埃格特的要求并不多,只需在小溪的对岸收集一些干树枝,或者劈一劈以前储备的木柴;然而他一下就看明白了,即便如此,埃格特也做不到。

小溪上有一座并不结实的小桥,只是三根不是很粗的树干用绳子绑在了一起。这个地方的溪流本身对埃格特来说,只有齐腰深,小桥也几乎并没有高出水面多少,然而埃格特还是害怕将自己的身体托付给这三根木头。

隐士远远地看着,这位身体强壮的年轻男人几次试图克服面前的障碍,但都没有成功。往桥上跨一步,最多两步,而后又赶紧退回来;脱下靴子,埃格特试图涉水而过,可又再次退缩,因为他的腿在冰冷的水中抽了筋。没有人知道隐士当时是怎么想的,因为他是个哑巴,习惯于保留自己的想法。

第二天,埃格特终于越过了小溪。他四肢着地,死死地抓着木桥;只是当他终于到达坚实的地面时,这位前卫兵浑身湿透,颤抖着,心脏疯狂地跳动着,最后终于斗胆睁开了眼睛。

老人从窑洞这边望着他,但埃格特已经没有力气羞愧了。他是哑巴证人,就如同松树、天空、小溪一样。

第一部分 埃格特

同样,索尔也无法劈柴。把斧头劈入一根圆木,这让他想到断头台,想到死刑,想到死亡。宽宽的斧刃本身就意味着疼痛,被剁开的肉,被砍断的骨头,汩汩流出的血。他仿佛亲眼看到,斧头从圆木上滑下,然后砍到腿上,砍入膝盖,砍碎,砍成残废,砍死。

埃格特无法拿起如此可怕的武器。不过老人并没有坚持。

就这样日复一日,埃格特坐在小溪边,看着溪水和蜻蜓。他一次又一次地回忆起中尉索尔身上发生的一切。他从一个杰出的勇士变成了一个可鄙、懦弱的流浪汉。

埃格特并不乐意回忆这些。他很羡慕那位隐士,他可以几个小时什么都不想,他那张没几根胡子的麻脸上会流露出无忧无虑的表情,神态超然平和。埃格特不可能有这样的快乐。耻辱犹如一口烧热的锅,常常会让他用头撞地。

每当埃格特痛苦、羞愧、绝望情绪发作时,隐士都会远远地走开。他在远处仔细地观察埃格特,于是他的麻脸上就会现出困惑不解的表情。

折磨索尔的不仅仅是回忆。以前,他从来没有在干草上睡过觉,从来没吃过干蘑菇,也从来没有不换内衣。埃格特变得消瘦又憔悴,眼睛塌陷,漂亮的金发乱蓬蓬地粘在一起。一日,他终于再也无法忍受,于是用隐士的刀削去了一绺绺长发。由于食物不习惯,他的胃开始疼痛难受;他的嘴唇上出现了许多裂纹,脸上的皮肤变得粗糙了。他会在冷冷的溪水中洗衬衫,而且立刻会洗澡,隐士感到惊讶,根本不明白为什么埃格特需要这些繁重的、令人不快的程序。

前两周是最困难的。每当夜幕降临,森林中变得黑暗,四处沙沙作响时,埃格特就会像一个小男孩一样躲在窑洞里,用隐士

Шрам
疤面人

的蒲席包住他的头。有一两次,密林中传来了长长的嚎叫,于是埃格特用手捂着耳朵,轻轻地颤抖着,直到天亮。

不过,也有一些静谧而晴朗的夜晚,埃格特敢于和沉默不语的隐士坐在窑洞门前的火堆旁消磨时光;有一天晚上,他抬起头,在稀稀落落的星星中突然看到了一个熟悉的星座。

他一下子开心起来,几乎立即意识到,这个星座就是某个女人脖子上那几颗痣构成的形状。这个女人和埃格特接触时间很短,但他永远不会忘记她。甚至更糟,因为任何与她名字相关的回忆都在折磨着他,那是有关不幸的记忆。

后来情况变得轻松了一些。有一次,埃格特去捡柴火,走到桥边想起他忘了拿绳子,于是又折回了窑洞。令人惊讶的是,这次过小桥的过程,没有平时那么艰难和痛苦;至少在埃格特看来,这次更轻松一些。还有一次,他特意走了一趟桥,因为他好像得到了额外的勇气,于是又走去了对岸,尽管是半蹲着走过去的,但几乎没有再用手来帮忙。

从这一刻起,他的生活变简单了一些,虽然还是无比复杂。很多小而确定、看似毫无意义的行动保护着他免受任何危险,比如每次回窑洞之前,他要先摸一下岸边的枯树干,他要在心里数到十二,然后才会踏上摇晃的小桥。每天晚上,他要把三个小木片一个接一个地扔进小溪,这是为了要保护他免做噩梦。他在一点点地战胜自己,他甚至敢拿起斧头了,而且相当成功地劈开了几块木柴,惊讶而又喜出望外的隐士亲眼看到了这一切。

有一天,埃格特像往常一样坐在小溪旁,第一百次问自己,发生在他身上的不幸究竟是为什么。之前从未打扰过索尔的隐士走到他跟前,把一只手放到了他的肩上。

埃格特打了个寒颤。隐士觉察到他的肌肉在破旧的衬衫下紧

第一部分　埃格特

张起来。老人看他的眼神里满是同情。

埃格特皱了皱眉头。"干吗？"

老人小心翼翼地在他身边坐了下来，然后用脏手指在自己的脸颊上比画了一下，从太阳穴直到下巴。

埃格特抽搐了一下，他不由自主地抬手摸了摸脸颊上的那道伤疤。

老人点点头，很高兴埃格特明白了他的意思；于是继续摇头，他用手指甲一次又一次地抓挠他的皮肤，直到他的麻脸上稀疏的胡须中间出现了红色的一道，就像埃格特脸上的那道疤痕一样。

"那又怎样？"索尔低声问道。

隐士看了看埃格特，然后又看了看天空，他皱起了眉头，在自己的鼻子前挥动了一下拳头，然后急忙闪开，闭上眼睛，再次用手指甲划他的脸颊："嗯……嗯……嗯……"

埃格特沉默不语，他不明白；隐士遗憾地笑了笑，内疚地耸了耸肩，回窑洞去了。

⚔

隐士时不时会离开一整天去某个地方。回来的时候会带着一篮子食物，尽管在中尉索尔看来，这些食物简单又粗糙，但从流浪者埃格特的角度来看，这还是非常美味的。想必老人是去了某个有人居住的地方，而且这些人对这位老隐士都很友善。

有一天，埃格特鼓起勇气，请求老人带上他一起走。

他们走了很长时间。隐士大步走在前面，不知道是通过什么记号在寻找一条难以让人发现的小道，埃格特将左手的小指紧紧地按在右手的拇指上，在他看来，这一招可以让他不再害怕掉队

Шрам
疤面人

和迷路。

森林里正值秋天，不是早秋，但也不是晚秋。索尔小心翼翼地踩着黄色的落叶，他似乎觉着他每走一步，这些落叶都会用疲惫的叹息来回应他。森林里密不透风，半秃的树枝垂向地面；粗糙树皮上的每个褶皱都让埃格特想起自己脸上的那道老伤疤。他用左手的小指按着右手的大拇指，走在哑巴向导的后面。当终于走出森林，森林的尽头出现一个小村庄时，他却一点也高兴不起来。

从栅栏后面的某处传来了多只狗叫的声音。埃格特站在原地一动不动。隐士转过身来，哼叫着鼓励他。两个十几岁的小男孩从最近的一扇大门那里跑了过来，跳上跳下。一看到他们，埃格特就不由自主地抓住了隐士的肩膀。

十步之外，男孩们愣住了，屏住呼吸，目瞪口呆。终于，年纪稍长的那个小男孩高兴地喊道："看！老奥列舍克捡了个人来！"

村庄不大，有些荒芜，只有二十几户人家，加上一个带有日晷的炮塔，还有当地女巫的一栋孤零零的房子。这里的生活慵懒而安逸；除了孩子们，没有人对埃格特的出现感到特别惊讶。大家的态度就是，奥列舍克捡来了一个脸上带伤疤的人，很好，好吧。在听到别人建议他在村庄里找个工作并在村里过冬时，埃格特只是皱着眉摇了摇头。要在暖和的地方越冬？为什么呢？是要找人陪伴吗？那样，或许还可以回卡瓦伦城的家，那里有父亲和母亲，房间里还有壁炉和挂毯。

老天啊，在发生了这一切之后，他埃格特已经没有家了。既没有父亲也没有母亲。是时候来哀悼一下索尔中尉了，在这个世界上取而代之的是脸上有疤的被捡来之人。

⚔

冬天变成了一个漫长的梦魇。

埃格特从小体质很好，可是随着第一波严寒的来袭，他就病倒了。整个冬天，这位老隐士不止一次地哀叹，要在冰冻的土地上挖坟是有多么困难。

索尔在稻草上辗转反侧，呼吸困难，咳嗽。老人原来更像是一个宿命论者，而不是一个治疗师。他用蒲席把埃格特包裹起来并给他喝草药，在确保病人平静下来并睡着以后，他才会带着铁铲走进森林，因为他相信，只要一点点地凿土，那么到了需要的时候，坑自然会达到必要的深度。

埃格特不知道他做的这些。当他睁开眼睛时，他看到的是一张充满关爱的麻脸，然后是顶棚的深色圆木，上面点缀着甲壳虫的图案。有一天，他醒来时看到了托丽雅。

你怎么会在这里？他想问。但他的舌头不好使，但他还是问了，只是没有张开嘴，无言地问，像隐士那样。

但她没有回答，她愁眉苦脸地坐在那里，把头缩在肩膀里，就像某人坟墓上那只悲伤的石鸟。

"你怎么会在这里？"埃格特又问。

她动了一下，问道："那你怎么会在这里？"

热，热，痛，好像每只眼睛里都扎了一根火炬。

妈妈也来了。埃格特感觉到她的手就放在他的额头上，但他无法睁开眼睛，疼痛和恐惧阻止了他，他害怕他认不出妈妈，害怕他不记得她的脸。

隐士摇摇头，走进森林，从腋下取出了铁铲。

Шрам
疤面人

然而天气渐渐暖和，埃格特·索尔还活着。有一天，像春天的苍蝇一样虚弱的他，自己一个人跨出了窑洞的门槛，仰起脸对着太阳，而他的脸瘦得只剩下眼睛和伤疤。

隐士又等了几天，然后叹了口气，擦了擦汗，把那个空坟用土填平，这座坟让他付出了太多的劳动。

⚔

老巫婆住在村外。埃格特偷偷地在路上画了一个圆圈，左手的小指按在右手的大拇指上，敲了敲大门。

他为这次拜访做准备不止一两天，也不止一两次，隐士用手指着伤疤试图向他解释些什么。最后埃格特终于鼓起勇气，独自一人来到小村庄，就是为了拜访女巫。

院子里很安静，可能是老太婆没有养狗。春风吹动着屋顶上笨重的风向标慢慢旋转，那是一个涂了焦油的轮子，上面钉着一块带褶皱的布，埃格特仔细看了看，看出那是块青蛙皮。

终于，听到了啪啪的脚步声。埃格特打了个寒颤，但他咬紧牙关，一直站在那里。大门吱呀一声打开了，一只鼓鼓的、蓝色的、像玻璃球一样的眼睛盯着埃格特道："啊，啊，原来是你，被捡来的疤面人。"

门开得更大了一些，埃格特克服了胆怯，走进了院子。

围栏旁边有一个盖着稻草的狗窝。狗窝旁边的一条链子拴着一只涂满焦油的木制野兽，微张的嘴巴里叼着一根弯钉。眼睛的地方是两个黑洞。看到这个，埃格特急忙躲闪了一下，走过之后，他浑身都是汗水。因为他仿佛看到那两只黑洞里隐藏着专注的目光。

"进来吧。"

第一部分 埃格特

埃格特进入了一个狭窄的房子，里面有很多被扔掉的没用东西，一个黑暗而又神秘的房子，墙壁上挂着两层干草药。

"你为何而来？"

老妇人用一只圆圆的眼睛看着他，而另一只眼睛是闭着的，眼睑已经垂到了她的脸颊。埃格特知道，老太婆不会伤害任何人，相反，在村里，大家都很爱戴她，因为她有医病的能力。尽管他知道这些，但他在别人的注视下依然在颤抖。

"你为何而来？"女巫又重复了一遍。

"我想问问。"埃格特勉强挤出一句。

女巫眨了眨眼睛。"你命中有劫。"

"是的。"

老妇人揉了揉她那像小女孩一样的翘鼻尖，若有所思道："让我想想，让我看看你……"

她随意地伸出手，从架子上拿了一根螺旋状的粗蜡烛，点燃了它，用手指揉了揉烛芯。尽管是在大白天，她还是将蜡烛凑到了埃格特的脸前。

埃格特紧张了起来，他感觉蜡烛的火苗散发出的不是暖气，而是寒气。

"你是位大人物，"老妇人若有所思道，"你是被下了咒，埃格特。"

埃格特打了个寒颤。

"你的伤疤，"老太婆继续说，好像在自言自语，"是一个标记。是谁做了这样的标记呢……"

她的眼睛靠近埃格特的脸，随即突然退远，天蓝色的眼睛几乎跳了出来。"奉蛙神之名，奉蛙神之名，奉蛙神之名，快走，快走吧。"

她突然用力抓住了埃格特的肩膀,一把推开他道:"滚开!快走开,不要回头!不该是我面对他,不该是我跟他作对……"

　　埃格特还没弄明白怎么回事,就已经来到了栅栏门口。他背靠在栅栏上恳求道:"老奶奶,请别赶我走。我……"

　　"我要放狗出来了!"女巫叫骂道,"我的老天爷啊。"木兽慢慢地转过了它的脸。

　　埃格特像软木塞一样飞出了大门。他本可以不回头继续跑下去,但他此时已经瘫软无力,像麻袋一样咕咚一声栽倒在地。

　　"我该怎么办?"他疲惫地对着路边的死甲虫低声说。

　　大门再次吱呀一声微微打开。"去找大巫师去吧,大巫师。不要再来我这里了,你不会活着离开的。"

　　大门砰地关上了。

ТОРИЯ

托丽雅

第四章

　　两束阳光透过彩色玻璃窗斜射进来，照得石头地板色彩斑斓，让昏暗而森严的图书馆不断变化。厚厚的墙壁后面传来嘈杂的说话声，校长先生的课马上就要在大礼堂开始了。第三扇朝向广场的窗户自入冬以来第一次被打开，于是从广场上传来各种声音，不那么有秩序，但却是更欢快的：歌声、叫喊声、马蹄声、车轮声、哈哈大笑声、铁皮的叮当声和马匹的嘶鸣声。

　　工作已接近尾声，一长串的书单上几乎都打上了叉号，手推车上堆满了从书架上挑选出来的大部头著作，由于太沉，手推车的台面都被压弯了。托丽雅习惯性地把脚放在梯子上，但没有爬上去，而是突然闭上眼睛，将她的脸靠在温乎乎的、被手掌摸得光溜溜的木头上。

　　春天又来了。朝向广场的窗户又打开了，她喜欢的旧书味道与被阳光晒热了的尘土味道还有草和牲畜粪便的味道混合在了一起。很快河水就会变暖，岛上的草莓就会开花。很怪，也很神奇，但她真想在草地上躺一会儿。她想躺在草地上，用脸颊去感受被压倒的小草，看着蜜蜂爬进丝绒般的花蕊中。盯着蚂蚁，看

Шрам
疤面人

着它们在树干上铺设出一条小道。

但迪纳尔已经不在了。他离开已经有一年了。如今,迪纳尔坟头的草地里蚂蚁在游荡。这里堆满了大部头。窗外阳光明媚,河边的纤夫们在喊着号子。哪儿都没有迪纳尔。因为她记得那难以置信的恐怖一幕,那个深深的黑土洞,那个土坑,一些陌生人往里面放下了一个木箱,那是迪纳尔吗?不,她永远不会去他的坟墓,他不在那里,被埋葬的人不是他。

托丽雅叹了口气,睁开了眼睛。彩色的光斑移近了墙壁。墙角坐着一只白猫,它沐浴在色彩斑斓的光线中,浑身映满彩斑,就如同剧场的小丑。猫是图书馆的防鼠守护者。它那两只圆溜溜的黄眼睛充满责备地盯着托丽雅。

她勉强笑了一下。她检查了一下梯子是否牢靠,然后提起黑色裙子的下摆,自信地顺着梯子往上爬,因为她已经爬过了数千次。

她的左膝盖有些轻微的疼痛,因为一周前,托丽雅在楼梯上踩空摔了下来,摔伤了腿,也划破了她的长袜。后来那只长袜被一位清洁工老太太补好了。那位老太太每周来侧房打扫两次,当她和托丽雅两人单独待在一起的时候,这位善良的女人常常会叹气,摊手:我的孩子,你这么漂亮的女孩,怎么一年多来就只穿这一件衣服呢?至少能找到买一双长袜的钱吧。还有帽子,鞋子,好马要配好鞍啊。

托丽雅笑了,舔了舔嘴唇。她的下唇上有一个坚硬的伤疤,那是一年前,她用牙咬出血的地方。

墙后的嗡嗡声已经平息,没错,校长先生已经登上了讲台。今天,他要给学生们讲一些值得注意的现象,科学家们认为,这些现象正出现在这个世界、宇宙的大门口。

第二部分 托丽雅

托丽雅又暗自笑了一下。没人能知道大门口到底发生了什么。父亲说:"去过门口的人,不会告诉我们……"

这是最后一个书架了。托丽雅头上一张挂满灰尘的蜘蛛网在轻轻地摆动。这里允许蜘蛛在天花板下结网,父亲开玩笑说,死后他会变成一只蜘蛛留在这里保护图书馆。

托丽雅无畏地低下头,她一点也不恐高,既不兴奋也不高兴。她把手伸向一排烫金的书脊,但随即又改变了主意,转过脸去。

在这里,在天花板下,有一扇圆形的窗户,从这里可以看到大礼堂。托丽雅曾经爬上这里,就是为了在众多低下的脑袋中找到黑色的、头发蓬乱的、极其严肃的那一颗。这是属于他们两个人的游戏,迪纳尔必须要感受到她的目光并抬起头来。

托丽雅发现,现在她想起迪纳尔的时候已经不再会有那种强烈的、备受折磨的痛苦了。她想起他的时候会伤感,但已经没有那种痛了,曾经日日夜夜伴随她的痛……

父亲曾说,会是这样的。她不相信,她无法相信,但父亲又是对的,一如既往。

想起她的父亲,她又转过身去看书。

她看到了一本大部头,普通的黑色封面,书脊似乎是有温度的,烫银的字母隐约闪烁着:关于占卜术。

托丽雅瞬间起了一身鸡皮疙瘩。因为这本书只有一个副本。许多世纪以前,一位伟大的魔法师把他的一生都献给了这本书。如今,托丽雅把这本书拿在手里,要把它交给父亲,而父亲要为自己的著作写出新的一章。许多世纪以后,有人会以同样的方式,诚惶诚恐地从书架上取下她父亲的书,然后得知主任卢阿扬的一生都献给了这本书……

Шрам
疤面人

  托丽雅小心翼翼地从梯子上下来,在自己的书单上画上了最后一个叉。于是这本有关占卜术的书就被放到了小推车上。

  好了,今天的工作就完成了。一阵清新的风从窗口吹了进来,吹起了书上的浮尘,这让守护在角落里的猫打了三次喷嚏。托丽雅漫不经心地向后撩了一下额前的头发,之后看向窗外的广场。

  炽热的阳光刺得她睁不开眼睛,广场上的喧哗声震耳欲聋;广场像一个装有彩带的旋转木马一样旋转着。摆摊的小贩们在吆喝,逛街的女士们手里撑着五颜六色的伞。一位身穿红白条纹制服的巡逻军官走来走去,故意皱着他那按传统修剪过的眉毛,但他忍不住偶尔回头看看那位格外漂亮的卖花姑娘。流落街头的孩子们在商人、行人、急忙赶路去办事的人中间钻来钻去。而由男仆们抬着的华丽轿子像帆船一样威风凛凛地在人群头顶飘浮而过。

  法院所在的楼房矮小又丑陋,在阳光的照耀下看起来像一只温厚的老癞蛤蟆,跳到阳光下,暖暖自己那皱巴巴的身子。托丽雅习惯性地瞥了一眼法院铁门前的圆形石墩。大门上印着令人生畏的话语:敬畏审判!而在石墩上放置了一个小绞刑架,上面的绞索里挂着一个破布娃娃。

  法院旁边有一座塔楼,塔楼的窗户上装有护栏,入口处守卫在打瞌睡,不远处有三个穿着灰色斗篷的人在彬彬有礼地交谈,他们是圣灵拉什的仆从。天空犹如一叶天蓝色的巨大的帆悬挂在广场之上。

  托丽雅心满意足地深吸了一口气。阳光像温热的掌心一样抚摸她的脸庞。猫跳到了窗台上,坐到了她身旁,托丽雅伸手抚摸着小猫的颈背,突然感觉到了她与这个广场、与这座城市、与书、与猫、与大学之间无与伦比的亲情。于是她开心地笑了，这几乎是她在这黑暗的一年以来第一次笑。

人群熙熙攘攘，像大锅里的杂菜汤一样在旋转。托丽雅的目光漫不经心地滑过帽子、雨伞、制服、鲜花、馅饼托盘、脏兮兮的或涂了香膏的面孔、花边、补丁、马刺等。就在这时，在这来来往往的人群中，一个格外奇怪的人引起了她的注意。

托丽雅眯起了眼睛。这个人时而会隐没在人群中的拥挤中，但这并不妨碍她从远处觉察其行为的怪异。他似乎不是在走过一个人多的广场，而是走在沼泽地的土墩上。

惊讶的托丽雅越来越仔细地观察他。那人正沿着一条计划好的复杂路线前进。当他到达灯柱，他用手紧紧抓住灯柱，低着头站了一会儿，好像是在休息。然后，显然是在确定下一个目标，之后他才又艰难地、慢慢地，像是费了好大力气，继续前进。

他对周围发生的一切毫无兴趣。很明显，他并非是久经世故的城里人，更像是一个乡下来的流浪汉。一看到穿红白条纹制服、佩带刀剑的巡逻队，他便吓得突然躲闪，还差点把正卖烤苹果的小贩儿撞倒在地。随即传来一阵叫骂声，奇怪的流浪汉再次猛地躲开了，只是这次是朝相反的方向。

无论这个男人要走的路多么复杂、曲折，但他的目的地似乎是大学。这位陌生人走得很慢，但脚步坚定，他越走越近。终于，她看清了他的脸。

托丽雅的心剧烈地跳了一下，随后似乎暂停了一下，接着又开始跳动，声音低沉，就像一只包了布的锤子敲在木板上发出的闷响。托丽雅还未来得及明白是怎么回事，暖暖的天已经透出隐约的寒意。

这个陌生男人的脸对她来说很熟悉，至少乍一看是这样。但

Шрам
疤面人

下一刻，她习惯性地咬住下唇上的伤疤，心里对自己说：不是他。

不是他。那人的脸上没有任何伤疤，最重要的是，那人的眼里永远都不会有这种痛苦和无助。不是他，这人蓬头垢面，不修边幅，极度虚弱。那人生活富足，容光满面，深知自己很帅，令人倾倒，简直得意忘形。的确是很帅，托丽雅厌恶地撇撇嘴，是的，帅得就像这人……

流浪汉走得更近了，春风吹乱了他本就蓬乱的金发。他在大学的楼前犹豫不决，似乎不敢靠近门口。

不是他，托丽雅对自己说。不是他，她更坚决地重复道。但她的心脏跳动得更快、更响了。他瘦削、病恹恹的脸上有一道长长的可怕的疤痕，每一个动作都显出他的不自信，他还衣衫褴褛……

托丽雅又往前凑了凑，目不转睛地盯着这个陌生人，似乎希望自己一眼就能看穿他。陌生人似乎觉察到了她的目光。他打了个寒颤，抬起了头。

站在窗下的正是埃格特·索尔。这一瞬间，托丽雅已经不再有任何怀疑。她的手指紧紧地抓住窗台，木刺扎入指甲里，但她感觉不到疼痛。站在下面的那人面如死灰。

似乎他看到了无比可怕的场景。他看见高高的窗户里站着一位年轻女子，于是他浑身颤抖起来，仿佛一道深渊在他的面前展开，而怪兽之母从里面伸出头来，嘴里往外流着涎水。他愣了几秒钟，仿佛被钉在了原地。但他突然转身，拨开人群迅速跑开。人群中被撞到的卖花姑娘尖叫起来。他瞬间从广场上消失了。广场恢复了节日般的热闹。

托丽雅在窗边站了良久，茫然地把扎伤的手指含进嘴里。而后,她忘了手推车上的那些书,转身慢慢走出了图书馆。

⚔

黎明时分,城门刚一开启,埃格特便进了城。他发明的护身仪式有很多,也或多或少能帮助他克服一些恐惧。比如,紧紧攥住衬衫上那颗完好的纽扣,提前计划好路线,从一个路标到另一个路标,从一个灯塔到另一个灯塔。尽管所走的路在不断变长,不过心中的希望也更加坚定,即希望通过这种方式可以避免危险。

卡瓦伦城,埃格特心目中那座伟大而辉煌的卡瓦伦城实际上也只不过是一个安静的外省小城。此刻,徘徊在人头攒动、车水马龙的喧闹街头,他格外意识到了这一点。长期离群索居的索尔看到如此多的人,开始感到头晕。他时不时要靠在墙上或柱子上休息一下,眯起那双红肿的眼睛。

隐士用了最好的方式为他送行,给他准备了路上吃的奶酪和烤饼。进城的路途原来如此遥远,充满了焦虑和恐惧;烤饼前天就吃完了,埃格特头晕也是因为饥饿。

他痛苦旅途的目的地是那所大学。有人对索尔说,只有在那里他才能遇到真正的大魔法师。不幸的是,埃格特没能打听到这位大魔法师的名字或称号。索尔问过的好心路人都一致让他去主广场。他们说,他会对那儿的学校以及许多稀奇之事感兴趣。埃格特抓着纽扣,继续一步一步地往前走。

主广场在他看来就像一口沸腾的大锅。他竭力克服头晕,穿过人群,映人他眼帘的是其他一些细节:一张涂满奶油的大嘴巴,一个掉落的马掌,一只凸起的马眼睛,鹅卵石之间的缝隙里一棵枯萎的小草……然后,他差点撞上了一个黑色的圆形石墩,

Шрам
疤面人

他抬起头,惊恐地发现,他正站在一个微型的绞刑架下,而被处决的布娃娃正用她那双玻璃眼睛冷漠地看着他。

他吓得往后一躲,险些撞到一个穿着灰色斗篷的人。那人惊讶地转过身来,但他的脸被风帽遮挡,因此埃格特看不清他的脸。埃格特再次穿过人群,但这一次,蜿蜒曲折的路把他带到了巡逻队面前。五个人全副武装,穿着红白条纹制服,严肃又可怕,他们正盼着要抓一个流浪汉呢。埃格特仿佛看到了监狱、鞭子和苦役,于是撒腿就跑。

五六个穿着灰色斗篷的男人围成一圈站着,在谈话。索尔发现,人群正在让出一条道,就像汹涌的河流掠过一座小岛。那些斗篷人的脸消失在风帽的阴影之下,这让他们看起来更可怖。埃格特比看到巡逻队的时候还要惊恐,于是试图躲开他们。

终于,他来到了大学楼前。埃格特深呼一口气,停了下来。在这座学府的入口处,一条铁蛇和一只木猴庄严地站在那里。埃格特大吃一惊,他并不知道这些雕像象征着智慧和对知识的追求。

此刻,只需登上台阶,抓住被磨得锃亮的铜制门把手,但埃格特却站在那里,无力挪动一步。宏伟的建筑镇住了他。就在那扇门的里面,隐藏着一个秘密,"大巫师",一位伟大的魔法师在那里等着他。谁知道,即将到来的见面会给这位不幸的流浪汉带来什么……他的脑海里闪过一句他曾听到过的说法,为了科学荣誉,所有大学生都会被阉割。愣在那里的埃格特感觉,那条铁蛇正恶狠狠地看着他,而猴子则嘲讽地咧嘴在笑。

汗水湿透了他的全身,埃格特仍站在原地,一种新的不安让他打了个寒颤,于是他抬起头。

一扇高高的、敞开的窗户里,一个面色苍白的黑发女人正死

第二部分 托丽雅

死地盯着埃格特。

他穿过人群，拼命地跑，碰翻了小贩的货摊，听到了骂喊声，遭遇了愤怒的推搡。他要逃离这个广场，逃离大学，逃离那扇敞开的窗户。托丽雅那张苍白的脸像个幽灵一样还在那里闪现，而她就是被他杀死的那位学生的未婚妻。滚开！这是一个不祥的预兆。他本就不该来到这座城市，现在他要尽快跑到城门口，尽快离开这一条条狭窄、曲折、拥挤的街道。

大城市的世界是冷漠的、富裕的、慵懒的，已经把埃格特当成了理所当然的祭品。在埃格特看来，城市就像一个巨大的胃，正在慢慢地消化他，想要让他彻底溶解，想要摧毁他，吸收他。

"你这个流浪汉，快让开！"

巨大的车轮在卵石马路上隆隆作响。朦胧中一张高傲的脸在埃格特的眼前飘过，他低下头，看到一只珍珠甲虫被压扁在车辙中。

"你这个流浪汉，让开，快让开！"

家庭主妇们从窗户里彼此大声招呼着，时不时会有泔水被泼到马路上，随即会传来对骂声。

小贩们在卖力地吆喝着："卖梳子了，象牙梳子，玳瑁梳子嘞！看，这神奇药水，涂在头上，会长出头发，涂抹腋下，会脱毛！"

"理发！拔罐，水蛭疗法，放血疗法！刮胡子了，刮胡子！"

一群街头顽童正在逗弄一个穿新衣服的男孩。乞丐们像雕像一样站在墙边，风吹动着他们褴褛的衣裳，他们伸出来的手掌一动不动，像是一棵稀奇灌木的黑叶子。一声声刺耳的"行行好

Шрам
疤面人

吧……行行好……"回荡在街头。尽管乞丐干裂的嘴唇几乎没有动,只是眼睛在贪婪地捕捉着路人的目光:"行行好吧……行行好……"

走,走,到城门口去。埃格特转到了一条他似乎熟悉的街道。但这条街道背叛了他,将他引到了一条笔直的、铺满石头的运河。绿色的河水散发着一股发霉的味道。运河上有一座宽阔的小拱桥。埃格特不记得这个地方,他从未来过这里,他彻底迷路了。

于是他决定问路,他鼓起勇气找的第一个人是一个上了年纪的女人,她戴着一顶浆过的包发帽,看起来很和善,她很高兴地向他详细描述了去城门的路。按照她的指示,他走过两三条街道,小心地绕过一个拥挤的十字路口,在那里转弯,随后突然又来到运河上的那座小拱桥。水黾在散发着霉味的水面上划来划去。

埃格特想起了那个戴包发帽的和善女人,他再次鼓起勇气,向一个柔弱的、穿着朴素的女仆求助。女孩一下子脸红了,看到她谦虚地垂下暗含喜悦的眼睛,索尔突然意识到,对于这个不幸的女孩来说,他根本不是一个肮脏的流浪汉,而是一个仪表堂堂的年轻人,帅哥,潜在的男伴。但意识到这一点并没有让埃格特感到快乐,相反是痛苦;女孩认真而努力地向他解释如何才能走到城门,可是她的解释与那位女人的指示正好相反。

在匆匆感谢了这位略感失落的女仆之后,埃格特再次上路。他紧张地环顾四周,路过一些商铺和餐馆,路过一家药店,药店里面摆着装有活水蛭的瓶子以及各种药水瓶;还路过一家纽扣店,这家店的橱窗里有数百颗像眼珠一样的银制的、珍珠的、骨制的纽扣……然后来到一条昏暗的小巷,小巷两侧都是密不透风的高墙，原来此乃风月之地。昏暗中，一张又一张媚眼如丝的脸凑近埃格特，断定他只不过是一个叫花子，而不是一个潜在客户之后，纷纷冷漠地转身离开。妓女的手中摆弄着丝袜带，显然是为了表达爱的激情。

小巷将埃格特引向一个圆形广场。广场中心有一个底座不高的雕像，头上戴着风帽。埃格特想起了广场上那些吓坏了他的斗篷人，犹豫了一下才敢走近并看到了刻在石头上的题词：圣灵拉什。

埃格特从小就听说过圣灵，但他想象中的圣灵是另外一种样子，或许是更威严一些；不过现在他没心情来想这些。他深吸一口气，又问了一次路。这次他问的是一个卖柠檬水的年轻又温和的小贩。据那个小伙子说，从这里到城门很近。埃格特受到鼓舞。沿着一条宽阔而人不太多的街道往前走，途经一个正骨医生的房子，门上钉着一根令人印象深刻的拐杖，然后是一个兽医的房子，招牌上画着三条马尾巴，之后是一个面包店。而后他愣住了，他又来到了运河上的那座小拱桥旁。

似乎有一股不知名的力量坚决不让埃格特走出这个闭环。他精疲力竭，靠在宽阔的石栏杆上。在他头顶的某个地方，护窗板啪的一声撞到了墙上，一扇窗户打开了。埃格特抬起头向上看去。

在一个黑暗的小窗口旁站着一个姑娘。埃格特的眼前突然一黑，苍白如大理石的脸颊，黑色的头发，脖子上的星座样排布的痣……他哆嗦了一下，但马上意识到那不是托丽雅，窗口的这个女孩冷漠地盯着窗外的人，她的脸是圆的，脸上有麻子，头发是烂草色的。

他转身艰难地走开了，在十字路口，他依次向两个友好而亲切的路人问路，但两人所指的方向完全相反。

他咬紧牙关向前走去，只能靠感觉和运气。走了几个街区后，他突然慌张地注意到，几个街头顽童正跟在他的身后，尽管距离很远。

他回头的次数越来越多，男孩们的脸脏兮兮的，但表情严肃，他们离他越来越近。他的心一下子收得更紧了，他拐了一次弯，然后拐了一次又一次，但男孩们并没有落后，男孩越来越多，他们咧开脏兮兮的嘴巴笑着，肆无忌惮。这时，埃格特身后已经跟了一群兴高采烈的孩子。

埃格特加快了脚步，他熟悉的恐惧又来了，他的喉咙发紧，腿像棉花一样瘫软。埃格特觉得自己越来越像一个受害者，而这种感觉似乎传递给了年轻的迫害者，怂恿他们追击。

于是追击开始了。

当第一块石头击中他的肩胛骨时，埃格特并不惊讶，相反，他甚至松了一口气，可以不必再等了，因为他已经被打中了……但是打了一下之后，又打了第二下，第三下。

"嘿，嘿！"嘲弄的喊叫声回荡在街上。路人看到之后也仅是表示不悦，然后就各自忙自己的事儿去了。

"嘿，嘿，叔叔，给一支烟闻闻呗。叔叔，回头看看啊！"

埃格特几乎要逃跑了，但他仅存的一点儿自尊不允许他就这么一逃了之。

"叔叔，你裤子上有个洞！你看看！"

几块小石子又准确地打到了他的腿、后背、后脑勺。一分钟后，这些追捕者已经追上了他，某人脏兮兮的手扯住了他的袖子，扯开了线，发出了撕裂的声音。

"喂，你！跟你说话呢，没听见吗？"

第二部分 托丽雅

埃格特停了下来。他被一圈人围住了，这里有八岁的孩子，还有年长一些的家伙，还有两个十四岁左右的少年。他们露着龅牙，用袖子擦着鼻涕，不怀好意的眼睛眯成一条缝。这群孩子享受着埃格特的慌乱，因为最年长的孩子还没有到埃格特的腋窝，所以感觉更加甜蜜。

"叔叔……给买个面包吧……给点钱吧，啊？"

有个什么尖锐的东西，不知是别针，还是缝针，从后面扎了他一下；埃格特猛地抽搐了一下，于是孩子们爆发出欢乐的笑声。

"看……看……他跳了起来！"

他们又扎了他一下。疼痛使埃格特流出了眼泪。

一个强壮的成年男人被一群弱小的男孩包围，他们陶醉于逍遥法外的感觉。谁知道这些小滑头怎么就看出了埃格特是一个懦夫，是一个受害者，他们兴奋地履行着不成文的法律，根据该法律，每个受害者都应有一个刽子手。

"我们再来一次，你再跳啊，古怪的家伙。嘿，你要去哪儿？"

又来一针，扎得他无法忍受。埃格特猛地冲向前去，把某人给撞倒了。紧接着石头、土块都向他袭来。

"抓住他！啪啪啪！抓住他，抓住他！"

长腿的埃格特当然比城里最捣蛋的男孩跑得还要快，但街道总是绕来绕去，到处都是门洞，一会儿就变成了死胡同；追兵们不知道从哪条小道中冒出来，截住了埃格特，开始向他扔石头和土块，不停地叫喊、嘲弄。在某一时刻，埃格特似乎觉得这一切不是发生在他身上，他正透过一块模糊的厚玻璃看着别人的噩梦。但石头打在他的膝盖上是痛的，那种超然的感觉很快就被痛

Шрам
疤面人

苦取代，这就是他的生活，他的命运，他的现实……

他路过一个贫民窟，看到一个满脸皱纹、牙齿掉光的老妇人，正在闻着一个巨大的鼻烟壶，她用弯曲的手指往迷宫般的小巷里指了指。他感到隐隐的疲惫，恐惧，有些迟钝，但当他看到广场和城门的时候，瞬间高兴起来。

城门正在关闭。

两扇门正慢慢地滑向对方，显然门卫正在下面用力推，每扇门有三个人在推，由于用力，他们满脸通红。从渐渐变窄的开口中可以看到一小片天空和一小段路。

怎么会这样，埃格特想。

他用尽最后的力气跑过广场，门的开口越来越小，而后砰的一声关上了，铁链声响起，穿过铁环拉紧，一个巨大的黑锁如同一面旗帜庄严地在铁链上升起。

埃格特站在这座宏伟的大铁门前。大门上饰有龙和蛇的形象，正转过脸来阴沉冷漠地看着他。直到此刻，埃格特才意识到黄昏已至，夜晚即将来临，大门将按照惯例关闭到清晨。

"嘿，小伙子！"一声严厉的呵斥让他习惯性地缩起了身体。"你要干吗？"

"我……我要出去。"他艰难地咕哝道。

"什么？"

"过去……出去……我要出城……"

胖乎乎的守卫满脸是汗，但看起来并不凶，他咧嘴笑着说："早上吧，年轻人。你迟到了，经常会有这样的事儿。可是你为什么要黑夜赶路啊？这很有趣吗？万一出事儿了呢？所以，亲爱的，还是等太阳出来吧，天亮我们就会开门的……"

埃格特二话不说便走开了。他已经无所谓了。

第二部分 托丽雅

早上，大门会拥堵，或者太阳不会升起，或者其他什么的。自从见到托丽雅，如果那个戏弄他一天的未知敌对力量不想让他出城，那么他就不会如愿出城，他会作为懦夫惨死在这里。

城门前的广场上空无一人。埃格特真想立刻躺下，不管躺到哪里，只要躺下，闭上眼睛，什么都不去想。

他勉强迈开腿，离开了城门口。

一队骑兵从侧面一条宽阔的街上迎面飞奔而来。五六个年轻骑手骑着训练有素的马匹。埃格特的好眼力一下就能判断出每匹马的品种，并发现骑手们的骑马姿势都很优美。他只是站着等他们一一通过，但这时，其中一位骑着高大黑色骏马的青年离开队伍调头径直冲向埃格特。

这只是发生在一瞬间，但在索尔看来，时间像定住了一般。他无法动弹。

他的小腿就像长入了广场的鹅卵石里，已经失去知觉，已经生出了根，就像一棵树看着一个樵夫走向它时的感觉。骏马英姿飒爽，飞驰而来，大地开始震动，马蹄敲击着地面，震动越来越剧烈。埃格特看到一张黑色的马脸，瞪着一双疯狂的眼睛，流着口水，它的胸膛宽如天，重如铁锤，准备将他击碎。

而后一股热气迎面扑来，马的前蹄慢慢腾起。

埃格特看着马匹那张光滑的嘴脸停在他的面前，马蹄腾起，圆圆的铁钉帽在新的、半圆形的马掌中隐约可见……而后，马掌高高地飞过他的头顶，马的腹部全然展现在埃格特的眼前，而下部有一个毛茸茸的、树枝状的突起。马蹄在他头顶乱蹬，正欲从高处落下，欲将他的脑浆溅满卵石地面。

然后他的意识再次崩溃，但足以倒计时数到五。

埃格特仍旧站在广场中央。马蹄声和响亮的笑声正从小巷子

Шрам
疤面人

里退去,一股细细的温热液体顺着埃格特的大腿流下。

……最好是死。

守卫们在他的身后哈哈大笑,这笑声让索尔觉得震耳欲聋。埃格特·索尔整个人都在呐喊,他的所有意志、仅存的尊严、残缺但仍然鲜活的骄傲在无法想象的屈辱之火中慢慢蠕动。

天空像磨石一样在头上转动,而广场像磨石一样在脚下转动,两块黑色的磨石向彼此挤压而来,似乎想要粉碎夹在它们中间的人。

埃格特,他的意志和骄傲对他说,一切都完了,埃格特。想想你脸上黏糊糊的污垢,想想马车上的那个小女孩……想想真实的自己,索尔,你想想并回答,为什么你,一个男人,会同意披着这样一张可恶的、永远恐惧的兽皮而活?你已经走投无路了,再走一步,你的整个生命,你所有的美好回忆,你所有关于父母的记忆都会诅咒你,都将永远弃你而去。趁你还记得一个真正男人该有的样子,不要再让这个可怜的怪物控制你!

守卫们似乎早已平静下来,忘记了索尔。夜晚似乎已经降临,这是一个无月之夜,夜色昏暗,只有几盏路灯闪亮着。其中一盏路灯的下面有一口井,来到这座城市的旅人通常会在这里饮马。此时这里空无一人。

埃格特走近井台,一股寒气穿透他的手掌,他朝着散发潮气的黑暗井口望去。圆形的水面宛如一面镜子,映照出昏暗的路灯、黑暗的天空和一个人的剪影,仿佛用熏黑的铁皮剪成。

他很急。他在附近找到了一块鹅卵石,石头又凉又沉,像墓碑。他要把石头系在他的脖子上,但没有绳子,腰带总是滑落。埃格特一边害怕地抽泣着,一边忙活着,他终于解开了衬衫的扣子,艰难地把鹅卵石塞进怀里。冰冷的石头触到了他赤裸的胸，这让他不禁打了个寒战。

他双手捧着怀中的石头，靠在井台上，站着休息了两分钟。这座城市已经沉睡。黑暗夜空下的某个地方，看不见的风信旗在夜风中呼呼作响，远远地可以听到守夜人的交班声："放心去睡吧，居民们都很老实……"

安心去睡吧，埃格特对自己说。他用尽全力，把一块石头压在自己身上，像搂着一只心爱的小猫。他迈起一条沉重得像木头一样的腿，跨到了井壁上。

他骑在井口的石垛上，再次用力拖动另一条已经麻木的腿，悬到水面上。于是埃格特趴在石垛上，悬在井里的小腿已经失去了支撑，只要闭上眼睛，用手和膝盖推开井壁，身体就会向后翻倒，跌入其中，藏在怀里的石头会即刻将其拉入井底，而井水会洗刷掉埃格特的所有恐惧和屈辱，只要……

这时，他的肌肉抽筋了。他用尽仅剩的力气来克服恐惧，他试图松开紧紧抓住石垛边缘已经发青的手指。要是用鞭子抽一下他这双畏缩的手就好了，但埃格特没有帮手，他怀里的石头又让他无法用牙齿去咬手指，无法让它们松开。他用力，再用力……

但随后，对死亡的恐惧像洪水一般决堤而来。

索尔用全身、手肘、脚、膝盖紧紧扣住井壁。他已经无法控制自己，他呼吸急促，猛地向前冲去，他想要逃跑，跑，逃生……他吓得几乎快要窒息，从石垛上摔到了地上，鹅卵石从他的怀里滚了出来，仍处于发疯状态的他爬到一边，颤抖着抽泣。

城门旁的岗亭里，一名守卫探出身子向外看了看，什么都没看到，于是又平静地缩了回去。"放心睡吧……"守卫们喊道。

埃格特靠在路灯上，终于缓了过来，随即才意识到那口井有多深。

123

Шрам
疤面人

他无法做自己的主人。恐惧令他的生活无法忍受,而他又无法去死。他无法离开,他一辈子都将害怕,一直到老,害怕,卑躬屈膝,背叛,忍受耻辱,恨自己,活活地腐烂。直到他疯掉……

不!埃格特·索尔的灵魂在呐喊,不……

他衬衫上的所有纽扣都掉了。埃格特抓起了鹅卵石,就像母亲抱起心爱的孩子,向井边奔去,纵身一跃……

就在井边的那一瞬间,他看到了下面漆黑的水面,对死亡的恐惧摧毁了他的意志,就像一个小孩折断了一根火柴。还留在地面上,他恢复了理智,像一只新生的小老鼠一样颤抖抽搐着……

他哭着咬住自己的手指。他叫天天不应,天空仍然一片黑暗。他想死,并试图用意志力让自己停止心跳,但心脏并没有听从他,依然在跳动,尽管跳得很乱也很痛苦。

然后他感觉到有人在看着自己。

埃格特从来没有如此敏锐、如此清晰地感受到别人的目光。他蜷缩起来,不敢动,与他的希望相反,看着他的目光并没有消失。这道目光像一双沉重的手掌落在了他的肩膀上。埃格特咬紧牙关,慢慢地抬起头来。

在离他五步远的地方,一个陌生的白发男人站在路灯下。他的脸已不再年轻,没有胡子的脸上布满了皱纹,像戴着面具一样无法看透。男人一动不动地站在那里,他几乎是眯着眼睛在仔细地打量埃格特,表情平静而困惑。

埃格特深吸了一口气,他莫名觉得这个陌生人不会侮辱他,也不会打他。但与此同时,他内心深处又生出另外一种完全不同于恐惧的焦虑。他希望这位见证了他耻辱与绝望的陌生人尽快消失在夜色中。埃格特想让对方明白,他不希望另外一个人在场,于是他转过身去。

又过了一分钟。注视的目光一秒钟也没有离开埃格特。

埃格特很痛苦,仿佛在热锅里受着煎熬。终于,他忍无可忍,决定开口说话:"我……"

他停顿了一下,不知道说什么。陌生人看着他,并没有要帮他的意思。

"您……"埃格特又开口道,就在这一刻,他突然想到了一个简单的主意。"您……"他更自信地说,"您能否……帮我一下?"

陌生人眨了眨眼睛,礼貌地问:"帮一下?"

埃格特艰难地站起来,走到井边,又捡起了他的鹅卵石,说:"推一下,您只要稍微推我一下。往那儿,把我推到水里。"

夜行路人并没有回应,埃格特急忙补充道:"这……有这样的事儿,对吧?我真的非常需要……我真的需要,请您帮帮我,拜托了。"

路人将专注的目光从鹅卵石转向埃格特的脸,然后转向井,然后再回到埃格特。

"我非常需要,"埃格特恳求地说,"必须,我必须……但我自己做不了。拜托了……"

"我想我帮不了您。"陌生人缓缓地说。埃格特心底里燃起的希望一下子又熄灭了。

"那么,"他轻声说,"那您走吧。我不得不……再试一次。"

陌生人摇了摇头道:"不,我想您不会成功的,埃格特。"

索尔手中的鹅卵石掉到了地上。他艰难地咽下一口黏稠的唾液,几乎惊恐地盯着陌生人。

"您是埃格特·索尔,我没有搞错吧?"路人若无其事地问道。

埃格特可以发誓，他以前从未见过这个人。陌生人像是能看透他的想法，轻笑了一下。

"我叫卢阿扬，来自大学的卢阿扬主任。"

埃格特沉默了，广场上雄伟的建筑和高窗里的女孩瞬间在他眼前一闪而过。这时，主任从容地走到井边，像年轻人一样坐到了井沿上。

"好吧，我们谈谈，埃格特。"

"您是怎么认识我的？"埃格特勉强问道。在灯光的照耀下，主任洁白的牙齿闪耀了一下，他笑着摇了摇头，似乎对这个天真的问题感到惊讶。突如其来的莫名其妙令埃格特不寒而栗，他颤抖着双唇问道："您是……巫师？"

"我是一个魔法师，"主任纠正他，"我是魔法师，也是一名教师。而您是谁，索尔？"

埃格特目不转睛地盯着这张平静而又神秘莫测的脸。他来到这座城市本是为了要见一位魔法师，他既期待又害怕。但托丽雅在高窗中的现身破坏了这一切，改变了一切。于是他放弃了希望，忘了这件事。可是现在，他无言以对，站在一位身穿黑色怪异长袍的白发男子面前，站在一位有意或无意目睹了他可鄙的自杀企图的证人面前，他的舌头动弹不得，对主任提出的这一残酷问题，他要到哪里去寻找答案？

主任叹了口气："怎么了，埃格特？我大概知道您曾经是谁。那现在呢？"

"现在……"埃格特听不到自己的声音，于是再次说道，"现在……我想死。"

主任冷笑了一下，轻蔑道："一点办法都没有，索尔。给您留下这道伤疤的人没有留下任何漏洞。"

埃格特的手颤抖着，摸了摸脸颊上的伤疤。主任轻松地站起身，他的个头比高大的埃格特矮不了多少，问道："您知道这个伤疤是怎么回事吗，埃格特？"

他走近了一些，离得太近，以至于埃格特向后退缩了一下。主任懊恼地皱了一下眉头道："不要害怕。"

主任用他坚硬的手指轻轻地抓住埃格特的下巴，转过他的头，让带着伤疤的脸颊朝向灯光。沉默持续了好几秒钟，主任松开了埃格特的下巴，忧心忡忡地叹了口气，回到井边，再次坐到井沿上。

埃格特站着一动不动。主任看向一旁，揉了揉太阳穴说道："您被施了咒语，埃格特。一个非常厉害、可怕的咒语。疤痕只是一个印章，一个标记，一个符号。只有一个人可以留下这样一个能让人想起他的标记。但据我所知，他很少屈尊干涉别人的事务。您是真的以某种方式惹恼了他，对吗，埃格特？"

"惹恼谁？"埃格特甚至还没听懂主任所言的一半，便低声问道。

主任又叹了口气，疲惫但耐心地说道："您还记得那个伤害你的人吗？"

埃格特站了一会儿，看着地面，然后颤抖了一下，抬起头来："咒语？"

主任嘴角动了一下："您难道没猜到吗？"

索尔想起了老隐士和村里的女巫。当女巫近距离看到埃格特的伤疤时，她吓坏了。

"是的。"他低声道，又垂下了眼睛。

一阵风吹过，路灯闪烁了一下。

"是的，"埃格特重复道，"他……好像……已经很老了。他击剑就像……现在一切都明白了。他……是巫师？也就是说，他也是魔法师吗？"

"您做了什么惹恼了他，索尔？"主任皱着眉头再次问道。

埃格特无声地动了动嘴唇。那最后一场决斗，与"高贵之剑"的白发客人之间的决斗，在他眼前反复闪现。

"没有，"他终于说道，"我，没做什么。我没想决斗，是他自己……"

主任往前挪动了一下身子说："你要明白，埃格特，这个人不会去管一些琐事。在他看来，一定是有什么东西，必须要受到严厉惩罚。现在我想知道：那究竟是什么？"

埃格特一言不发。回忆瞬间如潮水涌来，一起倾泻而来的是金属的碰撞声、卡尔维尔的笑声、人群的喧闹声、托丽雅那声尖细的叫声："迪纳尔！"震耳欲聋。

白发陌生人当时在场……哦，是的，决斗时他曾在场，离开时，他盯着埃格特看了许久。

然后是门口的小酒馆，还有……这个怪老头说什么来着？埃格特大汗淋漓，他清晰地记得陌生人的话，就像刚刚听到一般："为戴着英勇面具的懦夫——埃格特中尉干杯。"戴着英勇面具的懦夫……

"他是谁？"埃格特低声问道。主任未作回应，埃格特抬起头，意识到他正在等着自己继续说。

"我杀了……决斗中的男人，"埃格特继续低声说道，"但决斗是按照规则进行的。"

"就这些吗？"主任严厉地问道。

埃格特痛苦地皱着眉头说："结果很意外，也很愚蠢。那个小伙子,他连剑都没佩带。我本没想……可事情就这样发生了。"

他绝望地看着主任的眼睛,看到灯光正从他严厉的脸上渐渐消失。广场上,天空由黑转灰,房屋的轮廓从渐渐褪去的黑暗中慢慢浮现。

"您已经付出了代价,"主任仍严厉地说,"为您的鲁莽和残忍。施法人用永恒的懦弱惩罚了您,或许他并没有想惩罚,而只是想让您不要再危害人间,以保护那些不像您一样的人,那些与您不同的人,即不能或不想拿起剑的人……"

这时已经是破晓。主任站起身来,但这一次比较沉重,仿佛埃格特的故事让他疲惫不堪。

"主任先生!"埃格特喊道,一想到主任转身就会离开,忧愁便袭上心头,"主任先生,您是一位伟大的魔法师。我经历了这么多,我一直在寻找……我想寻求您的帮助。我求求您,告诉我该怎么做。我发誓,您说什么我都会执行,只要把它,这道疤痕,从我身上解除。"

路灯熄灭了。一个睡眼惺忪的守卫从岗亭里走出来,惊讶地看到广场中央一个流浪汉正在和一个看起来很体面的绅士交谈。各处的护窗板陆续打开,一个挤奶女工大声吆喝起来,广场上渐渐热闹,人们渐渐聚集而来,打着甜蜜的哈欠在期待着,城门即将打开。

主任忧愁地摇了摇头说:"索尔,你不明白。你不明白命运把你推向了谁。流浪者施下的咒语只能由流浪者本人来解除。"

城门上的大锁庄严地缓缓落下,门口的人群激动不已。钢链在铁环中叮当作响。新来换岗的守卫站到了一个更舒适的位置,城门发出了雄浑的吱吱声,平稳而优雅地渐渐开启。

"我现在该怎么办?"埃格特低声问道,"找他……流浪者?

Шрам
疤面人

他是谁？我到哪里可以找到他？"

阳光照拂着屋顶，白色和黄色的风向标在闪耀。

"他究竟是谁，没人真正知道，"主任微笑道，"至于说去寻找，您怎么就那么肯定，他会跟您说话？"

埃格特抬起头说："但他这样对我，他这样对我……竟然还会不肯跟我说话吗？"埃格特浑身发抖，几乎暴跳如雷，"因为一个大学生。是的，他是我杀的！但那是一场决斗。而与流浪者也有过一场决斗，哪怕他杀了我也好！我曾手无寸铁地站在他面前，一命偿一命，但他所做的让我生不如死。现在，我……羡慕那位大学生！他手持武器而死，捍卫了自己的尊严。而且被人所爱……"

索尔突然停顿下来。他感觉一道阴影瞬间从主任的脸上掠过。在他那双眯起的眼睛深处，有一道冷光在闪耀；在这样的目光注视下，埃格特那短暂的怒火意外退去，就如其爆发的那么突然。

"我必须找到……流浪者，"索尔低声说，"我这就去找……找到他，或者……或者，我也可能会死在路上……"

他的最后一句话还抱有希望，但主任笑着摇了摇头说："一切皆有可能，鱼对煎锅这样说。"

随后他转身离开了。埃格特无奈地望着他的背影。

城门旁响起了高亢的小号声，标志着新的一天已经开始。铁铸的城门已经打开，为要迎接风尘仆仆的旅人，也为欢送宅家的人儿去旅行。

正欲离开的主任突然停下了脚步。他转过头来，揉了揉太阳穴，似乎不知道该说什么。他尴尬地笑了一下，埃格特瞪大眼睛看着他。

主任缓缓地转身回来，若有所思。

"不管怎样，你根本没有必要去找流浪者，"他咳嗽了一声，似乎有些犹豫，像是在权衡每一个字，然后缓缓说道，"每年，在狂欢节前夕，他自己会来到这座城市。"

埃格特愣住了。他舔了舔干燥的嘴唇，低声问："那我……能见到他吗？"

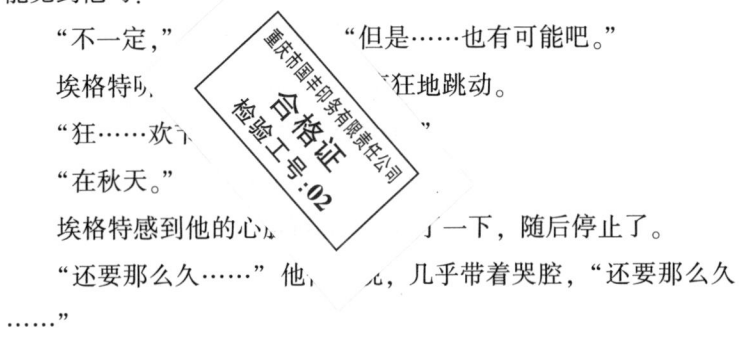

"不一定，"……"但是……也有可能吧。"

埃格特……狂地跳动。

"狂……欢……

"在秋天。"

埃格特感到他的心……一下，随后停止了。

"还要那么久……"他……，几乎带着哭腔，"还要那么久……"

主任又若有所思地揉了揉太阳穴，然后动了动嘴角，像是下定了决心，拉起埃格特胳膊肘说道："您看这样，索尔。我会在大学里为您提供一个旁听生的位置，但您会像正式学生一样得到住所和一张课桌。距离您跟流浪者朋友的会面还有半年的时间，您最好明智地度过这段时间。这样也是为了让他最终能愿意听听您的心声。我不做任何承诺，我只是想帮帮您，明白吗？"

埃格特沉默不语。主任的建议突如其来，让他有些震惊。脑海深处，窗口那位脸色苍白的女人形象一闪而过。

"当然，"看到他的困惑，主任补充说，"当然，在学校里没任何人和事会威胁到您。你听到了吗，埃格特？"

一辆辆马车通过打开的城门鱼贯而入。来自周边地区的农民一路不断地转头赶走那些耍无赖的小男孩，孩子们的眼神很好使，不断地用手抓走车上放得不牢固的东西。埃格特想起了自己

131

Шрам
疤面人

昨天的奇遇，于是皱起了眉头。

"您怎么要想这么久?"主任有些惊讶地问。

"嗯?"埃格特打了个寒颤，"难道我……我已经说了，我同……我同意。"

第五章

两张高背床，狭窄的窗户下放着一张旧桌子，这是这个小房间里所容纳的一切。房间潮湿，拱形的天花板压得很低。窗户朝向大学的庭院，此刻院子里空空荡荡的，只有一个不知疲倦的老妇人，她每周来打扫两次卫生，要么拿着抹布，要么拿着扫帚，来回走动。

埃格特从窗台上爬下来，回到自己的床上。现在他有足够的时间躺下，看着天花板上的灰色拱顶，开始思考。

春天正在消逝，夏天也将过去，而后秋天就会到来。埃格特再次数着手指，数着剩下的几个月。狂欢节即将到来。那位长着一双清澈的眼睛，没有睫毛，鼻子尖尖，腰间佩带长剑的老人将会来到这座城，这个人的身上拥有一种无形的力量，尽管无形，但却残忍……

埃格特叹了口气，转身面朝墙壁。一只小蜘蛛正挪动着它的小细腿，在黑色的石头上跑来跑去。

大学里活跃着各样的小团体。穷一些的学生都吃住在侧楼里。而富一些的年轻人则在城里租了公寓，而且这种人还不少。

埃格特既不与穷学生来往，也离富学生远远的。在大学里安顿好之后，过了几天，他给他在卡瓦伦城的父亲写了封信；没有做任何解释，只是说他活得很好，并请求寄点钱过来。

回信来得比想象的要早，可能是邮差工作运行正常。埃格特没有受到家里的责备，也没有获得任何安慰，因为信纸上只字未提。但好在他终于可以支付学费和住宿费，还可以换掉穿破的鞋子，修靴子。旁听生的身份让他无权像正式生那样，戴上一顶引以为傲的银边三角帽。

不过，无论是帽子，还是银边，他都不感兴趣。他盯着潮湿房间的白色墙壁，仿佛看到了家里那栋带徽章的房子，一位骑马的仆人送来一封信；父亲把那张皱巴巴的信纸拿在手中，他的双手颤抖；而母亲就站在门槛上，她白发苍苍，面色憔悴，披肩从她的肩膀上滑落。

或许也不是这样。或许父亲在拆开信封看到儿子名字的那一刻，他的手并没有颤抖。或许他只是皱了一下眉头，并咬牙切齿地命令仆人寄钱给这个混蛋，这个羞辱了家族荣誉的混蛋。

门在埃格特的背后打开了。他习惯性地颤抖了一下，在床上坐了起来。

埃格特的室友，一位来自郊区的药剂师的儿子，开心地笑了起来。

他名叫盖坦①，但无论在学校，还是在城里，无论在人前，还是在人后，大家都喊他狐狸。他还很年轻，比埃格特小四岁。因为身材矮小，肩膀窄，颧骨高，表情天真幼稚，因此他看起来像个小男孩。狐狸好奇的翘鼻子上布满了雀斑，蜜色的小眼睛能

---

① 小说人物名字，其绰号为狐狸，因此作者在下文中会交替使用这两种称谓。

在一秒钟内把他那惯有的调皮表情变成感天动地的惊雷。

在相当长的一段时间里，狐狸是整所大学里唯一一个能跟索尔说话超过两句的人，当然不包括卢阿扬主任。就在第一天，埃格特克服了他的困窘，问室友是否在这里见过一个女孩，一个黑发的年轻女孩。问这个问题对他来说并不容易，但埃格特知道，如果还是不清不楚，那会更糟糕。在某一时刻，他几乎可以肯定，狐狸会发笑，并告诉他，这样一个有威望的学校是不会收留女孩子的，果然狐狸真的笑了，说道："你说什么呢，兄弟！我们可不要异想天开。她叫托丽雅，是主任的女儿，她很漂亮，是吧？"

狐狸不停地说啊说，但埃格特只能听到耳边鲜血流动的声音。他的第一个冲动就是逃跑，随便去什么地方，但他以令人难以置信的力量克制住了自己，强迫自己想起井边的谈话。

主任是她的父亲。该死的命运。

在这一发现之后，他整晚都没有睡着。尽管这是许多天以来他第一次躺在干净的床铺上。他用毯子盖住头，避免听到黑暗中让他感到害怕的沙沙声。他揉了揉红肿的眼睛，神经质般地想道：如果这一切都是巫术呢？他来到这座城，碰到主任，来到这所大学，这一切都不是偶然，他是被带到这里的，被带到了一个陷阱，把他带来并关起来，是为了报仇。

第二天，在一条狭窄的走廊里，他碰到了主任。他问了一些琐事，在那平静的目光的注视下，埃格特意识到，如果这是一个陷阱，那么自己实在是太弱，根本无力逃脱。

大家对他都很好奇，有时候他还不得不回答一些问题，要无数次重复自己的名字，在突然被触碰到的时候，他会哆嗦一下。他的那些自我保护仪式也会有点帮助，但埃格特担心别人会发

Шрам
疤面人

现,并取笑他。

很快,同学们发现,埃格特是一个非常内向和忧郁的人,因此就不再理他了。索尔很高兴大家能有这样的转变,甚至去上课对他来说也变得不那么痛苦了。

根据在校学习年限,学生们被分为四类:第一阶段的学生被称为"问道者",因为他们是第一年来上学,求知欲更强;第二年的学生被称为"悟道者",第三年的学生被称为"竞道者",因为他们自以为已经拥有一些学识;最后,第四阶段的学生被称为"封圣者"。当然这是狐狸的说法,并非所有自认为有学识的年轻人都获得了这个称号,其中许多人都没有通过夏季的考试,因此,这些学生只能回家。

盖坦本人已经在校学习了一年多,被称为"悟道者"。在埃格特看来,狐狸主要只是悟出了欢乐酒宴和夜间冒险的智慧。不同阶段的学生很愿意彼此交朋友,每个小团体都会时不时聚集在一起单独搞些活动。不过大礼堂里的公共课大家都会来上,每个人都试图从老师智慧的话语中吸收自己可以消化的一切,例如:在一个农民的大家庭中,餐桌上只有一盘菜,老人夹起来的是蔬菜,孩子盛出来的是米,而主人夹起的则是肉。

每次跨过礼堂的门槛,埃格特都要咬紧牙关,把手插在口袋里,克服自己的恐惧。巨大的房间在他看来是凶险的;在有雕塑装饰的天花板上,平滑的石头面孔正看着下面,在他们那些白色的盲眼中,埃格特仿佛感觉到了嘲笑,或是威胁。他蜷缩在一个角落里,长凳令他感觉很不舒服,膝盖很快就麻了,后背也酸了,埃格特茫然地盯着高高的雕花讲坛。通常在例行问候之后过不了几分钟,他就已经无法理解演讲人讲的内容了。

校长先生的声音很刺耳,而说话方式令人印象深刻。讲的问

第二部分　托丽雅

题那么复杂和抽象，以至于埃格特绝望地不再试图去理解。他放弃了，在长椅上坐立不安，听到远处传来窃窃私语声，低笑声。他看到了光柱中飞舞的尘屑，再看看手掌上的纹路，唉声叹气，等待讲座结束。有时候，他自己也不知道为什么，他会抬起头，看看天花板下那扇不知何故朝向图书馆的小圆窗。

这位身材粗壮、声音响亮的自然科学教授看起来更像是一个屠夫，而不是一个科学家。他的话语中，埃格特只能听懂一些插入语："顺便说一句""我们看到""应该期待什么"……教授不时地会做出一些奇异的事情：在烧瓶里把一些液体混合在一起，点着一个酒精灯，就像集市上的魔术师；偶尔教授会把一些活青蛙带进大礼堂，然后把它们切开。曾经毫无畏惧地参观过屠宰场的埃格特，闭上了眼睛，转身猫着腰走开。

学生们听课的注意力是不断变化的。他们时而安静，时而坐立不安，交头接耳。学生当中有马大哈，也有笨蛋，但即便他们中最差的一个，也要比埃格特更能理解老师讲的内容。

最有趣的课当属卢阿扬主任的课。埃格特对他的感情极其复杂矛盾，有恐惧，有期待，有好奇，也有寻求帮助的渴望，以及仅仅看他一眼就会油然而生的不寒而栗。而且，不管埃格特有多自闭，他都没法儿不注意到系主任在学校里有多受敬仰。

主任一出现在礼堂，所有的簌簌声和笑声都会止息；在拱形走廊里碰到他的时候，埃格特亲眼看到，就连校长先生本人也会急忙表达他的殷勤和尊重；学生们看到他，就像兔子见到了大蟒蛇一样；凡是跟主任打招呼得到回应的，或是博得主任一笑的，那都会被认为是幸运儿。

卢阿扬先生是一个魔法师，大家都谈论过这个话题，但在他

Шрам
疤面人

的课上并没有任何魔法的东西。他谈论古代,谈论早就被摧毁的城市,谈论曾经摧毁整个国家的战争。埃格特在力所能及的时候会听课,但总是会重复听到一些他不熟悉的名字和日期,他会感觉很累,什么都记不住,然后就会失去故事的线索,接着他会困惑,感到绝望。有一天,他还是斗胆问了狐狸:"主任难道不教学生巫术吗?"狐狸同情地看了他一眼,又做出了一个不是很体面的手势,意思是说,他疯了。

学生当中没有人携带武器,埃格特至今感觉自己不带武器像是赤身裸体,可是学生中没人在意那些致命武器。住在侧楼里的学生们胆子很大,几乎每天晚上都会去城里,而归来的时间有时在午夜,有时在早上,吵闹的喧嚣声会吵醒敏感的埃格特。学生们会在学校的拱门下,唱起大家都熟悉的歌曲,但埃格特并不熟悉这些歌。学生们的生活在沸腾,但他与这一切格格不入,他是一个异乡人,一个外来者。

狐狸抬起他那瘦小的屁股费力地坐到了桌子上。有生之年见过不止一代狐狸的他,哼了一声,似乎在说教。埃格特淡淡地笑了笑,以回应他那调皮的、询问的目光。

"你在做梦吗?"狐狸一本正经地问,"梦想是最好的早餐,而午餐则要吃得油腻一点……啊?"

埃格特再次勉强笑了一下。他也害怕狐狸,这位长着棕黄色头发,药剂师的儿子,害怕他像黄蜂一样无情地嘲弄自己。他的绰号名副其实,甚至离群索居的埃格特都不止一次听到有关他越轨行为的传闻。但就在不久前,埃格特亲眼见证了一场恶作剧的全过程。

学生中有一个叫贡扎的人,一个总是火气很大且对一切都不满的小伙子,一个来自偏远省份没落贵族的儿子。埃格特不知道

第二部分 托丽雅

为什么这次狐狸会选择他作为目标。有一天，埃格特来到大礼堂，发现气氛不对，大家有一种压抑着的兴奋和快乐。学生们相互挤眉弄眼，不时地咬住嘴唇，以免发出笑声。埃格特像往常一样，挤到了自己的角落里，从自己的座位上望去，发现全场的中心当然是狐狸。

贡扎走了进来，礼堂里像往常一样喧闹，同桌向新进来的人打招呼，随即立刻惊讶地跳开，他轻声问了句什么，贡扎讶异地盯着他。

过了一会儿，埃格特才真正明白狐狸的意图。他困惑地看着这一切，所有看着贡扎的人都瞪大了眼睛，开始大声地交头接耳。贡扎坐立不安，浑身颤抖，不知为何用手捂住了鼻子。

其实大家的想法很简单：所有同伴都异口同声，有人带着同情，有人带着恶意，有人带着关怀，有人带着惊奇，都在问目瞪口呆的贡扎，今天他的鼻子怎么了，为什么它增长了近四分之一？

贡扎故意用玩笑搪塞着，反唇相讥，但他的眼神越来越阴沉。第二天，同样的事情再次发生；同学们在走廊里遇到贡扎时，都会皱起眉头，不去看他。这个愤怒的、不知所措的可怜鬼终于转向埃格特，问道："听着，伙计。至少你能告诉我，我的鼻子怎么了？"

埃格特盯着他那双充满疑惑的眼睛，尴尬地站着，最后终于勉强挤出来一句："确实，似乎……有点长。"

贡扎火冒三丈，吐了一口口水。到了晚上，狐狸笑着告诉埃格特，他成了这场恶作剧的同谋。晚上，那位绝望的外省小伙儿搞到了一段细绳，非常仔细地量了一下他那倒霉的鼻子。他特意把那段细绳留在了房间里，藏到了床垫下面。当然，狐狸趁主人

疤面人

不在的时候拜访了一下,把这段倒霉的细绳稍稍截短了一些。

天啊,当贡扎决定再量一次鼻子时,知道发生了什么吗!几乎全校学生都躲在他房间的窗户下,于是大家都听到了一声惊恐的惨叫声:原来绳子短了,他那只不幸的鼻子竟然长了有半个指甲那么长!

埃格特打了个寒颤,不再回忆。广场上传来一个拖得很长的声音,像是古代戴着石头镣铐的巨兽发出的声音,一头痛苦又孤独的巨兽。这个声音每次都让埃格特感到毛骨悚然,尽管狐狸早就向他解释说,这只是拉什塔中的例行仪式:那些穿灰色斗篷的人喜欢制造神秘感,谁知道他们在搞什么仪式。塔楼里传出的这种呻吟声,有时一天一次,有时一天两次,有时整整一星期都没有动静,市民们早已习惯了这种奇怪的声音,根本没有人在意这些,只有埃格特每次都想捂住耳朵。而此刻,他又不由自主地抽搐着,这让狐狸嘲笑道:"我父亲有个小母狗。它不喜欢哨儿声。它一听到哨儿声,就会嚎叫,简直像疯了一样。就像你一样,只是你不敢嚎叫。"

声音停止了;埃格特深吸了一口气:"你,那你知道他们究竟……在塔楼里做什么吗?"

拉什的仆从们在街上远远就能被认出来,他们穿着灰色斗篷,风帽挡住了脸。他们让市民们感到敬畏,埃格特也同样感到敬畏。

狐狸摸了一下鼻子,若有所思地说道:"嗯,他们要做的事情有很多。光洗衣服就够受的,因为他们的斗篷都很长,会拖到地上,而地上的各种屎会粘到斗篷的下摆上。衣服会被弄脏,也许,这是非常可怕的一件事儿。"

埃格特克制住了愤怒,低声问:"那,声音呢?就是那种嚎叫。"

狐狸来了精神:"那是他们的洗衣女工,一旦她发现斗篷上有一个小洞,她就会大喊大叫。也就是说,她就会开骂。"

"你怎么知道?"埃格特不解地问。

"你应该去上课。"狐狸笑道。

埃格特叹了口气。他已经好几天没去上课了。他累了,放弃了,厌倦了。但他既没有力气,也没有机会向狐狸解释。

这时,盖坦从上衣口袋里掏出一根绿色的黄瓜。他批判性地瞅了瞅这根黄瓜,又斜眼看了看埃格特,意思是问他感兴趣吗?埃格特小心翼翼地看了看黄瓜。

狐狸大笑了一声,眼睛里充满了淘气的神情。他快速地解开腰带,把黄瓜塞到了内裤里,开始喘息,以最自然的方式让黄瓜来配合自己:"哇……今天我要跟我的美人法丽跳舞……"

狐狸拥抱着一个想象中的女伴,表情洋溢着幻想,开始迈起了舞步。藏在内裤里的黄瓜随着他的步伐在抖动,显然,他这是有意的。

"可以的,"狐狸关切地说,"我会抱得更紧,只要别掉下来就好。好了,我要走了。"

他把黄瓜藏到口袋里,他还边走边从挂衣钩上取下风衣,走到门口时匆忙说道:"哦,对了,主任先生问起过你。保重。"

埃格特坐在那里,听见狐狸的脚步声在拱形走廊里回荡,渐渐远去。盖坦和他的黄瓜,拉什塔及其里面传来的奇怪声音,一下子都被他抛诸脑后。

主任先生问起过你。

主任对待埃格特表面上和对待其他人完全一样,就好像当初不是他在黎明时分把他带到了学校,好像不曾有过井边痛苦的谈话。埃格特尽管只是一个旁听生，但他作为一名学生住在侧楼里，如果不是他自己主动和主管的老司库谈起学费问题，也没有人追问他学费的问题。他的恩人主任先生，见到他时会亲切地向他点头。托丽雅是他的女儿，而被杀的迪纳尔本来可以成为他的女婿。

自从埃格特来到学校以后，主任并没有对他表现出任何格外的关注。那现在……他是发现了他没有去上课？或是因为上次在走廊上发生的事儿？

那是发生在四天前的事。

那天埃格特比平时要晚一些来上课。他从虚掩的门后可以听到校长刺耳的声音，埃格特意识到自己迟到了，但他并没有因此而感到任何气恼或懊悔，而只是一种疲惫的解脱。他正欲转身离开，这时他听到了木轮在石板上滚动的声音。

声音不大，却让他感到震耳欲聋。拐角处出现了一辆手推车，即四个轮子上面有张小桌子，桌面被一堆书压得已经弯曲变形。埃格特仿佛受到了迷惑，目不转睛地看着那些闪闪发亮的烫金装帧书籍。在书堆最上面有一本小书，用一个银色锁扣加一把小锁头锁着。埃格特惊奇地看了一会儿，然后像是被推了一把，战栗了一下，于是抬起头来。

托丽雅就站在他面前，他可以清楚地看到她的脸，那张依旧美丽的脸。黑色连衣裙的高领遮住了她的脖子，她的头发随意地盘起，发型简单，只有一缕刘海垂在干净而苍白的额头。

埃格特真想找个地缝钻进去，不要让他看到她那傲慢而又稍有紧张的目光。他们第一次在卡瓦伦城见面时，她的目光是平静的、带有些许嘲笑；而第二次见面，即挑起决斗的那次，她的目光变得慌乱、绝望、悲伤、痛苦；埃格特想起了第三次见面，他打了个寒颤，那次她看他的目光只有极端的厌恶，没有仇恨，只是冷冰冰的厌恶。

天啊！他是一个懦夫的化身，在世上，他最怕再次与她面对面。

托丽雅没有移开视线，他也无法转身离开，尽管他很想离开。他看到她眼中的傲慢变成了冰冷的惊讶，看到她轻轻皱起了眉头；然后，托丽雅稍微挪动了下小推车，而后疑惑地看了一眼埃格特。他像一根柱子一样定在那里，无法从他的位置上移开。于是她叹了口气，她的嘴角动了动，就跟主任一模一样，她似乎对埃格特的迟钝感到恼火。直到这时，他才意识到是自己挡住了小推车的去路；于是他让开，把后脑勺贴到墙壁上，湿漉漉的、颤抖的后背紧紧地靠住冰冷的石头。托丽雅从他的身旁经过，他能闻到她身上的味道，一种湿草的酸涩味道。

小推车的声音早已消逝在走廊深处，而他仍站在原地，身子贴在墙上，目送着小推车。

⚔

女儿走进父亲的办公室，悄悄地随手关上了门。

主任坐在一张巨大的办公桌前，一盏高大的烛台上摆有三支蜡烛，蜡油滴落在黑色的破旧桌面上。一支鹅毛笔在沙沙作响。许多书里都插着五颜六色的书签，都是托丽雅精心制作的。

她不发一言，站到了卢阿扬的身后。

从孩提时代起，托丽雅就一直保持着一个不雅的习惯，她会蹑手蹑脚地站到在聚精会神地工作的父亲身后，目光越过他的肩

Шрам
疤面人

头,着迷地看着黑色的笔尖在白纸上跳舞。母亲曾为此狠狠地骂过托丽雅:偷看是一种很不好的行为,最主要的是,她会干扰父亲工作!然而,父亲只是笑了笑,就这样,托丽雅学会了阅读,越过父亲的肩膀来阅读。

此刻,主任正忙着他最喜欢的事情,他在为魔法师史的某个章节做注解。托丽雅看到在页面的开头有两个叉号,于是意识到这是注解。但并未立刻理解所写内容的含义。有那么一会儿,她心无旁骛地欣赏着笔尖在纸上翩翩起舞,直到最后,黑色字母组成了一段话:

……或许这是无聊的猜测。不过可以想象,似乎魔法师的法力越小,他就越热衷于用外部效果来弥补这一不足……笔者认识一位老女巫,她让全村的人都向她进贡,而且贡品很特别,是老鼠心脏。这让人难以猜测,这位老女巫何以有如此奇怪的需要;在笔者看来,她要求进贡老鼠心脏只有一个目的,那就是让农民们一听到女巫的名字就胆战心惊。历史上有过许多比这更夸张的例子,各种廉价的小把戏有时误导的不仅仅是文盲农民。巴利塔扎尔·埃斯特在他的《薄训》一书中写道(顺带一提,本书不薄):"如果魔法师的居所之上日夜有不祥的乌云笼罩,如果客厅的窗户在一英里外便可看见血红色的光,如果在走廊里迎接您的不是仆人,而是一条用链子拴着的、散发着恶臭的龙,如果最后终于有人出来迎接你,其目光炯炯,手持一根很沉的手杖,那么你绝对可以肯定,在你面前的不过是个微不足道的巫师,正在为自己的软弱感到羞耻。我认识的魔法师中最无能的那位,总是躲在绣有符文的斗篷里,在我看来,他甚至穿着斗篷睡觉;我的同行中最厉害、最可怕的那个(我甚至不愿意提他)更喜欢穿宽松

第二部分　托丽雅

的破衬衫……"

主任犹豫了一下，放下了笔。

"你是凭记忆在引用吗？"托丽雅惊讶地问。主任有些自满地轻笑起来。

"我看见了……他。"托丽雅轻声说。

主任当然知道她指的不是伟大的魔法师巴利塔扎尔·埃斯特。

蜡烛噼啪作响。托丽雅挺直了身子，从桌子上拿起一把小钳子，仔细地修剪了一下灯芯。她轻声问道："埃斯特说的那位喜欢穿破衣服、非常厉害而又可怕的魔法师是谁呢？"

主任轻笑："是埃斯特的老师。他一百年前就死了。"

他停顿了一下，疑惑地盯着女儿。托丽雅似乎心不在焉，但主任可以看出她心事重重，她的想法就像一条被拴住的狗不停在转，围绕着一个对她来说非常重要的主题。最后，她思虑的主题终于用语言表达出来："索尔……"

托丽雅突然停住。主任亲切地等着她继续说下去，她费力地把一本厚重的书推开，在空出来的桌边上坐下。

"他脸上的疤痕，还有其他的一切，都令人印象深刻。你甚至无法想象，他的变化有多大。你以前没见过他……"她停顿了一下，穿着尖头皮鞋的脚摇晃了几下。"索尔先生，只是一个闪亮的气泡，什么都没剩下，他只是一个空壳，一张空空的老鼠皮。真的，父亲，为什么……"她说到一半停了下来，耸了耸肩，困惑得有些夸张。

"我明白，"主任再次笑道，但这次有些忧伤，"当然，你永远不会原谅他。"

疤面人

　　托丽雅摇了摇头:"原谅还是不原谅,这不重要。如果是一棵树或一块石头从悬崖上落下砸到了迪纳尔,难道我还能去憎恨石头吗?"

　　主任道:"在你看来,埃格特·索尔不必对自己的行为负责,就像禽兽一样?或像木头或者石头一样?"

　　托丽雅站了起来,显然对自己的表达能力感到不满。她气得扯掉了袖子上的一根线,说:"我不是那个意思。他不值得我去恨他。我不想纠结原谅或不原谅的事情。他无足轻重,你知道吗?我对他不感兴趣。我一直在观察他,不是一天两天了。"

　　托丽雅咬了咬嘴唇,她真的不止一次两次地顺着梯子爬到顶部,透过图书馆和大礼堂之间的那扇小圆窗看过去。埃格特总是坐在同一个地方,在一个黑暗的角落里,远离讲坛。她可以清楚地看到,他总是努力理解老师在讲什么,但随后又很绝望,接下来又是无所谓的冷漠。托丽雅双唇紧闭,试图压抑自己的仇恨,以一位研究者的客观视角来审视埃格特;有时她对他既厌恶又同情,有时也不知缘何,又非常气愤。而有时埃格特会突然抬起头,看向小窗口,尽管他并没有看到窗后的托丽雅,但她却感觉他正注视着她的眼睛。

　　"你没见过他在井边时的样子,"主任平静地说,"你真应该看看他那种痛苦的样子。请相信我,他是一个深受痛苦折磨的人。"

　　托丽雅痛苦地扯了一下额前的一绺头发。记忆中的场景如潮水般涌来,她真想忘掉这一切。

　　那一天,埃格特笑了。托丽雅清晰地记得他的笑声,他故作宽容、居高临下的眼神,记得他与迪纳尔痛苦而又漫长的致命决斗,还有心爱的人背后露出的黑色剑尖,以及潮湿沙地上的那一摊血……

主任耐心地等待着女儿整理好她的想法。

"我明白了,"托丽雅终于说道,"你对他感兴趣,是作为教具。作为一个被流浪者做过标记的人。作为其咒语的承载者。但对我来说,他只是一个被砍掉了双手的刽子手。所以,至于说他现在就住在侧楼那边,穿梭于迪纳尔曾走过的走廊,而且……"她皱了皱眉头,仿佛闻到了腐烂的味道。她沉默着,把额前那绺头发卷成一个小圈,随意地别到头发里,但它立刻又掉了下来。

"你不高兴,"主任柔声说,"你……感到难过和痛苦。但相信我……需要这样。再忍耐一下吧。"

托丽雅若有所思地扯了扯那绺不听话的头发,然后伸手从桌子上拿起一把刀,仍是若有所思地斩断了那绺烦人的头发。

她习惯了在任何事情上都相信父亲。无论是人还是动物都相信她的父亲,甚至蛇也相信他。当她还是一个小女孩的时候,她第一次亲眼看到她的父亲从干草堆中召唤出了一条毒蛇。在这之前,那里是村子里男孩子们嬉戏的地方。毒蛇自己也被吓到了。一位农民吓得想要打死那条毒蛇,当时还不是主任的卢阿扬厉声制止了农民,于是把蛇塞进一个大口袋,把它带到了森林里。托丽雅当时就走在他身旁,一点也不害怕。她非常清楚,她父亲做的一切都是正确的,不会有任何危险。父亲将蛇放入草丛之后,还严肃地向蛇解释了半天,或许是教它不要再咬人,小托丽雅当时是这样想的。那条蛇在没有得到特别的许可之前,不敢爬走;当托丽雅气喘吁吁地把这件事讲给她母亲,母亲只皱了皱眉头,咬了咬嘴唇,她的母亲从未完全相信过她的父亲。

Шрам
疤面人

托丽雅已经不太记得那些不时折磨小家庭的争吵了。或许，具有先见之明的父亲只让女儿记住了母亲美好的一面。尽管如此，那个命中注定她成为孤儿的冬日夜晚，托丽雅还是记住了所有细节。

直到很久以后，她才开始明白，父亲口中或是嘲弄或是愤怒或是低声地说出的那个简短的词——"他"是指什么。而在母亲的嘴里，这个词也总是代表着同样的挑衅。就在那日夜晚，在与丈夫争吵后，母亲准备去找"他"。很长一段时间以来，卢阿扬对妻子都是纵容的，但这次卢阿扬第一次反抗了。

也就是说，他只是看起来反抗了。事实上他已经感觉到，或者是知道接下来会发生什么。他先是乞求妻子，而后又威胁她，然后索性把妻子锁在房间里。妻子勃然大怒，骂了很多难听的话，以至于托丽雅躲在帘子后面的床上浑身颤抖，恐惧，害怕，伤心地哭。后来卢阿扬失去了耐心，他让妻子走了，就这样让她走了，门被摔得砰的一声巨响，差点散架，这就是离别的打击力量。

"我不应该听她的，"多年后，主任痛苦地对成年的女儿说，"不应该……"

托丽雅知道父亲的这种痛苦和愧疚，只是把脸紧紧地贴在了他的胸口。

那天晚上，卢阿扬一夜无眠。小托丽雅不时醒来，看到桌子上的灯一直亮着，父亲在房间里踱来踱去。早上，他不发一言，穿上衣服，匆匆离开，像是赶去帮什么人的忙。但为时已晚。即使是魔法师也不知道如何让人死而复活。当丈夫把她从森林里的雪堆中拖出来的那一刻，她就已经死了。

"我不该听她的，那时我被骄傲和怨恨蒙蔽了双眼，怨恨一个女人又有什么用呢？"

"这不是你的错。"托丽雅说。

但父亲却转过脸说道："是我的错……"

狐狸午夜过后才回来。

起初，窗外传来故意压低的欢笑声，还有隐隐约约的闲谈声，然后有人哀怨地唱起了歌，歌声随即便被一声简短的叫声打断，看来，是有人冲着歌者的后背友好地捶了一拳。

走廊里，短暂的安静之后又传来了喧闹声，门吱呀一声打开了，漆黑中狐狸走进了房间。

他瘦小的身躯压得木床响了几下，随后是衣物的窸窣声，而后是一只鞋子掉到了地板上，然后是另一只鞋子。狐狸惬意地伸了个懒腰，心满意足地打了个哈欠，显然还在回味今天的艳遇和他那根黄瓜的巨大成功。他已经在打瞌睡了，但突然听到埃格特小声道："盖坦……"

狐狸的床吱吱响了几下，他侧过身惊讶地说："你怎么还不睡觉，啊？"

狐狸心不在焉的声音暴露出他喝了不少酒。

"盖坦，"索尔叹了口气重复道，"请给我讲讲你了解的主任先生吧。"

房间里变得安静下来，非常安静。远处的某个地方，一只蟋蟀在鸣叫。护窗板响了一声，接下来又是一片死寂。

"你真是个傻瓜，埃格特，"狐狸已经用另一种清醒的声调说，"大半夜里想起来要问这个。"他停顿了一下，吸了一下鼻子，气呼呼地补充道："可能你更清楚，他好像是你的熟人。"

"好像是。"埃格特低语道。

"那不就完了,睡觉吧。"狐狸身下的床又吱吱响了几下,他突然转过身去,面对墙壁。

一只蛾子在玻璃上撞来撞去,微弱的撞击声时而中断,时而复起。不管是闭上眼睛还是睁开眼睛,周围都是同样的黑暗。漆黑得如同用蜡封住了眼眶。埃格特不再说话,黑暗中,他一如既往,感到非常非常不舒服。

盖坦的床又吱吱响起来,最响的一声过后,狐狸在黑暗中悄声问道:"你为什么要问主任先生?你与他何干?他又与你何干?"

埃格特把被子拉到下巴处,对着看不见的天花板说:"他答应过我……会帮我。而我……不知道。我怕他,这里还有她……"

"她是谁?"黑暗中狐狸马上问道。

"她……托丽雅。"埃格特很不情愿地、费力地说出了这个名字。

"托丽雅?"狐狸小心地又问了一遍,充满了遐想。他大声地叹了口气,悲伤地说了句:"忘了吧。"

在城里很远很远的地方,守夜人在彼此呼应着。

"他教她……魔法吗?"埃格特问道。

狐狸躺在床上再次烦躁起来。"你真是一个彻头彻尾的傻瓜。他不教任何人魔法!这不是算术或做鞋。"

又是一阵沉默,可以听到蛾子的簌簌声和狐狸生气的喘息声。

"但他不是魔法师吗?"埃格特再次问道,克服了不由自主的胆怯,"他不是伟大的魔法师吗?我就是因为这个才……"

第二部分 托丽雅

他想说，他之所以来到这座城市，就是为了见到这位伟大的魔法师。他在路上，在旅馆里都听说过这个人。他想说，但他还是停住了，他害怕暴露自己不该暴露的东西。幸亏狐狸毫无察觉，他身下的床再次摇晃起来。

"我……"埃格特又开口道，狐狸却突然打断了他的话。盖坦的声音听起来异常严肃，甚至有些令人难过："我在这所学校里学习才一年多，我可以告诉你，卢阿扬主任，他……也许，根本就不是一个人。"他深吸了一口气。"不，他不会伤害任何人。世上没有人比他更了解历史，这是肯定的。你畏惧他是对的，索尔。曾经有一次，只是你不要跟别人讲，但这是我亲眼所见，索尔！一个拿着小鼓的老太婆出现在广场上，她是一个乞丐，敲着鼓，向人乞讨。据说她看人的眼神不怀好意，大家最好都绕道走。可是我说去就去了，因为好奇。我看到，主任当时也来了；他追上了那个老太婆，突然她转过身来，看了他一眼。我就站在旁边，我告诉你，我差点被那个眼神杀死。老太婆不再击鼓，但她发出了嘶嘶声啊！她低语着什么，但一个词也听不清楚，这些词像生锈的锁头一样叮当作响。这时，主任也对她低声说话。那些词，之后的三天内都一直萦绕在我的耳边。而后他拖起她，不是用手，而是好像用一根看不见的绳子。我这个傻瓜就跟在他们后面，尽管我的双膝在发抖。他们拐进了一个门洞，老太婆……就在老太婆站过的地方，我一看，有一条粗大的、黏糊糊的蛇正在蠕动，冲着主任张开大口，而他当时抬起了一只手，并从这只手里……"

狐狸奇怪地停了下来，不再说话。埃格特躺在那里，勉强克制住紧张的颤抖。

"后来呢？"他终于挤出来一句。

狐狸烦躁起来。于是起身。他用手拍了拍桌子,在找火镰。

"后来呢?"埃格特再次问道。

"后来,"狐狸呆呆地回应道,点上灯,"主任问:'你想要什么?'而它发出嘶嘶声道:'要吃掉旁听生索尔……'"

一支蜡烛亮了起来。埃格特浑身湿得像一只老鼠,气恼地吐了一下口水,同时也松了一口气:他撒谎,该死的,爱开玩笑的家伙。他撒谎……可能。

狐狸拿着蜡烛站在房间中央,墙壁上的黑影在颤抖,因为盖坦的手在微微颤抖。

两人都努力装睡,直到天亮。早上,他花了几分钟时间研究脸颊上的疤痕,而后强迫自己去上课。

卢阿扬主任比平时稍早一些从他的办公室下来了。埃格特在走廊的尽头看到了他,于是退缩到了一个黑暗潮湿的壁龛中。主任没有看到埃格特,或者故意没有表现出他看到了埃格特,从旁边走过。就在这时,狐狸追上了他。

埃格特没有看到他,只是听到盖坦异常胆怯、困惑的声音,狐狸似乎在请求主任的原谅。"该死的舌头……"埃格特听到他说,"我自己都不知道,怎么回事。我对天发誓,以后我会像鱼一样保持沉默。"

主任平静地轻声回答。狐狸的声音似乎变得欢快起来,他的鞋跟敲击着地面,渐渐走远。

主任站着思考了一会儿,然后转过身来,停在壁龛前,眼睛望向别处,轻轻地叫了一声:"埃格特。"

第二部分 托丽雅

办公室看起来很大,不比礼堂小多少;阳光隐没在深色窗帘中,天鹅绒的窗帘挡在窗户上,就像发炎眼睛的沉重眼睑,使房间陷入半明半暗。

"你看,埃格特,你可能很好奇,所以请看看吧。"

办公室中间有一张书桌,上面摆着一个三头铜烛台;两把刻有雕饰的高背木椅相对而立,桌子后面的光滑墙壁上,一只铁制飞鸟张开的翅膀散发着暗淡的光芒。

"这是对我的老师的纪念。他的名字叫奥尔兰,我以后会给你讲他的故事。"

埃格特小心翼翼地靠着墙边往前移动,一张苍白的、带有伤疤的脸映在一个模糊不清的玻璃球上,球里面有一支淌油的蜡烛。旁边一张瘸腿儿的圆桌上挤满了银色的小雕像,有人、有动物,还有巨大的昆虫。这些雕像做工精湛,它们似乎都看向同一个点。埃格特仔细一看,这些银色雕像的眼睛都看着一个针尖,从一个无定形的树脂块中露出来的。

"看吧,只是不要用手去碰它们,好吗?"

天啊,埃格特会先咬掉自己的手指,然后才敢触摸一只被链条锁住的巨型老鼠标本。早已死去的啮齿动物露出的牙齿似乎被黏稠的唾液浸湿了。

两个巨大的柜子,像坚不可摧的庄严守卫,被两个挂锁锁起;沿着墙壁是一排书架,可能这都是一些特殊的书籍,关于魔法的书籍。埃格特颤抖了一下,其中一本书的书脊上长出了一根华丽的黑毛。

他不想再看下去了。他向后躲闪了一下,怯生生地看向

Шрам
疤面人

主任。

主任不慌不忙地拉开窗帘，让阳光照进办公室，他随意地坐到一把木椅上说："好吧，埃格特……我们该谈谈了。"

埃格特按照主任的指示，迈开发软的腿，坐到了另一把椅子的边缘上。透过窗户的一角，他看到了一小片蔚蓝色的天空。

"一段时间以前，"主任不慌不忙地开口，"如果根据历史的标准来看，不是很久以前，但如果根据人类生命的标准来看，那就完全不是不久前了。曾经有个人，他年轻又幸运，是天赐的魔法师。他本可以成为具有非凡魔力的魔法师，假若他的命运中没有那次意外而痛苦的转折……"

主任停顿了一下，似乎让埃格特去辨别他话里的秘密含义。索尔用手指抓住了木椅的扶手。

"事情是这样的，"主任继续说，"他过于自信和骄傲，他跨越了玩笑与背叛的界限，并严重侮辱了朋友。为此，他遭受了也许是过于残酷的惩罚，他被剥夺了人形，以衣架的形态存在了三年，还永远失去了魔法的天赋。但毕竟，这份天赋是他的灵魂、意识、个性的一部分！所以，遭受羞辱和拒绝的他，失去了一切，走上了试炼之路……"

主任不再说话，似乎期待着埃格特接下去，能替他讲完这个故事，但埃格特沉默着，试图明白主任的故事与他自己的命运有什么关系。

卢阿扬微微一笑："是的，埃格特，试炼之路。这是他要走的路，他一直走到了最后。你也站在一条类似的路上，索尔，只是……你这是另外一条路，没人知道在这条路上等待你的是什么。毕竟，不管怎么评判，我跟你讲的这个人并没有杀害任何人。"

第二部分 托丽雅

仿佛有块烧红的铁触碰到了埃格特,让他感到刺痛,尽管主任平静的口气里没有丝毫指责的意味。窗外的蓝天瞬间暗了下来,埃格特的意识深处闪过一个念头:他说的这个才是重点。也许,现在他不得不要付出代价,因为托丽雅是他的女儿,而迪纳尔是他的准女婿。

"但是,"他勉强道,"我不是故意的,这是一场公平的决斗,我本没想杀他,主任先生……我以前……"

他忽然想起了什么,停了下来,但主任疑惑地看着他,埃格特不得不继续:"我以前……也跟人决斗过。决斗过两次,但两次都是按规矩来的。那些……死在我剑下的人,他们有亲戚,也有朋友。但即使是亲戚也认为,决斗中的死亡不是耻辱,幸存下来的人也不是凶手……"

主任沉默着站起身,像是在思考,顺着书架走过,不时地用手摸一下书脊。埃格特缩着头,观察着主任,准备接受一切:也许对方会伸手发出闪电,或念咒语把他变成蛤蟆。

魔法师转过身,严厉地问道:"想象一下,如果你见到流浪者,索尔,你会怎么跟他说?和我现在听到的一样吗?"

埃格特低下头,坦白地承认道:"我不知道该怎么跟他说。我希望……也许,您可以教我……但是……"

他不再作声,因为任何语言都变成了毫无价值、毫无意义的自言自语。他很想说,他完全理解,主任有理由恨他,他是杀害迪纳尔的凶手;也许,对于埃格特来说,仁慈只是推迟不可避免的惩罚。他想解释,他明白托丽雅的父亲根本没有义务帮他见到流浪者,相反,主任有理由认为,让他成为懦夫的诅咒是他应得的,也是公平的。他索尔就应该带着脸上的伤疤度过余生……最后,埃格特还想承认,尽管无望,但他还是非常希望主任能够帮

Шрам
疤面人

助他。

他本来想说出这一切,但他的舌头已经不听使唤,一动不动,就像一条死鱼。

主任走到桌子前,打开了一个大文具盒。埃格特漫不经心地看着里面的东西,有形状奇异的墨水瓶,盖子上有个小铜球儿的撒沙器,一堆五颜六色的鹅毛笔,还有几把削笔刀。

主任笑道:"我讲这位失去法力的魔法师的故事,并非偶然,埃格特,了解他的命运或许会对你有所帮助……或许没有。"主任从鹅毛笔中抽出一支特别长的,慈爱地看着它,又拿起一把削笔刀。

"半个世纪前,埃格特,我还是个小男孩,住在山麓。我的母亲、父亲、所有亲戚都在瘟疫中死去,我生命中最重要的人就是我的老师奥尔兰。他的房子像燕窝一样紧紧地贴在岩石上,而我则是这个燕窝里的雏鸟。有一天晚上,我的老师看了一下水镜。是这样的,埃格特,一个身怀一定法力的魔法师,如果从五个泉眼中收集泉水并施法,就可以从这面镜子中看到别人眼睛看不到的东西。我的老师看了一眼之后就死了,他的心碎了。我永远都不会知道,他究竟看到了什么事或者什么人。只剩下我独自一人,那时我十三岁,按照习俗,我埋葬了奥尔兰,但我并没有急于再找一个新的老师。过了一段时间,我自己第一次独立创造了一面水镜。有很长一段时间,它一直都是黑的,我已经不抱希望了,但当水面亮起来的时候,我看见了……"主任放下削尖的笔,拿起一个新的,"我看见一个陌生人站在一个巨大的铁门前,这个景象持续了几分钟,我还看到了一个插了一半的生锈的门闩……埃格特,你有没有听说过宇宙之门?"

主任停顿了一下,充满疑问地看着埃格特。埃格特在椅子上坐立不安，感觉自己从未如此愚蠢；他耸了耸肩。主任笑着说："你知道我为什么要告诉你这些吗？也许，这没用，埃格特，也许这是没用的。但如果你想和流浪者谈谈……你还是想和他谈谈，不是吗？"

办公室的门轻轻地吱呀响了一声，但这个声音对埃格特来说却像枪炮齐射一样震耳欲聋。托丽雅走了进来。

埃格特缩在椅子上，女孩看到父亲的客人后停顿了片刻，然后若无其事地走到桌前，放下了一个小托盘，上面放着一片面包和一杯牛奶，然后与主任对视了一眼，犹豫一下之后，坐到了桌子沿上，晃动起她脚上的尖头皮鞋。

"我的故事让索尔先生感到为难了。"主任对女儿说。托丽雅尴尬地笑了笑。

主任又开始讲话，显然是对埃格特说的；埃格特一个字也没听懂，只是期待着他可以起身离开的那一幸福时刻。尽管他没有看托丽雅，但他用皮肤都可以感受得到她时不时投来的冷漠目光。

几分钟之后，索尔才明白主任所说的话。

"……这是我一生的心血，埃格特，这是一本非常重要的书，书名暂定为《魔法师传》。大概在我之前，没人有特殊能力将我们知道的过往伟大魔法师的事迹编写到一起。他们中的许多人都已成为传奇，有些人不久前还活着，而有些人活到了现在。我是奥尔兰的学生，我会专门用一大章节来写他，我个人还认识拉尔特·列吉阿尔。这些名字对你来说并没有什么意义，但任何一位魔法师，即使是最平庸的，只要一听到他们的名字，都会充满崇敬……"

埃格特的脑袋里像是渐渐地灌满了铅。他感觉房间也仿佛绕着一条轴心开始旋转；只有托丽雅的脸，苍白得像一个美丽的石膏面具，一动不动。

"我知道这对您来说很难，埃格特。"主任再次坐到了扶手木椅上。索尔与之四目相对，于是他瞬间清醒，仿佛冲了一个冷水澡。主任目不转睛地盯着他，目光如针。

"我理解……但试炼的道路从来都不是坦途，索尔。没有人知道你的结局，但我会尽我所能帮助你。托丽雅，"他对女儿柔声道，"那本咒语史是在这里还是在图书馆里？"

托丽雅二话不说，熟练地从书架上抽出一本封面包有铜角的小书。

"《咒语之书》？"她随口问道，"拿去吧。"

主任小心翼翼地接过这本书，用手掌拂去灰尘，吹了一口气，吹去最后的灰尘。

"看，索尔，我借给你这本书，希望它能帮你……更深地了解你身上发生的一切。不要急于还回来，你有足够长的时间来阅读。"

"谢谢。"埃格特机械地说，仿佛不是自己的声音。

⚔

曾经有一个人，他贪婪而又残忍。有一天，天气非常寒冷，一个抱着婴儿的女人来敲他的房门。他想：我为什么要让一个乞丐来到我的壁炉旁呢？于是没放她进来。当时下起了暴风雪，女人怀抱死去的孩子，在冻僵之际说出了可怕的话。于是那人被咒诅：他再也不能生火了。无论是小小的火花，还是一场大火，无论是篝火还是一根烟斗，任何一种火，只要一靠近他就会熄灭；他自己的身体也开始渐渐冷却、衰竭，就像倾盆大雨下的火苗一

第二部分 托丽雅

样,他无法让自己暖和起来,垂死挣扎着,喃喃地说:冷……

索尔打了个寒颤,叹了口气,翻过了这一页。

一个村庄里发生了瘟疫,很多人都死了。听闻这一不幸消息后,一位医士来到了村里;他尽管年轻,但经验丰富,也很能干。他挨家挨户地使用草药为人们治疗,这种病也可能会感染他,但幸运的是他并没有被感染。人们得到了医治;于是他们问自己:这位年轻医士拥有何种力量?他的手和他的草药里有什么未知的力量?为什么他能幸免于瘟疫?人们被这种神秘的力量吓坏了,于是杀死了医士,希望把他身上的神秘力量也一起杀死。然而,他们的杀人罪行得到了报应:不久以后,他们的村子就空无一人了,没人知道人们都去了哪里。智者说,他们被诅咒了,都被诅咒了,老人和婴孩都被诅咒了,要在未知的深渊中遭受折磨,直到有人出现,解除咒语。

这本书已经很旧了,每一张泛黄的书页上都记下了一个模糊又恐怖的故事。索尔勉强克制着自己神经性的颤抖。不管怎样,他还是继续阅读,他的眼睛仿佛被固定在了像甲虫背一样的黑色字母上。

有三个人在路上拦住了一位旅人,但他很穷,三人一无所获。于是他们心生愤恨,残忍地打了他一顿。旅人临死之际对他们说:"我一直温和善良,并没有害过你们,你们为什么这样对我呢?我念咒呼求,诅咒你们:让大地不要再承载你们!"

说完,路人就死了。他的眼睛一闭,强盗们脚下的土地就塌

Шрам
疤面人

陷了。

他们惊恐地开始逃跑,但每走一步,他们脚下的地面就会裂开得越宽,并绊住了他们的脚,于是他们跪在地上求饶,但咒语已出,施咒者的嘴唇永远地冷却了。大地没有挽留这些强盗,也不想再承载他们,于是他们下沉到腰部,再到胸部,尖叫的嘴巴被草地永远地封住了,地面上只剩下黑色的洞,他们……

索尔还没有读完,就听到广场上传来忧郁的声音,那是来自拉什塔的声音。埃格特叹了口气,又翻了一页。

一位巫师路过一个小村庄,他年纪老迈,心地恶毒。他被路上的一块石头绊倒,摔断了一把老骨头。于是巫师哭喊着诅咒那块石头;从此以后,石头附近不再有人敢住。那块石头痛苦地呻吟着,仿佛受到了无尽的折磨。曾有大胆的人靠近,可以看到有黑色的血液从石头的裂缝中流出。

埃格特把书推到一边。几天来,令人难受的奇怪故事不断在他眼前闪过,其中许多故事在正常人看来是童话,但他这个脸上有疤的人不会这样认为。

曾经有一个人,他娶了一个漂亮女孩,并全心全意地爱着她,但这位年轻的妻子太漂亮了,他梦见自己的妻子与人通奸。于是,充满恐惧和愤怒的他说出了诅咒的话语:只要他的妻子温柔且关爱地看哪个男人一眼,那个男人将不得好死。

但这位年轻的妻子对他始终忠诚如一,从未对其他男人有过好感。几年过去了,这对夫妇生活幸福美满,而他们的孩子也渐

第二部分 托丽雅

渐长大。他们的长子已经从一个小男孩变成了一个小伙子。有一天,他在黎明时分骑马回家,沉浸在初恋中的他神采奕奕。他的母亲站在门廊旁,望了一眼儿子,看到他熠熠生辉的眼睛和宽阔的肩膀,看到了儿子身上柔韧的力量和年轻人的热情,于是她的眼神中充满了自豪与爱意。

丈夫当初那个咒语,无法清晰地辨别目标。不管母亲怎样哭嚎,诅咒还是残忍地应验到了这个年轻人身上,母亲发疯地抠出了自己这双只是一瞥就害死了儿子的眼睛。

在学校的院子里,阳光照耀下的青草地在闪闪发光,天鹅绒般的青草掩映着成群在叫的蝈蝈。看不见的昆虫在幸福地吟唱生命的赞歌。这是一段慵懒的午后时光,暖风送来了泥土和花朵的芬芳,索尔面前的一张旧桌子上放着一本书,就像一个证人。

一位富有的贵族女士有一个美丽的女儿;她与一位流浪歌手合谋,想要私奔,然后嫁给这位流浪汉。老母亲发现了这对恋人的企图,大发雷霆,她精通魔法,于是施了一个咒语:让夺走她女儿贞操的人不知何为幸福,看不到光明,也不记得自己的名字!

女孩痛哭了很久;流浪歌手去了遥远的地方,没有人愿意娶这位美丽而富有的新娘。但一天,有位贫穷但傲慢的先生宣称要娶她为妻。他们匆匆举行了婚礼,新婚之夜,年轻的丈夫把一个粗鲁、好色的马倌带到了妻子的床上。

第二天,那位马倌失明了,再也看不到光亮,他疯了,忘记了自己的名字,形容枯瘦,再也无法感知幸福。而年轻的丈夫开始与妻子一起生活,并得到了丰厚的嫁妆,但他的婚姻并没有持

Шрам
疤面人

续很久,因为……

房间里飞入一只毛茸茸的大黄蜂。它在灰色的天花板下呼啸而过,撞到了窗框,掉在了发黄的书页上;它愤怒地咆哮着,飞出了窗外。索尔用拳头揉了揉红肿的眼皮。

为什么卢阿扬主任要让他读这些东西?

古往今来,咒语能让最坏的恶棍遭到报应,但同时也困扰着最无辜的人;埃格特对后者格外同情。而他也是咒语的受害者,共同的不幸让他感到与这些曾经活过的人同病相怜;流浪者向他走来,一剑就把他的生命肢解得四分五裂。

以前索尔从未如此久坐读书。他腰酸背痛,眼睛也累得开始疼痛并流泪。他本想休息一下,但叹了口气,再次把翻开的书拽了过来。

一位逃亡的流浪汉躲藏到了一个寡妇家,一些为地方官效力的卫兵在追赶他,但那个女人可怜他,就把他藏在了自家的地窖里。但当那些穷凶极恶、带着武器的卫兵出现在寡妇面前时,她吓坏了,没有挺住,出卖了逃犯。卫兵立刻就把他吊死了,就在他被绳索套住脖子的时候,他对女人说:"你究竟做了什么!你这是不忠,你到死都不会有人再相信你。"

流浪汉死了,被埋在了寡妇的窗前。从此以后,人们不再理睬这位可怜的女人,因为没人再相信她,没人相信她的话、她的眼睛、她的声音和她的行为,没人相信她的善良和诚实,她成了远近闻名的邪恶女巫。

但有一天,一位骑着黑马的白发老人路过村子。他走进那个绝望女人的房子,对她说:"我知道你遭遇了什么不幸。我知道你已经为自己赎了罪；听着，我告诉你如何打破魔咒！"

她听了之后，等到午夜时分，来到她窗下长满了荨麻和蓟草的坟墓前。她一只手拿着一壶水，另一只手拿着老人留下的一把锋利匕首。她站在坟墓前，看了一眼月亮，对地下的死人说：这里有水，这里有锋利的匕首。我让你喝个够，请为我解除魔咒！

说完这些话，她把匕首插进了坟包，深深地刺了进去，土埋到了刀柄；然后用水壶浇了一些水之后就回屋里去了。第二天早上，她看到坟包上长出一棵树，一棵小赤杨树。于是女人明白了，魔咒已被解除，她欣喜若狂，从此过上了平静而幸福的生活，并像照顾自己的儿子一样照顾着坟包上的那棵树。

索尔的目光无法从那几行平淡无奇的字上挪开。魔咒已被解除，魔咒已被解除。这句话在沙沙的风声中，在一只陌生鸟儿的啼啭声中，在侧楼走廊某人远去的脚步声中回荡着，回荡着。魔咒已被解除。

天啊！他偶然发现，原来故事有圆满的结局，他日夜伏案地读一本可怕的书，这都是值得的。卢阿扬主任真是睿智，千真万确。魔咒已被解除……魔咒是可以被解除的。

他憨笑着望向窗外，看到一只长毛流浪狗在草地上追逐着一只蝴蝶。来日，等待这条流浪狗的或是桥下的寒夜，或是恶意之人的踢打，但此刻它像一只小狗崽一样奔跑着，忘掉了世上的一切；它很幸福。

索尔想，自己是幸福的。他像个醉汉一样跟跟跄跄地从桌旁站起来，爬上了窗台。

傍晚已经临近，温暖的春日傍晚；学校小院的上空是一方深蓝的天空，如同黎明前的蓝天，鸽子在蓝天中缓缓盘旋，仿佛在

Шрам
疤面人

炫耀，斜照的夕阳为白鸽镀上了一层粉红色，像是透明的水果糖。索尔很想哭，很想大声喊叫，仿佛他身上的魔咒已被解除，仿佛他脸上那道可耻的伤疤已被洗去，如同脸上的泥巴被洗去；他没敢开口歌唱，只是对着草地上的流浪狗露出了开朗而又愉快的笑容。

"嘿，索尔！"他身后传来惊讶的喊声。

埃格特仍然微笑着，转过身来。这时，满脸惊讶的狐狸瞪着大眼睛，站在门口。他也在笑，合不拢嘴。

"这串金吊坠被称为先知护符。它拥有巨大的魔力；这正是世界之间的门……"

一只白净的手，指甲干净，手腕上有文身，翻过书页。黄色的床单上摆着一张草图，图上画着一根挂在链条上的吊坠盒。艺术家在画的时候手一定在颤抖——这个护符像一朵变形的花，或一个奇异的水果。

"很可能界门只是这个护符的影子……没人知道。对缺乏经验的人来说，它有致命的危险……"

法吉拉叹了口气。魔法师总是用黑暗的秘密包裹他们的法术。秘密和恐惧：人们必须害怕魔法师，并且必须感到自己不如魔法师。

拉什教团使用了同样的手段。为什么，为什么那个老法师要拒绝合作？一切本会更简单。

他又叹了口气，抬起头来——阳光从唯一的窗户照进来。

第二部分 托丽雅

众所周知，我们的世界是死亡的暗黑空间中的生命之岛。众所周知，有一个名为第三力量的怪物，就在……外面。它来了，停在门槛外，它无法进入，直到有人为它打开门……然后，我们的世界将迎来终结：它将燃烧，它将腐烂，它将天翻地覆……天翻地覆。唯有守门人——允许第三力量进入并接近我们的那个人——将获得权力、力量，以及复仇的幸福滋味……众所周知，当第三力量到达门槛处，护符就会生锈。

这些话是重新改写的，字迹粗糙，给了他一种奇怪的感觉。大学是一个奇怪的地方：即使是最严密死守的秘密，迟早也会记在别人的笔记中。

法吉拉躺在扶手椅上笑了。

卢阿扬主任对旁听生索尔的特殊关注躲不过医师儿子的眼睛。主任慷慨地允许索尔使用其个人书籍。几天来，狐狸好奇得难受，但他习惯了对主任的尊重和敬畏，他不敢未经询问便去翻阅这本书，或是向埃格特直截了当地提问。看着索尔日夜对着那本发黄的书，想必书中充满了魔法，狐狸对索尔产生了某种敬意；这也因为索尔是个好小伙子。索尔情绪变得愉快起来，并且终于同意出城，盖坦对此感到喜出望外。

在校门口，狐狸停了下来，无法拒绝拍打木猴屁股的乐趣。经过成百上千只手打磨过的木猴屁股，油光锃亮；索尔鼓起勇气，也学着盖坦的样子拍拍猴子的屁股。

这个亲昵的动作使得埃格特感到更加自信。这个夜晚温暖又柔和，空气中充满了各种味道，还有各种声音，声音不像白天那

Шрам
疤面人

样刺耳,已经变得低沉,融于即将到来的天鹅绒般的朦胧夜色中。天色渐渐暗淡,但夜还很遥远。埃格特仰头走着,感受着微风吹拂他的头发,浑身上下涌起一种全然陌生的、早已被遗忘的快乐和平静。

他们碰到了一伙学生,埃格特认出了熟悉的面孔,而狐狸光是握手就花了差不多半个小时。他们继续一起往前走。索尔努力紧靠狐狸,认真地遵守着自己的护身仪式:右手攥成拳头,而左手抓着一颗纽扣。

他们先是拐到了一家小酒馆,一家很小的酒馆,酒馆中央有一张高脚桌,天花板下吊着一个笼子,里面装着一只胖乎乎的兔子。这家酒馆不知道为什么被称为"兔子之家",快乐的学生们每人都干掉了一杯酒。在美食家索尔眼里,这杯酸酸的饮料比他迄今为止喝过的所有高级酒水都更令他满意。

欢快的人群涌向街道。他们已经有些醉意,埃格特放松了警惕,连自己的护身仪式都忘了。狐狸作为头目和向导在前面带路,在一条小巷里,有两个活泼的女孩被拉了进来,于是队伍在她们不断的尖叫声和笑声中继续前进。

他们驻足的下一家酒馆叫"尽情喝吧",他们在那里度过了更长的时间。埃格特能感觉到,酒水溢了出来,滴到了他的衣领里面。那两个女孩在这群学生中准确地找到了最高最帅的一位,她们围着索尔转来转去,就像两只灵巧的鱼围着鱼钩上的诱饵。

他们抑制不住地继续前进,发现有家一楼的窗口亮着灯,狐狸用他那弱小身躯中意想不到的力气抱起女孩,灵巧地把她的裙子往背上一撩,将她赤裸的身体部分贴到窗玻璃上。紧接着,房间里传出的狂叫声让学生们发出一阵爆笑,笑得眼睛和肚子都疼了起来。狐狸把女孩夹在腋下,带着他的队伍离开,趁着愤怒的

第二部分 托丽雅

房主还未跳到街上。

大家都喜欢上了这个玩笑,轮流抱起一个女孩或是另一个女孩,狐狸在同伴的帮助下一次又一次地重复这个玩笑。有一次,他们不得不逃离现场,因为主人已经把看家狗放了出来。这让索尔感到非常难受,往日的恐惧又重现了,他的胃部发冷,双腿发软,但他们很快就甩掉了追兵。狐狸滑稽地嘲笑那只败犬,同时也驱走了埃格特的恐惧。

学生们在"甜蜜幻想"酒馆里没有过久停留。在埃格特看来,是那些安然坐在角落里穿着灰色斗篷的人让自己这群快乐的伙伴感到尴尬。事实上,坐在那里的拉什仆从总共只有两三位,但学生们还是不约而同地立刻离开,走出酒馆,索尔紧随其后,觉着有些遗憾,不过,根本没有必要遗憾,因为下一家"独眼蝇"酒馆,简直无与伦比。

这里曾是几代学生的聚会场所。酒馆像是模仿大礼堂的摆设,顺着宽敞的房间摆着长长的桌子和椅子,角落里还辟出了一个类似讲坛的地方。像往常一样,埃格特坐在椅子边上,惊讶地听着无限循环的黄色小调,狐狸和其他人都知道很多这样的小调。埃格特时而脸红得像个女孩,时而哈哈大笑,最后终于学会了跟着一起哼唱:"哎,哎,哎,不要说,亲爱的,不要讲!哦,我的心在燃烧,而门在吱吱响,没上润滑油!"

他们回学校的时候夜已深,埃格特牵着狐狸的袖子,以免迷路。他俩都喝得酩酊大醉;他们跄跄着走入房间,狐狸先是点上灯,随即风衣上的扣环掉到了地板上,然后他坐到床上,疲惫地宣称,他的生活就像狗舌头一样干燥粗糙。索尔很同情他的朋友,很想帮他一个忙,于是四肢着地趴在地上,帮着寻找那只丢失的扣环,他拿起蜡烛,往自己的床下看了看,发现靠墙边有个

Шрам
疤面人

布满灰尘的黑乎乎的东西。

"嘿!"狐狸醉醺醺地问,"你为什么要住在床底下,嗯?"

埃格特直起身来,手里拿着一本书。

"哦,好吧,"狐狸一边虚弱地说,一边脱去鞋子,"这可能是之前住这儿的那个小伙子的。没找到扣环吗?"

索尔把蜡烛放到桌子上,把刚刚拾起的那本书放到旁边,用手掌拂去一层灰尘,翻看已经粘在一起的书页。

这似乎是一部有关战争史的书。翻过几页,埃格特看到了一张厚实的四边形纸。纸张有一面是干净的,只是角落里有一点墨斑;而另一面……

索尔盯着一幅图画看了几秒钟,然后突然清醒过来,像是被扔进了一个冰窟窿。托丽雅正从画面上看着埃格特。

惊人地相似,显然,肖像的作者技艺不是很娴熟,也没有什么经验,但肯定是很有才气的,成功地抓住了最主要的东西,眼神画得特别像,就是托丽雅第一次见到埃格特时看他的眼神,平静而充满善意。脖子上的痣也画得很精准,睫毛卷曲,柔软的嘴唇正欲微笑。

狐狸打了个嗝,把第二只鞋丢在了地上,问道:"在看什么,嗯?"

索尔很难将目光移开,他将图画翻转过来,用手掌遮住,仿佛这是他的秘密,仿佛狐狸不应该知道。

他忽然回过神来,翻开书的第一页,寻找书主的签名。

只有两个字母:迪·达。

索尔突然浑身发热。

"盖坦,"他低声问道,试图保持平静,"在我之前,谁住过这里,盖坦?"

狐狸沉默不语，在床上伸了个懒腰。

"我告诉你，是一个小伙子……一个好小伙儿，他的名字叫迪纳尔。不过，我还没来得及和他交上朋友，他就走了，在某个地方被杀了……"

"是谁杀的？"索尔违心地问道。

"我怎么知道？"狐狸生气地说，"是个坏蛋杀的，但我不知道他是在哪里被杀的，也不知道是怎么被杀的。别光站在那里，把蜡烛吹灭了，好吗？"

埃格特吹灭了蜡烛，在黑暗中纹丝不动地站了好几分钟。

"我告诉你，"狐狸昏昏欲睡地嘀咕道，"他真的是个好人，否则托丽雅，嗯，主任的女儿托丽雅，也不会准备嫁给他。据说，她已经准备好了，婚期都定了，可是……"

"他是在这里住过吗？"埃格特悄声问道，嘴唇已经不听使唤，"就在这里，在这个房间里？而且睡在这张床上？"

狐狸调整了一下姿势，让自己变得更舒适。

"你别担心，他的鬼魂不会出现的。他不是那种会在晚上吓唬同学的人，他是个好人，睡吧……"

狐狸又咕哝了几句，但已经听不出来在说什么，很快，他的咕哝声就变成了均匀的呼吸声。

最终，埃格特脱掉衣服，钻进了被子，把头蒙上。于是，他在黑暗中紧闭双眼，塞住耳朵，尽管周围寂静无声，他就这样度过了整整一夜。

每天早上醒来时，迪纳尔·达兰都会看到他头顶上的这个拱形天花板，角落里有两条裂缝。裂缝的图案就像一只睁大的眼

Шрам
疤面人

睛。埃格特每天早上都会产生这一联想,但也许迪纳尔看到的会有所不同?

每天早上,迪纳尔会从床头墙上磨旧的挂衣钩上取下风衣;如果他向窗外望去,就会和索尔一样看到同一幅画面,索尔不止一次靠此来解闷。大学的院子中间是一座绿色的花坛,右边是密不透风的墙,左边是一排窄小的窗户,对面是主楼雄伟的石头墙后身,带有两个圆形的阳台。此刻,其中一个阳台上,一位傲慢的工作人员正在抖落天鹅绒布上用丝线绣成的古老地图上的灰尘,灰尘飞满了整个院子。

被索尔杀死的人曾经就住在一个小房间里,每天都去上课,读过一本关于战争史的书籍,但他本人并不携带武器,也不觉得有必要这样做。那时的托丽雅还很文静开朗,不像现在这样孤僻冷漠。她每天都乐于跟他见面。他们在图书馆、礼堂,或是随便一个小房间里,聊起来没完。偶尔,迪纳尔会邀请托丽雅去自己的住处,她会习惯于坐在桌子沿上,摆动着她的尖头皮鞋。

然后他们约定好了要结婚。迪纳尔作为求婚者在主任面前一定是战战兢兢的,而主任也一定是对他青睐有加,后来,幸福的准新郎和准新娘高高兴兴地出发了……去度蜜月?还是去科学考察?他们在那里寻找什么?像是什么手稿……总之,旅行的目的地是卡瓦伦城,而当时埃格特·索尔正和一群朋友坐在那座城的一家酒馆里。

卢阿扬主任的想法让人难以理解。迪纳尔空下来的床现如今归于杀害他的人,这并非偶然。而那本夹有画像的书呢?它在床下黑暗的角落里躺了多少天,就等着埃格特来拾起它?

清晨,当狐狸离开的脚步声与其他学生冲进礼堂的急促脚步声融合在一起时,埃格特终于掀开蒙在头上的被子,起床。

第二部分　托丽雅

一夜无眠之后，他浑身骨骼酸痛。书就放在枕头下面，借着白天的亮光，埃格特才敢再次端详起那幅画像。

在现实中，托丽雅从来没有像她在画中那样看着索尔。也许，她只是以这样的眼神看迪纳尔，于是他像所有的恋人一样，决定把这种眼神定格在纸上，与世界分享他的喜悦……或许，也不是。也许这幅画根本就不是给别人看的，而索尔分秒必争地看来看去，那就是在犯罪……

他艰难地转过身，盯着凸凹不平的桌子边缘。夜里他身上那种难受的感觉又加剧了，变成了愁苦。

他几乎不记得迪纳尔的长相。因为他根本就没有正经看过他的脸，留在他记忆中的只有深色衣服，嘶哑的声音，以及拙劣的剑术。现在如果问埃格特，迪纳尔的眼睛和头发是什么颜色，他说不出来。因为他根本就想不起来。

当这个陌生的年轻人用笔尖触碰纸张时，他在想什么？他是在凭记忆作画，还是托丽雅坐在他面前，当尴尬的氛围袭来时，她便挑逗他，笑闹着打破它？为什么这两个人要出现在卡瓦伦城？是怎样邪恶的命运为他们安排了这样的道路？是怎样邪恶的命运让埃格特动了手？他真的没想这样……

我不是故意的，埃格特对自己说，但这种不安一直在困扰他，就像一只生锈的铁爪在他心里抓挠。他试图回想起迪纳尔的面容，想象着迪纳尔就坐在这个房间的桌子旁，如此鲜活，以至于他不敢回头看，以免碰到他的目光。

我不是故意的，埃格特对想象中的迪纳尔说，我不是故意要杀你的，是你自己碰到了我的剑。难道我是个杀人犯吗？！

迪纳尔沉默不语。生锈的铁爪抓得更紧了。

他打了个寒颤。他翻开书，把托丽雅的画像藏到里面。他盯

Шрам
疤面人

着书上的一行行字,眼睛机械地在同一段话上看了几遍,突然明白了其中的含义。

据说,战士的守护神哈斯是一个真实的人,自古以来以其凶猛和残忍而闻名。据说他会杀死那些受伤的人,包括无法治疗和本可以治愈的,不是出于怜悯,而是出于实际考虑:伤员是无用的,他们会成为累赘,埋葬他们要比……轻松得多。

迪纳尔被埋在一块没有任何装饰的光滑石板之下。长剑刺穿了他;他生命中最后看到的是凶手的脸。他来得及想到托丽雅吗?对他来说,死亡的那几秒钟持续了多长时间?

卡瓦伦城墙边的墓地,墓碑上疲倦的鸟儿,还有某人坟墓上的铭文:我将再次飞翔。

生锈的铁爪握成了拳头,埃格特意识到一切都无法挽回了,一种难以忍受的沉重感袭来。他从未如此敏锐地意识到,他生活在一个充满死亡的世界里,这个世界的一切都被分为可逆的和不可逆的:无论多么痛苦,都无法挽回。

索尔挣扎着回过神来,看到自己手中攥着一幅画像;画像的纸已经被揉皱了,埃格特把它放在桌子上,久久地用手抚平着,咬着嘴唇,不知道该如何是好。托丽雅知道这幅画吗?或许,她曾寻找过它,但因没找到而伤心;或许,她已经忘了它,为她遭遇的不幸而沮丧;或许,她从未见过这幅画,迪纳尔突发灵感地画下了这幅画,然后就丢了?

他把画像放进了书里,而后没忍住,又看了最后一眼,因为不管他是否愿意,这本书必须要交给主任。也许,这是个圈套,那么最好把它放回原处;但也许,它对托丽雅很重要?这幅画属

第二部分 托丽雅

于她。索尔要把它交给主任，让主任自己决定何时、以何种方式拿给托丽雅看。

他下定了决心，于是松了一口气。他攥着这本书，走到门口，打算去找主任，而后又折回。他在桌前坐了一会儿，然后把书夹到腋下，咬紧牙关，出门来到了走廊。

此时，这条路对他来说漫长而又艰辛，踏上此路之后，索尔才意识到自己这一想法有多疯狂。他去找主任，交出书，同时承认他看到了那幅画，谁画的？是托丽雅死去的未婚夫画的，他残酷杀害的人画的。

他折回了两次，路上遇到的学生都惊讶地向他投以白眼。索尔用冰冷的手指攥着书，最后终于来到了主任办公室的门口，他想逃跑，因为在他看来，这样做就等于承认了自己的卑鄙。

他真希望此刻主任不在办公室，而是在其他随便什么地方。当熟悉的声音回应他的问候时，他的心一下子沉了下去。

"埃格特？请进来吧。"

铁翼闪着暗淡的光芒，书架正严阵以待地盯着来访者。主任把手头的工作放到一边，起身迎接索尔。埃格特不敢看他的眼神，低下了头。

"我是来……给……"

"你读完了吗？"主任讶异地问。

索尔深吸了一口气，才再次开口："这……不是那本书。这是我……捡到的……"

他再也无法说出一个字，就把这本倒霉的书向主任递了过去。

不知是索尔的手抖了一下，还是卢阿扬接书时迟疑了，书像是自己会动一样抖了一下，差点掉到了地上；一张孤零零的白纸在空中旋转,落到了埃格特的脚前,画中的托丽雅仍然正欲微笑。

片刻过后,主任没有动。埃格特没有迟疑,他慢慢弯下腰,拾起了画像;他战胜了自己,把画像递给主任。但就在这时,另一只手用力地把画像夺了过去,纸已被撕裂。

索尔抬起头,脸色苍白、因愤怒而颤抖的托丽雅就站在他的面前。埃格特急忙躲闪了一下,被她那充满仇恨的犀利眼神吓了一跳。

也许她想说,索尔犯了亵渎罪,迪纳尔的画被杀害他的凶手玷污了,他触摸了曾经属于她未婚夫的东西,埃格特已经越过了无耻的底线,也许她想这么说,但瞬间的愤怒使她失去了说话的能力。一直以来她隐忍的一切痛苦和愤怒都在此刻爆发出来;这个手上沾满迪纳尔鲜血的男人,不仅亵渎了大学的四壁,还亵渎了她对死去的爱人的记忆。

托丽雅没有把仇视的目光从埃格特身上移开,她伸手从父亲手中接过,不,是抢过迪纳尔的书。她深吸了一口气,想说点什么,但却突然用书狠狠地扇了埃格特一个耳光。

索尔的头向后转了一下。这一暴击释放出了令她窒息的愤怒,托丽雅恢复了说话的能力,随着下一记耳光说道:"混蛋!你怎么敢!"

托丽雅自己在那一刻也未必明白,埃格特到底应该不敢做什么。她完全失去了控制,疯狂地将书挥向他带有疤痕的脸。

"你怎么敢!你这个流氓!出去!"绝望、愤怒的泪水从她的眼中夺眶而出。

"托丽雅!"卢阿扬主任抓住他女儿的胳膊。

她没有反抗多久,歇斯底里的抽泣让她变得虚弱无力,她跪在地上，呜咽声中挤出一句："我恨你……我……恨……你……"

埃格特站在原地，无法迈动一步。他的嘴唇和下巴上满是鼻血。

⚔

他坐在运河岸边，从下面可以看到拱桥，长满青苔的石头上闪着水光，可以看到坚固的石垛，栏杆的底座，可以听到行人的脚步声，车轮的轰鸣声，沾满尘土的靴子、鞋子、赤脚走过的声音，循环往复。

他不时地将一块已经弄脏了的手帕浸入水中，而后再重新将其贴在脸上。血本已止住，可过一会儿又流了出来，看到血，埃格特不由自主地颤抖起来。

他看着光滑的静止水面，想起了托丽雅的哭泣。

他以前从未见过她哭。迪纳尔死的时候没有，甚至在葬礼上也没有。不过，索尔并没有参加葬礼。他是从别人口中得知的。

她不是那种会在别人面前哭泣的人。显然，她的痛苦是无法忍受的，而且是由埃格特造成的。显然，他生来就是为了给托丽雅带来痛苦的。天啊，他很乐意让世界摆脱他的存在，只是他不知道该怎么做。流浪者并没有给他留下任何脱身之计。流浪者。

埃格特丢掉了手帕，因为它已经变成了一块脏抹布。他不得不回学校。他要去见那位"高贵之剑"旅馆很早以前的房客。他必须说服这个令人恐惧的神秘人，哀求他，必要时给他下跪，让他解除咒语，否则埃格特就会疯掉。

他挣扎着站起来，向桥上走去。一辆路过的马车飞驰而过，他急忙躲闪了一下。他在熟悉的街道上慢慢挪移，努力让自己不要走到街道中央，不断地观察周围是否有危险。他的脸上还留有

Шрам
疤面人

被打过的痕迹。

他走过广场,广场上拉什的石像格外引人注目,埃格特小心翼翼地避开一群沉默的人,他们穿着和拉什一样的斗篷。有那么一瞬间,他仿佛觉察到了来自风帽下的注视,但这帮人很快便转身离开了。

在一个香水店铺的门口上方有一个巨大的布制玫瑰,这是行会的标志;高贵之花的头,看起来更像一个白菜头,毫无生气地挂在一个带刺的铜茎上。宽敞明亮的橱窗里各种瓶瓶罐罐像一排排的士兵岿然不动。浓郁的香气从打开的门里飘出来,令他感到头晕,他匆匆路过店铺,而后愣住,奇怪而又陌生的感觉令他驻足。

从店铺深处传来一声巨响,是沉重的物品落地摔碎的声音;紧接着,传来一个孩子的尖叫,同时伴随着咒骂;然后,一位细高挑儿的先生一边用什么擦着他的袖子,一边从门内满脸嫌弃地阔步走出来,显然,这是一名顾客。而后,店主——埃格特从他手背上的玫瑰刺青认出了他——扯着一个大约十二岁的男孩的耳朵来到门口,那是他的学徒。

这样的场面在商业区,特别是在匠人街区并不罕见;每天都有人被鞭打十次,路人很少在意受罚者的哭声,任由管教继续。这名男学徒的错误显然很严重,主人很生气;五步之外的埃格特可以看到那只攥着皮带的手在抖动,手背上刺青玫瑰的红色花瓣在微微抖动着。

男孩被牢牢地夹在主人有力的双膝之间,索尔可以看到一绺草黄色头发下深红色的小耳朵,一双圆圆的惊恐的眼睛,而另一边则是他被扒下的裤子和被撩起的衬衫之间那粉红色的空间。男孩顺从地等待着对他的惩罚,埃格特突然感到难受、难过、

第二部分 托丽雅

恶心。

主人出手了，一阵疼痛席卷了索尔。

他站在五步之外，这个陌生男孩的痛苦莫名其妙地向他袭来，仿佛他自己被剥去了皮，是屠夫刀下的胴体。与疼痛混杂在一起的还有另外一种感觉，这种感觉也好不到哪里去。索尔突然意识到，这位主人喜欢打人，他是在发泄自己积蓄的愤怒，他不在乎打的是谁，只要打得狠，只要打得久，只要能满足他饥渴的灵魂。埃格特还没来得及搞清楚，他身上怎么会有这种折磨人的第六感，他还来不及惊讶，就已经在人行道上开始呕吐了。身边有人骂了一声，主人的殴打还在继续，索尔明白他马上就要晕倒了。

他抬脚开始逃跑，慌不择路。然后他开始走；而脚不听使唤，几乎无法挪动。每扇窗户里、每扇门里、每条小巷里都充满了痛苦，像溢出的井水一样深。

这只是一些回声，强的、弱的、尖利的、沉闷的；有人在哭，有人在挨打，有人在打人，有人因为想打人但不知道打谁而痛苦……一股恶臭从一扇窗中扑鼻而来。一个躲在黑暗房间里的男人，想要强奸，如此贪婪，逼得索尔尽管难以拖动脚步，但还是跑开了。另一扇窗户里充满着绝望，暗无天日的绝望，通向上吊之路的绝望。埃格特呻吟着，加快了脚步。酒馆里有人打架了，别人的盲目冲动让索尔感到脊背一阵阵发凉。

这座城市笼罩着索尔，就像一块发臭的多孔奶酪，因为窗户和门上布满了洞孔。暴力如浪一般从四面八方袭来，埃格特的皮肤可以感受到它；有时他似乎看到了血块，像凝胶一样颤抖着。暴力与痛苦交织在一起，痛苦需要暴力。埃格特痛苦的意识时而会变得模糊不清。

Шрам
疤面人

是直觉或奇迹将索尔领回了学校。在大门口,惊讶的狐狸叫了他一声,没有得到应答之后,狐狸追上了他。

"嘿,索尔!你的脸好像被人打了,是不是?"

他调皮的眼睛同情地眨了眨,狐狸可能也不止一次地受过同样的伤。看着他那张圆圆的、小男孩儿一般的脸,索尔突然意识到,狐狸是真的同情他,没有任何虚假的成分。

"没什么,兄弟,"盖坦咧嘴笑了,"脸又不是盘子,一旦打碎就完了,脸只会变得更加坚硬。"

学校的大楼似乎是邪恶海洋中不可动摇的宁静之岛。疲惫不堪的索尔靠在墙上,淡淡地笑了。

⚔

在卢阿扬主任的办公桌上,珠串上的瓷珠从线上滑落,四处滚动。其中大部分瓷珠滚到了各种文件中去,有几颗豌豆形的彩色珠子从书桌边滑落,卡在了石头地板的缝隙中。主任慢慢地、有条不紊地把它们一个个拾起来,放在手掌中,片刻之后,一只五月甲虫笨拙地从他手掌里飞了出来。

笨重的甲虫在天花板下盘旋,飞出虚掩的窗户,又飞回来。托丽雅已经沉默了许久,蜷缩在角落里,凌乱的头发遮住了她的脸。

"忏悔是有益的,"主任叹了口气道,他又向天花板放出一只昆虫,"只是要有一定的限度。即便再深的湖也一定会有湖底。否则,虾类在哪里交配呢?"

托丽雅沉默不语。

"你十岁的时候,"主任挠了挠鼻尖,"和村里的男孩们打了一架。其中一个男孩的母亲后来向我抱怨说,你打掉了他两颗门牙，或者三颗，你还记得吗？"

托丽雅还是没有抬头。

"后来，"主任教训式地伸出一根手指，"他每天都跑来找我们，邀请你去钓鱼或去森林，或去其他什么地方，你还记得吗？"

女儿透过挡在眼前的蓬乱头发低声说："你说起来很容易，可是迪纳尔……"

她不再吭声，以免再次哭泣。那本旧书和那幅被遗忘的画像唤起她长久以来压抑在内心深处的痛苦，而此刻，托丽雅再次体尝痛失爱人的苦楚。

笨重的甲虫撞到书架之后掉在了地上，躺在地上先是不动，随后又嗡嗡地再次起飞。

"你知道我对迪纳尔的感情，"主任轻声说，"我早已习惯把他当作自己的儿子……而事实上也确实如此。相信我，现在我仍然为你和他的命运、你们未写完的书、未出生的孩子而感到痛苦。他是个好孩子，善良而有才华，他的死是荒谬的，是不公平的。但现在你可以想象一下，因为索尔……我知道，甚至这个名字都会让你感到不快，但想想看，索尔本可以把这本书藏起来，扔掉，给厨娘当引柴，或者也可以卖掉，但他决定把它还给……我，通过我给你。你明白做出这个决定需要多大的勇气吗？"

"勇气？"托丽雅的声音不是因为泪水，而是因为蔑视而颤抖，"勇气，就凭现在的索尔？这很荒谬，就像……"

"就像水母在鼓上跳舞一样。"主任不慌不忙地接话道。

托丽雅陷入沉默，不解其意。

主任若有所思地看着天花板下的甲虫，不知所云地嘟囔起一首古老的儿歌。

"水母在鼓上为我们跳舞，而鼹鼠会得到牡蛎作为晚餐，"他

Шрам
疤面人

的手猛地拍到桌面上,像是要拍打一只苍蝇一样,"是的,你是对的。但是,既然我们今天想起了迪纳尔……说实话,我不认为迪纳尔在类似的情况下会充满仇恨,我无法想象。你呢?"

托丽雅迅速起身道:"我不想听,父亲!"

主任又叹了口气,摇了摇头,似乎想告诉女儿:还要怎么说服你?托丽雅跳了起来,把头发甩到背后,泪痕斑斑的眼睛看向主任那双平静如水的眼睛。

"我不想听这些!迪纳尔已经死了,躺在地下。除了我之外,任何人都无权判断他是否会这样做!迪纳尔是我的,关于他的记忆也是我的。而这个……索尔……竟敢……他是个杀人犯,你为什么让他……我不能看到他,我不能想到他,我也不想了解他……他怎么能……碰……看……而你……"

托丽雅呜咽着,然后平静了下来。五月甲虫在天花板下盘旋,主任叹了口气,心情沉重地从桌旁站了起来。

托丽雅在他的怀里显得非常渺小,像一只流浪的小猫一样颤抖着,哭泣着。他迟疑地抱着她,害怕伤害她,因为她早已不再是个孩子。托丽雅愣了一下,随即伏在他的怀里大哭起来。

时间一分一分地过去了。哭过之后,托丽雅不发一言,有点羞愧。她躲开一点,看着地板说:"你更清楚……但我认为,你会为索尔感到后悔的,父亲。他曾经是一个勇敢的可怜虫,而如今他是一个懦弱的可怜虫。这显然更加糟糕,父亲……他不属于……这里……他应该……到拉什的仆从中去!"

主任皱了皱眉头。他的手指划过书脊,挠了挠那本羊毛封皮的书,没有转身,轻声说:"我一直在想,为什么流浪者要这样对他?他为什么要这样做?多一个流浪汉,还是少一个兄弟,他不应该无所谓吗?"

托丽雅叹了口气道:"你知道,我们不应该争论流浪者为什么这样做,或者为什么不这样做。我认为他做得对。如果我见到他,我会和他握手,我发誓。"

"你随意,"主任点点头,"握手可以,为什么不……只要不打架。"

托丽雅酸溜溜地笑了。

"是的,"卢阿扬继续说,没有任何过渡,"我曾经非常渴望见到流浪者,如今我很高兴没有见到他。谁知道他是否是我心目中的那个人呢?"

托丽雅耷拉着肩膀,疲惫地走向门口。在门口,她微微转身,似乎想说点什么,但最终还是没有说出口。

卢阿扬若有所思地抬起头。五月甲虫从天花板上掉了下来,在地板上滚动着。

⚔

几天过去了,索尔一刻都没有摆脱紧张、混乱的情绪。狐狸到郊区的父母那里去了,于是埃格特一个人占据了整个房间,他时而享受孤独,时而又为孤独所苦。

他身上出现了一种新的感觉,用皮肤感受暴力的能力,这是一种让他备受折磨的能力,某一时刻,这一感觉变得迟钝了,像蜜蜂的毒刺一样被隐藏起来。埃格特为这一喘息之机感到高兴,但他深知,这种痛苦的感觉并没有离开他,还会回来纠缠他。

尤其是在想到托丽雅的时候,他会感到格外痛苦。埃格特尽力不去想,但这些想法还是会回来纠缠他,就像被侵蚀过的黏土一样黏稠,而且飘忽不定。他厌倦了挣扎,拿起一本关于咒语的书,在窗边坐下。

Шрам
疤面人

……有一口井被诅咒了,于是里面的水变了质。据说,在井绳的嘎吱声中,勇敢之人将能分辨出呻吟声和诉苦声……

……有座城堡受到了诅咒,从那时起,它那陡峭的台阶通向深渊,怪物栖居在塔楼之上,谁若从墙边望去,就会看到周围都是臭气熏天的废墟,谁若走过它的地盘,就再也无法回到人间……

一天,索尔的孤独已经到了难以忍受的程度,甚至战胜了他的恐惧。他无力去见主任,也不想与同学们交流。深受思虑的折磨,苦闷至极,于是埃格特决定去城里走走。

他把头缩进肩膀里,在街上徘徊,小心翼翼地倾听着自己内心的声音。时间一分一秒地过去,城市的人们在从容不迫地做买卖,劳作,娱乐。但埃格特却鲜有什么兴致。也许,这些隐隐约约的感觉只是索尔的想象;不管怎样,埃格特稍稍平静了下来,他给自己买了一块儿插在一根小棍上的奶油蛋糕,胃口很好地吃了起来。

索尔机械地舔着他早已吃光了的蛋糕棒,站在拱桥上,靠着栏杆。他从小就喜欢看水,此刻,他用眼睛追逐着水面上慢慢下沉的破布。他想起了卡瓦伦城门外的桥,想起了春日里那条混浊的卡瓦河,还有那位长着一双清澈眼睛的陌生人,他在那一刻决定了埃格特的整个未来。

他甩了甩头,试图甩掉这段记忆,不情愿地离开栏杆,走向来时的路。

此时,在一条空无一人的小巷子里坐着一个乞丐。他那件几乎腐烂的大斗篷的前襟铺在他周围的地面上,宽大、破烂的袖子里伸出了一只枯枝似的、黑乎乎的手,一动不动。乞丐坐在那里纹丝不动,仿佛一尊丑陋的雕像,只有风儿吹动着他那完全遮住了脸的白发。

不清楚这个乞丐指望从谁那里、什么时候得到施舍;周围空无一人,空白的墙壁上根本没有一扇窗户,伸出的手可能只是针对巷子中间几只在无耻交配的流浪狗。乞丐的努力从一开始就是徒劳的,但他还是一动不动地坐着,就像一尊石像。

索尔以前曾无数次与乞丐擦肩而过,没有看过他,也没有停留过;但这位被遗忘在僻静街道上乞讨的老人,不知为何触动了索尔的心:也许是因为他卑微的忍耐,也许是因为他的厄运本身。索尔的手不由自主地伸向了钱包,他的所有财富包括两枚金币,十枚银币,十枚铜币。埃格特挑出一枚铜币,克服胆怯,走向老人,想把铜币放到他黑乎乎的干枯手掌里。

乞丐微微动了一下,乱蓬蓬的白发下两只眼睛闪亮了起来,突然一声刺耳的声音在街上回荡:"谢……谢……"

就在那一刻,那只干枯的手抓住了索尔的手腕,而且力道很大,让埃格特不由自主地喊叫起来。

门洞后的某处,一个像屠夫一样面色红润、身材魁梧的年轻人如幽灵一般出现了。乞丐用另外一只手非常灵巧地在埃格特的衣服上摸来摸去,一下摸到了他的钱包,于是从他的腰带上拽了下来。原来这位老人根本就没那么老。钱包咣当一声落到了他的同伴手中,直到这时,吓得呆住的埃格特才尝试挣脱。

"嘘,嘘,嘘……"歹徒的手里不知道什么时候拿出了一把生锈的宽刀。"不要出声,嘘,嘘,嘘……"

埃格特无法喊叫,他的喉咙发干,胸部在痉挛,无法呼吸。歹徒灵巧地把一根绳子套在他的脖子上,同时把他的手拧向身

Шрам
疤面人

后。即使婴儿也能看出，在这座城里，被抢劫者最好是被勒死，以免他日后万一认出歹徒。索尔弱弱地挣扎了一下，非常弱，他已被恐惧麻痹。

他脖子上的绳子抽动了一下。从远处传来一阵脚步声和一声尖锐的喊叫："站住！"索尔的头被按到了地上，而后他突然自由了，抽搐了一下，直起身来。那个乞丐拖着他身后的腐烂斗篷，和他的同伙沿着小巷逃窜而去，钉了鞋掌的鞋跟敲击着地面，随后隐没于街道的拐角处，脚步声越来越远，最后消失。

几步之外，一根绳子和埃格特那可怜的钱包就躺在人行道上。索尔站在那里，无法挪动一步。有一只手从地上捡起了钱包，并把它交还给了主人。"这是您的吧？"

在索尔面前，站着一位身材矮小、相当年轻的人，穿着一件带帽的灰色斗篷。埃格特认出了拉什教团的服饰，不由自主地打了个寒颤。圣灵的仆人微微一笑，掀开了额头上的风帽。

于是这位陌生人的脸完全暴露出来，他的外表看起来一点儿都不凶，也不可怕。他只不过是一个路人，他的眼睛和埃格特一样是灰蓝色的，同情地看着他说："这非常危险，身上带着鼓鼓的钱包，不应该在无人的小巷里闲逛，年轻人，您怎么这么不小心啊。"

路人说着"年轻人，您"，尽管他自己比索尔也大不了几岁。

"他们……走了吗？"埃格特问，似乎不相信自己的眼睛。

路人笑道："我把他们吓跑了。城里的强盗狡猾而又胆小，而我，正如您所见，"他摸了摸自己的风帽，"有一定的权威。"

在这座城市生活了几个月，埃格特清楚地知道，穿灰色斗篷的人确实可以把两个甚至是一帮歹徒吓得逃走。他急忙点头，找不到感谢的话语。拉什仆人带着鼓励的微笑再次把那只叮当响的钱包递给他。

"这是我所有的钱了，谢谢。"埃格特喃喃自语，似乎是在解释。

路人点了点头，接受了他的感谢："钱并非最宝贵的东西，您可能会被杀死。"

"谢谢，"索尔热情地重复道，不知道接下来该做什么或说什么，"您……救了我，我真的不知道该怎么感谢您。"

拉什的仆从笑了，无声却极富感染力，随后他说："不用客气。正直的人应该互相帮助，否则骗子和无赖会把他们赶尽杀绝。我叫法吉拉，法吉拉弟兄。而您是城里人吗？"

按照礼节，埃格特介绍了自己。听到大学的字眼，法吉拉高兴地说："哦，对体面的年轻人来说那是一个体面的地方。那您喜欢哪些学科呢？"

埃格特慌了神，最终说他主要对历史感兴趣。

法吉拉理解地点了点头道："历史也许是所有学科中最有趣的。古代故事，关于战士、英雄、统治者、魔法师的书籍。顺便说一句，我想正是可敬的卢阿扬主任培养了您对自己学科的热爱？"

埃格特一下子高兴起来。"怎么，法吉拉先生认识主任先生？"

拉什的仆从柔声地纠正了一下索尔：首先，应该称其为法吉拉弟兄；其次，他本人并无荣幸认识主任本人；不过，卢阿扬先生的智慧早已名声在外。

他们相谈甚欢，从一个巷子逛到另一个巷子。在索尔看来，他和一个穿着灰色斗篷的人这样聊天很奇怪。直到如今，他都觉着拉什教团是个可怕的群体，凡人无法接近；他犹豫了一下，并向这位新相识透露了这一点,这让法吉拉感到一阵欢喜。

拉什的仆从笑了笑,拍了拍索尔的肩膀道:"埃格特,埃格特……我不会隐瞒,拉什这个名字和拉什的事业确实是一个谜,不是每个人都能知道的。奥秘和秘仪是两个书写相似的词,我们是拉什的仆从,也是秘仪的服侍者……"

"我问过了,"埃格特胆怯地喃喃自语,"我问过很多人,没人能告诉我拉什教团究竟是什么。"

法吉拉严肃道:"人们对我们有很多猜测,围绕着拉什教团也有很多猜测,就像对所有未知事物一样。而您,索尔,您真的想……知道更多吗?"

埃格特根本不确定自己是否真的想要知道,但他不敢承认自己的犹豫。"是的,当然。"

法吉拉若有所思地摇了摇头道:"是这样,埃格特,拉什教团远不会相信每个人,但您的面相让我第一眼就觉得您是位可敬的人。明天,埃格特朋友,你将有一个难得的机会来参观拉什塔,您是想参观吧?"

风帽下那专注的眼神让埃格特感到心里一紧,被恐惧折磨的他不敢拒绝。"是的……"

法吉拉鼓励地点点头道:"您很不安,我理解。但是,相信我,这样的荣誉一直以来都只授予那些精心挑选出来的人。晚上七点,我会在紫罗兰大街的拐角处等您,您知道那里吧?"

本要动身离开时,法吉拉突然转身道:"哦,顺便说一下,请您一定要保守秘密。拉什是一个奥秘,是秘仪……说好了?再见。"

埃格特点了点头,长久目送着这位穿着肥大灰色斗篷的人。

第二部分 托丽雅

狐狸还在走亲戚，所以没有人来问索尔他为什么情绪如此低沉。埃格特克制着自己想去找卢阿扬主任征求意见的冲动，无论是惶惶不安的夜晚，还是漫长的白天，都充满了犹豫。

相熟的同学在校门口遇到索尔，都祝愿他有一个美好的夜晚和收获满满的约会；埃格特却回应得驴唇不对马嘴。

在去往约定地点的路上，他先是设法说服自己，对于一位市民来说，参观拉什塔是一件稀松平常的事儿，然后是让自己相信，这一不可思议的机会将会给他的命运带来转机，最后，他想象着，参观拉什塔这件事根本就不会发生，因为法吉拉不会在约定的地点出现。

然而法吉拉却在等他。当一个用风帽遮住脸的沉默身影从某阴影处走出来时，索尔心里咯噔了一下。

埃格特很难记住那些蜿蜒曲折的小道，在他眼前的路面上闪过灰色衣服的下摆，而在他的内心深处两种同样强烈的感觉在打架，害怕去拉什塔，也害怕拒绝。与预期相反，法吉拉并没有带埃格特从正门走；穿过小巷之后他们来到了一个门洞，此处非常黑暗，以至于埃格特无法看清那位从阴暗处出现的人，那人手里拿着一串哗啦啦的钥匙，并用眼罩蒙住了索尔的眼睛。

慌张、盲目、被动、被推着走，熟悉的恐惧让他难受，就像经久未愈的牙痛；终于，索尔听到了一声命令，让他停下来，随后眼罩被揭去。埃格特面前是一堵厚重的黑色丝绒墙，散发出一种索尔不熟悉的淡淡的苦涩香气。

"允许你在场，"法吉拉在他耳边轻声说，他那硬挺的风帽皱褶触碰到了索尔的脸颊，"你在场要保持沉默，不许动，不要转

Шрам
疤面人

头……"

埃格特吞了一下口水。法吉拉显然在等待他的回答,索尔使劲儿地点了点头。

丝绒的苦涩香气与另一种柔和的、微甜的、像是熏香的味道混合在一起。埃格特盯着他面前的黑墙,异常敏锐地听到了众多的声音,有远有近,有闷响,也有沙沙的声音,仿佛成群的蜻蜓在一个巨大的玻璃罐里打转,用翅膀拍打着透明的罐壁。

充满沙沙声的寂静突然变得悄无声息。埃格特已经慢慢数到了五,这时黑色的丝绒墙壁颤动了一下,一阵悠长的、四不像的声音令埃格特瞬间冒出了冷汗。这是古老怪兽的痛苦哀号。而人们曾经听到的从广场上传来的遥远回声,以及长久以来萦绕在索尔想象中的回声,与之相比不过是一个微弱的影子。

丝绒墙摇摆不定,突然轰然倒塌,瞬间从一堵墙变成了一片黑色的平原,因为一个巨大的礼堂展现在索尔面前,令他震惊不已。

令人费解的是,如此宏大的房间怎么会坐落在塔内?刚一开始,索尔感到不知所措,但当他更仔细地观看时,发现房间周围有一排高大的镜子。在镜面深处,一个长发侏儒身穿火红得有些刺眼的长袍,神情肃穆地走出来。他用双手将一只喇叭举到嘴边,有些费力地吹出了那种令人震惊的长音,同时朝上的喇叭口中冒出滚滚的蓝色浓烟。

随后是风帽被纷纷放下的声音。侏儒那火红的身影渐渐地消失在许多灰色的斗篷中,索尔的耳畔传来阵阵低语声:"拉什……阿什……阿沙……"而后又传来悠远、尖细、令人昏昏欲睡的歌声,随后又响起了长长的号角声。身穿灰色斗篷,幽灵般的身影从一团团烟雾中闪现。

第二部分 托丽雅

索尔颤抖了一下，烟雾具有一种令人惬意、但同时也令人苦恼的浓烈气味。"拉什……阿什……沙什……"声音时远时近，埃格特仿佛看到铺满风帽的灰色海岸的海浪。

身裹斗篷的人影时而平稳移动，时而又突然同时颤抖，就像突然有了某种预感一样。渐渐地，礼堂的中央空了出来，在地板上的黑色丝绒上面出现一个躺着的老人。老人花白的头发随意散开，他那张布满皱纹的小脸似乎被白色的月光照亮。灰色的斗篷又凑到了一起，于是索尔看到那颗长着花白头发的脑袋像泡沫一样升起在灰色风帽的海洋之上……

这个仪式令人着迷，但又让人费解，美丽却又单调，持续了一分钟或是一个小时，因为索尔已经失去了时间感。终于，当一股清新的夜晚空气迎面拂来，他才意识到他正站在装有栅栏的窗户前。他紧紧抓住厚厚的栅栏，下面就是他熟悉的、但第一次从这一视角看到的广场。这时，无所不在的法吉拉将手掌放在索尔的肩膀上，在他耳畔轻声道："在这座城里有很多富有和尊贵的人为能有幸出席在这一仪式现场，宁愿失去自己的右臂。"

法吉拉转身面向广场的方向，让微风拂面。斗篷的肥大袖子被风吹了起来，露出了手腕，埃格特看到了他手腕上绿色的文身，图案是一家特权行会的职业标志，一家剑术教师的行会。

法吉拉笑了笑，捕捉到了埃格特的眼神。

"通往拉什庇护的道路是复杂的，充满了神秘。来吧，埃格特，这可是非一般的殊荣，因为大师本人正在等着你。"

⚔

近处看，埃格特感觉大师的头发似乎更白了，像阳光下闪闪发光的白雪，像晌午的云彩，像细麻布。呼吸着大师办公室内一种新的浓郁香气，埃格特茫然地回应着一些问题。是的，他是大学里的旁听生；是的，卢阿扬主任无疑是一位伟大的魔法师，也是受人尊敬的人；不，埃格特在科学上还没什么成就，但他希望假以时日……

关于这些希望，埃格特混乱的叙述被轻轻地打断。"索尔，毫无疑问，您很不幸，是吗？"

埃格特突然停下，陷入了沉默。他的眼睛定格在书房中深红色的绒毛地毯上。

"别不好意思，任何稍有智慧的人都能一眼看出，您可能经历了某种苦难，不是吗？"

埃格特的目光与年迈大师那睿智、善解人意的目光相遇，他有一种强烈的愿望，想立刻把有关咒语和流浪者的故事讲给他。他深吸了一口气，本已酝酿好，但他还是忍住了，只因为他说出口的第一个词是可怜的、无力的。

"我……啊……"埃格特对自己的软弱感到羞愧，于是沉默不语。

等了一会儿，大师轻声笑道："遗憾的是，人常常都是不幸的……软弱的，优柔寡断的，易受打击的……是不是，埃格特？"

索尔仿佛看到希望本身正从这位白发老人的眼中望着他。他向前移动了一下，急忙点了点头。"是的……"

"一个人在独处时是很脆弱的，"大师若有所思地继续说，"胆怯是孤独之人的宿命。不是吗，埃格特？"

索尔咽了口唾沫，不明白大师这是要表达什么，但以防万一，他再次承认道："是的……"

大师站了起来，他的白发很有派头地摆动了一下。

"埃格特，您前面的路会很艰难。但在道路的尽头，您会获得威力。通常我们不会给新入教团者宣讲拉什的深刻奥秘,您只需知道,此刻,圣灵在倾听我说出的每一句话。所以,我不能马上向您揭示这一秘密,毫无疑问,您的灵魂在寻求这一秘密,但我以一个弟兄的权利邀请您加入我们这个组织。您将成为拉什的战士,世上还有比这一服侍更荣耀的吗?许多秘密只有在多年后才会向您揭示,但即使是现在,业已有圣灵及其无数的仆人在您背后保佑您。您遭受的委屈同样也是教团的委屈,甚至您遭受的白眼,也必定很快受到惩罚;您的所作所为,即使是血腥的罪行,但如果在拉什眼里您的行为是公正的,那我们也会理解您。您想想看,普通凡人有多么敬畏和尊重拉什教团的弟兄们,只要看到穿着灰色斗篷的人就会产生敬畏,而明天,"大师举起了手,"明天这种敬畏就会转化为崇拜,权力和威力将取代孤独和永恒的恐惧,听到了吗,埃格特?!"

索尔站在那里,仿佛被雷电击中了一般。大师的建议令他措手不及,他惊恐地试图整理好脑中那些凌乱的想法。

大师沉默不语,他那双睿智而又疲惫的眼睛,似乎直抵索尔的灵魂。

埃格特咳嗽了一声。不知所措地挤出一句:"啊……要做什么……为了这个……我?"

大师向他走去。

"我相信……我相信您,埃格特,就像法吉拉从第一眼见到您就相信您一样。目前您只需要保持沉默,这是第一个考验,对保守秘密的考验。对于您见过法吉拉弟兄,来过拉什塔,出席了某项神秘仪式……您切勿外传,关于我们之间的谈话您也切勿告知任何人;当我们确定您能像石头一样保持沉默时,您……我们才会让您了解其他一些事项,索尔。我相信这一切都将在您的能

Шрам
疤面人

力范围内。我们今天的离别是为了下一次的再见。灰色斗篷将会赐予您信心和保护,将会让您鹤立鸡群。再见,索尔。"

　　法吉拉一路沉默着护送埃格特离开塔楼,走的是秘密通道,但却是另外一个通道,并不是来时的路。

第六章

　　埃格特没有告诉任何人他去过塔楼的事。几个星期过去了，拉什教团没再对他这位旁听生表现出任何兴趣，埃格特多少松了口气，需要做出决定的时刻被无限期地推迟了。

　　他不止一次地想象过自己试穿灰色斗篷的场景。听到塔楼不时传来的悠长的痛苦之声，他想起了厚重的丝绒的苦涩气味，蒙面身影的缓慢舞动，以及白发大师的脸。他们承诺会保证他的安全，他会变得更有威力，这些对埃格特来说是巨大的诱惑。但每当想到那件连帽斗篷，他就有种奇怪的不适。似乎有什么东西烦扰着他，有什么东西让他惴惴不安，让他抓耳挠腮。索尔把这一切都归咎于他一贯的胆小，但他很快就学会了不再去想拉什教团，也避免在街上偶遇到拉什的仆从们。

　　在此期间，他所在的这座城市正处于热浪之中，真正的夏日炎炎。正午时分，每一条狭窄的小巷都充满了阳光，从墙头照到墙尾。刺眼的阳光舞动在运河的水面上。城外的河岸成为一拨又一拨人的野餐场所，汗流浃背的市民们用牛蒡叶稍微遮盖一下身体，便跳入水中。而一小群女市民则钻入芦苇丛中，在那里，她

Шрам
疤面人

们成了大学生狐狸的猎物,他已经适应了叼着一根芦苇秆在水下游泳,而且从不放过任何机会,悄悄地爬到一个粗心大意的沐浴者身旁,为的是轻轻地触碰一下那凹凸有致的身体。

埃格特在一帮学生中间,他们在观看着狐狸的冒险之旅,反过来他们也设计了一些适合年轻学子的娱乐活动。岸上传来拍水声、尖叫声和阵阵笑声;潜水者们在水下发现了渔民的滚网,于是请伙伴们喝了一顿肥美的鱼汤。埃格特大部分时间都坐在岸边,入水的话,他也只敢到水深齐腰的地方。他的胆怯很快就被人发现了,但他遭遇到的也仅仅只是一些善意的嘲弄。

然而很快就到了考试季。这些考试将决定学生能否进入下一阶段。"问道者"想成为"悟道者","悟道者"想成为"竞道者",而"竞道者"又想成为"封圣者"。学校里一片热火朝天的景象,每个角落里都能见到一双双红肿的、无精打采的眼睛,昼夜不停地盯着书本。埃格特看到年轻的学子们轮流进入校长办公室,有人故意表现得欢快,有人则带着掩饰不住的恐惧。事实证明,许多人都很迷信。这些迷信各种各样,比如吐口水、祈祷、用手指做出复杂的形状等,埃格特惊讶地认出了自己经常使用的护佑仪式。

索尔没能看到那扇森严的办公室门后究竟发生了什么。据说,那张长长的桌子后面坐着校长本尊、卢阿扬主任和所有当年登上大学讲坛的教师;据说,所有的考官都非常严格,尤其是卢阿扬主任。并非每个学生都能通过测试,而那些不幸失败的学生中,有一半学生没通过考试都是因为这位严厉的魔法师。

考试前夕,狐狸陷入了恐慌。开始对自己各种自嘲,最温和的说法是"疯狂且愚蠢的傻瓜"和"无脑的鸡屎",狐狸一会儿盯着书本,一会儿绝望地抬眼看向天花板,一会儿又躺到床上,

第二部分 托丽雅

他告诉埃格特，他肯定通不过考试，他将永远是一名"悟道者"，他的父亲不会再给他钱，会让他到一个臭气熏天的药店里当店员，那里连苍蝇都会被蓖麻油的味道熏死。当索尔怯生生地建议他或许应该向主任求助时，狐狸向他挥手又跺脚，骂他是个疯狂的木头疙瘩，并解释说，只要去找那么一次就足以让他被彻底开除。

考试那天，狐狸整个人都不在状态，索尔整个上午都没能从他嘴里套出一句话。校长办公室的门口聚集了一堆兴奋的学生，这群被知识所累的年轻人相互提醒着要小声点儿，其中许多人脸上的紧张表情就像他们嘴里叼着点燃的烛台在走钢丝。那些从办公室里走出来的人立即向伙伴们倾诉或喜悦或绝望的心情。埃格特，作为一名旁听生，不受强制考试的约束。只要想象一下，他要是也跟狐狸一样，不得不面对严酷的学术审判，他就不寒而栗。

盖坦意外地通过了考试，他高兴得不得了，立即邀请索尔去郊区父亲的家里做客。埃格特犹豫了一下，最终还是拒绝了。

获得两个月假期的学生们热火朝天地讨论着夏天的计划。他们中的大多数人打算在父母家里度过假期，不管是庄园还是农舍；有些年轻人，主要是那些最穷的，要到某个农场去工作，于是也叫了埃格特一起去。埃格特想起了在那位隐士手下劳作的悲惨经历，便拒绝了。

由于狐狸走了，索尔又是孤身一人了。

大学的走廊里空无一人，侧楼里也是空空如也；晚上，只有少数几扇窗户里闪耀着灯光。一位老更夫手里拿着火把和木槌，每天夜里都会来回巡视。打扫侧楼的老太婆会为系主任及其女儿，以及暑假留守的几名员工送午餐，其中也包括埃格特。他意

Шрам
疤面人

外地收到了来自家里的新消息,并再次支付了自己的生活费。

这一次,随钱还附有一张字条。埃格特认出这是父亲的笔迹,不禁颤抖起来。老索尔什么也没问,只是干巴巴地告诉儿子,他已经被剥夺了中尉的军衔,并被逐出了戍卫队,他那件令人感到耻辱的、沾满泥污的制服也被公开撕掉了肩章。空下来的中尉职位由一位名叫卡尔维尔·奥特的年轻人顶替了;恰好,这个人还曾询问过埃格特目前的下落。

这封信索尔读了又读,先是重温了自己的羞耻,而后开始想念卡瓦伦城。无数次,他想象着家里那座大门上带有徽章的房子,一些不可思议的大胆计划在他的脑海中不断闪现。他梦想着自己秘密回到家乡,踏上家里的门廊,当然这也是秘密进行的,因为没有人原谅他当了逃兵,其过去耻辱的见证人会特意出来,朝他带有疤痕的脸上吐口水。而且他将不得不与父亲对话,他又将如何面对母亲?不,在咒语解除之前,他还不能返回卡瓦伦城。

于是他的想法有了转变。随着时间的流逝,度过的每一个漫长日子都让他离与流浪者见面之日越来越近。这次见面成了萦绕在索尔心头的执念,挥之不去;流浪者不断地在他的梦中出现。咒语会被解除,埃格特将有权回到卡瓦伦城。他不再需要躲避任何人,他会骑马走在大路上,当人们蜂拥而至,当卫兵们聚集到一起时,他会当众向卡尔维尔挑战,进行决斗。

坐在潮湿、阴暗的房间里,埃格特因兴奋和激动而颤抖。这将是一场非常漂亮的挑战;人群会陷入沉默,卡尔维尔一定会脸色大变,试图躲开,而埃格特会当众嘲笑他的懦弱,然后会举起他那把利剑,杀死他,杀死这位已经成为死敌的故友,因为卑鄙的行为应该得到惩罚,因为……

第二部分 托丽雅

索尔打了个寒颤。他的梦想被打断了,就像螽斯的歌声被捂住它的手掌所打断。

他杀过三个人。第一个人名叫托利别尔,是个卫兵,一个爱打架的人,头脑简单到愚蠢。埃格特甚至不记得他们究竟是为什么而吵架,也许是因为女人,也许只是因为醉酒后的狂欢。决斗快速且凶猛,因为托利别尔像一头愤怒的野猪扑向埃格特,而索尔则以精彩的残酷反击予以回应。而后,索尔的剑击中了对手的腹部,就在那一刻,埃格特的血管里沸腾的不是血液而是炽热的焦油,他意识到他赢了。

第二个死在他手上的人,索尔已经不记得他的名字。那人不是卫兵,只是一个傲慢的地主,他来城里只是为了饮酒作乐。于是他饮酒作乐,醉得像头猪,打了索尔一巴掌,骂索尔是一个乳臭未干的小毛孩儿,而他自己也确实要年长二十多岁。他身后留下了一个妻子和三个女儿,这是埃格特在葬礼后才知道的。

天啊,当时能怎么办呢?一个人怎能忍受这样的侮辱而不去惩罚欺负人的人呢?的确,世界上常常会有寡妇和孤儿,但地主确实罪有应得,第一个人也是如此。只有迪纳尔很无辜。

三个女孩,最大的一个大概有十二岁。还有一个不知所措的女人。是谁去通知她丈夫的死讯来着?天啊,我真希望我能记住那人的名字……但记忆罢工了,不会去找回一个因缺乏使用而早已被遗忘的词。

在很远很远的地方,在黑暗走廊的深处,一只蟋蟀在轻轻地鸣叫。夜已深,埃格特颤抖着,并不情愿地一下子点燃了五根蜡烛,这是一种极大的浪费,但房间里却亮如白昼,在门口的镜子深处,埃格特看到了自己带有疤痕的脸。

就在那一瞬,皮肤感受疼痛和暴虐的能力又回到了他身上,力量之大令他踉跄后退。

天啊！厚厚的墙外便是这座城，它就像那不断疼痛的伤口。整所学校几乎都是空的，而侧楼里完全是空的，但埃格特能感觉到近在咫尺的痛苦，沉闷而又熟悉，就好像那种摆脱不掉的头痛。

一想到要在黑暗的走廊和楼梯上行走，他的膝盖就会颤抖。索尔汗津津的手掌里攥着蜡烛，右手三根，左手两根，用肩膀撞开了门，走了出去。

壁龛里黑乎乎的。柱子投下爬行动物般的畸形影子。浮雕上伟大的科学家们面带轻蔑的笑容转向埃格特，为了给自己打气，索尔开始用颤抖的声音哼唱："哦，哦，哦……不要说话，亲爱的，不要说……唉，我的灵魂在燃烧，门在吱吱响……没有上润滑油……"

滚烫的蜡油滴在他的手上，然而他全然没有感觉。痛苦的源头就在前面，就在图书馆里。

一束光从笨重的门下缝隙透射出来。埃格特想敲门，但他的手都被占着，所以他用靴子尖轻轻地蹭了蹭门。图书馆里传来主任惊讶的声音："谁呀？"

埃格特尝试着想在不放下蜡烛的情况下抓住门的铜把手，也许他的努力会成功，但就在这时，门自己打开了，门口站着卢阿扬主任，但痛苦的源头不是他，而是在摆满书籍的昏暗大厅中的某人。

"是我，"索尔道，尽管主任肯定认出了他，并没有把他和其他人混淆。"是我……"

他结巴了，不知道接下来该说什么。主任犹豫了一下，向后退了一步，邀请索尔进来。

第二部分 托丽雅

托丽雅像往常一样坐在桌子沿上,她的手推车是空的,像一只受惊的狗一样紧紧贴在她的腿上。自从那天他来给主任送迪纳尔的书时被托丽雅打了脸之后,埃格特就再也没有见过托丽雅。此刻,她的眼睛仍然黯淡无光,并没有看向他。但埃格特能够感受到女孩身上散发出来的痛苦越发强烈,仿佛一看到埃格特就会使托丽雅的痛苦重新发作。

"有事吗,索尔?"主任干巴巴地问道。

他们在谈论我,埃格特突然意识到,不知道这种自信从何而来。

"我是来问一件事,"他轻声说,"有关解除咒语的……有关咒语被解除的问题。解除的可能性是否……是否……取决于一个人的犯罪程度?"

托丽雅将目光缓缓地移向父亲,但她并没有动身,也没有说话。主任跟女儿交换了一下眼色,皱起眉头问道:"你不明白吗?"

托丽雅的左侧太阳穴越来越痛,埃格特感同身受得甚至想把手掌放在自己的头上。托丽雅淡淡地、平静地对着黑暗说:"索尔先生可能想知道,他作为一个无辜的受害者,是否拥有某些特权……"

埃格特的心痛苦地揪在了一起。他勉强微微动了一下嘴唇,也是对着空气,低声说:"不,我……"

托丽雅没有说话,像一尊雕像一样一动不动地坐在那里,没有表现出丝毫痛苦。

"我马上就走,"埃格特轻声道,"这样您会感觉好些。我只是……请原谅。"

Шрам
疤面人

　　他转身向门口走去。托丽雅在他身后断断续续地叹了口气，就在这时，她开始抽搐，以至于埃格特跟跄了一下。

　　主任可能也感觉到了不对劲儿，快速看了一眼女儿，然后转向埃格特，脸上露出了警惕、怀疑的神情，问道："你怎么了，索尔？"

　　埃格特把肩膀靠在门框上说道："不是我，您难道……没看见吗？是她不舒服。您应该能感觉到……您怎么能让她……"他深吸了一口气。父亲和女儿都在盯着他。随后抽搐稍稍缓解了一下，埃格特可以感觉到托丽雅变得轻松了一些。

　　"或许应该……拿一块冷绷带敷在额头上。"他小声说，"我这就离开……我知道我有罪。我知道我是个杀人犯……我所遭受的，是罪有应得。也许……"他打了个寒颤。"也许流浪者不会可怜我，不会为我去除疤痕……嗯，您感觉好些没？"

　　即使是在昏暗的房间内，也能看到托丽雅的眼睛瞪得有多大，而且越发深邃。

　　"索尔？"主任立即问道。

　　托丽雅终于做了埃格特早就想做的，将手掌按在了她的太阳穴上。

　　"您只要说一声，我就会离开大学，"索尔用勉强听得见的声音说，"我在这里……毫无用处，她看到我就会伤心。我能理解。"

　　他跨过门槛，来到走廊，此刻他才注意到，紧握在拳头里的蜡烛正往他的衣服上、靴子上和烫伤的手掌里滴着蜡液。

　　"索尔！"有人在他背后叫道。

　　他不想转身，但主任抓住了他的肩膀，拉他转过身来，他注视着埃格特那张憔悴的脸，目光中充满了逼迫，这让索尔感到害怕。

"让他走吧。"托丽雅轻声说。她也站在门口，心里感觉稍微轻松了一些，也许是因为头没那么疼了。

主任抓起索尔的手肘，把他揪回图书馆，强行让他坐在一张吱吱作响的椅子上，而后转身问托丽雅："你为什么不直接服药呢？"

"我以为没事。"她答道。

"而现在呢？"

"现在，好些了……"

主任疑惑地看着埃格特问："是吗，索尔？好些了？是吗？"

"是的。"他回答道，嘴唇几乎都没动。他手中的蜡烛熄灭了，他艰难地松开手，蜡烛头掉落到了地上。飞蛾在桌子上方的灯周围簌簌地飞舞着，朝向广场的窗子外面远远地传来守卫们的点名声。

"您这种状况持续很久了吗？"主任像是随意地问道。

"这……不总是这样，"索尔看着飞蛾，解释道，"有过……一次，今天是第二次……我无法控制它……我现在可以走了吗？"

"托丽雅，"主任叹了口气问，"你没有问题要问索尔先生吗？"

她沉默不语。埃格特从门外转过身来，捕捉到了充满震惊的眼神。

夏日的城市在热浪中憋闷不堪，卖汽水的小贩仅在一天赚到的钱就比平时一周赚得还要多。过往的行人饱受炎热之苦，甚至连拉什塔也比平时更少发出仪式性的声音。小贩们正在调整头上

Шрам
疤面人

带有丝绸穗子的麦秆遮阳伞,就像巨大的彩色水母在广场上游走。在巨大的校舍中,尽管鲜有人在,灰尘依旧会在阳光下舞动,落到讲坛、长椅、窗台、学者的雕像以及拼花地板上;为数不多的人留在了校园里,主任正在努力编写一部大魔法师传记,索尔一个人住在宿舍里。

老太婆暂时放弃了打扫卫生,只是给送下午饭;托丽雅主动承担起给父亲做早、晚餐的任务。托丽雅清楚地知道,忙于工作的父亲可能一整天都粒米不沾,所以她每天都要去城里购物,亲自把食物送到父亲办公室,并要盯着他吃完最后一口。

埃格特几乎没有离开过房间。他坐在窗口旁,不止一次地看到托丽雅手里拿着一个篮子穿过学校的院子。暴雨过后,热浪再次袭来,院子里的小路上有一个很大的水坑一直没有被晒干。一天,从集市回来的路上,托丽雅发现有只麻雀在水坑里洗澡。

也许,这并不是麻雀,它身上湿漉漉的羽毛竖了起来,索尔可能会把这只灰色的小鬼当成一只更高贵的鸟儿。显然,洗澡的小家伙正在享受着温暖的沐浴,并没有注意到正在走近的托丽雅。

女孩放慢了脚步,然后停了下来。冲着埃格特的是她那骄傲的、像刻在硬币上的侧影。他等待着托丽雅跨过水坑,继续往前走,但她并不着急。鸟儿忘我地在水中溅起了水花,女孩手提沉重的篮子,耐心地等待着。

最后,麻雀终于洗完了澡,但它仍然没有注意到客客气气的托丽雅。它飞到了墙上伸出的一根横梁上,开始晒太阳。托丽雅把篮子从一只手移到了另一只手,平静而友好地向湿漉漉的鸟儿点了点头,然后继续走路。

第二天从市场回来的路上,托丽雅到底还是在大门口撞到了

第二部分 托丽雅

旁听生索尔。

当时篮子很危险,要不是索尔双手猛然抓住了篮子,那篮子肯定就被摔坏了。两人都被这突如其来的遭遇吓坏了,默默地盯着对方看了好一阵子。

托丽雅不能不承认,埃格特再一次让她感到惊讶。他身上似乎又有了新的变化。那张带疤痕的脸依旧憔悴又闷闷不乐,但他眼神中那种托丽雅向来鄙视的猎奇神态却消失了。如今,这只不过是一双正常人疲惫的眼睛。

最近,托丽雅发现自己经常会想到索尔。想他在她看来是不体面的,然而逃避去想也是不可能的:上次他在图书馆的表现给她的震撼太大了。震撼她的与其说是他能感受到她的痛苦,不如说是他的认罪,在她看来,从一个杀人犯的嘴里能够说出认罪的话,是不可思议的。不知不觉中,她想再次见到他,看看他是否真的明白了自己的卑鄙?或者这只不过是他的一个策略,一个可怜的企图,以获得同情和轻判?

"把篮子给我。"她干巴巴地说。这一刻,她没有找到其他话语。

索尔恭恭敬敬地把他的战利品递给她,一捆绿色的葱叶在篮子的边缘摆动。葡萄酒瓶的瓶颈和一块金色圆形奶酪的侧面也露了出来。

抓住篮子的圆形提手,托丽雅继续沿着走廊往前走去,她的一侧肩膀被重物拖着往下坠,不得不用空出来的另一只手臂来平衡。

她刚走到拐角处,身后便传来犹豫不决的嘶哑声音:"也许……让我帮您一下?"

她没有马上停下来,但她还是停了下来,并没有转身,匆忙说道："什么，什么？"

索尔闷闷不乐，又重复了一遍，已经预料到会被拒绝。"让我帮一下您……这……对您来说很重的。"

托丽雅困惑地站了一会儿。难听的话就在嘴边，但她并没有说出口。她无数次想起那次她拿厚书打了埃格特一耳光的情景，想起他那张苍白的、带有疤痕的脸，想起被她打出血的嘴唇。那之后，她的手和她的心都痛了好久，仿佛她无缘无故踢了一只流浪狗。

"那就帮吧。"她表面上冷漠地说。

索尔没有立刻回过神，而当他明白之后，也没有立即靠近，像是害怕她会再次打他。托丽雅烦躁地皱起眉头，扭头看向别处。

篮子交到了埃格特手中。两人默默前行，托丽雅在前，索尔在后。他们一言不发地穿过院子，来到外屋。在空荡荡的厨房里，托丽雅威严地接过篮子，把它放到桌子上。

索尔该转身离开了，但他犹豫了一下。也许他在等待，等待她的感谢？

"谢谢。"托丽雅漫不经心地说。索尔叹了口气。她突然问道："以前，您完全感觉不到……别人的痛苦吗？"

埃格特沉默不语。

"是了，"托丽雅自己对自己解释道，"要是您可以感觉得到，那您就不可能把剑插到一个活人身上，对吗？"

话一出口，她马上就感到后悔了。但索尔只是疲惫地点了点头，茫然地承认道："不能……"

托丽雅把葱、胡萝卜和一把香菜都从篮子里拿出来。随后埃格特着迷地看着带罂粟籽的奶油面包、黄油和一小罐酸奶油一个接一个地被拿出来。

"那现在,"托丽雅仍面无表情地继续说,"那现在,就在这一刻,您能感觉到吗?"

"不能,"埃格特轻声说,"如果……这种情况……总是发生,那还没等见到流浪者,我就会疯掉……"

"只有疯子才会想去见流浪者。"托丽雅说完又后悔了。因为索尔的脸色突然变得惨白。索尔问道:"为什么?"

托丽雅并不喜欢他这么问,于是她恼火地把用布包着的新鲜奶酪扔到了桌子上。"为什么……您对他有了解吗?"

埃格特慢慢地抚过脸上那道疤痕说:"这就是……知道这个还不够吗?"

托丽雅突然愣住了,不知道该如何回答。埃格特看着她,第一次目不转睛地看着她,悲伤又略带愧疚,这种眼神让她发窘。为了掩饰自己的不安,托丽雅不经意地咬了一口奶油面包。

索尔吞了一下口水,转过身去。她很高兴,这样可以缓解自己的尴尬,她抹去嘴唇上的面包屑,问道:"您是不是想吃东西了?"

不知为何,她以前从未想过,住在侧楼里的他每天只吃一顿饭,就是那位被雇来送饭的好心女人把她做的饭菜送到他面前时他才会吃。这一发现让她感到尴尬,她犹豫了一下,递给他一块面包。"拿着,吃吧。"

他摇了摇头,眼睛看着别处,问道:"那您……您对流浪者又了解多少呢?"

"快把面包拿着。"她坚持地劝道。

他盯着那块蓬松的奶油面包看了几秒钟,然后伸出手来,碰到了托丽雅的手指。

Шрам
疤面人

两人都感到了瞬间的尴尬。托丽雅开始故作认真地对购买的食物进行分类,而埃格特则吃起了面包。

她看着他吃。他瞬间就将面包消灭掉了,并感激地冲她点点头。

"谢谢……您……很好。"

她嘲弄地噘起嘴唇。"真是个有礼貌的年轻人。"

索尔再次直视她的眼睛问道:"那您……您难道对流浪者一点都不了解吗?"

托丽雅从抽屉里拿出一把长长的菜刀,专注地用手指探了探,查看刀刃是否钝了。她漫不经心地问:"难道您没和我父亲聊过这个吗?假如世界上有人知道您的这位故友,那么这个人一定是我父亲,对吗?"

埃格特无奈地耸了耸肩道:"是的……只是我不太理解主任先生说的话。"

托丽雅惊讶于他的坦诚。她用老旧的磨刀石磨了几下刀刃,她对自己的好心肠感到不悦,说:"难怪……你可能在击剑课上花了太多的时间,对吗?除了识字课本之外,您还读过什么书吗?"

她以为他会再次脸色苍白,或垂下眼睛,或是逃跑,但他只是疲惫地点头表示同意道:"您说得都对,但能有什么办法呢?而且……没有一本书可以告诉我,怎样才能见到流浪者,该如何与他谈……才能让他明白。"

托丽雅陷入了沉思。不经意地把玩着她的刀,说:"您真的很确定您必须要见到他吗?你确信没有疤痕您会过得更好吗?"

这时索尔低下了头,她看到的不是他的脸,而是他那一头蓬乱的头发。他久久未作答,而后他仍未抬头,只是对着地板说:

第二部分 托丽雅

"请相信我……我真的很……需要见到流浪者。我没其他办法……要么获得自由,要么死,您明白吗?"

空气突然变得安静,而且持续了很久,连桌上那把香菜在明媚阳光的照耀下都渐渐枯萎。托丽雅的目光从索尔的脸上移开,看向窗外的晴天,显然,站在她面前的这个人并没有夸张,也没有装腔作势,如果疤痕的咒语解除不了,他的确宁愿选择死亡。

"流浪者,"她开始轻声说道,"通常会出现在狂欢节。没人知道他从哪里来,据说,他可以在一天之内走完难以置信的距离。他在狂欢节的时候来到这里,这就是为什么……在五十年前的这一天,在广场上,从这个窗口望出去看不到,但就在法院的楼前,曾有一场处决。那仿佛是狂欢的一部分,在狂欢节的时候安排一场处决,处决一个流浪者,因其非法获取魔法师的称号。"

"怎么回事?"埃格特不由自主地问道。

"他不是魔法师却假装是魔法师。这个案子由来已久。他被宣判处以斩首。很多人聚集到了一起。烟花表演,集体狂欢,死刑犯已经上了断头台。斧头在挥舞,可是他突然在大家面前消失了,仿佛不曾存在过。没人知道这一切是如何发生的,或许,他终究还是一位魔法师。有人说,是拉什的幽灵救了他……"

埃格特哆嗦了一下,但托丽雅并没有注意,继续说道:"从那时起,在狂欢节这一天要安排死刑,通过抓阄,有一个死刑犯可以被赦免。死刑犯们就在断头台上进行抓阄,其中一个人会被释放,而其他人维持原判。然后是集体狂欢和民众庆祝游行活动,埃格特,所有人都欢天喜地。"

她突然意识到自己有些得意忘形,竟莫名其妙地叫了他的名字,于是皱起眉头道:"没办法,就是这样的风俗。您可能会有兴趣看看执行死刑的场面?"

索尔转过脸,用几乎听不见的声音责备道:"未必……尤其要是想象一下……假如我再次出现那种情况……那种感觉的能力再次回来……那么,我想,未必。"

托丽雅向后缩了缩,有些尴尬,喃喃地说:"我不知道我为什么要告诉您这些。父亲认为,流浪者……与那个突然从斧头下消失的人有关。无论是那之前,还是那之后,那个人都经历了巨大的磨难,他变了……当然,这一切都太令人困惑了,但我觉着,父亲认为那人就是流浪者。"

接下来又是长时间的沉默。托丽雅若有所思地用刀尖划着桌子。

"每年,"埃格特慢慢地继续说道,"就在这一天……他才来?"

托丽雅耸了耸肩说:"没人知道流浪者对什么感兴趣,索尔,"她向她的同伴投去一瞥,突然莫名其妙地补充道,"但我认为,他恰恰对你没什么兴趣。"

埃格特熟练地摸了摸自己的伤疤,说:"那好吧……这也就意味着,我得让他对我有兴趣。"

就在那天晚上,卢阿扬主任拜访了索尔。

小小的房间里已笼罩着暮色,埃格特就坐在窗户旁,旁边的窗台上放着一本打开的书,但索尔并没有在看书。他睁大眼睛一动不动地盯着院子,他有时会看到广场的人海中一架断头台像一座孤岛一样耸立着,有时会看到托丽雅那双专注的眼睛,看到刀子切开了香菜,看到斧头砍断了某人的脖子……他想起了主任给他讲过的关于失去法力的魔法师的故事,然后他的思绪转向了拉什教团，他想象着一个和雕塑形象一模一样的神圣幽灵，披着斗篷，来到断头台，救出了一个注定要死的人。

就在这时，有人敲门。索尔颤抖了一下，他有些害怕，想要让自己相信，真的没有什么敲门声，但生锈的合页吱呀响了一声，主任就站在门口。

在这样的黑暗中，索尔连自己手掌上的纹路都看不清楚，但站在几步之外的主任的脸却不知为何清晰可见，同往常一样，他依旧面无表情。

埃格特跳了起来，仿佛他脚下是一座火山，而不是一把瘸腿的椅子。卢阿扬先生出现在这里，出现在索尔一直认为是自己家的陋室中，似乎就像天上的月亮来到了鸟巢里一样，让人难以想象。

主任疑惑地看着索尔，像是埃格特来找他，想要告诉他点什么，但索尔保持着沉默。

"对不起。"主任略带嘲弄地说。索尔脑中瞬间闪过一个念头，托丽雅看起来很像她的父亲，与其说是外表像，不如说是习性像。"我很抱歉打扰你，索尔。在我们上次见面时，你说你准备离开大学，理由是，你觉着自己，嗯，没用……也就是无知。你这么说是认真的，还是为了说点俏皮话？"

埃格特感到黑暗的拱形天棚坍塌了下来，压住了他的肩膀。这是要赶他走，而且人家有权力赶他走。

"是的，"他低声说，"我是准备离开……我明白。"

两人都沉默着，主任平静如水，索尔心神不定。最后，埃格特终于无法忍受这种沉默，嘟囔道："我……是真的很没用，主任。科学对我来说，就像蚂蚁头上的天空。也许，我……占了别人的位置？"

他突然冒出一身冷汗，对自己的话感到惊恐。在一个陌生的地方，属于迪纳尔的地方。

主任揉了揉太阳穴，宽松的衣袖摆动了几下，说道："嗯，索尔……你说得很有道理。我并没有指望你在学术上成功，而且你作为旁听生，说实话，也是懈怠的。不过，这个……"卢阿扬从黑色的衣服口袋中抽出一本中等大小的皮装书，然后是一本小纸板书。

"我让托丽雅给你找来这些非常简单的东西，作为初期开始学的内容。幸运的是，你会阅读；等你把这两本书都读完之后，可以再借。不要不好意思去借，要有什么困难，或许，托丽雅可以试着辅导你一下……或许，也不行，有时候，我觉得她根本没有耐心……"

主任点头告别，已经走到走廊里的他发梦似的突然说道："迪纳尔才是一个真有教学天赋的人。那是一种特别的天赋，不是灌输想法，而是让你思考，对他来说，这是一种游戏，刺激，享受……不，索尔，您不要自惭形秽，我这不是在责备您。但您知道，我自己本人既没有时间教您，也没有兴趣教您，所以我想，要是您能跟迪纳尔一起学习会不错。不过也没什么，没办法，您自己去学吧。"

就这样，主任走了。直到这时，埃格特才意识到，他的周围一片黑暗。黑暗中，无法看清人的脸、衣服和书。索尔感到毛骨悚然，他将手伸向桌子，书就放在那里，皮装书似乎冷冰冰的，而纸板书粗糙得像粗麻一样。

一本书叫《宇宙构造》，另一本叫《与青年人的对话》。第一

第二部分 托丽雅

本书的作者在埃格特看来是一位严厉的老人，他表达思想简明扼要，要求读者始终保持紧张的状态；第二本书的作者喜欢长篇大论地教导，把读者称为"我的孩子"，在索尔看来应该是一个心地善良、有点多愁善感的快乐胖子。

纸板书让索尔感到无聊，而阅读皮装书，他就像穿行在荆棘中。他的眼睛终于习惯了每日的阅读，不再流泪；为了活动活动僵硬的背部，索尔养成了每天早上步行进城的习惯。

他不慌不忙地走出去，四处闲逛，看起来就像一个尚未决定去哪里的人；但每次都会发现，索尔会莫名地出现在附近的集市上。他在摊位之间走来走去，逐一品尝腌肥肉和酸奶油、水果和熏鱼，直到他在人群中发现托丽雅的黑发脑袋。

她一下子就注意到了索尔，但她假装全神贯注地买东西，不想四处张望。她从一个摊位走向另一个摊位，挑选商品并讨价还价，她的篮子渐渐地装满了吃的东西。而索尔一直紧跟在离她不远的地方，始终让托丽雅在自己的视线范围之内，但又不让她看到自己。

托丽雅买完东西之后，开始往回走。埃格特不得不克服自己的尴尬，他绕了个大弯超过托丽雅，然后迎面走来，就像偶然碰到她一样。

托丽雅见到他时表现得很冷淡，没有任何惊讶；他从她手中接过篮子时，浑身起了鸡皮疙瘩。

两人默默地走回了大学。托丽雅偶然瞥见自己身旁紧贴在衬衫下面那圆圆的肩膀，卷起袖子的手臂，篮子在这只手臂上似乎轻如羽毛，只是在白色的、未晒黑的皮肤下肌肉微微闪现。托丽雅转过脸去。他们穿过院子，来到厨房，就在那里，他们默默地分开。通常埃格特会获赏一块面包和黄油，或者一块蜂巢蜜，或

Шрам
疤面人

者一杯牛奶。埃格特带着赏赐的食物回到自己的房间，心情愉快地坐下来看书。而他赚来的美食则静静地放在那里等待被享用的那一刻。

可能是在主任的请求下，托丽雅有那么三四次"尝试着当老师"。遗憾的是，这些尝试最后都以失败告终。老师和学生都被激怒，不欢而散。有一次，托丽雅对关于宇宙和人类的哲学讨论有了兴趣，她翻着书页感叹道："不，迪纳尔……"于是在这次令人难忘的事件之后，他们不再一起学习。

她抬起头来，迎着索尔惊恐的目光，立即告别。那天晚上，两个人在黑暗大楼的不同房间里痛苦地思考着。

除此之外，埃格特和托丽雅彼此之间还保持了一种冷静的中立态度。托丽雅已经学会了在他们见面时点头，而埃格特也学会了让自己在听到走廊尽头轻快的高跟鞋声时不要脸色苍白。

与此同时，城里的摊位上出现了西瓜和甜瓜，白天的炎热与夜晚的凉爽交织在一起，晒得黝黑且变胖了的学子们开始逐渐返校了。

大学的侧楼里开始热闹起来，走廊、大厅和教室的灰尘被打扫干净了。厨师又回来开始工作了。托丽雅也不需要每天去集市了。来打扫卫生的老太婆拍打着枕头和羽绒褥子，羽绒在空中飞舞，仿佛无数的大鹅和鸭子在学校的院子里展开了殊死搏斗。早晨，通常会有两三个肩上背着包的年轻人，停留在学校大门前；他们是来自遥远城镇或乡村的中学毕业生，前来求学。他们惊奇地看着门口的铁蛇和木猴雕塑，当有人问他们问题的时候，他们会不知所措。主任邀请他们去面试，于是他们犹豫不决地跟在主任的后面。面试结束后，部分年轻人会情绪低落，踏上返乡的路。埃格特看着这些被拒之门外的年轻人，为他们感到痛苦和遗憾，他们中的任何一个人都比他索尔更配得上大学生的称号。

不过，这个夏天，读书的日子还是给他带来了些许回报：埃格特对科学更有信心了。当然，他还是觉得自己很平庸。读完了《与青年人的对话》，索尔从主任那里又换到了一本大部头的书，书名很长：《星星、石头、草、火与水之哲学及其与人体特性之间的相互关系》，另外，还有一本《解剖学》，里面有许多彩色插图。

这些插图令他感到尴尬和震惊，同时也唤起他前所未有的兴趣。埃格特惊叹于血管的错综复杂，骨骼的奇妙排列，以及深棕色的肝脏的大小，就像他在集市上见过的那样。出于内心的单纯，索尔一直以为人的心脏和情书页角上画的心是一模一样的。当他看到这本书里那颗像风笛一样带着小口袋、小管子的心脏时，他格外惊讶。一具可怕的骷髅，只因为手上缺了一把镰刀，便不再可怖。只要埃格特深入研究书里那些详细而枯燥的解释性文字，就能彻底赶走死亡的念头，还会让他产生一些实际的问题。

狐狸从老家回来时，正碰上索尔在学习《解剖学》。

两人再次相聚，彼此都很真诚，气氛热烈。狐狸那紫铜色的头发已经齐肩，他的鼻子被晒得像煮熟的土豆一样脱了皮，他的言谈举止既不正经也不庄重。在他的背包里有一整只西梅烤鹅，一捆黑血肠，自家烤的烧饼，以及各种做好的蔬菜。在狐狸背包的底部有一壶像血一样浓的酒。慈母为他准备的一周的食物在几个小时之内就被消灭掉了，毫无疑问，尽管狐狸是个懒虫和滑头，但他绝不是个吝啬鬼。

第一杯酒就让索尔头晕目眩。他傻笑着，看着房间里渐渐地挤满了熟悉的同学们，很快，床上、桌子上、窗台上都没有了位

Шрам
疤面人

置。每个人都在笑着、吵闹着、谈论着，舔着他们沾满油脂的手指，呼喊着干杯，直接从酒壶里喝着酒。在清空了狐狸的背包之后，贪吃的学生们像年轻的蝗虫一样出发去城里。尽管索尔已经没有什么钱了，但他还是决定和大家一起去了。

他们去了"兔子之家"酒馆，然后又去了"尽情喝吧"。那里有一群卫兵正在喝酒，显然刚刚换完岗。埃格特看到他们有些尴尬，但卫兵们友好地和大学生们打招呼，并无任何敌意。而此时，让索尔头晕目眩的酒精仍在发挥作用，模糊了他熟悉的恐惧。

两伙人交换了酒瓶，彼此欢呼，然后是善意的嘲讽。接着卫兵们玩起了古老的游戏：向墙上的靶子投掷飞刀。大学生们一下子安静了下来。最优秀的飞刀手是一位肩膀宽宽的年轻人，看起来有些凶。他的头发上绑着一根皮带，腰间别着一把短剑，埃格特饶有兴趣地看着那把短剑，因为在卡瓦伦城没有人携带这种武器。

刀子和匕首被扎入离靶心较近或较远的木头里，而靶心则是某个发明家画上去的苹果图案，卫兵们激动起来，开始赌钱。当一名卫兵决定向醉酒的学生发起比赛挑战时，那位宽肩膀的年轻人，也就是短剑的主人，已经赢了战友们不少钱。

短暂的混乱之后，有人决定要为捍卫大学荣誉而战。狐狸开始忙活起来，给出建议，并试图将一个投掷者推到离目标尽可能近的地方，卫兵们理所当然地愤愤不平，又将其推回至之前用粉笔线做过标记的位置。遗憾的是，学生们掷出去的刀子根本无法插入墙内，在碰到了目标之后，伴随着卫兵们的笑声，啪的一声便落到了地板上。但双方并没有彼此怨恨，也没有争吵。

大学生们输掉了三瓶酒、一把银币和狐狸的一顶礼帽。但作

第二部分 托丽雅

为一名天生的赌徒，狐狸并不愿意承认自己团队的失败，最终决定亲自上阵。每一次投掷之前都要进行赌博交易，很快狐狸就输掉了所有的钱和他那质量上乘的皮腰带。

毫无尴尬之情的盖坦很可能会输掉他父亲的药店，要不是这一刻他一下子注意到了和大家一起欢欣快乐的埃格特。

"嘿，索尔！"狐狸在他的裤子上系上了一根绳子，来代替腰带，"你不为自己人赌一赌吗？或许，你来掷一次？还是你心疼钱？"

埃格特尴尬地笑了笑，站了起来。就在这一刻，那些赌输了还在郁闷的学生，在他看来，就是自己人，真的就像亲人一样，而且他突然对盖坦输掉的那条优质腰带感到惋惜。

头上绑着一根皮带的宽肩卫兵咧嘴一笑，递给索尔一把匕首。埃格特瞄了一眼目标的距离，眯起了眼睛，就在那一瞬，他体内那早已被遗忘但依然可以运转的机制莫名地启动了。

他的手自己掂量着匕首，确定它的重心；刀刃活了起来，像一只敏捷的动物在索尔的掌心里扭动，刀刃划过一道模糊的弧线，啪的一声，刺入了苹果图形的正中央。

酒馆里变得出奇地安静，惊讶的厨师从厨房里探出头来张望。

索尔笑了笑，似乎很抱歉。卫兵们惊讶地你瞅瞅我，我瞅瞅你，似乎都不敢相信自己的眼睛，想要确定一下伙伴们是否看到了同样的场景，或许可能是因为醉酒而出现了幻觉。大学生们都愣住了，脸拉得老长；而狐狸打破了所有人的困惑。

"啊……你这是怎么做到的，嗯？"他故意酒醺醺地问道。

宽肩的卫兵果断地走上前去，晃了晃钱包道："我拿金币来赌，掷五次，好吗？"

Шрам
疤面人

  埃格特又抱歉地笑了笑。

  接下来一切都发生得太快。周围一片寂静，只是偶尔可以听见观众那低沉的喘息声和刀片插入木头的撞击声。索尔赢回了狐狸的皮腰带和帽子，也赢回了同学们此前输掉的所有钱。埃格特的眼睛和手好似在独立行动，做着熟悉又愉快的动作；匕首在索尔的手中舞动，扇子似的在旋转，飞到空中，而后重新又回落手掌中。他几乎看都不看就扔了出去，匕首每次都莫名其妙地瞄准了同一个点，很快，苹果的中心便被刀扎成了一个洞。那位头绑皮带的宽肩卫兵恭敬地说："我以哈斯的名义发誓……这个小伙子绝不是书呆子，不是！"

  最后，埃格特的兴奋消失了，他随意瞥了一眼手中的匕首，突然意识到这是一件杀人凶器。想到被割掉的肉，他突然打了个寒战。然而没有人注意到他的迷乱，因为学生们已经从震惊中回过神来，取而代之的是一阵阵欢笑。

  索尔被众人包围，大家都来和他握手，拍打他的肩膀。卫兵们一个接一个地走过来，严肃地表达着他们发自内心的尊重。随后，他们又去了"独眼蝇"酒馆，把赢来的钱又一饮而尽；几个女孩跟在这些欢腾的学生后面，显然，她们是被"金发埃格特"的帅气和勇气所吸引。

  在学生酒馆里，致敬索尔的庆祝活动几乎一直持续到午夜；在这里，埃格特第一次见到了狐狸的昔日女友，一个名叫法丽的漂亮小姑娘。由于想念她的心上人，女孩一会儿生气地噘起嘴，一会儿投向盖坦的怀抱，一会儿又突然开始和大家调情，显然是希望让心上人吃醋。最后，狐狸向埃格特以及全场的伙伴们道歉，郑重其事地双手抱起法丽，把她抱到了板棚的后面。

  从这一刻起，索尔对庆祝会已经不再感兴趣。他艰难地甩掉了围攻他的女孩,来到了黑暗的街道上。他转过街角时,遇到了一位穿斗篷的人。那人的脸被风帽遮住了。

"晚上好,索尔。"黑暗中的声音说道。

这个声音很友好,毫无疑问是法吉拉。埃格特急忙躲开。在拜访拉什塔后的几个月,索尔已经确信拉什教团对他失去了兴趣,已经不再希望他加入他们的队伍。法吉拉的出现对他来说无异于晴天霹雳。

"你惊讶吗,索尔?"风帽下的法吉拉咧嘴笑了,"我很高兴地告诉你,你已经通过了第一个秘密考验。我们还要谈一谈,最好远离这嘈杂的小酒馆,好吗?"

确实有笑声和叫喊声从"独眼蝇"酒馆里传来,其中还夹杂着酒醉人的歌声。这一刻,学生们豪放的欢笑声对埃格特来说就像童年的摇篮曲一样熟悉。

"是的,"他喃喃道,"当然……"

法吉拉抓住索尔的胳膊,把他拉到一条小巷子里。埃格特担心那里可能有一条通往拉什塔的秘密通道。

法吉拉停了下来,黑暗中他那洁白的牙齿闪闪发光。

"我很高兴见到你,索尔,你的精神状态很好。我们的时间不多了。很快,根据拉什的意愿,我们将成为同路人,弟兄。但现在,要知道,世界在不断变化,而且世界已经变了。人们已经离拉什太远了,他们的结局会很惨。你注意到了吗,埃格特?这些愚人啊,愚人……城市法官一样会听从大师的建议,但法官病得很重,谁知道他的继任者会怎样?已经听到了与拉什意愿相悖的声音……结局会很惨,索尔,这一切结局会很惨!"

埃格特听着,他听不明白,也不想明白,只是非常迫切地想知道法吉拉究竟会对他提出什么要求。

Шрам
疤面人

"考验即将来临,埃格特。所有活着的人都要接受考验,等您经历入会仪式之后,您会知道有哪些考验。我们要抓紧了,埃格特。要在注定发生的事情之前,抓紧与拉什融为一体。你将与我们一起迎接这一刻的到来,你将会得救,而其他人则会哀嚎。"

法吉拉越说越快,越说越热切,他的双眼在黑暗中闪烁。他每说一句话,索尔就越发感到恐惧,仿佛突然看到黑暗的翅膀在平凡、普通、熟悉的生活上空展开。

"很快,埃格特。但还有时间。你需要通过第二次考验,这是拉什的旨意。这将是最后一次考验,拉什塔将会庇护你这位献身者,他会保护你避开地球上将要发生的灾难。你准备好聆听了吗?"

埃格特不由自主地答道:"是的……"

法吉拉靠近索尔的脸,说道:"听着,这是最后一次考验的条件。首先,像从前一样保持沉默;其次,也是最重要的,埃格特,你必须仔细观看和聆听。索尔,你长眼睛和耳朵就是为了看和听。大师会亲自听取你的汇报。在大学里,你会碰到我们的朋友,也会碰到我们的敌人。我们必须去分辨谁是谁。大师对受人尊敬的主任先生和他美丽的小女儿特别感兴趣。看和听。你大概已经知道了主任先生的写书计划,是吗?"

埃格特站在那里,仿佛被淋了一身沸水,一下子忘掉了对即将到来的考验的恐惧。他的脸颊和耳朵开始发烫,幸运的是法吉拉在黑暗中看不到这些。天啊,从前的那个索尔,那个早已被遗忘的卡瓦伦城的恶棍,会用一个巴掌来结束这样一场谈话;但从前那个索尔已经死了,如今,脸带伤疤的埃格特只能用颤抖的声音低声答道:"很遗憾……您夸大了我所掌握的信息。我……对主任先生的计划一无所知。"

法吉拉友好地搂住他的肩膀。"这是一个考验，索尔。这不是一个简单的考验，我不否认这一点。可能这很难知道，但这是可能的，不是吗，索尔？"

"我不知道，"埃格特低声说，"我真的……不确定。"

法吉拉责备地说："索尔，我的朋友。你已经迈出了第一步，你出席了秘密仪式，你被委以信任，不是吗？难道信任该被辜负吗？现在你任由一时的软弱摆布，可为此你或许要付出惨无人道的沉重代价。不要让你的胆怯占了上风，这只会让事情变得更糟。相信我，我是以你未来的弟兄身份对你说的。你向大师本人汇报会更容易，或者也许先向我汇报？"

埃格特强忍着不让自己打哆嗦。法吉拉的手仍放在他的肩上，很容易感觉得到。

"向你汇报。"埃格特低声说，他只希望这一切能尽快结束。

法吉拉沉默不语，而后柔声说道："这样最好……我会自己去找你。你要做的，就是看和听。还有问，尽可能好奇地去问，但不要去纠缠，因为主任先生很聪明……"

法吉拉本已迈步离开，但又突然转过身道："埃格特，不要这么痛苦。你以后会明白的。有人在向你伸出援助之手，你得到了一个独一无二的机会。你以后会明白的，而现在你只要相信。好吗？"

埃格特已经无力回应。

投掷匕首的故事在大学里已经尽人皆知。在走廊里，甚至有埃格特完全不认识的学生走上前来和他握手，问他一些小事。新学年开始了，索尔没有旷过一次课，但他的内心很沉重。

Шрам
疤面人

与法吉拉见面之后,他曾发誓不再进城。但谁知道,大学的四壁能否保护他免受拉什教团的攻击呢?埃格特深知恐惧会在第一时间出卖他,而审讯者,无论是谁,必要时都能从他身上得到任何想要的东西。拉什教团很清楚或是猜到了他的懦弱。这就意味着他是教团的俘虏,是间谍和告密者。当他的双膝因恐惧而发软,任何自尊,任何高尚都无法拯救索尔,他干枯的舌头黏在喉咙上,而后说出背叛的话语……

如今,拉什塔内传来的长音让他感到害怕。

有一天,他打起精神,去了主任办公室,他想坦白一切。可是当他走近主任的办公室时,他看到了法吉拉的脸,他的耳边响起了断断续续的声音,告诉他灾难就要来临。当他挣扎着跨过门槛时,只能挤出一个词不达意的问题:"将来会发生什么……是不是什么都不会发生……在不久的将来?"

主任很惊讶。他以令人感动的严肃态度推测,在不久的将来,肯定会有某些事件发生,而就在不太遥远的过去,这些事件已经发生。埃格特觉得很尴尬,道歉后就离开了,这让主任感到莫名其妙。

有时索尔也会感到安心。法吉拉,更别说是白发大师,在他看来似乎都是值得信赖的人。也许,他真的知道得太少了,也许,他的任务并非背叛,而相反是为大学服务。毕竟,法吉拉说过:"你以后会明白的,现在你只要相信,好吗?"

好吧,索尔低声对自己说,他松了一口气;他甚至开始认真思考,该如何更好地完成委派给他的任务。但他突然意识到了自己的卑劣,便又陷入绝望。于是他蜷缩在窗台上,不愿回答狐狸关心的问题,也不愿看他那双诚实的、蜜色的眼睛。

狐狸现在对索尔更加尊重了。不仅是因为索尔那罕见的飞刀技能，还因为他正在阅读的书籍：《解剖学》和《草药哲学》，据埃格特说是从主任那里借的。盖坦已经学会了在明白索尔希望独处时让他独处。一天晚上，吹灭蜡烛后，狐狸斗胆问了这位奇怪的室友一个问题："听着，索尔……你到底是谁？"

埃格特处于半梦半醒之间，正回忆着自己的家和父母，听到此问，精神一振道："啊？什么，什么？"

狐狸身下的床板吱呀作响。

"嗯……一个安静又胆小的人，只是要把刀子藏好，不让你看见，以防万一……"

"不要害怕。"埃格特苦笑道。

狐狸生气地扭动身体，说道："是啊……我真希望我有一张像你一样帅气的脸，我会毁了城里所有的女孩。她们自己就会追求你，但你甚至都不去看她们一眼。你的那个……正常吗，啊？"

埃格特再次咧嘴笑了。狐狸一点也不打算放过索尔，又提出了一个新问题："是谁伤了你的脸？"

索尔叹了口气，小声问道："听着……狂欢节是不是已经快到了？"

黑暗中狐狸吃惊不已。稍后回应道："再过一个月……怎么啦？"

⚔

一个月。离最后期限还有一个月。埃格特很清楚，只要他能坚持到与流浪者会面，他就不会成为一个卑鄙者和告密者。他现在是咒语的奴隶，但一个自由的索尔将不会畏惧恐吓或即将到来的灾难。拉什教团将失去对他的一切控制，他将很开心地当面对法吉拉说：去找其他间谍吧！卡尔维尔……而他会回到卡瓦伦

疤面人

城，去见自己的父亲……然后，埃格特几乎可以肯定，他会再次回到大学，请求主任录取他，也许……但这已经是之后的事了。首先，还是要去见流浪者，会面将在一个月之后。

如果他们见不成，或者是流浪者拒绝解除咒语……埃格特心里根本就不容许这样的想法出现。

连续几个晚上，托丽雅都做了极其生动而又令人惊讶的梦。

一天晚上，她梦见自己站在一艘帆船的甲板上。她经常在版画中看到这样的船，但从未在现实生活中见到过。周围是湛蓝色的清澈海面，头顶是拱形的苍穹，而父亲就站在她身旁，他的手里拿着一只鸟笼。笼子里有一只比麻雀还小的小鸟。托丽雅心里感到一种不熟悉的轻松，她在睡梦中笑了。尽管远处的地平线上有一堆黑色的废墟。因为船上的船长，他笑着说："风暴将会来临，但我们并不惧怕。"

托丽雅并没有害怕，但那片乌云比预想来得更快，船长意识到危险的时候已经太晚了。轮船的上空已经有一只巨大无比的猫头鹰，它既是一只鸟也是一片乌云，只不过这样的乌云通常不会有。它的双眼，好似两只圆圆的盘子，闪耀着白色的火焰，它的翅膀正在张开，遮住了天空。船长尖叫起来，船员们也惊恐地喊叫起来。这时，托丽雅的父亲卢阿扬主任打开了他手中鸟笼的门。

那只比麻雀还小的鸟儿飞出了鸟笼，迅速飞上天空。在人们惊讶的眼神中，它开始长大，长大，开始变黑，变成了一片乌云，变得和猫头鹰一样大，天空中展开了一场生死决斗。只是谁赢得了这场决斗，托丽雅无从知道，因为她已经醒了。

第二部分 托丽雅

　　托丽雅一边思考她的梦可能意味着什么，一边起身去城里，因为父亲前一天让她去趟药店。回来的时候，她在学校门口遇到了两位少女，她们都戴着漂亮的帽子，上面装饰着红红绿绿的花朵。少女们有些害羞，互相推来推去，问她是否有一位高大的、面带疤痕的金发小伙子住在这里……也就是说，在这里上学？

　　托丽雅有些慌乱。女孩们越来越着急，解释说：他们是不久前认识的……在一个地方……并约好了再见面，尽管这些大学生经常去城里，但这个小伙子，就是金发……您认识吗？他已经几周没有出现了……也许，他生病了？

　　托丽雅起初很想笑，随后又改变了主意，决定发一下脾气，但她突然又对自己说：这有什么大不了的？别人喜欢索尔关她什么事呢？

　　她很冷漠地向女孩们解释说，"面带疤痕的金发小伙子"目前身体健康，很快就会出现在他们"约会的地方"，说完，托丽雅便朝着自己的房间走去。两个女孩又追了上来，恳求说，也许，她可以转告那位小伙子，奥拉和罗莎琳达在找他。

　　如果有人在前一天告诉托丽雅，她会不止一次地想起这次意外的碰面，那么她一定会感到惊讶。然而她确实对此念念不忘，并对自己的愚蠢感到沮丧和惊讶。或许，她是对埃格特的选择感到恼火，他竟然选的是一些粗俗的街头女孩。不过大学生们总是有些滥情，但索尔！天啊，索尔和其他人有什么不同呢？！

　　当托丽雅第二天见到埃格特时，她还是忍不住说道："顺便说一句，您的女朋友们在找您。您似乎把她们忘得一干二净，索尔？"

　　他不解地盯着她看了一会儿。她看到他的眼皮是红的，眼睛是疲惫的，通常熬夜读书才会这样。

"谁?"他终于问道。

托丽雅使劲儿地回忆着。"奥拉和罗莎琳达。您的品位啊,索尔!"

"我不知道她们是谁,"他淡淡地说,"您确定,她们找的是我吗?"

托丽雅又忍不住说:"我们这里还有谁是'高大、金发、面带疤痕'的呢?"

埃格特苦笑了一下,习惯性地摸了摸自己的脸颊。托丽雅不知为何感到有些尴尬。她口里嘟囔着什么,匆匆离去。

⚔

过了一段时间,她在以盖坦为首的一群人中看到了索尔,索尔比其他同伴们高出一头。当然,这群人正在进城,学生们欢呼雀跃,而索尔则沉默不语,不太合群,但托丽雅可以看出其他学生对他的尊敬。在埃格特的身边,他们都莫名显得有点迟钝,有点笨拙,有点幼稚。索尔的每一个动作都有一种本能的、半军事化的优雅,他在大学生的人群中,看起来就像一匹良马混进了一群快乐可爱的骡子中。

托丽雅发现自己好像对埃格特有了某种兴趣,她为此感到不满。当然,奥拉和罗莎琳达是受到了鼓舞,还有多少年轻的女孩翘首期待,渴望得到这样的美男子啊!

⚔

几天后,埃格特意外收到了来自卡瓦伦城的信。一个邮递员给大学的收发室送来一个很重的袋子,袋口有蜡封。附带还有一封揉皱了的信。邮递员收取了银币之后才离开。袋子里装满了家

第二部分 托丽雅

里自制的食物。泛黄的信纸上散发着一股救心剂药水的味道。

埃格特没有认出这是谁的笔迹，他的母亲很少写信，而且也不愿意写信。她从未给儿子写过一封信。但他一下子就认出了信纸散发出的味道，于是紧张得脊背发凉。

这封信很奇怪，每一行字都向下歪斜，表达的意思也是断断续续的。有关埃格特的逃跑和现如今卡瓦伦城的生活，信中只字未提。整封信都是对儿童时代埃格特的回忆，而他自己几乎都记不得了。原来，母亲甚至一直记得他小时候桌布的颜色，有一次他想把热汤盘拽向自己，同时也拽下了桌布。还有，他曾兴致勃勃地试图把甲虫断掉的腿儿给重新粘上。父亲曾经因为他的一些放肆行为想要惩罚他，而母亲则站出来为儿子辩解……索尔勉强把信读完，一种难以名状的痛苦席卷了他。

埃格特想要消除那种痛苦，于是他让狐狸把所有的人都叫来，只要他们的房间能够装得下，让他们吃一顿大餐。这些爱交际的学生饥肠辘辘，没过一会儿就都来了。很快，房间里的床在狂欢者的重压下已经摇摇欲坠，窗台也有坍塌的危险，而那张用来学习而非承受年轻人结实屁股的书桌，也愤怒地摇晃起来。于是乎，可以让索尔吃上一个月的食物袋在几个小时内就被清空了，每个人都很满足，包括埃格特，他在盛宴的喧嚣和欢快中压制住了痛苦、悲伤和对未来的恐惧。

⚔

狂欢节即将到来。索尔有时盼着这日快点到来，有时又希望它晚些时候到来。狐狸越来越关心埃格特是否正常，因为埃格特时而无缘无故地激动兴奋，时而又陷入深深的恍惚之中，在窗边一坐就是几个小时，无意识地翻着一本关于法术的书，几乎滴水不沾，但夜里又会起来到走廊的水桶旁喝个够；挂着杯子的铁链声会吵醒邻居，他们会抱怨。

当卢阿扬主任让埃格特去找他时，离决定性的那日只剩下一周了。

索尔本以为会看到托丽雅像往常一样坐在办公桌边，摆动她的脚。但在装有厚窗帘的办公室里，只有严厉、专注的主任和他这位紧张的客人面对面。

主任让索尔坐在高高的扶手椅上，他沉默了许久。印有各大洲轮廓的玻璃球内燃烧着一支蜡烛，在蜡烛的照耀下，伸展在桌子上方的铁翼似乎有了生命，展翅欲飞。

"一两天之后他就会出现在城里。"卢阿扬轻轻地说。

索尔那双抓着木质扶手的手掌，瞬间就像青蛙的爪子一样湿了。

"听着，埃格特，"主任说，仍然是轻声细语，却让索尔不寒而栗，"我知道，你为了见他都经历了什么。现在，我再最后一次问你：你真的想和流浪者谈谈吗？你确定这是你唯一的出路吗？"

埃格特先是想到了法吉拉，然后是驿车里那位被强盗强暴的女孩，最后是卡尔维尔。

"我确定。"他平静地说。

主任盯着他看了一会儿，埃格特并没有退缩，经受住了这种凝视。

"好吧，"他转过身去，"那我就告诉你……我所知道的一切。遗憾的是，我所知并不多。"

他走到窗前，拉开窗帘，背对着埃格特，开始讲话："我曾经给你讲过那个被剥夺了神奇天赋的人，他经历了一场磨难。我

第二部分 托丽雅

曾给你讲过我在水镜中看到的那扇门，当时我还是个孩子，我的导师死了，只剩下我一个人……我看见有个人站在那扇门前，门闩被拉开了一半……你当时还不明白，我为什么会想起这一切，但现在你必须明白，听我说。有一位流浪者在地球上游走，没有人会告诉你他的名字，也没有人确切知道他来自哪里。他身上的威力无论是魔法师还是其他人都不清楚。不管我怎么努力，我一次都没能在水镜中看到他。要知道，我的技艺很高超，埃格特，任何有魔法天赋的人迟早都会反映在我的镜子里。但流浪者却让我无法看到他。而且，每次当我试图找到他，我都像是撞到一堵厚厚的墙。这种无法解释的现象让人恐惧。埃格特，流浪者让我感到害怕，哪怕我已经不是当年的那个小男孩了。我无法断言，他似乎是邪恶的代表，但谁又确切地知道什么是善，什么是恶？"

主任沉默了。埃格特用手掌按住他那带有疤痕的脸颊，突然自语道："咒语就是邪恶的。"

"那杀人呢？"主任惊讶地转过身来。

"杀人也是邪恶的。"埃格特低声回应道。

"那杀死一个杀人犯呢？"

玻璃球内的蜡烛在一点点地淌着油。

"好吧，"主任叹气道，"我继续给你讲。半个世纪前，世界正处于深渊的边缘。但大多数活着的人都没有意识到这一点。某种来自外部的力量，史书上称之为第三力量的东西，想要进入这个世界并统治它。为了通过宇宙之门，第三力量需要一个守门人。这个人就是那位失去了魔法天赋的人，他被人侮辱，被骄傲迷惑。如果他打开了这扇门，那么这扇门会给他带来难以想象的力量，但门闩最终也未被拉开，因为在最后一刻，守门人放弃了这项任务。没人知道当时发生了什么。但这个敢于拒绝第三力量的人回到了活人的世界。他被灼伤,最终得到的不知是诅咒,还是遗产……据说,从那时起,他就在他拯救的世界里流浪,'流浪者'这一绰号也正源于此……这像是真事儿吗?"

埃格特沉默不语。

"我也不知道,"主任微微一笑,"也许,他完全是另外一个人,他的法力性质也完全不同。以前我还想见见他,现在我不想了。谁知道呢……他是异己,他也回避与我见面,我只是偶尔会听到关于他的故事。"

"而我是那根线。"索尔说。

主任瞪着他。"你说什么?"

"我就是那根把您和流浪者连接到一起的线。这就是您对我感兴趣的原因,不是吗?"

主任皱起了眉头。"是的,你的判断是对的,我对你的态度确实有些功利。你就是连接流浪者的那根线。索尔,你也是杀害我心爱的徒弟、我女儿未婚夫的凶手。你是残酷咒语的受害者。你也是那位正在经受考验的人。这些都是你。"主任再次转向窗户。

玻璃球内的蜡烛已经燃尽,熄灭了,房间变得更加黑暗。

"我该对他说什么呢?"埃格特问道。

主任耸了耸肩。"你随便。你的变化足以让你自己做出决定。不要试图博取他的同情,这将毫无帮助。不要卑躬屈膝,但也不要试图放肆,这只会让事情变得更糟。最重要的是,埃格特,仔细想一想:你真的敢去见他吗?也许,他会再给你来点什么奖励,让以前的咒语显得像个笑话。"

主任歪头,以示询问。埃格特用几乎听不见的声音说道:"当然,很可怕……但我已经见过他一次了……也许,我会找到

第二部分 托丽雅

合适的话语……我会的。"

⚔

埃格特正在听校长先生讲课，这时，礼堂里有一张字条，像一只蝴蝶一样在各排之间手手相传。埃格特根本就没有注意到这张字条，于是一声低声的召唤让他差点跳了起来。

"嘿，索尔！"

纸条被卷成筒状，上面的题词确定无疑地表明这张字条是写给埃格特的。索尔惊讶地展开这张硬纸条，在空白纸的中央写有一行简短的字：他在城里。

校长先生那洪亮的嗓音如同玻璃一般在他的耳边炸裂，随即立刻安静下来，变成了苍蝇撞击玻璃的嗡嗡声。

⚔

距离节日还有三天。脸颊红扑扑的女仆们拐着装满食物的篮子，累得筋疲力尽。卖肉的小贩们从周围的村庄赶来，血淋淋的整头猪、猪头和牛头、兔肉火腿和整捆的家禽正在当街售卖。埃格特无意中偶然看到了一副无眼面具时，他感到很恶心，这副面具被套在一根铁刺上出售。

他在人海中不断地行进，匆忙地扫过所有朝向他的面孔。他颤抖了几次，出了一身汗，然后继续向前飞奔，每当他认错人，他都会停下来喘口气，平复一下那颗狂跳的心。

贵族区相对安静一些。女仆们笑着，彼此招呼着，在窗与窗之间挂上了装饰物，丝带和旗子迎风飘扬，各家各户的窗台上摆放着鸟笼。人行道被刷洗得锃亮。看到街道尽头的灰色带帽斗

Шрам
疤面人

篷，埃格特躲进一条小巷，紧靠墙壁。

中午时分，天气变得恶劣，下起了雨，这是一场秋雨。浑身湿透的埃格特又饿又累，他觉得自己的做法不对，仅仅在街上闲逛是无法找到流浪者的。应该先好好想想，想象一下，一个人来到一座城市，最有可能会在哪里落脚。

这样思考之后，索尔决定去旅店和住宿的地方转转。在一些地方，有人向他投以白眼，而在另外一些地方，他马上就遭到了驱赶。他很害怕，从口袋里拿出一枚硬币，向仆人和客人打听，是否见过一位身材高大、眼睛清澈、没有睫毛的老年房客。

他的钱包很快就被掏空了。在两三家旅店里，服务员甚至告诉了他那位高个儿老人所在的房间号。每次埃格特都会敲敲旅客的房门，里面的人请他进去，但当他一进去就立刻被迫道歉，承认错误，然后退出来。

埃格特拖着沉重的脚步，冒着撞到法吉拉或其他拉什仆从的风险，回到了主广场。这里斧头在挥舞，锯子发出刺耳的声音，法院对面正在搭建一个宽大的断头台。

埃格特打了个寒颤，他想起了托丽雅的话，狂欢节一定会以一场处决开始。男孩们成群结队地围着忙碌的木匠，他们很好奇，争先恐后地想要提供帮助，如果有人可以拿一下锤子，那么这位幸运儿将无比自豪。

埃格特咬紧牙关，暗自认为他会在处决仪式之前摆脱咒语的束缚，因此他应该是勇敢的、冷静的。黄昏时分，雨又开始下了起来，索尔的体力完全耗尽，于是他拖着疲惫的身躯回到了学校。

第二天早上，他很早便来到街上。他一下子就发现了一位个头高大的、足够年长的人。那人穿着一件破旧的外套，腰间别着一把剑，正在给一位商人付钱，显然他买了一个皮带扣。付完钱之后，这位高个子老人悠闲地逛起街来。而埃格特害怕认错人，也害怕失去他的踪迹，于是就急忙追了上去。

尽管时间尚早，但街道上已经人头攒动，索尔被推搡，挨了骂，但为了不让这位高个子男人离开自己的视线，埃格特疯狂地追了上去。

高个子男人转到一条行人较少的小巷里。索尔几乎要追上了他，用尽最后的力气喊道："先生！"

那人没有回头。埃格特气喘吁吁地继续追，离得越来越近，他想抓住那人皮夹克的袖子，但不敢，只是恳切地喘着说："先生……"

陌生人惊讶地回头，看到一个强壮的年轻人，脸色苍白，面容狰狞，他顿时迅速躲开。

埃格特也跳开了一下，如果说这个人看起来像流浪者，那也只是从远处看。他只是一位正直的普通公民，他佩带刀剑可能也只是出于对几代高尚先祖的尊重。

"对不起……"埃格特低声说，退到一边，"我认错人了……"

这位路人耸了耸肩。

索尔很沮丧，他又在人多的地方走了一圈，甚至还看了一眼烟花巷。那些贪婪的老妇人如同扑向美味的猎物一般向他扑来，索尔勉强躲过她们那一双双强有力的诱惑之手。

埃格特去酒馆里寻找。从门口往里扫视一圈，确定流浪者不在那里之后，他很想坐下来吃点东西，但他没钱，于是继续匆匆赶路。在一个叫"钢乌鸦"的小酒馆里，他碰到了一些拉什的仆从在喝酒聊天。

埃格特不知道那三个戴着风帽的人是否看到了他。他在街上

Шрам
疤面人

冷静下来之后,他发誓要小心一些。

第二天的寻找依然没有结果。绝望中,埃格特去找主任,问他是否能指点一下有关流浪者的行踪。

主任叹气道:"索尔,如果他是随便什么其他人,我可以安排您去见他。但我对流浪者束手无策,我找不到他,除非他自己想现身。他还在城里,我可以确定地告诉您,显然,节日那天一整天他都会在这里,但时间不会更长。抓紧吧,索尔,抓紧。我帮不了你。"

狂欢节前夕,城市像蜂巢一样热闹。埃格特像个生病的老人一样拖着沉重的双腿,在各家各户之间徘徊,仔细观察过往行人的脸。傍晚时分,第一批醉汉已经幸福地躺在墙边。而那些衣衫褴褛的乞丐则像豺狼扑向猎物一样悄悄地靠近他们,想要把醉汉口袋里的最后一分钱都给抖出来。

天还未黑,埃格特靠在墙上,茫然地盯着街上一个男孩,他正在玩弄一只死老鼠。很明显,为了配合节日的气氛,老鼠的尾巴上系了一条蓝丝带。

有人从埃格特身旁经过,几乎碰到了他的肩膀,那人停下来,回头看了看。索尔已经无力恐惧,于是转过头去。

流浪者就站在他面前的人行道上。埃格特可以看到那张满是垂直皱纹的脸,那双清澈透明的眼睛,冰冷而充满疑问,没有睫毛的眼皮,嘴角下垂的细长嘴巴……流浪者在那里稍停片刻后慢慢转身,然后走开。

埃格特张开嘴巴,想要大喊,但没有喊出声。接着他急忙追赶,但就像在梦中一样,他的双膝发软,迈不动步。流浪者不慌不忙,但走得很快。埃格特本来要跑步去追,但就在这时,忽然有人紧紧抓住他的衣领。

索尔用力往前冲,因为流浪者离得越来越远了,而抓着埃格特的那只手却不肯松开,他听到耳边传来了笑声。

埃格特只能转身。他被三个人包围,而他没有立刻认出那个攥着他衣领的人。

"你好,索尔!"那人兴高采烈地喊道,"我们竟然在这儿碰到了,真没想到!"

是卡尔维尔的声音。他那身新制服上的流苏和纽扣闪耀着光芒,中尉的领章似乎占据了他的半个胸膛;跟他在一起的另外两个人也是卫兵,一个是博尼弗,另一个索尔不认识,是一个留着小胡子的年轻人。

埃格特看了一眼流浪者的背影,他正在拐弯。

"放开我,"他连忙说道,"我要……"

"你要上大号,还是小号?"卡尔维尔同情地问道。

"放开我!"索尔想要挣脱,但他很无力,因为卡尔维尔戴着手套朝他的脸狠狠打了一拳,冷笑着说:"别着急,我们在这个偏僻的鬼地方找了你很久,怎么会轻易放你走……"

三个人都好奇地望着索尔,就像看着集市上的猴子。博尼弗惊讶地说:"你看看你,简直就像一个学生!而且没带剑……"

"哎,索尔,你的剑呢?"卡尔维尔故作忧伤地问。

博尼弗从剑鞘中拔出了他的剑。埃格特变得虚弱无力,恐惧正在让他瘫痪,瘫痪其最后一条静脉。博尼弗龇牙一笑,用手指在刀刃上划过;卡尔维尔拍了拍埃格特的肩膀。

"不要害怕……我的朋友,你已在众人面前、在队伍面前被剥夺了军人的头衔,也被剥夺了贵族的身份,没有人会对你拔刀相向。但他们可以打烂你的脸,这是可以的。他们也可以抽你,抱歉,这当然会令人不快,但这很有教育意义,不是吗?"

Шрам
疤面人

"你想要什么?"埃格特问道,勉强转动起他干燥的舌头。

卡尔维尔笑道:"我想要你好。毕竟不管怎么说,你是我的朋友。我们曾一起经历了很多。"他傻笑着,比起他的剑,埃格特更害怕这种笑声。

卡尔维尔继续不慌不忙地说:"我们要回家了,你们这里在过狂欢节,但你没资格去狂欢。因为你是个逃兵,索尔,你可耻地逃避服役,使你的制服蒙羞;我们必须找到你,抓住你,亲眼看看你,然后我们才会明白……"

他松开了索尔的衣领,于是他的两个助手紧紧抓住埃格特的手肘,但这其实完全没有必要,因为恐惧已将埃格特紧紧锁住,比铁链还紧。

那个流浪者早已经走远了,消失在拥挤的人群中。时间一点点过去,再次碰见他的可能性越来越小,像棒棒糖一样在慢慢融化。

"听着,卡尔维尔,"埃格特说,极力不让自己的声音发抖,"你……我们来做个交易吧,嗯?现在我需要去见一个人……你告诉我,之后我该去哪里找你,我一定会去,我保证……但现在我真的需要……"

索尔对自己说出这样可怜的恳求话语感到厌恶。而此时的卡尔维尔却像新娘窗下的花束一样在绽放。

"好吧,如果真的很需要这样做……也许,我们会放你走,嗯?"

那个留着小胡子的年轻人很吃惊,博尼弗不得不向他使了两次眼色,他这才明白到卡尔维尔不过是在逗索尔玩。

"我需要去见一个人。"埃格特无奈地重复道。

"那你求求我们吧,"卡尔维尔认真地建议道,"好好地求求我们,给我们跪下……你能做到吗?"

埃格特看了看卡尔维尔的靴子,靴子上还留有不久前清洗过的痕迹,同时上面也新近粘上了泥巴;右脚的靴底上粘着几根烂稻草。

"你在想什么?"卡尔维尔吃惊地说,"约会是一件很严肃的事情。她漂亮吗,索尔?或者只不过是一个荡妇?"

"我究竟对你做了什么?"埃格特咬牙切齿道。

傍晚的街道变得热闹,人们在欢笑,在跳舞,在互相亲吻。卡尔维尔的脸靠近了埃格特的眼睛,享受着他那夺眶而出的泪水,他摇了摇头说:"你是个懦夫,索尔。你真是个懦夫……"卡尔维尔温柔地笑着说,"先生们,没有必要再抓着他了,他不会逃走的。"

博尼弗和另外一个卫兵不情愿地松开了埃格特的手肘。卡尔维尔的嘴咧得更大了,笑道:"别哭……如果你跪下来,我们就让你去约会,就这样吧……嗯?"

他脚下的人行道上有半个生锈的马蹄铁。埃格特想,这也不是第一次羞辱,有比这更糟糕的……

"他不会跪下的,"那个留着小胡子的年轻人坚定地说,"人行道很脏,他会把裤子弄脏的。"

"他会的,"博尼弗笑着说,"他已经把裤子弄脏了,他已经习惯了……"

这是最后一次,索尔对自己说,最后一次……流浪者还没来得及走太远,就一次,接受这最后一次羞辱……

"怎么样?"卡尔维尔忍不住地问,"我们还要等多久呢?"

附近一家酒馆的门打开了,一群豪放的、醉醺醺的人冲到了街上,好似香槟酒瓶的瓶塞蹿出来一般。有人捏住埃格特的耳

Шрам
疤面人

朵，想要狂热地亲吻他。他的眼角余光瞥见了一位少女，同时扑到了卡尔维尔和博尼弗的身上。大家疯狂地跳着圆圈舞，把索尔甩到一边；人群中闪过小胡子那张怅然若失的脸，而埃格特已经开始逃跑了，他以不可思议的灵巧动作在醉醺醺的狂欢者之间穿梭，此时的他只有一个想法：*流浪者！也许他还在这里……*

那天深夜，索尔回来时，狐狸看到他那张因绝望而扭曲的脸，着实被吓到了。他没有见到流浪者，埃格特现在只剩下了一天的时间，就是狂欢节当天。

※

法院大楼前面的断头台在最后一刻才建好，是被工人们给耽搁了，他们充满爱意地给刑台铺上了黑布，给黑布装饰上鲜花，漂亮极了，毕竟过节了；木制的断头台像上鼓筒一样被涂上了油漆。

一大早，索尔走在街上，不断地仔细打量过往人群的一张张脸，这让他有些麻木。他一下子没明白，节日的人群要把他带到哪里去。他不想去广场，于是巧妙地拐进一条小巷，然而他再次被卷入兴奋的人群。人群散发着汗水、酒水和新皮革的味道。人流正涌向法院大楼，走向脚手架。

他从来不曾在湍急的河水中逆流而上，否则他一定体会得到游泳者被无情冲向瀑布时的恐惧和绝望。人群裹挟着他，就像洪水裹挟着木片。期待观看奇观的人群涌到宽阔的广场，这才慢慢停下来。广场的中心有一栋丑陋的建筑。周围人很羡慕地看着埃格特：这人个子真高，根本不需要踮起脚尖。

他无助地环顾四周，人头，人头，人头，到处是移动的人头，这让他想到了挤在鸡笼里的鸡。所有人的脸都转向断头台，

第二部分 托丽雅

所有的谈论都围绕着即将到来的处决；据传，死刑犯有两个，都是森林强盗，都同样有罪，但根据以往传统，其中一个将被赦免。而谁将是这个幸运儿，由抓阄决定，马上就会决定，在众目睽睽之下，啊，看，看，他们来了！

鼓声响起，由城市法官带领的队伍登上了台架。法官不算老，但身体瘦弱不堪，暗淡无光的双眼几乎被满脸的皱纹所淹没，但他的步态和举止仍然很威严，充满了傲慢。

陪同法官的还有一名文士和一名刽子手，他们看起来像一对双胞胎，只是文士穿着一件朴素的长袍，而刽子手则穿着一件深红如夏日晚霞的斗篷。前者拿着一个密封的卷轴，而后者手里拿着一把斧头，就像早晨要去砍柴的农民一样质朴、天真。

在看守的包围下，罪犯们登上了断头台。他们确实是两个人。埃格特瞥了他们一眼，自己的脚都快站不住了。此前发作过两次的致命能力突然又无情地回到了他身上。

囚犯们在用他们最后的力量坚持着。每个人心里都在与绝望搏斗，每个人都希望自己能活，而另一个人去死。围观的人群情感复杂，其中有欢喜，也有怜悯，但更多的是好奇。他们就像一群充满好奇的孩子，想看看甲虫的肚子里究竟有什么。

索尔试图从人群中抽身而去，但他的努力就像一只苍蝇在蜂蜜里挣扎。广场上传来响亮的声音："以城市的名义……对于可恶的……放肆的……以及……抢劫……杀人……予以严惩……斩首并忘掉……"

这些强盗和埃格特记忆中那些在树林里抢劫了驿车的人一样坏。抢劫犯和杀人犯，索尔反复地对自己说，但他自己却感觉越来越糟。

他无意中又瞥了一眼断头台。法官手里拿着两个大小完全相同的木球，白球象征着生命，而黑球则意味着断头台上两人中的一个即将死亡。文士展开了一个普通的布袋，把两个球依次放入布袋。文士小心翼翼地摇晃着抓阄工具，摇了很久；布袋里的死亡和生命彼此碰撞，发出沉闷的撞击声。两个死刑犯的希望达到了顶峰，而对死亡的恐惧也达到了最强烈的程度，好奇的人群屏息不动。在法官的示意下，两个死刑犯同时将手伸进了布袋。

一场无声的斗争随之展开，两个人的脸上都布满了汗水，他们的手在布袋里疯狂地争夺被对手抢走的那颗球。充满希望又充满绝望的紧张感令埃格特发出了一声难受的呻吟，站在他身旁的人惊讶地对他翻了个白眼。

终于，这两个死刑犯都选择好了自己的命运，他们喘着粗气，交换了一个长长的眼神。

"都拿出来！"法官命令道。众人屏住呼吸，期待着。

他们犹豫了一下，然后同时从袋子里抽出手来，彼此都盯着对方手里攥着的……球。

广场上的人们爆发出一阵吼声，在众目睽睽之下，白球的主人跪倒在地，双手伸向天空，默默地翕动着宽大的圆嘴；攥着黑球的人一动不动地站着，仿佛无法相信自己的眼睛，从空空如也的袋子看向自己拳头里紧握的判决。

法官示意了一下，于是那位被幸福冲昏了头脑的幸运儿被带离了断头台。而他的同伴则双手被按在背后，黑球咕咚一声砸在了木板上，于是埃格特好像听到了一声尖叫：不！

然而，这位可怜人并没有发出任何声音，但他整个人都在为错误、为不公正、为可怕的误解而大声呼喊：怎么会这样？为什么？为什么是他？！这可以想象吗，难道有这种可能？

断头台上传来的无声呐喊让埃格特痛苦地抽搐，然而人群给

第二部分 托丽雅

他两种不和谐的情绪，如同风琴和弦一般压迫着他：一边为被赦免的人感到极度兴奋，同时又急切地想要快点看到另一个人被处决，那个在劫难逃的人。

被扔到断头台上的人全身都散发着恳求、恐惧和绝望的气息。埃格特用双手捂住耳朵，眯起双眼，但他不需要看，也不需要听，那句刺耳的"不！"已经刺入了他的意识。斧头飞向天空，埃格特在那一刻感受到了数百名观众皮肤上起的鸡皮疙瘩。在和弦的高潮部分，无声的恳求终止了，变成了抽搐，随即消逝了；接着，广场上升腾起一阵令人厌恶的兴奋，猎奇的心理得到满足，如此奇观愉快地撩动着人们的神经……

埃格特大叫起来。

他无法抑制自己的恐惧和痛苦，他大叫着，扯开了喉咙，人们纷纷躲开他，他再也看不到、听不到任何东西，他嚎叫着穿过果冻般的人墙。终于，意识仁慈地离开了他。

⚔

托丽雅对流浪者就要出现在这座城市感到坐立不安。

"索尔有机会吗？"在目送埃格特出发时，她冷冷地问。

她询问的对象——主任，只是耸了耸肩膀。

节前的焦虑转移了她的注意力，但第二天她仍然问："没有？没找到？"

主任摇了摇头说："谁知道呢，流浪者有可能是干草堆里的一根针，也可能是怀里的一块炭，谁知道呢……"

第三天早上，托丽雅什么也没问，但主任闷闷不乐地低声说："显然，不会有什么结果的。流浪者不是那种会重新审判的人……你可能不信，但我为索尔感到遗憾。只是真诚地感到遗憾。"

托丽雅挑了挑眉毛,但没有任何回应。

她最不希望的就是成为广场上处决的见证人。窗户是关着的,她可以隐约听到兴奋人群的喧嚣声以及击鼓声。在某一时刻,她渴望知道索尔在哪里,她几乎无法遏制自己想去侧楼找他的冲动。

几分钟过去了,托丽雅带着一种预感在房间里走来走去;然后,她咬着嘴唇,哐当一声打开了百叶窗。

广场上站满了人,就像一张活的移动地毯,托丽雅不再怀疑,索尔可能在某个地方迷了路。她心里一紧,看了看断头台,就在这一刻,一把落下的刀片在那里闪现。

人群异口同声地"啊"了一声,众多胸膛中吸入空气,即将迸发出吼叫声,但有一个声音,唯一的声音盖过了人群的声音,这个声音是歇斯底里的,充满了痛苦;这个声音已经被扭曲得无法辨认,但托丽雅还是认出了它,并吓得后退了一步。

"您这样已经多久了,索尔?"

"我无法控制它。"

蜿蜒的楼梯台阶在她眼前闪过;她自己都不明白为什么要往门口跑,但她的耳边一直在重复着一个疲惫的声音:"我无法控制它……我无法控制它……我无法控制……"

广场上空烟花绽放,狂欢节的庆祝活动正式开始了。

⚔

天色渐渐暗了下来,但街道上灯火通明,宛如白昼,人人手里都拿着火把,一簇簇灯火把城市变成了一个欢乐的酒馆。烟花在广场上空绽放,在零星的灯光下,流浪的杂耍者和杂技演员不知疲倦地展示他们的艺术；最大也最成功的杂技团抢占了已经空出来的断头台作为他们的舞台，竞争对手们只有羡慕的份，因为不断在人群中传递的尖顶帽变得越来越丰满，里面钱币的撞击声也越来越响。

每个十字路口都放有葡萄酒桶，酒水溢出，流到了人行道上。喝足了粉红色的液体之后，醉酒的狗跟跟跄跄地爬到了门洞里。城市的上空回荡着粗犷刺耳的音乐声，不过演奏的音乐是欢快的，人们各有擅长，手边有什么就演奏什么。有牧羊人的笛子、酒瓶、木擦板以及孩子的哐啷棒。在一些非音乐的噪声中偶尔会传来小提琴的刺耳旋律。成群结队的人手拉手，跳着，笑着，在一个个小巷之间穿梭。常常是一群人的队尾刚刚拐过街角，另一群人的队首又接了上去。

托丽雅马上意识到自己的想法是愚蠢的。在所有人都在跳舞的城里寻找一个人，即使是一个非常显眼的人，也是毫无意义的，只有傻瓜才会这么做。索尔不是在广场上被踩死了，就是在和其他人一起喝酒跳舞；如果他真的遇到了麻烦，需要帮助，她为什么不去找她父亲帮忙呢？为什么要一头冲进这个醉人的节日大锅里？

骂完自己后，托丽雅不情愿地转身往回走，但就在这时，她前面的街道上不知从哪里冒出来一列跳舞的人。她停了下来，看着所有人的脸在火把和灯光的照耀下都模糊成了一张欢笑的脸，他们疯狂地跳舞，手拉手，从一条巷子跳向另一条巷子。队列中的最后一位是个穿着白衬衫的快乐小伙，他伸出有力的手紧紧抓住托丽雅的手腕，发出邀请："嗨，小姐姐！快来加入我们，和我们一起跳舞吧！"

街道在她的眼前飞驰。

Шрам
疤面人

她勉强跟上，跌跌撞撞，试图挣脱，在舞队的尾部疾走，而又有人从后面拉住了她，用汗津津的手指捏住她的手掌。由于害怕摔倒和踩踏，托丽雅试图与伙伴们的动作保持一致，以免错过急转弯，或者撞到墙。后来舞队断开了，她身后的人差点摔倒在她的身上，但她灵巧地扭过身子，猛地冲了出去，留下仍在哈哈大笑的人群。

她的心在狂跳，胸口剧烈地起伏着，但她还是喘不上气；她的头发凌乱，她那双细长的鞋子已经被踩得像马路一样脏。托丽雅用手扶着墙，当她看到墙下一动不动地躺着一个人时，不禁打了个寒颤。她克服了恐惧，走上前去看了看那张脸，那个醉汉睡得很安稳。他长着一头黑发，留着小胡子，随着均匀的呼吸节奏，他黑色的鼻毛时而缩进鼻孔，时而探出来。

托丽雅吓得躲闪到一旁，慢慢离开。有个年轻人想把一块儿被舔过的硬糖块直接塞进她的嘴里，她冷冷看了那人一眼，于是这个可怜的家伙不得不自己吞下那块儿糖。有骑手在宽阔的街道上来回奔跑，托丽雅疲惫又气愤，她开始担心马蹄会踢到那些醉酒的、根本不知道要小心的行人。

这不，一个行人扑通一声就倒在了马路的中央。托丽雅顿觉浑身发冷，因为疯狂的骑手们已经折回了。

"小心！"某个威严的喊声提醒道，钉着马掌的马蹄踢到了那人脑袋旁边的石头上。显然，这些高贵的动物比它们的骑手更聪明，成功地避免了踩踏到醉汉，于是骑兵队继续飞驰而去。

石头旁边的人一动没动。托丽雅克服了恐惧和厌恶，走上前去。

躺在那里的人身材异常高大，肩膀很宽。后脑勺上的金发被黑色的干血粘在了一起。显然，这不是他第一次摔倒。

托丽雅感觉到自己的心在狂跳，她蹲了下来，仔细打量躺在路上这人的脸。"索尔……"

他没有回答。他的脸就像一个布满灰尘的面具，上面的泪痕清晰可见。

"索尔，"她惊恐地说，"你不能留在这里！你会被踩到的，你听见了吗？"

旁边又一排跳舞的人群冲了过来，一只脚被绊了一下，沉重的鞋子踢到了埃格特后背。但他一动不动。

托丽雅抓住了他的肩膀。

"埃格特，醒醒啊！快点醒醒！"

马蹄声在街道尽头再次响起，想要拖起索尔是不可能的，他太高太重了。于是她咬紧牙关，翻动着他的身体，先是让他背朝地，然后再让他背朝上，然后再背朝地。她像伐木工人滚动圆木一样滚动着他；他的头也跟着不由自主地摆动着，金发依旧粘在一起。

骑手们从埃格特刚刚躺过的地方疾驰而过，马蹄在石头上蹬出了欢快的火花。托丽雅感觉到有一阵风吹来，风里散发着烟和酒的味道。她把索尔推靠到了墙上，他的眼睛是睁开的，但他那毫无神采的目光紧紧盯着他面前的这位女孩。托丽雅被吓坏了，她以前从未在任何人身上见过如此奇怪的眼神。

"索尔，"她绝望地说，"求求您了，您能听见我说话吗？"

他那一动不动的眼睛没有任何反应。

托丽雅克服着恐惧，假装生气地说："嘿，您就这样是吗？请问，为什么我要管您这个喝醉酒的畜生呢？"

她俯身靠近他的脸上，试图嗅到他身上浓烈的酒味。但并没有任何气味，而且托丽雅并没有天真地认为埃格特实际上是不清

Шрам
疤面人

醒的。

于是她感到不知所措。对她来说,最自然的事情就是跑去找她父亲帮忙,她已经跨出了几步,但她还是回来了。有种直觉非常确定地告诉她,如果她现在离开埃格特,就等于杀了他。她的父亲来不及做什么,节日喧嚣的人群会将其吞没。然后第二天早上,市政工作人员会将其残缺的尸体拖到大学……

她竭力咬紧牙关,用手指按住埃格特的太阳穴。他的皮肤是温热的,皮肤下面的血管在有节奏地跳动着,至少索尔还活着。托丽雅深吸了一口气,按照父亲教她的方法开始揉搓和按摩索尔的脖子和后脑勺。埃格特那静止的神情让她害怕,她声音颤抖地低声说话:"埃格特,快醒醒吧。醒醒吧,如果您不醒来,我该怎么办呢,嗯?"

她的手指已经麻木,不好使了,索尔的眼睛仍然没有任何生气。越来越让人肯定的是,埃格特脑袋受伤了,这让托丽雅瞬间起了一身鸡皮疙瘩。

"不,"她喃喃道,"这太……不要这样,索尔,不要这样!"

周围的人们依旧在旋转,几十双脚在蹦跳着,有人在扯着嗓子唱可耻的副歌,压倒了一切的喧嚣声。

他那双睁开的灰色大眼睛终于动了一下时,托丽雅几乎要哭出来了。他的眼皮耷拉了下去,然后马上又抬起来。索尔目瞪口呆地看着托丽雅,惊讶不已。

"索尔,"她迅速地说,"我们应该回家……您听到了吗?"

他的嘴唇无声地动了一下,而后又动了一下,于是女孩听到:"你是谁?"

她一下子冒出了汗,难道他因为在广场上受到惊吓而失去理智了吗?

第二部分 托丽雅

"我是托丽雅,"她不知所措地低声说,"您……不认识我了?"

埃格特再次垂下眼睛。

"这是在天上,"他低声说道,"这样的星星。"

"不,"她又抓住他的肩膀,"不是这样的。没有天空,没有星星,我是托丽雅,我的父亲是主任,您想想,埃格特!"

托丽雅说的最后一个词已经变成了抽泣。索尔再次抬起眼睛,他的眼神变得奇怪而温暖。

"我……没有疯。您……不要害怕,托丽雅。星星……星座,就像您脖子上的……痣。"

托丽雅不由自主地用手摸向自己的脖子。埃格特再次颤动着嘴唇说:"有人在唱歌……"

远处传来了醉汉的轻柔歌声。附近的屋顶上传来了打鼾的声音。有人不知道怎么爬了上去,果断地拔掉了风向标。

"现在是晚上吗?"埃格特问道。

托丽雅深吸了一口气。"是的……今天是狂欢节。"

索尔的眼睛立刻黯淡了下去。

"我没有找到……没有找到……如今我已经找不到了……永远也找不到了……"

"流浪者?"托丽雅小声地问。

埃格特挣扎着坐起来,靠在墙上,慢慢地点了点头。

"但他明年还会出现。"她尽可能平静地说道。

埃格特摇了摇头道:"要一整年……我活不到那个时候。"

他的话语中没有任何矫情的成分,只有平静的自信。

托丽雅仿佛回过神来,说:"索尔,我们得走了。站起来,我们走吧。"

疤面人

他一动不动，又沉重地摇了摇头说："我不能走……我要留下来。您……走吧。"

"不行，"她尽量强硬又温和地说话，"不行，埃格特，您在这里会被人踩死的，我们走吧……"

"但我不能走。"他惊讶地解释道。他继续说，没有过渡，仿佛在思考："没有翅膀的甲虫……它没有翅膀。回去……不可能了。不行……为什么不行？死去的……大概……是不会走路了。回不去！"

他的眼睛再次黯淡下去。惊慌失措的托丽雅拼命摇晃着他的肩膀："你还活着！你还活着！埃格特！起来吧，快！"

"托丽雅，"他冷漠地低声说道，"托丽……雅……这样的名字……我还活着。不，不是这样的。托丽雅……"他两只手掌合拢做出船形伸向前去。"这就像一只蝴蝶……落到我的手上……它就像一份礼物……一生只有一次……而我杀了它，托丽雅……就在卡瓦伦城，我杀了……它。同时我也杀了我自己，因为……"他分开手掌，仿佛想让看不见的沙子漏下去，"因为我失去了……托丽雅。"他无助地向后仰去。

她盯着他，不知道该说什么。

"真的是你吗？"他小声地问，"还是……在那里……人们在迎接我？"

托丽雅惊恐地说："不……是我……"

他犹豫地伸出手，轻轻地抚摸她的脸颊，而后说："我从来都是一无所有。一个乞丐……索尔。天空一片空白，一颗星星都没有……什么……都没有……只有托丽雅……什么都没有。马路是滚烫的，太阳……而我是孤独的……我不该活着。我……就在那里。谢谢……我看见你了，"他的手落了下去，"谢谢你，亲爱

第二部分 托丽雅

的托丽雅……"

"索尔!"她惊慌地低声叫道。

"太痛苦了,"他说,再次垂下眼睑,"星星做的项链……我深深地伤害了你。我一辈子从来没有……请原谅……"

他哆嗦了一下,睁开眼睛说:"托丽雅……杀人犯广场。断头台上的杀人犯,广场上的杀人犯,还有我这个杀人犯……脑袋、眼睛、牙齿、嘴巴……为什么没有人想……杀掉我呢!?"他突然抽身起来,几乎都站了起来,可是又倒了下去,瘫软下来。

"埃格特,"她悄声说,"现在不要想这些。如果你现在不起来,我不知道我会做出什么事来……"事实上,她真的不知道。

"走开。"他回应道,没有睁开眼睛,"在外面……什么事情都有可能发生。大家都在过节……又是夜里。如果有人想……如果有人想强奸你,我无法救你,托丽雅。我只会在旁边眼睁睁地看着……我无力帮你……你走吧。"他抬起了眼皮,于是托丽雅看到了他那无望、深情、充满痛苦的目光。

"不要为我担心!"她喊道,试图克服喉咙突然发紧的奇怪感觉,"我会自己管好自己……快起来!"

不知是她命令的声音发挥了威力,还是埃格特终于清醒了,只有通过他们的共同努力,才能让索尔那沉重、笨拙的身躯站起来。托丽雅把自己的脖子伸了出来,让他当作支撑,于是埃格特的手臂就搭在她的肩膀上,即使隔着衣服的粗糙布料,女孩也能感觉到那只手绷紧了,生怕弄疼她。

"来吧,"她低声说,试图站稳,"坚持住,索尔。我没事,我们走吧。"

走路比她想象的要难。埃格特的腿根本不听使唤。在试了不止一两次之后,她终于呼出一口气,说道:"不行,这样行不通。

我回一趟学校。我去叫人来帮忙。"

索尔随即倒在了人行道上,托丽雅勉强站住。她感到尴尬,尽可能做出自信的样子,重复道:"我会很快,离这里不是……很远。你等一下,好吗?"

他抬起头。托丽雅看到了他的眼睛,便俯下身去说:"埃格特,我不会扔下你不管的。我马上去叫人来,父亲会帮忙的。埃格特,我不会扔下你的,我发誓……"

索尔沉默不语,低下了头,随后轻声说道:"当然……你走吧。"

她在他身旁坐了一会儿,然后振奋地说:"不……我们会自己走回去的。我们先稍微休息一下,过会儿就能好些,对吗?"

埃格特依旧没有看她,只是握住了她的手。她颤抖了一下,但并没有抽回手。

他的手指在她的掌心里久久地抚摩着,然后他一下子握紧了她的手。托丽雅并没有感觉到痛,但明显感觉到脉搏在他的掌心中跳动。

"谢谢你……也许,我……我不配。"

⚔

他们停下来,休息,穿过喝醉酒的、欢呼雀跃的人群,他们走了整整一个晚上。昏暗的黎明时分到来了,疲惫的城市沉静了下来,整座城市就像一张已经被破坏的巨大餐桌,在一场奢华而欢乐的婚礼之后迎接着清晨。火把、鞭炮的烟雾已经飘散而去,晨风吹拂着堆积如山的杂物,追逐着瓶盖、扯断的丝带和彩色的纸环,吹散了门洞内潮湿的雾气,让两个疲惫的行人感到了刺骨的寒冷。

第二部分 托丽雅

托丽雅和埃格特走到了运河上的一座拱桥。在粗糙得像锉刀一样的水面上，漂浮着一顶有人丢失的带流苏的尖顶纸帽。空荡荡的街道和一扇扇封死的窗户似乎是被遗弃了，无人居住；周围一个人都没有，只是小桥的中央站着一位身材高大的人，正在注视水面，一动不动。

"我们就快到了，"托丽雅喃喃自语。她调整姿势，让放在她肩上的索尔的手臂更舒服一些。"我们马上就到了……"

埃格特用另外一只空闲的手抓住栏杆，突然站了起来，仿佛他的膝盖陷入了石头里。

桥上的那人转过头来，托丽雅看到一张苍老的、布满垂直皱纹的脸，一双大眼睛清澈而透明。这张脸对托丽雅来说似曾相识，随即她马上想起，站在她面前的这位老者曾经就住在卡瓦伦城内的"高贵之剑"旅馆，那令她伤心的悲剧之地。

流浪者一动不动地站着，眼睛一直盯着埃格特。他面无表情，至少在她看来是如此。

"埃格特……"她抖动着干燥的嘴唇立刻说道，"这就是……命。"

索尔用手抓着栏杆，向前跨出了一步，又停了下来，无法发出任何声音。

流浪者转过身去。他的右手攥着一把小石子，其中一颗石子飞入河中，于是水面上随即出现一圈大大的、荡开的涟漪。

索尔沉默不语。时间一分钟一分钟地过去了，小石子一个接一个地落入水中。

"埃格特，"托丽雅小声说，"来吧……你试试……试试……来吧……"

流浪者手中的石子已经耗尽，他瞥了一眼那两个呆住的行人,然后拽了一下斗篷的下摆,迈步离开小桥。

索尔那干裂的双唇吸入一口气,发出了嘶嘶声。

此时,托丽雅甩开他的手,向前飞奔而去,她那黑色裙子的下摆像帆一样在风中飘动。

"先生!等等,先生!"

流浪者没有立刻反应,但还是停了下来。他疑惑地转身问道:"怎么?"

托丽雅离他很近,如果想,伸手就可以触摸到他腰间那把奇异的剑柄。她勉强忍受着审视她的目光,对着那张布满皱纹的脸脱口而出:"这里……有一个人。他想……他需要跟您谈谈,这关乎到生死,求求您,求您听他说说!"

那人瘦长的嘴角微微颤动道:"他是哑巴吗?"

托丽雅感到很困惑。"什么?"

流浪者大声叹了口气。他笑了,真是咧嘴笑了,但这种笑并没有让托丽雅感到任何轻松。

"您说的这个人是哑巴吗?您为什么要替他说话?"

托丽雅无助地回头看了看索尔。他就站在桥上,一只手紧紧抓着栏杆,一言不发,仿佛永远说不出话来。风儿在拨弄他那卷曲的金发。

"埃格特!"托丽雅冲他喊道,"振作起来,说你想要说的,说吧!"

索尔盯着流浪者,就像一只被困在陷阱里的小狐狸盯着猎人一般。

流浪者向托丽雅微微鞠躬,然后离开。发生的一切让她感觉荒唐又不真实,她追了上去,像集市上的乞丐追赶给他硬币的人一样。

第二部分 托丽雅

"先生！请……"

她甚至似乎已经抓住了他的袖子。当流浪者转身时，她已经准备好要下跪，流浪者惊讶地说："这是干什么？"

"请留步，"她气喘吁吁地低声说，"他马上会说……他会说。"

流浪者用一种专注的、研究一般的目光打量起她。她颤抖着，感觉自己是透明的，可以被一眼看透的。流浪者那薄薄的嘴唇再次动了一下，笑道："好吧……也许，您是对的……也许。"然后，他转过身，不慌不忙地回到了桥上。

埃格特仍旧站在原地。流浪者走近了，几乎是近在咫尺，他的眼睛已经平视与他同样高大的索尔的眼睛。"怎么？"

埃格特仿佛吞下了堵在喉咙里的某块东西，发出的声音勉强听得见："卡瓦伦……"

"我记得，"流浪者耐心地笑道，"一座很不错的城市……"随即突然莫名其妙地问道："您认为，在处决前进行抓阄是一种怜悯，还是一种残忍？"

索尔摇了摇头，竭尽全力地低声说道："既是怜悯，也是残忍……处决前夜的希望……还有怀疑……痛苦……从绝望到相信……然后是希望的落空，而人还没有准备好……有尊严地死去。"

"不是每个人都能有尊严地死去，"流浪者说，"可是，您怎么会知道呢？您并没有经历过被处决的前夜，怎么会知道什么是绝望，什么是希望？"

"我想……"索尔叹口气道，"我已经知道一点点……一点点。我……学会了。但是……您当然更清楚，您是知道处决前夜是什么样子的……"

一旁的托丽雅突然浑身发冷。流浪者似乎很惊讶，说道："是吗？好吧。我知道很多事情，这是真的。您是个勤奋的学生，索尔。"

埃格特听到自己的名字时颤抖了一下，接着将手掌按在伤疤上，说："可以……把这个……拿掉吗？"

"不能，"流浪者看着水面，漫不经心地答道，"被砍掉的头颅是不会再长出来的。只有真正的小孩儿才会去折磨一只甲虫，试图把他自己扯下来的甲虫腿再粘回去。而且有些咒语也不具有反作用力，索尔。您不得不认命。"

周围变得异常安静。一直在水中漂浮的那顶尖顶纸帽终于湿透了，散开了，并慢慢地沉下去。

"我原本也想到了这一点。"索尔低声说道。他的声音中流露出的情感让托丽雅的头发都竖了起来。

"埃格特，"她走向他，握住他的手，"埃格特，一切都会……一切都会好的。不要……我们回家吧。一切都会……你会看到的，埃格特。"但就在那一刻，她的意志背叛了她，她痛哭起来。

站在那里的索尔出奇坚定地向她伸出手，此刻已经是她靠在了他的胳膊肘上。他们慢慢地、默默地正欲离开。突然他们背后传来一声轻柔的声音："请稍等……"

两人都浑身一颤，转过身来。

流浪者靠在栏杆上，若有所思地盯着自己的靴尖。他抬起头来，眯着眼睛看着初升的太阳，说："咒语无法逆转，但在一些特殊的情况下，也有可能会被解除。一生中只有一次这样的机会，错过的人就会永远失去希望；条件如下……"

当他走下来迎向他们时，他将斗篷轻轻地甩向身后，在那一刻，埃格特觉得这个流浪者与他同龄。

"听着,记住了,索尔。

当您心里首要的变成了未要的……

当您走到绝路之时……

当您对五个问题回答了五次'是'之时……"

流浪者陷入了沉默,随即悄声补充道:"咒语会自然而然解除……但您不要犯错。犯错很容易,犯错会让您付出沉重的代价。再见了,二位。不要犯同样的错误……"

当睡眼惺忪的工作人员看到旁听生索尔和主任的女儿托丽雅踏上大学的台阶时,着实吓了一跳。他俩的脸色都像死人一样苍白,步履蹒跚,彼此搀扶着。

ЛУАЯН

卢阿扬

第七章

炎炎夏日把石头小院烤得炙热无比,就像铁熨斗的底部一样,而小院上空的空气也在颤抖晃动。悬崖下的小镇街道在晃动,变换着轮廓,奥尔兰老师神秘地笑道:"显然,熟悉之物中隐藏着陌生之物,已知中蕴含着未知,不管你怎么努力,你都无法把井水汲干。不过,为什么要汲干呢?即便汲取一点点,都要感恩……"

小卢阿扬并没有立即明白老师说的是哪口井。悬崖上的院子里并没有井,水必须从下面运来,这太难了。

不过,老魔法师的房子即使在最炎热的日子里也很凉爽,门口上方的铁翼是为了把不幸、疾病和敌人挡在门外。卢阿扬知道,只要奥尔兰老师还活着,这里就会一直这样。

只要老师还活着……

主任的目光离开了壁炉中舞动的黄色火焰,因为通常在狂欢节之后的几天才是真正的秋日,潮湿又多雨。他的老师也有在盛夏生火取暖的习惯。奥尔兰曾声称,壁炉里的火有利于思考。也许,他是对的,然而卢阿扬并没来得及效法他这一习惯;夏日

疤面人

里，他那空荡荡的壁炉冷冷地闲置在那里。

谁会知道，如果奥尔兰再多活几年，他的命运将会如何？

他犯了很多错误，他的一辈子就是一个错误的储藏馆，而且总是在不幸要发生的前夕，他会感到胸中有一股挥之不去的寒意，就像今天一样。

他转过身来。他的女儿托丽雅就坐在桌子边上，她的脸被壁炉照亮，显得严肃，甚至是冷酷；也就是这样的一张脸，另一个女人曾无数次用责备的眼神望着他，那是她同样年轻漂亮的母亲。主任在沉思中揉了揉太阳穴，但这种模糊的预感并没有消失。在托丽雅的身后，是埃格特·索尔那双红肿的眼睛在昏暗中闪烁着。

主任拨动壁炉里的木头，火苗越来越亮。卢阿扬记得在悬崖上的小屋里，火就这样熊熊燃烧着，两把高背扶手椅面对面地摆放着，老人就坐在其中一把椅子上，而男孩坐在另一把上，他被老人的演讲所吸引……我老了，他自嘲地想道。过去的事情都记得清清楚楚，而这种令人郁闷的隐约预感是从何而来呢？

"五个'是'……"埃格特无数次在黑暗中嘀咕道，"有人……要问五次？而且还要来得及回答？"

托丽雅看着父亲，几乎是苛求的。

他转过身去。难道是卢阿扬出的谜语，难道他知道答案吗？现在，他自己都需要帮助，然而那个不止一次帮助和引导他的人已经躺在石墓里几十年了，就在悬崖上刻有翅膀的地方。

托丽雅哆嗦了一下，埃格特抬起头来，有人在急促地敲门。主任惊讶地挑起眉毛说："请进。"

盖坦那张惊恐的脸从半开的门缝中探进来，可以感觉到，他身后有人在窃窃私语，在焦急地等待着，在互相提醒着要小声点。

"主任先生……"狐狸喘口气道,"那里……在广场上……拉什。"

埃格特感到一股阴森的冷意袭上胸口。

广场上像往常一样挤满了人,与往常不一样是周围异常安静。拉什塔敞开了自己那扇一直关闭的大门,一缕缕散发着香气的烟雾从大门里飘出。在烟雾的笼罩之下灰色的斗篷在飘动。然而市民中没人能透过浓浓的褐色烟雾看清楚究竟发生了什么。

一群学生像刀子一样划过人群,卢阿扬主任就是这把刀子的刀刃。埃格特就跟在他的身后,他的耳边响起了法吉拉那惑人的声音:"考验即将来临,埃格特。所有活着的人都要接受考验……我们要抓紧了,埃格特。要在注定发生的事情之前,抓紧与我们融为一体……你将会得救,而其他人则会哀嚎……"

浓浓的褐色烟雾停滞下来,开始慢慢升向天空。在它升起的地方,有一圈人一动不动,他们肩并肩,像栅栏中的尖木桩一样结实,他们都是拉什的仆从,每个人的风帽都压得很低,脸被粗糙的布料所遮住,他们就这样面对着一脸惊讶的围观者。埃格特躲在某人的背后,他觉得风帽下一双双锐利的眼睛正在盯着他。

"这是什么……"托丽雅嘲讽道,就在这时,一声令人心碎的长响立刻让今天聚集在广场上的所有人都闭上了嘴。

埃格特认识的那位小矮人的火红色衣服在一圈灰色的斗篷中闪现。随后,从仿佛石头一样纹丝不动的众教徒的脊背后面升起一缕烟雾。大师仿佛是被烟雾托起,登上了高台。也许,只有索尔一个人猜到,那位正是大师,而其他人看到的只是长着一头凌

Шрам
疤面人

乱白发的脑袋,那颗脑袋像月亮一样在参差不齐的斗篷上方升起。

广场上的人窃窃私语,焦虑不安,开始四处张望。长长的声音再次响起,于是涌动的人潮再次陷入异乎寻常的死寂。浓重的烟雾缓缓升上天空,仿佛这并非它所愿。

灰色斗篷圈内再次闪现那一抹火红,拿着喇叭的小矮人也出现在了高台之上。他那薄薄的嘴唇微微颤动了,或者只是埃格特的错觉?伴随着浓重的烟雾,喇叭里传来了蹩脚的词语:

"……即将到来……"

埃格特浑身一冷。"审判即将到来……"

"请准备好……自己……请准备好……自己的家……请准备好……自己的生命……"

"要抓紧,埃格特……"

"时间……流逝着,流逝着。时间……消逝了,因为即使河流也不是永恒的……时间……已经过去了,看,它,已经近了……时间的尽头!"

广场上的人都沉默着,莫名其妙。

"时间的……尽头,"喇叭里传来的声音夹杂着一缕缕烟雾。"尽头……拉什看得见。万物……终结。看它……就在这里。伸出你的手,它就在那里……离尽头……只剩下一个星期,或两个、三个,或是一天,或是一个小时……拉什看得见,拉什看得见……世界终结,生命终结,时间永恒的尽头……拉什看得见……"

小矮人从嘴中抽出了喇叭,犹豫了一下,吐了一口唾液。

"就这样吧!"大师突然高声喊道,"你们计时器中的沙子已经流光了……末日到了!"

第三部分 卢阿扬

仿佛听从于无声的命令，穿着灰色斗篷的仆人们慢慢地举起了手，宽大的衣袖同时升起，一阵风拂过聚集的人群。就在那一刻，许多人都感觉到那阵风透着一股寒意，散发着墓穴的气息。

"末日到了……"风帽下发出了这样的声音，"末日……"

烟雾再次出现，不过这次是黑色的，就像来自一场世界性的大火。烟雾遮蔽了大师、身穿火红衣服的小矮人，以及一动不动、没有面孔的人墙，这一景象如此雄伟，却又如此阴森，以至于离索尔不远的人群中有一个女人开始歇斯底里地叫喊："哎呀……哎呀，人啊，哎呀……哎呀，怎么会这样……我不想看，不要啊，哎呀……"

埃格特回头看了一眼，那女人是个孕妇，哭哭啼啼，一会儿用手掌捂住泪水打湿的脸颊，一会儿又抚摸她那圆滚滚的大肚子。

斗篷人的队伍无声无息地瞬间进入了拉什塔的门内，于是大门也同样无声无息地关上了，只是从铁门下冒出了一缕缕烟雾。黑烟在蠕动，好像受惊的毒蛇。

埃格特比以往任何时候都更想待在主任身边。捕捉到托丽雅疑惑的目光，他淡淡地笑了笑，想让托丽雅放心，但托丽雅的眉头皱得更紧了。主任一把揽住她的肩。

"我们走吧……"

人群散开了。不知所措的人们目光躲闪，受到惊吓的孩子嚎啕大哭，许多女人的嘴唇在颤抖。有一个老人，似乎有些耳聋，他不断地抓住别人的袖子，试图问清楚，"那些穿斗篷的人"究竟说了些什么。但老人不断地被人推开，有人皱着眉头，有人很生气。某处突然传来一阵不自然的笑声，说道："竟然编造出了这个，啊？这真是个笑话，啊？"

Шрам
疤面人

没人支持他的说法,于是他的笑声被遗憾地呛了回去。

在大学的门口,就在蛇和猴子的雕塑之间,学生们挤在一起;所有人都把目光投向主任,但他一言不发地从学生中间走过,并没有回应年轻学子们的无声疑问。埃格特和托丽雅紧跟在卢阿扬的后面。

在大学的院子里他们碰到了狐狸。盖坦正坐在一个体格健壮之人的肩膀上,腮帮子大大鼓起,正对着一个铁皮漏斗努力地吹气,不时地哼哼出:"……即将到来,即将到来……呜呜呜……"

⚔

曾有一天,他老师的椅子上坐着另外一个人。

曾不止一两次,小男孩从奥尔兰老师那里听说过拉尔特·列吉阿尔。在悬崖小屋与他见面可能会让卢阿扬付出沉重的代价,因为他年轻又自以为是,差点与这个不速之客进行决斗。

那天,卢阿扬的自尊心受到了严重打击,他被迫向最强者无条件投降,而列吉阿尔的技艺无疑远超这个十四岁的男孩,也超过了许多智慧高超的老法师。拉尔特的性格是不会放过任何一个对手的,哪怕对手很年轻;但这个男孩投降了,他的回报是一次起初令人不快、但后来令人着迷和难忘的漫长谈话。

长夜过后的清晨,大魔法师拉尔特·列吉阿尔把男孩叫到身边,这是一次改变命运的机会,一次找到新导师的机会。卢阿扬没有错过这个机会,只是他拒绝了拉尔特,平静而理性地拒绝了他。他不是那种轻易换导师的人,尽管对他来说,成为列吉阿尔的弟子是一种闻所未闻的荣幸。

长大后的卢阿扬曾不止一次地问过自己:这样做值得吗?对已故奥尔兰老师的忠诚,是否让他付出了太高的代价?十四岁

第三部分 卢阿扬

时,在智慧而冷漠的书籍的陪伴下,他成了一名魔法师,但他永远不会成为一名伟大的魔法师。

这种痛苦在他身上持续了很多年。人们无论是在人前还是人后都会称他为"魔法师先生"和"大魔法师"。但没有人明白,自从少年时代开始,已经不再年轻的卢阿扬在法术方面就少有什么成就了。

不过他并没有挥霍他从奥尔兰导师那里所学到的一切。在法术方面,他仍然非常强大,尽管离顶级水平还很远。他深入研究科学,成了一位十足的历史专家。但在他的内心深处始终隐藏着两个痛点:一个是托丽雅那不幸的母亲,另一个折磨他的则是他一直觉着自己还不够伟大。

他还从来没有为自己未达到顶级水准而感到过这般遗憾。他关上办公室的门,在张开的铁翼下站了一会儿,试图集中精神。他的理性在安慰他,没有什么好担心的。那些穿灰色斗篷的人一直喜欢营造气氛,以吸引看客。而他们所说的什么时间的尽头只不过是一个新的诡计而已,是为了吸引百姓关注拉什塔。他的理性反复对他如此说,但灾难的预感却愈发强烈。凭经验他知道,这种预感是可信的。

他熟悉这种感觉。就在他放走自己又爱又恨的女人那晚,这种感觉尤为强烈。她久久地折磨过他,他深受其蔑视的羞辱和伤害,于是他放走了她,放她去送死。

翅膀在他的头上展开,命令他抛弃这些不必要的想法。于是他又在高高的柜子前站了一会儿。柜子是上了锁的,为了保险起见也被施了咒语。卢阿扬叹了口气,打开了锁,也解除了咒语。

在一个黑色的缎子垫上放着一个小小的碧玉盒,只有一个鼻烟盒那么大。主任把它拿到手里,然后触摸了一下它的盖子,于

Шрам
疤面人

是盒盖一下子就打开了。

天鹅绒面的盒子底部放着一个吊坠，那是一件精致的纯金制品，挂在一条金链子上。主任不由自主地屏住呼吸，把这件带有复杂镂空图案的薄片放在掌心中。尽管透过镂空看一眼阳光似乎很容易，但一想到这点，卢阿扬就不寒而栗。他只是保管人，而不是主人……

这辈子第二次遇到拉尔特·列吉阿尔时，他已经是一位受人尊敬的魔法师和大学里的主任。那时，卢阿扬已经知道有第三力量想要闯入宇宙之门，而守门人拒绝打开门闩放其进入。拉尔特·列吉阿尔在故事中的角色被隐藏起来，不为人类所知。当主任第一次看到客人的脸时，他感到不寒而栗。伟大的列吉阿尔已经老了，他的脸上布满了从前不曾有过的伤疤；他的一只眼睛瞎了，死死地盯着对话者，不过另一只完好的眼睛仍然很敏锐，且充满嘲讽。

"世界一如从前。"列吉阿尔如此问候道。

"但我们正在改变。"卢阿扬回答道，他试图猜测访客的意图。

他们相互对望了一会儿。有很多问题让卢阿扬感到困惑，关于希望闯入世界的第三力量，关于守门人的命运，以及关于列吉阿尔自己的命运等。但他始终沉默不语，而且他很清楚，他也永远不会问任何问题。

"不，"终于，列吉阿尔叹了口气，"你没有变。几乎没有变。"

卢阿扬明白了客人的意思，于是咧嘴笑了，以掩饰他的遗憾，说道："好吧，世界上伟大的魔法师越少，那么他们彼此见面的机会就越少，而我们普通的魔法师就会活得越容易……"

列吉阿尔惊讶地扬了扬眉毛,说:"你驯服了自己的骄傲吗?我们上次见面时,我认为这是不可能的。或者你没说实话?"

"不是每个人都能成为伟人。"卢阿扬不以为然地说。

"但你曾经可以。"列吉阿尔反驳道。

他们两个人都陷入了沉默。卢阿扬皱了皱眉头,然后带着一丝责备的目光,看向列吉阿尔那只完好的眼睛说:"我仍然是奥尔兰的弟子。我想,他会理解的。"

独眼人咧嘴笑道:"'他会理解的'。你凭什么认为我会……不理解?"

两人再度沉默。列吉阿尔开始饶有兴致地研究那些摆满了书籍的架子,而卢阿扬并没有催促他,耐心地等待着谈话继续。

"你已经成功了。"列吉阿尔转过身,吹了吹手指上的书尘,"你在学术上已经成功了。但我来找你不是因为你是一个学者,也不是因为你是主任,甚至不是因为你是一个魔法师。我来找你,是因为你是奥尔兰的学生。"

卢阿扬目不转睛地盯着对方那道专注的目光。客人的另外一只瞎眼就好像一个圆形的冰块。

"我这是在对奥尔兰的学生说……看。"列吉阿尔的掌心中躺着一件中间有复杂镂空图案的金吊坠,而所挂的金链在他的手指间垂下,明亮的黄色光点在黑暗的天花板上来回奔跑。

"这是先知护符,"列吉阿尔悄声说道,"护符的威力众所周知,但没有人清楚它的全部威力。自从它的主人先知奥尔文死后,它便成了孤儿,它必须做出选择……寻找新的主人,新的先知。戴上它的人将能够看到未来,但前提是吊坠自己选择了他。它会杀掉任何一个无权使用却强行使用的虚荣或愚蠢之人,黄金不知道什么是宽恕……我不能把它留在我这里,因为我不是它的

疤面人

主人。我不能把它交给任何一位魔法师,那样我会被怀疑、猜忌、嫉妒所折磨。如果交给一个非魔法师的人,那也不合适,我该怎么办?"

列吉阿尔眯起了眼睛,他的眼睛眯成了一条缝,而那只瞎眼却让他的表情看上去有些奇怪,近乎是狡黠:"我把吊坠交给你,卢阿扬。你是奥尔兰的学生,他既不虚荣,也不骄傲,他很有智慧,比我们所有活在今天的人都更有智慧。他曾是你短暂的导师,你身上有他的影子,我看得见……我很想把吊坠交给他,但他已经不在了,你拿着吧!你来保管它,好吗?"

卢阿扬接过金吊坠。吊坠像一个活物一样是温热的。

"我应该怎么做呢?"他听到了自己的声音。

列吉阿尔微笑着说:"什么都不需要做。把它藏好,保管好。它会自己选到主人的,不要帮助它。而且你要时不时地看看它,看看它是否……生锈。是的,我知道它是金的。上面生锈意味着活着的人有危险了。这是始祖先知说的。天知道,这位老人是对的……"列吉阿尔那长长的嘴角痛苦地抿了一下。

当他要离开时,在门口转过身来说:"你看,我已经老了。现在很多人都老了,而那些本该来代替他们的人……还没有来。你在自己的大学里很幸福……而在世上的某个地方,还有一个未实现的希望,前守门人,我甚至不知道他现在是谁。请爱惜吊坠,再见。"

他走了,此后卢阿扬再也没有见过他。但那次难忘的会面之后,他便开启了他一生的事业:撰写伟大魔法师们的生平。

吊坠仍然舒适地躺在他的掌心中。主任把它举到眼前,竭尽全力地仔细看了看,没有生锈,一个斑点都没有。然而不幸的预感还是不断地袭来,像苹果、像脓肿一样越来越成熟。

第三部分 卢阿扬

⚔

自从上次宣布末日即将来临，已经过去了一个半星期。拉什塔每天都会发出几次自己的声音，这让百姓的血液渐渐冷却。铁窗中飘出的浓重烟雾缓慢地升上天空，穿斗篷的人再也没有出现在城市的街道上。市民们倍感焦虑。

酒精消费在城市中增加了十倍，并非只有埃格特·索尔知道喝酒能赶走人的忧虑，缓解人的恐惧。妻子们在苦闷中焦急地等待着丈夫们回家，而丈夫们通常是爬着回到家，他们口齿不清地说出的第一句话是让人相信末日事实上已经不存在了。匠人和商人街区已经变成了酒鬼街区，城里的贵族街区仍然保持着某种体面，但即使在这里，你也可能会碰见一个喝醉酒的脚夫或是瘫倒在地的马车夫。富人家那高高的窗户都被拉上了厚厚的窗帘，没人知道那厚厚的窗帘背后发生着什么。许多在村子里和郊区有亲戚的老百姓们认为，最好是去走一下亲戚；于是白天，满载生活用品的马车一辆接一辆地出城而去。

酒馆生意兴隆，啤酒店和酒馆的老板们既销售一流的好酒，也销售放了很久的存货。如果说在大多数酒馆里大家在紧张地喝酒，只是为了消除恐惧，那么"独眼蝇"学生酒馆则是所有酒馆中最真诚也最无拘无束的地方。

狐狸取得了巨大的成功，一晚上他会交替扮演斗篷人、大师和拿着喇叭的小矮人十余次，在狐狸的演绎中，喇叭里发出那种极度拉长的声响下作得令人笑破肚皮。学生们一边鼓掌，一边笑得瘫倒在长椅上；只有埃格特一个人没有参与到大家的狂欢之中。

像往常一样，索尔蜷缩在一个角落里，长凳下面勉强放得下

疤面人

他的大长腿,他用一把钝刀的刀尖抠着桌面。他的嘴唇翕动着,无声无息,没完没了地在重复着"是",而摆在他面前桌子上的那杯酒几乎没有动过。

路必须要走到尽头。心里首要的必须变成末要的。可在他的心里究竟什么才是首要的?难道是永恒的恐惧吗?那么为了摆脱咒语,就必须首先要摆脱恐惧,这是一个恶性循环,如同要想不害怕,就必须停止害怕;但如果对于索尔来说最主要的东西不是恐惧,那又会是什么?

埃格特叹了口气。他像一匹被拴在脱粒机上的马一样原地打转。他心里最主要的东西要么是胆怯,要么是想摆脱它的渴望,到目前为止,他还没有想到第三种东西。

长桌摇晃了一下,有人在旁边坐了下来。索尔没有立即抬头,他想,或许有同学想离开嘈杂的地方,找一个相对平静的角落喝喝酒,吃点焦黄的馅饼,这也很正常。再说,已经疲惫不堪的狐狸又开始了他的滑稽表演。在满堂的欢笑声中,埃格特还是分辨出了自己身旁的低笑声。

于是他转过身去,看了一眼他的邻座。乍一看,这个结实健壮的年轻人他根本不认识,但下一秒,埃格特心里一冷,他认出来了,那是法吉拉。

法吉拉坐在学生酒馆里,这里从来没有穿斗篷的人出现过。他和索尔的同学们一样穿着朴素。此刻,没有风帽遮掩的他看起来比实际年龄要年轻,差不多和埃格特同龄。没有人注意到法吉拉,他和其他人一样,随意地喝着高脚杯里的东西,友好地看着发愣的索尔。他的衬衫袖口处隐约露出了一处文身,是一个职业剑手的标志。

埃格特不知道该做点什么,只好拿起自己的杯子呷了一口。

第三部分 卢阿扬

法吉拉笑道:"你好,我的朋友。在大审判前夕,我特别高兴地看到你状态良好。"

索尔嘟囔着打了个招呼。狐狸在讲坛周围召集了一群听众,开的玩笑一个比一个刻薄,说的都是拉什教团。学生们哈哈大笑着。

法吉拉在认真地倾听,他的脸上流露出有些心不在焉的友善表情,就像一个老教师听一个懒散学生的自相矛盾的回答,在算计着要给学生怎样的体罚。埃格特再次感到恐惧。

"我发现,花在学习上的时间并没有让年轻人的智慧有所增长,"法吉拉叹了口气,"最后期限即将来临……"

"什么期限?"埃格特脱口而出,但他立刻又尴尬地说,"我本来想问,什么时候……"

法吉拉又轻轻地笑了。"我们知道什么时候,但只有和我们是一伙人的人才能知道。你和我们是一伙儿吗,埃格特?"

索尔犹豫了一下。他突然非常想回答说"是",以安抚法吉拉。除此之外,另一个疯狂的想法出现了:万一这是五个"是"中的第一个呢?万一"流浪者"的谜语与拉什教团有关呢?

"怎么了,索尔?"法吉拉责备地叹了口气,"你是在犹豫吗?就在世界末日的前夕,你竟然在犹豫吗?"

狐狸用桌布把自己裹了起来,并用桌布一角折了一个风帽。他在酒馆里踱来踱去,闷闷不乐地摇头,时不时会仰头看向被熏黑的天花板。索尔则沉默不语。

法吉拉耸了耸肩,似乎在说:这可真失败!然后,他以闪电般不易察觉的动作,将手抵在了埃格特的肋骨上,说道:"坐着,索尔,别动,看在老天爷的分上。给我老实点。"

索尔斜眼看向一旁。在他的身侧有一把精致的三棱匕首,刀

Шрам
疤面人

刃上有一粒暗色的水珠，闪耀着微弱的光芒。

埃格特不记得上一次被如此强烈的恐惧包围是什么时候了。他之所以没有跳起来尖叫，只是因为他的手脚都已经不好使了。

"这不会让您一下子死掉，"法吉拉低声安慰他道，"这会很久，埃格特，很久。而且，怎么说呢……也许会令人不舒服。只需扎一下，也不会很痛……你听到了吗？"

索尔坐在那里，脸色惨白，就像被太阳晒白了的骨头一样，他听得见血液咚咚跳的声音。

"现在仔细听着，埃格特。在主任得知末世的信息时，你和他在一起吗？"

埃格特的喉咙发干，他只能点头。

"好……那么卢阿扬先生说了什么，又做了什么？"

埃格特被吓坏了，勉强挤出一句话："他离开了……回自己的办公室去了……"

"那他在办公室里又做了什么呢？"

索尔突然松了一口气，他发现自己对此一无所知。

"他在办公室里做了什么，埃格特？"

学生们在跳舞。漂亮的法丽正围着狐狸转，在众人的狂欢中，法吉拉沙哑的声音和刀刃上那滴毒液都显得不可思议。

"我不……知道，"索尔低声说，"我没有看到……"

"可是此前对你的要求就是要仔细观察和倾听，记得吗？"

尖刀的尖端几乎接触到了他的衬衫。

"谁都没看到。根本不可能看到……他把门锁上了……"

法吉拉沮丧地叹了口气道："糟糕，太糟糕了。对了，主任先生是否曾经在你面前打开过他的保险箱？它是用锁锁上了，还是被施了咒语？"

埃格特的记忆立刻欺骗性地塞给他一幅画面,主任正在走近一个上锁的柜子……

"用锁锁上的。"他嘟囔出一句,就是为了说点什么。

"里面有什么,你看到了吗?"

当然,狂欢中的年轻人没一个人注意到那把尖刀,还有埃格特那惨白的脸色。狐狸用最大的声音宣布,现在是时候去厕所了。

"没有,"埃格特呼出一口气道,"我不知道……"

突然间,法吉拉不再笑了,他那张柔和的脸突然变得僵硬,犹如断头台。

"没有必要回避。讲详细点。在末日前夕,主任先生打算要做什么吗?"

沉重的酒馆正门砰的一下被撞开了。年轻的学子们惊讶地转身。

先是一只沾满泥泞的靴子踏入了酒馆,紧接着是一把巨大的镀金剑柄,然后是卡尔维尔·奥特先生本人,紧随其后的是一把长剑和两个卫兵,一个是博尼弗,另一个是无名小卒,蓄着小胡子。

"独眼蝇"酒馆已经很久没有接待这样的客人了,难怪所有客人都不约而同地默默盯着来者。就连法吉拉也中断了审问,皱起了眉头。

卡尔维尔环顾四周,看了看在场的学生们,他眼神有些迷离,这位新晋中尉也喝醉了,但躲在黑暗角落里开始抽搐的埃格特和紧挨着他的法吉拉都没有逃过他的双眼。

"啊!"卡尔维尔大声欢呼道,"这是你的女友吗?"

众人沉默不语。卡尔维尔脚踩长靴,鞋掌在地上踢踏作响,

疤面人

他穿过酒馆,停在了埃格特和法吉拉的面前,法吉拉的匕首就稳妥地藏在巨大的桌子下面。

"我有些不明白,"卡尔维尔若有所思地说,目光从埃格特身上移向法吉拉,然后又移回来,"这里谁是谁的女友,嗯?博尼弗,"他回头瞥了一眼他的伙伴说,"看看他们这两只爱情鸟,挤在一起……"他打了个饱嗝,转向另一个同伴继续说,这位同伴终于有了自己的名字,"迪尔克……我们把他们都带走吧……我们要把这位,第二个人……也带走?"

索尔感觉到那把毒匕首正不情愿地挪开,他呼吸顺畅了一些。

"嘿,带剑的先生们!"学生们聚集在一起,看向陌生人的眼神一点也不亲热。"你们是丢了什么东西吗?要帮你们找到吗?"

卡尔维尔瞥了一眼没有武器的年轻人们,然后随意地朝木地板上吐了一口唾沫。唾液恰好落在了小胡子迪尔克的靴子上,于是迪尔克急忙用另一只靴子的靴筒擦了擦。

"起来吧,索尔。"博尼弗亲切地建议道,"与你的爱人告别吧……是时候了。"

埃格特瞥了一眼,看到毒匕首被藏到了法吉拉靴筒后的微型铁鞘中。他真想热烈地亲吻卡尔维尔、博尼弗和小胡子迪尔克。

与此同时,卡尔维尔上前一步,用手紧紧抓住了埃格特的衣领。随后出现了混乱,因为迪尔克和博尼弗也都同时想去抓住他的衣领。法吉拉慢慢站起身,走到一边。

"喂,喂,喂!"几个声音同时警告道。挤在一起的学生们分散开来,将卫兵和埃格特团团围住。

"索尔,这是……"

"看他们的纽扣在闪闪发光……我们要不要把它们扯下来?"

第三部分 卢阿扬

"看，三个人对一个人，还龇牙笑呢！"

"给索尔几把刀，让他扔……纽扣会自己掉下来的！"

卡尔维尔轻蔑地笑了笑，把手放在剑柄上。学生们构建的人墙稍微晃动了一下，但年轻的学子们并没有急于散去。

就在这时，狐狸方便完之后精神抖擞地回到了酒馆。他挤过同伴们的人群，瞥了一眼三位武装来客，以及面色苍白的索尔，瞬间评估了局势。

"爸爸！"他尖叫着，搂住了卡尔维尔的脖子。

混乱的场面再次出现。迪尔克和博尼弗放开了埃格特，惊讶地盯着这位红褐色头发的小伙儿，他在中尉胸前一边啜泣，一边说："爸爸……你为什么抛弃了妈妈？"

学生们开始低声轻笑。卡尔维尔疯狂地试图将狐狸的手从他的领章和肩章上推开。

"你……你……"他气喘吁吁，无力再说出什么。

狐狸还用膝盖缠住了他，卡尔维尔挣扎着勉强站住。盖坦轻轻地抓起他的耳朵，说："你还记得把我母亲拖进干草棚的事吗？"

"快把他带走！"卡尔维尔对他的同伴们喊道。

狐狸发出了悲伤的哀号："怎么会这样？！你怎么能不要我呢？！"

他从中尉身上跳下来，用圆润的蜜色眼睛盯着他道："你要抛弃自己的儿子？你看看我，我就是你的翻版……同样丑陋的嘴脸！"

学生们都哈哈大笑起来，连索尔也淡淡地笑了。迪尔克紧张地扫了一眼周围，博尼弗越来越快地转动着他那布满血丝的眼睛。

忽然，狐狸计上心来，充满狐疑地眯起了眼睛道："也可能……也可能，你根本不知道如何生孩子！"

最后，卡尔维尔拔出了他的剑。学生们都退缩了，只有狐狸皱起眉头从桌子上拿起胡椒瓶，轻轻一挥，朝中尉的脸上撒了过去。

听到野蛮的嚎叫声，酒馆老板、厨师和仆人们都跑了过来。满脸通红的卡尔维尔瘫坐在地上咳嗽，喘不过气来。他试图去抓挠自己的眼睛。迪尔克和博尼弗也抓紧了他们的武器，因为凳子、啤酒杯和厨房用具等从四面八方落到他们的头上。嘲讽声和侮辱声此起彼伏，卫兵们徒劳地挥舞着他们的刀剑，承诺一定还会回来，不光彩地离开了战场，留下堆积如山的被掀翻的家具。

第二天，托丽雅像往常一样爬上她惯用的梯子，透过圆窗向讲堂望去，在众多学生中她并没有看到埃格特·索尔。

托丽雅的眼睛不止一次地扫过那几排座位，她皱起了眉头。埃格特的缺席让她很受伤，毕竟在讲坛上的是她父亲！她下来后想了一会儿，心不在焉地看着正在自由玩耍的猫；然后，她对自己感到很不满，于是向学校的侧楼走去。

她很熟悉去那个房间的路。迪纳尔不喜欢她来找他。也许，他当时很害羞；不过她还是坚持去，就在桌边坐下，而那个可怜人却忙活起来，捡起散落的东西，用手掌擦拭窗台上的灰尘……

想起迪纳尔，托丽雅叹了口气。她走到那扇熟悉的门前，犹豫不决。门里一片寂静，或许，房间里根本就没有人。我看起来多么愚蠢啊，托丽雅如此想道，但她还是敲了敲门走了进去。

埃格特正低着头坐在书桌前。托丽雅瞥见了他面前的纸张和一支蘸满墨水的羽毛笔。埃格特哆嗦了一下，转身迎接客人。他的手不小心碰倒了旁边的墨水瓶。

有那么一两分钟，他们两个人都在默默地、专注地擦着桌面和地板上的墨水。托丽雅的目光不由自主地落在那些写满字迹、勾勾画画的纸张上。无意中，她在粗体的画线下读道："那时我们会回忆起曾经发生过的一切……"她急忙移开视线。注意到这一点，埃格特疲惫地笑道："我……从未写过信。"

"现在已经开始上课了。"她干巴巴地说。

"是的，"索尔叹了口气，"但我真的必须……要在今天写一封信……给一个女人。"

窗外的秋风越刮越大，呼啸着拍打着松动的百叶窗。托丽雅不知为何突然感觉到房间里潮湿、闷人，几乎是一片黑暗。

埃格特转身说道："是的……我终于决定要给我的母亲写封信。"

风把一片散落的枫叶吹进了窗户，枫叶黄得像太阳；叶子停留了一秒钟后，再次轻快地飞了起来。

"我不知道你有一个母亲，"托丽雅轻声说，随即她感到很尴尬，补充道，"我是说，她还活着。"

埃格特垂下眼睛说："是的……"

"这很好。"托丽雅嘟囔道，想不出更好的词儿。

索尔笑了，但笑得很苦："是的，只不过我不是一个好儿子。也许。"

窗外有一阵强风吹了进来，翻动着桌子上的纸张，过堂风穿过整个房间。

"不知为什么，我觉着……"托丽雅突然自顾自地说道，"制造麻烦的儿子……还是会得到爱。也许，得到的更多。"

埃格特迅速望了她一眼，脸色突然明亮起来，问道："真的吗？"

不知道为什么，托丽雅想起了一个陌生的小男孩，当时小男孩正在为一只死去的麻雀嚎啕大哭。那时她大约十四岁，她走上前去，认真地对他解释说，要让这只鸟独自待着，这样麻雀王才会出现，当然，会让它忠实的臣民复活。小男孩瞪大了他那双满是泪水的眼睛，接着突然又满怀希望地问道："真的吗？"

托丽雅笑道："真的。"

雨水敲打着模糊不清的窗户。

每当托丽雅穿着带洞的长筒袜回家时，她的母亲都会默默地摇摇头，然后从架子上拿出一个针线盒。于是托丽雅开始津津有味地仔细观看那个神秘的盒子深处，在一团混乱的毛线和丝线中露出了几颗闪亮的珍珠母纽扣，就像人的眼睛。母亲从针垫上抽出一根针，开始工作，偶尔用她锋利的牙齿咬断线。很快，丑陋的袜子破洞处就会出现一只红黑斑点相间的甲虫；几周后，托丽雅的新袜子上也会被绣上甲虫，一整窝大大小小的红色甲虫，她喜欢想象它们活过来的样子，甲虫在她的膝盖上爬着，用爪子挠着她的膝盖……

如果母亲现在还活着会怎样呢？如果当时父亲没有放她出去，没有把门锁上，没有施咒语，会怎样？

父亲和女儿一起生活了许多年，在这些年里，她不记得父亲身边出现过别的女人。一个也没有。

突然，拉什塔那里传来痛苦的哀嚎声。托丽雅吓了一跳，可是当她看到索尔的脸色大变时，立刻皱起了眉头。活在永恒的恐惧中，或许，一定很难受。

"没什么，"她振奋精神说，"不要听，你不要听。只有棺材匠才会相信这种末世的胡言乱语，他们希望能赚到钱。"她被自己这一蹩脚的笑话逗笑了，但埃格特并不觉得好笑，他的眉宇之间闪过一道痛苦的皱纹。

哀嚎声再次出现，变得更加沉闷而又歇斯底里。托丽雅看到索尔的嘴唇开始颤抖。他抽搐了一下，急忙转身离开。有那么一两分钟，埃格特试图在这种痛苦的沉默中振作精神，而托丽雅同样感受到了无奈，并亲眼目睹了这场无声的战争。

某一时刻她也在想是否应该客气地离开，或者相反，假装什么都没有发生。拉什塔终于安静了下来，但埃格特感觉浑身发冷，不得不用手托住抖动的面颊。托丽雅一言未发，走出去，从走廊的水槽里舀了一杯水，拿给索尔。

他喝下水，开始咳嗽，苍白的脸上开始渐渐有了血色，眼里流出了泪水。托丽雅想要帮忙，于是在他的背上拍了拍，发现他的衬衫已经湿透，像从洗衣槽里刚刚捞出来一样。

"会好起来的。"她喃喃自语，有些不好意思，"听着……不会有什么末日。不要害怕……"

他深吸了一口气，突然开始向她坦白了一切。关于法吉拉，关于大师，关于拉什塔中的仪式，关于承诺和恐吓，关于秘密任务……托丽雅默默听他讲完，未插一言。当他说到与斗篷人的最后一次见面时，索尔沉默了。

"讲完了吗？"托丽雅看着他的眼睛。

"完了。"他转过身去。

有几分钟，他们都不再说话。

"你不信任我吗？"托丽雅轻声问道。他笑了，他都说了这么多，她这么问很奇怪！

"既然说了，那就说完。"托丽雅皱起眉头说。

于是他也讲了关于毒匕首的经历。

接下来的沉默持续了十分钟左右。最后，托丽雅抬起头说："那么……你终究还是什么都没有告诉他，对吗？"

"我什么都不知道，"索尔疲惫地解释道，"如果我知道，我会很乐意汇报……"

"不，"托丽雅说，似乎惊讶于这样的转折，"不……你不会说的。"她说得不太自信。

"你都看到了，我现在的样子，"埃格特沮丧地说，"现在的我，已经不是我了，而是一个卑鄙且胆小的动物……"

"你能……试着克服它吗？"托丽雅小心翼翼地问道，"试着……不害怕？"

"你来试试，不要眨眼。"埃格特耸了耸肩道。

托丽雅开始尝试。她像玩躲猫猫的游戏一样，瞪大眼睛，勇敢地盯着窗外。然后她的眼皮抽动了一下，已经不听从理智的命令，于是她眨了眨眼睛。

"你看，"埃格特盯着地板，"我是个奴隶……我是一个十足的咒语的奴隶。我一直在思考，在我心里什么是首要的，而什么又是末要的……谁会来询问五次，而五次的回答又都为'是'……"

托丽雅揉了揉她的太阳穴，就像她的父亲一样。"我无法相信，如果他们让你做……某件完全不可能的事情呢？你不能反抗吗？"

埃格特无奈地笑道："如果他们把匕首抵在你的喉咙上……"

"但是……你不是……卑鄙的家伙吗？"她有些不那么坚定地嘀咕道。

他不再说话。在潮湿的大学校园里，一只巨大的、蛮横的乌鸦胜利而归,就像市长一样。

埃格特呼出一口气,仿佛正在走向断头台,他支支吾吾讲述了自己在驿车上的经历,讲了那位被强暴的女孩,还有那些拦车劫车的强盗。

紧跟着又是新一轮的沉默。埃格特等着托丽雅毫不客气地起身离开,但她并没有急着走开。

"假如,"她终于开口问道,她的声音颤抖着,"假如那女孩……是我呢?"

索尔用手捂住了脸。

托丽雅久久地盯着那头蓬乱的金色卷发,盯着他那结实的、但此刻却像孩子一样耷拉且颤抖着的宽肩膀,然后伸出她的小手放到了他的肩膀上。

埃格特愣了一下。托丽雅竭力想要说服他:"你不需要为……你的行为负责。你只是生病了……只不过需要找到药。而我们一定会找到……"

这些话她说得很费力气,就像一个医生在安慰一个浑身溃烂的垂死病人,告诉他很快就会康复。在她手掌下紧张颤抖着的肩膀似乎稍稍放松了一些,这种变化几乎无法察觉,但下一秒,托丽雅感受到了索尔所有的复杂情绪:希望、感激、相信的渴望。此时,她的手就扶在他温暖的肩膀上,她突然悲悯地希望她的话语都是真的。

门"砰"的一声打开了,狐狸腋下夹着几本书,咧嘴笑着闯了进来。

他那双蜜色的眼睛盯着蜷缩在床边的埃格特,盯着手搭在索尔肩上的托丽雅。有那么一会儿空气像是静止了一般,然后盖坦那张大颧骨的脸瞬间变得像一块奶酪,眼睛圆得像李子,嘴巴张得像个圆洞，嘟囔着一些听不清楚的道歉语，突然又从房间里冲了出去，甚至都没有捡起掉在地上的书。

托丽雅并没有把手移开。等到盖坦的脚步声渐渐消失在走廊里，她才认真地说道："我是这么想的，如果你陷入绝境，并且赢得胜利，那么咒语就会被打破。'路会走到尽头'，这不正是流浪者所说的吗？"

埃格特没有回答。

连日的阴雨过后，天空放晴。迎着秋日里凉爽的阳光，市民们变得欢快起来。"时间并没有终结，"每天早晨邻居们在门廊上都会互相如此说道，"相反，时间越来越疯狂了……"

拉什塔像一根警告的手指一样矗立在广场上。最近，它甚至像一根老人的手指那样变得粗糙、干枯了。广场上，拉什塔的周围光秃秃的，每个人都尽量绕开这座不祥的建筑。况且窗内的烟雾越来越浓，凄凉的声音越来越频繁地响起。而偶然在深夜来到广场的路人事后会向他们的熟人谈起，他们听到了广场地下深处传来的轰隆声。

城市当局保持沉默，似乎也并不打算对此采取任何行动。学生们都认为调侃和挖苦拉什教团是一种很好的风气。狐狸想起了自己家的傻保姆，她曾多次用同一个老妖精吓唬四个药剂师的儿子，但没有人被老妖精吃掉！学校里依旧在上课，仿佛什么都没有发生，只是有几个惶恐不安的年轻人以各种借口回家去了。

"父亲很担忧。"托丽雅有一天如此说道。

深夜，他们坐在图书馆里，小推车上唯一的蜡烛在摇曳。

"他倒是没有表现出来。但我了解他。拉什令他不安。"

第三部分 卢阿扬

蜡烛在滴着蜡油。

"拉什,"埃格特轻声重复道,"当年,在卡瓦伦城……你们寻找过手稿。你说过,拉什教团是由某个疯狂的魔法师建立的,对吗?"

"神圣的幽灵,"托丽雅低声说,"大家都认为,那位魔法师死后成了一个神圣的幽灵。没人真正知道。父亲让迪纳尔……去研究一下。但我们什么都没发现。什么都没有。所有关于拉什历史的手稿不是丢失就是损坏了,就像有人故意把它们都毁了一样。"

"据说,这是秘密,"埃格特面色阴郁地笑道,"他们非常善于保守秘密。"

托丽雅停顿了一下。她很不情愿地承认道:"他们……曾包围过我的父亲。提议……我不知道他们提议了什么。合作?还是要给父亲金钱和权力?但父亲一直很讨厌他们。可是现在,他很担心。他在等待……甚至不知道在等待什么。"

索尔不解地问:"魔法师不是应该有机会接触到所有的秘密,甚至是未来吗?"

听到这些话,托丽雅认为他在怀疑父亲的法力,有些受伤地抬头说:"你知道什么!的确,父亲知道很多事情……我们无法理解。但他并不是先知!"

埃格特觉着自己还是保持沉默为好,他不想造成尴尬,也不想显示自己的无知。托丽雅对自己的情绪失控感到羞愧,讨好似的喃喃说道:"你明白吗,先知们是可以看到未来的。他们是有特殊天赋的魔法师,同时他们还要有护符。护符是从始祖先知手中传到这个世界的。从此以后,护符都是由前辈传给后辈……"托丽雅有些着急,找不到合适的词语。

Шрам
疤面人

"由父亲传给儿子？"埃格特急切地问道。

"不，先知不受血缘关系的约束。世界上也许只有一位先知，当他死后，护符本身自己就会去寻找替代者。物品也善于寻找，而护符又不仅仅是一件物品。它是一件非常古老的器物。但说实话，我不知道它是什么。"托丽雅深吸了一口气。

埃格特抬起头来，所有书架上的书都在望着他。他忽然觉得，有风来自充满魔力的秘密世界，拂过他的脸。他早就开始无望地梦想着有朝一日能与托丽雅聊聊魔法师的世界，而此刻，他是万分不想吓跑如此宝贵、如此有趣的话题。他小心翼翼地问道："那……先知在哪里？就是那个……现在，此刻带着护符的人？"

托丽雅皱起眉头说："现在已经没有先知了。最后一位先知大约在五十年前就去世了，从此以后……"她叹了口气，"这种情况也正常。也许，新的先知还没有诞生。"

埃格特犹豫了一下，不知道自己是否有权再问下去；但他的好奇心胜过了恐惧感，于是再次小心翼翼地问道："那么这个……护符在做什么？在旅行，在等待，还是在躲避人们？"

"它在我父亲的保险箱里。"托丽雅突然说了一句，随即咬了一下舌头。

时间过去了一两分钟，埃格特瞪大眼睛，用一种深受伤害的眼神看着女孩说："为什么你要告诉我？"

托丽雅很清楚自己犯了一个错误，但她试图轻描淡写地遮掩过去，想让他觉着这只不过是闲聊。"这有什么大不了的？"她一边说，一边紧张地抚摩着膝盖上裙子的褶皱，"你又不会去告诉所有人，不是吗？"

埃格特转过身去。托丽雅完全懂他的意思，而他也知道

第三部分 卢阿扬

她懂。

⚔

卢阿扬主任用火钳拨弄着壁炉里燃烧的木头,瞟了他们两人一眼。

托丽雅与她已故母亲的长相酷似,这有时让他感到害怕。他害怕,除了精致如大理石雕像般的美貌之外,托丽雅还会继承母亲那悲剧般的残酷命运。在同意女儿与迪纳尔的婚事时,他曾真诚地希望托丽雅的命运会有所不同。但之后发生的不幸让他的希望破灭了。托丽雅太像她的母亲了,不可能幸福;很多次,当主任在昏暗的图书馆中看到她那永远穿着深色衣服、永远孤傲的身影时,他的心都揪了起来。

此刻,托丽雅就坐在一张矮凳上,膝盖顶着下巴,愁眉苦脸,像一只浑身湿漉漉的麻雀,她对自己的愚蠢感到恼火。她说了不该说的,可她并不是一个嘴快的人!即使露出恼怒的表情,她的面容仍然是精致的,温柔的。主任突然惊讶地意识到,女儿身上发生了变化,而且这种变化越来越大。

索尔就站在她身边,他的手几乎碰到了她的肩膀,但他还不敢碰;即使是她的未婚夫迪纳尔,她也不允许他站得离自己这么近。自从他死后,情况变得更加糟糕。她把自己封闭起来,罩在外面的透明外壳是自己的痛苦和隐秘的生活。卢阿扬这位严肃的女儿甚至隔大老远就能把年轻男人吓跑,他们像秋天的落叶四处飞散,误以为她冷若冰霜是因为骄傲,因为蔑视他们。如今,杀害迪纳尔的凶手就站在她身边,卢阿扬回头看了看他俩,他惊讶地在女儿身上发现了许多不可思议的细微特点。

她变得更有女人味了。她当然变得更有女人味了,美丽的唇线更加柔和了,即使此刻她皱着眉头。她深深关心着这个站在她身旁的人,索尔,这个不久前她曾想消灭的人。

壁炉里干燥的木柴噼里啪啦在响。主任勉强让自己回到对话中去。

"这是我的错,"托丽雅哀伤地说,"诅咒我的舌头吧。"

卢阿扬谴责性地瞪了她一眼。"小心诅咒……"然后,他思考片刻,走到一个高高的柜子跟前,打开了锁。

"父亲……"托丽雅颤声道。

主任从保险箱里抽出那只碧玉盒,打开盖子,从黑色天鹅绒垫上拿出一个东西,一条黄色的金链子。"在这里,索尔,你看看吧,可以的。"

在他的手掌心中,有一个带镂空图案的金片,那是金链上的吊坠。

"这是先知护符。无价之宝,被秘密地保存着。"

"不能让我离开这个房间,"索尔惊恐地说,"我会告诉他们一切。"

主任捕捉到了托丽雅看向埃格特那充满同情的目光。他想了想,摇了摇头说:"我有能力让你忘记你所见过的一切。就像你的朋友盖坦忘记了他偶然目睹的一件事。这是可以做到的,但我不会这么做。埃格特,你必须把自己的路走到尽头。为……你的自由而战。"最后一句话主任是对着吊坠说的。

"但如果拉什发现了怎么办?!"托丽雅激动地说。

"我不害怕拉什。"主任平静地答道。

壁炉里的火焰越来越旺,卢阿扬掌中的小盒在天花板上反着光。

"它非常干净。"主任低声说道。

埃格特和托丽雅都惊讶地看着他问:"什么?"

"它很干净,"主任解释说,"它是金的,没有一丁点儿锈斑,一点也没有。因为在大审判前夕,它感觉到了笼罩世界的危险,于是它生锈了。半个世纪前就是这样,就在第三力量到来之时。我记得,那时我还是一个孩子,也被预感折磨,而那颗吊坠,据说,生满了锈。现在它是干净的,仿佛没有任何危险。但我知道,不是这样!"主任强忍着痛苦,默默地把小盒藏回了保险箱。

"拉什……是危险吗?"托丽雅小声地问。

主任把木柴扔进壁炉,索尔躲开了溅出来的火花。

"我不知道,"卢阿扬不情愿地说,"拉什与此有关,但最可怕的另有其事。或许另有其人。"

冬天在一夜之间到来。

索尔一早醒来,发现狭窄的房间里灰暗潮湿的天花板像婚纱的下摆一样白;他听不到风声、脚步声,也听不到广场上隆隆的车轮声,雪静静地落到大地上。

按照传统,所有课程都会在下第一场雪的当天取消。当埃格特得知这一习俗时,他甚至比自己想象的还要高兴。

校园里很快就变得欢快起来。在狐狸的领导下,和平的学生群体突然变成了一群天生的战士,在索尔参与战斗之前,匆忙堆成的雪碉堡已经倒下了,而且不止一次。

没过多久,战斗莫名就变成了一对多,而埃格特扮演了对抗一群学生的孤勇者,就像古代英雄那样;他似乎不只是有两只手,而是有十只手,而且他没有浪费一枪一弹,任何投射出去的雪球都能击中目标,在某人通红的脸上变成雪屑。他四面遭袭,

Шрам
疤面人

于是他在敌人的炮弹之下潜行,炮弹在他的上空相撞,于是他的金发上撒满了雪花。敌人对击中一个太过灵活的目标感到无望,于是密谋近战,想要把他扔进雪堆里。就在这时,正笑着的索尔一回头,突然看到了托丽雅,她正在观看这场战斗。

狐狸和他的同伴们立刻悄悄地溜走了。托丽雅慢慢地弯下腰,捧起一把雪,把它握成一个球。然后她轻轻扔了出去,打中了索尔的额头。

他走过来,擦拭着脸上的雪水。托丽雅严肃地看着他湿漉漉的脸,没有一丝笑容,说:"今天是第一场雪,我想给你看点东西。"她没再说什么,转身离开。埃格特紧紧跟随在她身后,就像和她绑在一起的人。

大雪纷飞,覆盖了大学的台阶,铁蛇和木猴都戴上了超大的冬帽。

"是去城里吗?"埃格特担心地问,"我不希望……碰到法吉拉。"

"他敢在我面前接近你吗?"托丽雅笑了。

城市一片寂静。雪橇代替了隆隆作响的马车在街上静静地蜿蜒而行,雪橇滑过的宽轨像瓷器一样坚硬。雪下了又下,盖住了行人的肩膀,把黑狗染成了白色,也遮住了垃圾。

"第一场雪,"埃格特说,"遗憾的是,会融化。"

"一点也不遗憾,"托丽雅反驳道,"每一次解冻都像一个小春天。就让它融化吧。否则……"

她想说,这种雪一样的光滑让她想起了盖在死人身上的干净床单。但她没有说出口,别让埃格特以为她总是开这样阴郁的玩笑。冬天真的很美,可是她母亲就冻死在雪堆里,这又能怪谁呢?

第三部分 卢阿扬

红胸雪雀栖息在墙壁突出的横梁上，它们的背上落着白色的雪花，看起来就像穿着鲜艳制服的卫兵。此时，手持长矛的卫兵正在漫步，他们穿着红白相间的制服，看起来很像雪雀。

"你不冷吗？"埃格特问道。

她把自己的手更深地塞进了手筒里。"不冷，你呢？"

他没有戴帽子，雪花落在他的头发上，没有融化。

"我从不觉得冷。我被我父亲培养成了一名战士，除此之外，战士还必须锻炼。"埃格特咧嘴笑道。

他们通过了城门，湿雪堵住了厚重铁门上蛇和龙的嘴。雪橇车沿着大马路在奔跑，托丽雅自信地转弯，领着埃格特来到河岸边。

河面上覆盖着一层冰壳，就像磨砂玻璃一样。岸边的冰更结实，没有光泽，中间的冰更薄，且带有花纹；而激流处仍是自由、黑暗而又光滑的。在冰面的边缘处站着一群傲慢的乌鸦。

"我们就沿着岸边走，"托丽雅说，"看，这里应该有一条小路。"

这条小路被埋在了雪下。埃格特走在前面，托丽雅试图踩在他的脚印上。雪停了，太阳从云层的缝隙中探出头来。

托丽雅眯起了眼睛，世界突然变得如此洁白，如此耀眼；埃格特转过身来，还未融化的雪花在他的头发上闪烁着彩色的光芒。

"还要多久？"

她笑了笑，仿佛无法理解这个问题；在那一刻，在这样一个白雪皑皑、阳光明媚的特殊日子里，任何语言似乎都是多余的。

埃格特明白了，回以微笑，并迟疑地，似乎在请求她的允许。

Шрам
疤面人

于是接下来,他们并排着继续往前走。小路通向一个小山丘,雪已经不再那么深。托丽雅把一只手放在手筒深处,另一只手则挎在了索尔的胳膊上,而索尔则把胳膊肘夹得更紧了,好让她藏在肘弯处的手不会冻僵。

他们停了一会儿,回头看了看河面和城市,城墙上空飘起了一束束蓝灰色的烟雾。

"我以前从未来过这里,"埃格特惊叹道,"太美了。"

托丽雅轻笑道:"这是一个纪念地,曾是一个古老的墓地。后来,在黑死病之后,所有死去的人都被埋在了这里,埋在了同一个坑里。据说死尸让山丘增高了三分之一。从那时起,这里就被认为是一个特殊的地方。有人说这是一块福地,也有人说这是一块祸地。孩子们有时会在头顶留一绺头发,为使梦想成真;村里的女巫来这里朝圣。总之……"托丽雅犹豫了一下,"父亲不喜欢这个地方。他说……但我们为什么要害怕?这么美丽的大白天……"

他们在山顶上又站了快一个小时,托丽雅用她冻僵的手指一会儿指指河水,一会儿指指白雪覆盖的马路,一会儿又指指近在咫尺的灰色地平线;讲述这片土地过去的几个世代,她谈到了从三面逼近这座城市的好战大军,以及如今被雪覆盖的深深的战壕,还有付出无数人生命代价才建立起来的坚不可摧的堡垒。而埃格特和托丽雅此刻站的山头便是经历过时间洗礼的防御工事残余。一直在仔细聆听的索尔认为敌人的队伍都是骑兵,而且数量也相当多。

"你怎么知道?"托丽雅惊奇地问,"你读过吗?"

索尔尴尬地承认自己并不知道,他并没有读过,但从托丽雅描述的堡垒布局来看,人人都应该清楚,这不是为了防御步兵,而是为了防御多支骑兵的。

托丽雅困惑地沉默了一会儿,索尔站在她身旁也沉默着,他们长长的蓝色影子在柔软的雪地上融合在了一起。

"如果你长时间看着地平线,"托丽雅突然轻声说,"如果你长时间不移开视线,那么你可以想象在我们的下面是大海。蔚蓝的大海,我们就站在岸边,站在悬崖上。"

埃格特精神为之一振问道:"你见过大海吗?"

托丽雅开心地笑着说:"见过,那时我还很小,但我仍然记得,我当时……"她突然变得悲伤起来,垂下眼睛说:"我当时八岁,我和父亲经常旅行,好减轻失去我母亲带来的悲痛。"

微风在雪地上吹拂而过,卷起钻石般的雪屑,把玩着,撒下,再卷起。埃格特还没搞清楚自己是否恢复了感知他人痛苦的能力,但这一刻,保护和安慰的欲望让他失去了理智,他不再胆怯;托丽雅的肩膀耷拉了下来,而他生平第一次敢于把手放了上去。

她比他矮一头。她在他身边显得像个少女,几乎像个孩子;透过披肩和不太厚的大衣,他能感觉到她那瘦弱的肩膀在他的触摸下颤抖,她冻坏了。他竭力想要安慰她,但又害怕伤害她,于是他小心翼翼地把托丽雅拉向自己。

雪地上的蓝色影子凝结成了一体;两人都不敢动,怕把对方吓跑了。城墙内的城市依然寂静无声,冰冻的河面闪耀着寒光,只有寒风急不可耐,像狗一样在他们的脚边打转,纠缠着托丽雅衣裙的下摆,把雪末吹撒在索尔的靴筒上。

"你会看到大海的。"托丽雅悄声说。

埃格特沉默不语。在他短暂的一生中,他认识了几十个女人,但他突然觉得自己是一个毫无经验的无助小男孩,是一只流着鼻涕的小狗，就像一个珠宝匠的学徒在打磨玻璃时吹嘘自己的技术，而当他第一次接过一颗无比稀有的宝石时，又被吓得满头是汗。

"在南方海域的海岸，从来不会下雪。那里有温暖的岩石，还有白色的海浪……"托丽雅说着，仿佛在梦中。

天啊，他害怕松开手。他担心这一切都是妖术，他如此害怕失去她。可是他并没有权利得到她。人有可能失去不属于自己的东西吗？是不是迪纳尔的影子横亘在他们中间？

托丽雅颤抖了一下，仿佛感觉到了他这个想法，但她并没有抽身。

他们头顶上的白云变换着形状，翻滚着，将不同侧面暴露在阳光下，就像烤箱里的面包。透过埃格特的外套她听到了他那慌乱的心跳声，托丽雅心生一种近乎迷信的恐慌，突然意识到她是幸福的。她很少能抓住这种感觉，她的鼻孔张开了，闻着雪和风以及埃格特皮肤的味道，她很想踮起脚尖，与他贴面。

她从来没有闻过迪纳尔的味道。难以想象，但她不记得他的心跳声。在迪纳尔的怀里，她感受到的是一种朋友式的温情。而此刻，她不敢动，甚至不敢呼吸，相对于这种甜蜜的迷乱，那种孩子般的柔情又算得了什么？

这究竟是什么，她惊恐地想。背叛？是对迪纳尔的背叛？

蓝色的影子就像一座巨大时钟的指针在雪地上微微动了一下。托丽雅清晰地看见，一片圆如磨刀石的雪花轻轻地落在了埃格特的肩上。太阳躲了起来，雪地上的影子消失了。

"我们该走了。"托丽雅悄声说道，"我们必须……我答应要指给你看……"

他们默默地走下山去。河流在这里转弯，绕过一个看起来更

第三部分 卢阿扬

像半岛的地方。这里的土地似乎更适合云杉树的生长,因为周围长满了高大的云杉,被积雪压弯的树枝就像一个老人垂下的胡须。

他们在树林中穿行,时不时抬手抖落枝条上的雪,这多少有点破坏了冬日画面的统一性。终于托丽雅停下脚步,回头看着埃格特,仿佛在邀请他作见证人。

在他们的面前矗立着一座被雪覆盖的石头建筑物,仿佛是一个古老基座的遗迹;黄色多孔石与光滑的灰色石交错在一起,埃格特以前从未见过这样的东西。然而,最令人惊异的是一棵干枯的细干小树,它的根部紧紧地抓住石垛,仿佛就是从石头里长出来的。即使正值冬季,这棵树仍然是绿色的,它那细长的叶子上竟然没有一片雪花,而在叶子之间的某个地方闪现着红色的圆形花瓣,花看起来像假的,仿佛是从破布上剪下来的。但这的确是真花。埃格特用手指触碰了一下,指尖上留下了一点黑色的花粉,埃格特才相信这是真的。

"这是,"托丽雅说道,试图用一本正经的语气掩饰她内心中的慌乱,"这是坟墓。它有几千年的历史。这里葬着一位老魔法师,也许,他就是第一位先知,也许不是。这棵树一年四季都在开花,但它从未结过果。据说,这棵树也有几千年的历史了,是不是很神奇?"

相比这棵神奇的树,此刻托丽雅和埃格特之间的微妙感觉更令人惊讶。他很想谈一谈这个,但他并没有;两人站在那里默默地望着那座千年古墓,而古墓也见证了他们的沉默。被雪覆盖的云杉也沉默不语,严肃,但没有责备。

他们往回返的时候已是黄昏;天更冷了,走到城门口的时候,他们不得不停下来在篝火旁取取暖。一名卫兵正在把木柴和

Шрам
疤面人

干树枝扔进火里,这是今天从进城的农民那里征收来的,冬天他们尽量用实物来征税。火光映照下,卫兵的脸呈现出古铜色。看着火舌在托丽雅的瞳孔中跳着舞,埃格特鼓起勇气凑到她耳边说:"我……将解除咒语。我将找回我的勇气,哪怕为了……你知道。我发誓。"

她慢慢地垂下眼帘,遮住了在她眼中跳舞的火花。

⚔

第一场雪已经融化,街道、门口以及十字路口满是泥泞。连日来寒风呼啸,市民们稍稍平静下来的心再次充满不安。拉什塔内的烟雾再次升上天空,令人有种不祥之感:"快了!"又有几名学生从大学里消失,不知何故,"独眼蝇"酒馆中的热闹聚会已经自然而然地取消了。卢阿扬主任现在似乎成了所有人的中心,人们不断地涌向他,希望能获得平安,从城里来的全都是陌生人,他们在台阶上动辄站上几个小时,只是希望见到这位伟大的魔法师,寻求他的帮助和安慰。卢阿扬和他们都不会谈很久,但他也从不对来访者发火或生气;他的良心不允许他去安抚众人,而他的理智也不允许他去吓唬众人,他用千篇一律的哲学寓言以飨来访者,不过这些寓言与他们关心的事情一点关系都没有。

受到惊吓的人们不断地往来。一天早上,当埃格特在蛇雕和猴雕之间的台阶上看到一个疲惫的老人时,他一点也不奇怪。那位老人的背挺得笔直,靴子上有马刺。他问候性地点了一下头,正要从他身旁走过去,但老人强颜欢笑,迎面向他走来。

不过几秒钟,埃格特便认出那是他的父亲。老索尔看起来非常像挂在他办公室里的那幅画像。那幅画上是埃格特暮年时期的祖父，他白发苍苍，面容憔悴，满脸皱纹。想起那幅画，埃格特才认出了他的父亲，并震惊于他的老态。

伴随着马刺的叮当声，父子俩一路默默地来到了老索尔下榻的小客栈；老人在点燃烛台上的蜡烛之前久久地敲着火镰。仆人送来了酒和杯子。坐在吱吱作响的扶手椅上，埃格特心痛地看出他的父亲想要集中精神却无法做到，他想开始谈话，却找不到话说。埃格特很乐意帮助他，但他自己的舌头也无能为力，说不出话来。

"我……带了钱来。"老索尔终于开口。

"谢谢，"埃格特喃喃道，终于问出了折磨他一路的问题，"我妈妈……怎么样？"

父亲正在摩挲着客栈圆桌上的天鹅绒桌布。

"她……在生病。病得很重。"他抬头痛苦地看着他的儿子，眼里充满了泪水，"埃格特，据说，时间已经不多了。时间不多了，再说……管他呢，让你的卫兵团、名誉都见鬼去吧。什么团啊，如果……埃格特，我的儿子，我父亲有五个儿子，而你是我唯一的儿子。我现在骑马已经很困难了，就连上台阶都很困难。你为什么要这样对我们？一个孙子都没有……"

索尔感觉到自己的喉咙发干，对着黑暗的角落喃喃道："我……知道。"

老人大声地叹了口气，咬了一下嘴唇，连同他的小胡子，说："埃格特，你母亲一直在求情，我们已经原谅你了。你母亲恳求……我们回家吧。管他呢！一切都见鬼去吧，我们回卡瓦伦城吧。我连马都给你带来了，这匹母马真是个奇迹，"父亲的目光变得明亮起来，"黑色的，脾气比较暴躁，是我们提克的女儿。你曾经很喜爱提克，还记得吗？"

Шрам
疤面人

埃格特漫不经心地在蜡烛的火苗上来回晃动着手指。

"儿子,我们今天就走吧,马匹跑得很快。我当然会很累,毕竟不比当年,但我会尽我所能。这样一周后我们就能到家,好吗,埃格特?"

"我不能回去,"索尔在说出这句话之前就诅咒了世上的所有,"我不能回去,我怎么能就这样……回去?"他用手摸了一下脸上那道疤痕。

"你不觉得,"父亲重重地叹了一口气,"你不觉得,对于你母亲来说,你什么样……不都无所谓吗?"

⚔

他觉得,如果他不能马上见到托丽雅,那么就会有某种东西被毁掉,他无法承受,他内心会破碎。幸运的是,她就在台阶上碰到了他,她是在等他吗?

"埃格特?"

他告诉她,父亲在告别时手一直在颤抖,而埃格特不敢看父亲,他答应父亲很快就会回去。

脚踩泥泞发出吧唧吧唧的声音。城市静了下来,仿佛空无一人。他们没有目的地游荡,在大小街道上徘徊,埃格特一直在讲话。

母亲身体非常不好,在盼着他回家。但他怎么能身带咒语回去呢?如果他还是那个懦弱的畜生,那个随时会让他看起来像个无赖的人,他怎么能爬回父亲的家门口呢?他对自己发过誓,也对托丽雅发过誓……他做得不对吗?也许,为了他母亲的平安,他应该去经受新的耻辱,他失败而归,仍是一个懦夫?还要给母亲带去新的痛苦吗?

第三部分 卢阿扬

　　他尝试尽可能地向父亲解释清楚这一切。他语无伦次，像一个无能的渔夫被自己的渔网困住了一样，而老人听不懂他的话，埃格特筋疲力尽，最后直接告诉他：我生病了。我必须要治好这个病，然后……父亲沉默了。在儿子的记忆中，他那永远笔直的身躯第一次如此疲惫地佝偻起来。

　　此刻，托丽雅在听他讲述这一切；黄昏已降临，某些地方的路灯已经亮了起来，家家户户的护窗板都关得严严实实。似乎这些房子都顽固地闭上了眼睛，不愿意看到夜晚，不愿意看到泥泞，不愿意看到恶劣的天气……有一瞬间，托丽雅似乎觉得远处有模糊的身影在跟着他们，但埃格特什么都没有发现，他一直说啊说，还让托丽雅给他证明：难道他真的错了吗？

　　他们为了躲避寒风，转到一扇大门的后面，来到了一个院子里，这里僻静还堆满破烂；女厨师从食品库里出来，向他们投来了冷漠的目光。门砰的一声关上了，挡住了从里面冒出来的一团团蒸汽；昏暗的路灯照亮了门边的小牌子："羊奶"。就在这里，在一个棚子下面狭窄的牲口圈里，有两三只无人照管的山羊。

　　路灯摇曳，感受到这里的冷风和湿气，托丽雅浑身蜷缩了起来。"我们走吧。我们为什么要在这里……"

　　埃格特本来已经张开了嘴，想要再重复一遍自己所有的理由，但此刻却沉默下来。在昏暗的路灯照耀下，卡尔维尔·奥特中尉像一个湿漉漉的幽灵一样出现在他面前。

　　中尉看起来不大好。在城里的这段时间，他的制服已经磨得有些破旧了，钱包也已经瘪了。他身后的博尼弗和小胡子迪尔克看起来也好不到哪里去，如今看起来更像强盗，而不是卫兵，两人的手都握着剑柄。

　　托丽雅一下子没明白情况，她没有认出卡尔维尔，于是以为

Шрам
疤面人

是一般的抢劫者在跟踪她和埃格特。还不等对方要她拿出钱包，她就不屑地笑着打算先开口。然而卡尔维尔认出了她。他竟然在这么昏暗的灯光之下认出了托丽雅，于是惊讶地说："这位女士啊！原来我们认识！"他露出了极为震惊的表情，"哎呀呀，呀……"

博尼弗和迪尔克向前靠了靠，以便更好地看清托丽雅。

"哦，是的，索尔，"卡尔维尔继续说道，"他得到了自己想要的。怎么，我的女士，"他转向托丽雅，故作礼貌地说，"您就这么轻易原谅了杀害您未婚夫的凶手吗？"

"您是谁？"托丽雅冷冰冰地问道。她斩钉截铁的冰冷声音吓得迪尔克和博尼弗向后退缩了一下，但卡尔维尔却没有露出丝毫的尴尬。

"请允许自我介绍一下，我是卡尔维尔·奥特，卡瓦伦城戍卫队的中尉，奉命前来执行一项特殊任务，要将逃兵索尔带回团队。他们是我的战友，都是非常受人尊敬的年轻人。女士，这就是我们的身份，完全不是像您以为的夜间强盗！现在让我来问您，这位躲在您身后的人又是谁呢？"

索尔根本就没有躲在托丽雅身后，但他本能地向后退了一下，痛苦地觉察到，他的忠实伙伴，那无理性的恐惧正在朝着他的胸口袭来。卡尔维尔的话像鞭子一样在抽打他。

"这个人，"托丽雅不慌不忙地回应道，"受大学和我父亲卢阿扬主任的保护，而卢阿扬先生是位魔法师，你们想必也听说过。现在，请你们让开路，我们要离开了。"

"但是，女士！"卡尔维尔困惑地喊道，不知是真的还是装的，"我无法相信，您这样一位优雅的女士，怎么会跟这个人扯上关系？"中尉不由自主地做出了一个厌恶的表情，他看了一眼埃格特说:"他,我再重申一遍,杀了您的未婚夫。我认为,即使在当时,他已经是后来那样的人了。您知道,那是什么样的人吗?"

"请让开。"托丽雅向前迈出了一步,卡尔维尔犹豫着让开了。

"请吧,我们一点也不想伤害主任——魔法师先生的漂亮女儿。但是,这个人,女士。您难道不想知道,他,埃格特·索尔究竟是怎样的一个人吗?"

埃格特沉默不语。慢慢地,他渐渐意识到这比法吉拉的毒匕首更可怕。卡尔维尔可怕的游戏已经开场,而他无力阻止,只能饮尽这杯苦酒。

卡尔维尔似乎在回应他的想法,瞬间拔出了剑。在路灯的照耀下,埃格特看到了银色的刀刃,他的腿开始发软。

"你们会为此受到惩罚的。"托丽雅气冲冲地说。

卡尔维尔扬起眉毛说:"为什么?!难道我做了什么不妥的事情吗?女士您可以走,也可以留下。如果留下,您将最终看到,嗯,您朋友的真面目。"卡尔维尔用那把长剑挑起了索尔的下巴。

埃格特浑身瘫软。卡尔维尔的声音继续向他传来,仿佛通过磨盘飞溅而来,他听得见自己血液流淌的声音。他妄图克服自己的恐惧,突然想起了某人曾经说过的话:"如果你陷入绝境,并且赢得胜利……路会走到尽头。"难道流浪者……说的不是这个吗?

"我为您而感到痛苦,女士。"卡尔维尔说,"残酷的命运让您遇到了一个人,客气点说,一个不太值得的人。跪下吧,索尔!"

埃格特打了一个趔趄,托丽雅捕捉到了他的目光。"如果你陷入绝境，并且赢得胜利。"天啊，如何能战胜从山上冲下来的石头，战胜山崩地裂？索尔灵魂深处那个已经死过千万次的可怜懦夫在嚎叫，急得团团转，埃格特知道，一秒钟后，这个卑鄙的野兽将彻底制伏他。

"你听到了吗，索尔？"卡尔维尔低声重复道，"跪下！"

托丽雅就在这里，托丽雅在看着。难道她真的会认为……

这个念头还没有想完，他就跪到了脚下的泥泞里。他的膝盖自己弯了下来，于是卡尔维尔的腰带和骑兵裤就出现在了他的眼前。

"您看到了吗，女士？"卡尔维尔责备的声音从上面传来，"现在无论问他什么，他都会回答的……"

埃格特看不到托丽雅，但感觉到她就在身边，也感觉到了她痛苦、紧张、愤怒和慌张，还有希望。她希望……她不明白，这是不可能的。不可能战胜流浪者在他身上所施行的咒语。永远都不能。

卡尔维尔不耐烦地动了动长剑。"说，我是最后一个畜生。"

"埃格特。"托丽雅叫道，声音仿佛来自远方，像是来自晴朗冬日里的某处，那里有始祖先知的古墓，上面长着一棵常青树。

"我是最后一个畜生。"他勉强呼出了一口气。

卡尔维尔满意地哼笑道："听到了吗？跟我说：我是一只胆小的哈巴狗。"

"埃格特……"托丽雅重复道，但几乎听不到了。

"我是一只胆小的哈巴狗……"他的嘴巴悄声说道。一直沉默不语的迪尔克和博尼弗突然哈哈大笑起来。

"索尔，跟我说：我是一个人渣，我是男同……"

"放开他！"托丽雅大声喊道。

卡尔维尔惊讶地说："您如此激动……是因为他吗？因为这个……再说，他真的就是男同，我们曾在一个酒馆里碰到过他和他的男友在一起。当然，您不知道？"

索尔感受到了她无声的恳求：阻止这些，埃格特。请阻止，打破魔咒……

门砰的一声开了，那位愁眉苦脸的女厨师大步走向板棚，她向栅栏边的人投去冷漠的一瞥。卡尔维尔一直等她跟跟跄跄地走回去，砰地关上那扇沉重的门，然后才挥舞起他那柄长剑，指着受害者说："回答我，人渣。你是埃格特·索尔吗？"

"是。"埃格特喘着粗气答道。

"你是一个逃兵吗？"

"是……"

他又满头是汗，但已经不是因为恐惧。打破魔咒……需要说五次"是"。

"你，你这个混蛋，是你杀了这位美丽女士的未婚夫？"

"是。"

托丽雅浑身在发抖。她也明白了，驼着背的埃格特能感觉到她在急切地期待着，正处于崩溃的边缘。

卡尔维尔咧开嘴笑道："你爱这位女士，是吗，埃格特？"

"是！"他第四次喊道，感觉到他的心在疯狂地跳动。

他觉得自己听到了托丽雅的呼吸声。天啊，帮帮我。毕竟，只有一次机会，内心中首要的将成为末要的……这是否意味着要放弃恐惧呢？！

他抬起头，期待着第五个问题。当卡尔维尔看到他的眼神，不由自主地后退了一步，仿佛看到了从前那位总是发号施令的埃格特·索尔的幽灵。他后退了一步，目光试探地注视着他的受害者。索尔在剧烈地颤抖着,卡尔维尔满意地咧嘴笑道:"你是在发抖吗?"

"是!"

他一下子站了起来。他看到了卡尔维尔眼中的慌乱,感觉到了身后托丽雅的动作,他跨上前去,想抓住中尉那干瘪的喉咙;卡尔维尔急忙举起剑,埃格特伸手推开剑,就在那一刻,一种令人作呕的甚至更加恶劣的恐惧把他的心变成了一颗可怜的、颤抖的小球。

他的双腿弯曲,再次跪倒在地。他伸出颤抖的手摸了摸自己的脸颊,疤痕仍在那里,一条坚硬的、粗糙的疤痕;疤痕依旧在,而折磨他的恐惧也依旧在。

路灯摇晃得嘎吱作响。埃格特觉得他的膝盖已经冻结在了泥泞中。水从屋顶滴落下来:滴答……滴答……托丽雅无助地悄声说了句什么。醒过神来的卡尔维尔不怀好意地眯起眼睛说:"那么,这样。你现在向这位女士证明你的爱。"他突然转向他的同伴们,"博尼弗,那个羊圈里有一只小山羊,看到了吗?主人不会介意我们占用它一会儿……"

他仍然满怀希望,微动着嘴唇,不断地重复着"是",博尼弗已经在羊圈旁开始忙活了,而托丽雅还是无法相信失败,不解地看看博尼弗,看看卡尔维尔,再看着小胡子迪尔克。泥泞的水坑表面闪着青色的微光。

内心的希望最后挣扎了一下,然后归于沉寂,留下了无声又无望的渴望。他感到托丽雅也因为意识到了这一点而变得疲惫不堪。他们的目光相遇了。

"你走吧,"他小声说道,"请……你走吧。"

托丽雅仍然站在那里,不知是她没听到,还是没听懂,或者是她已经无力动弹。卡尔维尔哼了一声。

这只干瘦的、脏兮兮的小山羊可能已经习惯了这种粗暴的对待，当博尼弗低声骂着把它从背上丢到卡尔维尔的脚前时，它甚至没有咩咩叫。卡尔维尔像主人一样抓住了这只倒霉的小山羊脖子上的绳子，同情地看着不知所措的托丽雅，说："这样，他不是爱您吗，您听到了吧？"

索尔看着这只正在挣扎的灰山羊。不会有奇迹发生。不会有奇迹的……恐惧已经征服了他的意志和理性，他已经失去了自己，他也将失去托丽雅，流浪者并没有留下任何脱身之计。

卡尔维尔将山羊拉到埃格特面前。"瞧，这是配得上你的伴侣。这是你心爱的。亲亲它，来！"

难道托丽雅没有意识到她该离开吗？一切都完了，真要用这种恶心的画面来折磨她吗？

博尼弗和迪尔克的剑从两侧指向他，说："看看，它多漂亮啊！美妙的家伙……亲它！"

无人打理的小山羊的气味刺激着埃格特的鼻孔。

"您听见了吗，他爱您？"远远地传来卡尔维尔的轻柔声音，"而您相信他？看，他愿意随便换成一只山羊！"

"怎么是随便一只山羊呢？"博尼弗假装愤愤不平地说，"这是一只迷人的山羊，羊圈里最好的一只。是吗，索尔？"

"你们真是无耻。"埃格特勉强听出了这是托丽雅的声音。

"我们，无耻？"卡尔维尔与博尼弗不同，他是真的感到愤慨，"我们无耻，不是他无耻吗？"

"你走吧！"埃格特恳求道。托丽雅依然没动，天啊，难道她的腿瘫痪了吗？！冰冷的剑锋再次抵到他的脖子上。

"来吧，索尔！我现在正式宣布你和这只可爱的小山羊结为夫妻！来吧，我们期盼着第一个新婚之夜！"

迪尔克和博尼弗都被卡尔维尔的创意惊呆了，他们把羊尾巴对准了埃格特。

"来吧，来吧，只需要五分钟，来吧，然后你就可以和你的女士回家。是吗，女士？您不想一个人回去，对吗？"

似乎，下雨了；似乎，雨水顺着杂乱的山羊毛流了下来。他的膝盖已经僵硬了，埃格特突然想象自己是个小男孩，正站在春天里膝盖深的卡瓦河里，而在河岸边盛开着黄灿灿的花，他正伸手去摘……

他疼得抽搐了一下，因为卡尔维尔的剑锋划过他的耳朵，说道："你在犹豫什么呢？一把锋利的剑可以砍掉一只耳朵、一根手指，随便任何东西……或者你已经被……？！大学生们会被阉割，是真的吗，女士？"

恐惧已经让埃格特无法思考，也无法感受，从卡尔维尔的话语中，他只明白了托丽雅还在这里，他心里在责怪她，几乎带着孩子般的怨恨在想：为什么？

一盏黑色的路灯在风中摇曳，吱吱作响。托丽雅感觉这个夜晚就像一块黏稠的焦油，黏稠的空气堵住了她的喉咙，她无法呼吸，无法说出一个词，也无法喊出一声。也许她应该呼救，用拳头去敲门和窗，去找她的父亲，最后……但惊吓已经让她毫无战斗力，她变成了一个哑巴，无力的旁观者。

小山羊挣扎了一下。博尼弗制止了它想挣脱的企图，用膝盖夹住它；而卡尔维尔的剑划了一下埃格特的喉咙。

"快，索尔？！解开你的腰带！"

黑暗越来越浓，从四面八方向埃格特压过来，紧紧压住他的头、胸，填满了他的耳朵，堵住了他的喉咙，不让哪怕一个微小的气泡进入他的肺部；有那么一刻，他仿佛觉着自己正在被活埋到土里，土压了过来、压了过来……

然后他感觉轻松了一些，最后尚存一丝意识让他明白，他正在死去，这让他感到欣慰。谢天谢地，只有死是轻松的，没有痛苦。该死的流浪者还是疏忽了，失算了！埃格特无法征服他的恐惧，也无法走出绝境，他做不到，所以死亡……感谢上天。

他把脸轻轻地贴进了泥泞里，泥泞仿佛羽绒褥子一样温暖又柔软。多么轻松啊！黑色的路灯压了下来，黑色的天空也压了下来，卡尔维尔大叫着，挥舞着手中的剑，就让……埃格特去死吧。已经死了。终于。

三个人俯身看着躺在那里的人。那只倒霉的小山羊跳到一旁，轻轻地、可怜兮兮地咩咩叫着。

"索尔！嘿，索尔……别装了，嘿！"

托丽雅往前一冲，看看一边的迪尔克，又看看另一边的博尼弗。埃格特侧躺在地上，他的脸冷冷的，已经僵住了，一会儿被阴影笼罩，一会又被摇曳的灯光照亮。

"你们会为此遭到报应，"托丽雅异常冷静地说，"你们将会为这一切遭到报应。你们杀了他，你们这群混蛋！"

"但是，女士……"博尼弗慌张地嘟囔道。迪尔克踉跄着向后退去，卡尔维尔则收剑入鞘。

"我们没有动过他一根手指，您怎么能说这是我们的错？"

"你们会受到惩罚的。"托丽雅咬牙切齿地说，"我父亲掘地三尺也会找到你们。不管你们是在臭卡瓦伦城，还是跑到天涯海角！"

迪尔克一直在往后退，博尼弗斜眼看看没有生命的索尔，又看看托丽雅，也跟着往后退。卡尔维尔似乎不知所措。

Шрам
疤面人

"你们从来没有见过真正的魔法师，"托丽雅用一种奇怪的、响亮的声音继续说，"但当我父亲找到你们的时候，你们会立刻认出他来！"

卡尔维尔抬起头来。在同样昏暗的灯光下，她看到了他眼中那种常见的恐惧，不是流浪者的咒语所导致的，而是与生俱来的、精心掩饰的胆怯所导致的。

她无法再忍，朝他的脚下吐了口唾沫。不一会儿，院子里就空了，只剩下地上的一具尸体和一个发呆的女人。

⚔

她曾为一个躺在地上没有生命的人哭泣过。如今对她来说，这是一场可怕梦境的重演。她又成了孤身一人，完全孤身一人。蒙蒙细雨还在下，雨滴顺着索尔那张严肃又冰冷的脸一点点滚落。她曾那么希望魔咒会被打破，会被他所打败，但事实证明，这个魔咒比他更强大。先倒下的是埃格特。

她坐在冰冷的泥泞里，她受到的惊吓困住了她的手、舌头和脑袋。她没有试图去救活索尔，没有去摸他的脉搏，没有去揉他的太阳穴，甚至无力挤出一滴眼泪，她就坐在那里，耷拉着肩膀，垂着麻木的双手。

他们可以让他下跪，但他们无法让他丧失人性。他们自己其实就是懦夫，他们凌辱弱者，以此来抬高自己。流浪者没有足够的咒语来对付所有的恶棍，埃格特躺在那里，脸上的疤痕就贴在泥泞里，没有什么五个"是"可以消除他所经历的一切恐怖……

她终于哭了出来。

一只流浪狗从黑暗中走了出来，嗅了嗅躺在那里的人，同情地看了一眼托丽雅。托丽雅痛哭着，仰面朝向天空，雨水与脸上

第三部分 卢阿扬

的泪水交织在一起。那只狗叹了口气,身上的肋骨起起伏伏,它抓挠了几下,又消失在黑暗中。

母亲下葬后已经过去了许多年,迪纳尔坟头的草已经换了两茬。雨似乎永远下个不停,始祖先知坟墓上的那棵常青树将会枯萎,索尔永受诅咒。为什么?!为什么她,托丽雅,为迪纳尔的死已经原谅了他,但流浪者却没有!?为什么咒语没有反作用力,为什么除了她之外,任何人都有权审判埃格特?

她好像觉得他的睫毛微微动了一下,难道是摇曳的灯火在闪烁吗?她向前靠得更近一些,小心翼翼地触摸着他,索尔动了一下,费力地抬起了眼皮。

"你……在这里?"

她打了个寒颤,他的声音听起来如此低沉而陌生。他在看着她,她突然感觉到,他那双眼睛是一位百岁智者的眼睛。

"你在哭吗?不要哭,一切都很好。现在我知道……人们是怎么死的。并不可怕……如今,一切都会好起来的。嗯,别哭了。"他试图起身,尝试了三次,终于坐了起来,她忍不住扎进他的怀里。

"我这样……"他忧伤地说,"这样……你为什么不离开我?你为什么要留在我身边?我配吗?"

"你发过誓,"她悄声说道,"你会解除……"

"是的,"他喃喃道,抚摸着她的头发,"是的,我会解除的,一定会。但问题是,托丽雅,如果不成功,你就杀了我,好吗?这并不可怕。我不好意思求你,但我又能求谁呢?好吧,忘了我说的话吧。我会想办法的,你会明白的,一切都会好起来的,别哭……"

门洞里一只瘦骨嶙峋的流浪狗同情地望着他们。

Шрам
疤面人

⚔

几个小时后，托丽雅开始发烧。

她感觉被褥都是发烫的，就像被太阳晒热的屋顶一样。埃格特第一次得以进入她的小房间，就坐在床边，握着她的手。主任一言不发，拿来了一瓶冒着热气、散发着刺鼻气味的药膏，放到了桌子上。

托丽雅仰面躺着，白色的枕头藏在她一头散乱的发丝下面。女儿那瘦削的脸庞烧得通红，卢阿扬再次感到震惊，她与那个女人太像了，那个来自遥远的过去、早已死去的女人。

曾经他四处漂泊。一天，他停留在一个白雪覆盖的小镇过夜。收留他的那家主人还不知道他是个魔法师，只是告诉他一个不幸的消息：邻居镇长的女儿，一个绝世美人正为一种未知疾病所苦。就在那次，他第一次看到了他的妻子，她的头也是这样埋在枕头里，黑发散落在白色的床单上，她的脸瘦削而又发烫，已经露出了大限将至的迹象。

他医治好了她，幸福突然随之而来，就像沉睡的河流中的漩涡，然后是失去一切的恐惧，接下来又是幸福，他的女儿诞生了……后来是痛苦的五年，五年里他经历了热情如火到冰若寒冬，五年教会了他放下自尊去原谅，那些可怕的岁月，也是他最好的年华。他回忆起这些，不禁打了个寒颤，他愿意付出世界上的一切，回到过去，重新再活一次。

也许，她注定活不长。尽管有一天曾被卢阿扬所救，但她又开始拼命地寻找死亡，最终也找到了，给他留下了永远的内疚，还有小托丽雅。

托丽雅转过她沉重的头，与父亲对视。过了一会儿，主任将

第三部分 卢阿扬

目光转向索尔；索尔哆嗦了一下，想放开托丽雅的手，但还是握着。

天啊，她太像她的母亲了。她太像她的母亲，不可能幸福……他同意她与迪纳尔的婚事，是因为他至少知道自己在做什么，安稳与信心，友好的氛围，在古老的大学里有共同的工作，这一切将他的女儿与他心爱的学生紧紧地联系到了一起。可是索尔让这些希望破灭了。此刻他就坐在这里，坐在她的床边，在主任的注视下痛苦不堪，明白他应该离开，但他并没有放开她的手。卢阿扬可以清楚地看到托丽雅的手掌就紧贴在他的手掌里……

在他的生命中，没有什么比他的女儿更珍贵。

两年前，她的婚姻对他来说似乎是他平静、规律生活的一部分，自然也是必不可少的。如今，一个模糊的阴影笼罩着这座城市，这所大学，笼罩着他们两个手牵手的人。即使他是魔法师，也无法探知这个威胁到底是什么，但它的存在随着时间的推移变得越来越清晰。如果你不晓得明天将会发生什么，那么你今天该如何行动呢？

索尔断断续续地叹了口气。卢阿扬用眼角的余光可以看到他在努力地数她的脉搏，他多么焦虑，多么恨他——卢阿扬，因为他似乎什么都没做，一个魔法师，明明说治就能治好的……

索尔身上带有印记。他会给任何不小心接近他的人带来不幸，流浪者如此判定。但谁知道流浪者是怎么回事，而他的魔咒又有什么内幕呢？

托丽雅动了动。主任再次与之对视，他察觉女儿的眼皮微微下垂，似乎她想要点一下头。卢阿扬犹豫了一下，于是冲她点头来回应。他犹豫了一下，再次瞥了一眼安静下来的埃格特，然后走了出去,紧紧地关上了房门。

房间里只剩下两个人,两人默默无言许久。壁炉中就要熄灭的木柴在发出轻轻的噼啪声。终于,托丽雅勉强地笑着说:"你的衬衫……小"。

这件衬衫是埃格特向狐狸借的。他自己的衣服需要清洗。盖坦的衬衫随着索尔的每一次动作而发出危险的撕裂声。他的头发洗过还没有干,似乎比平时颜色更深一些。就在他身后,壁炉里的火苗在闪烁着。发着高烧的托丽雅感觉索尔的肩膀似乎是铜的。

他俯身靠近她,重复了几次同样的问题;她努力集中精神,终于明白了。

"我怎样才能帮助你?需要做什么?"

那次雨夜归来之后,她久久止不住眼泪。她流了很多眼泪,甚至被盐水般的眼泪呛到了,就像在漩涡中垂死挣扎的水手。那晚,受到更多冲击的埃格特则好很多。他抱着浑身发抖的托丽雅走完了回到大学的最后一街区,托丽雅的腿在颤抖,已经无法走路。她这一辈子中,抱过她的只有父亲,而且还是在她遥远的童年;抱着她的索尔步履轻盈,仿佛抱着一个孩子或是一只很轻的小动物。

他抱着她,第一次感受到了她每一条紧张的静脉、每一块颤抖的肌肉、她的心跳、她的疲惫和痛苦。然后他把她抱得更紧,他想用自己的温柔来包裹她,遮盖她,保护她,让她感觉到温暖。

他很怕见到主任,见了也未发一言。听从卢阿扬的话,索尔把托丽雅扶到床上;一个老女仆在她旁边候着,唉声叹气。主任仔细地打量着内疚又紧张的索尔。他还是没有开口。

第三部分 卢阿扬

壁炉里的火还在余烬上燃烧。托丽雅又淡淡地笑了。可怕的事情已经过去了,离她已经很远很远了;她现在发烧、虚弱的状态并没有让她感觉到难受;相反,她想永远在这片火云中,享受自己的虚弱、平静和安全。

"托丽雅……我能帮你点什么……"

她既喜欢埃格特的关心,也喜欢他为她焦虑。而父亲……父亲总是知道一切。

桌子上主任准备的药膏还在冒着气。

"什么都不需要,"托丽雅低声说道,轻轻地捏着索尔的手,"没事的……药会有帮助的。"

他往壁炉里添加了一些木柴。火烧得更旺了,托丽雅仿佛又看到了围绕着埃格特的铜蛇。她艰难地从床上坐起来,把被子抱在胸前。

"请递给我……药瓶。"

她从他的手中挖了点药膏,然后久久地揉搓她的太阳穴;很快她就感觉没有力气了,但托丽雅并不想叫老女仆。看到她累了,埃格特自己接过任务,小心翼翼地,克服着尴尬,开始将药膏涂抹在她的脸和脖子上。药的气味浓烈而苦涩,甚至烈日晒热的艾草都不是这个味儿。

她的高烧几乎瞬间就降了下来,但她并没有感到轻松,而是再次感到痛苦,她浑身是汗,先是抽泣,然后再次失控,浑身颤抖,再次哭了起来。

索尔吓得不知所措,想跑去找主任,却无法放开那只汗津津、颤抖的手。他俯身用他干裂的双唇亲吻一只充满泪水的眼睛,然后是另一只;他尝到了嘴里的苦涩,他抚摸着她那蓬乱的黑发,用他脸颊上的那道疤痕去蹭她的面颊。

Шрам
疤面人

"托丽雅,看着我。别哭,别哭……"

壁炉里的火烧得正旺,温热的药膏还在冒着热气,并没有冷却。埃格特喃喃地说着柔情蜜语,安慰着她。他轻轻抚摸着她脖子上的黑痣图案,那让人记忆犹新的星座图案,是他天空中的宝石,是他梦中的烦恼……然后他开始为她涂药,用药膏在她的肩膀上揉搓,然后把她瘦弱的手臂先后从被子里抽出来,涂抹药膏并揉搓。房间很温暖,甚至有些闷热。托丽雅渐渐安静,不再抽泣;被汗水打湿的双乳在薄薄的衬衫下高高隆起,上下起伏着。

"谢天谢地,"他柔声道,察觉痛苦正在渐渐离开她,"谢天谢地,一切都会好起来的。你感觉好点了,是吗?"

托丽雅的眼睛黑黝黝的,像夜行兽的瞳孔一样大,她抬头盯着埃格特,目不转睛。她的手紧紧地抓着被子的一角,壁炉里的火正在燃尽,需要添加一些木柴,可是埃格特一刻也不想离开她的身边。房间里变得越来越暗,墙上的阴影和红色的反光交织在一起;托丽雅发出一声长长的呜咽,把埃格特拉向自己。

他们并排躺在一起,埃格特呼吸着苦涩但又令人惬意的药味,他害怕压痛她的肩膀。托丽雅幸福地闭上了眼睛,鼻子贴着他的肩膀。壁炉火燃尽了,黑暗更浓。

他深受折磨,控制不住自己那双放肆的手,隔着衬衫抚摸到了她火热的、由于心跳而颤抖的乳房。托丽雅感觉自己仿佛躺在一个红黑相间火热的海底,火舌在她的头上跳舞。不知不觉中,她不再思考,她不再去克制眩晕;索尔的手变成了一个独立的生命体,在她的身体上游走,托丽雅无比感激这个温柔又亲密的生命体。

他们躺在黑暗中,半梦半醒,彼此融为一体。埃格特突然意识到,作为一个情场老手,他在暴风骤雨般的青年时代从未经历

第三部分 卢阿扬

过类似的感觉，如此渴望触摸，给予温暖。

被子滑落到了墙边。衬衫的薄布料显得没有必要，埃格特用自己的身体为托丽雅挡住了其他的世界。有那么一瞬间，她突然清醒了过来。她与迪纳尔的所有感情关系都只停留在小心翼翼的亲吻上。当她意识到发生了什么时，她吓坏了。她在他的爱抚下愣住了，埃格特瞬间感觉到了。埃格特轻吻她的耳垂，柔声问道："怎么了？"

她不知道该如何解释。她感到很尴尬，笨拙地伸手抚摸他的脸，说："我……"

埃格特等待着，轻柔地将她的头靠在他的肩膀上；她担心冒犯他或让他吃惊，不知道该说什么，她感到害羞又苦恼。

猜到这一切之后，埃格特紧紧地、温柔地抱住了她，就像从未抱过她一样。她仍然充满了恐惧和羞涩，感激地抽泣着。原来什么都不需要解释。

"托丽雅，"埃格特低声地安抚道，"你是……感到害怕，是吗？"

她是感到害怕。夜幕降临，熄灭的壁炉仍在释放着温暖。托丽雅对一个无需言语便能理解一切的人充满了柔情和孩子般的感激。

埃格特深情地把她拉向自己道："没事，无论你想要什么，你告诉我……托丽雅，你怎么又哭了，嗯？"

她突然想起了小时候飞进她房间的一只蜻蜓。一只笨重的绿色蜻蜓，长着两只圆圆的黑眼珠，在角落里发出嗡嗡的声音，用它带花纹的翅膀在墙上摩擦，飞向天花板上，然后几乎摔到了地上。"真是个小傻瓜，"母亲笑着说，"抓住它，把它放了。"

这段记忆是从哪里来的？为什么？

Шрам
疤面人

  托丽雅当时抓住了那只蜻蜓。她小心翼翼地，生怕自己的手捏得太紧。她把这个小傻瓜带到了院子里。目送它飞走的时候，她感觉到手掌里仍留有蜻蜓翅膀和爪子轻挠的感觉。

  她深深地叹了口气。这就发生在今天，发生在现在，有多少恐惧和希望，多少梦想……现在她就要面对这些，她会改变，变得不同，她很害怕，但又能怎样……这是不可避免的，就像日出。

  埃格特再次默默地理解了她，她的恐惧被他的快乐淹没；从黑暗中的某处，她听到了自己幸福的笑声，随后是一个茫然的念头闪过，该这样笑吗？她眼前闪烁着蜻蜓的翅膀，河对岸的灯火以及阳光下闪闪发光的白雪。她几乎要睡着了，想道：已经这样了。

第八章

在一个黑色的冬日夜晚，卢阿扬主任中断了他的日常工作。

在还未写完的纸上，墨水已经干了，主任手中的鹅毛笔也已经干了，他坐在办公桌前发呆，目光定格在烛台上正在滴着蜡油的蜡烛上。

窗外，雪融时节湿润的风在呼啸，壁炉里的火燃烧得很旺，很温馨。主任坐在那里，眼睛瞪得大大的，紧张得流出了泪水，夜晚漆黑的恐怖正从蜡烛的火焰中盯着他，同样的恐怖也正从主任的灵魂深处向他袭来。

一位魔法师的预感，即使是没有取得伟大成就的魔法师，也并非无足轻重。如今，灾难已经如此接近，连头发都已被它的气息惊动。现在，即使是现在，或许想挽救也已经晚了。

护符！

他立马起身。锁住保险箱的咒语瞬间被打破，但锁头久久无法打开，他颤抖的双手已经不听使唤；当他终于揭开碧玉盒时，以前从未近视过的卢阿扬痛苦地眯起了眼睛。

吊坠是干净的。金片上没有一丝锈迹，吊坠干干净净，可是

Шрам
疤面人

主任却嗅到了灾难即将到来的气息,他为此感到窒息。

他不相信自己,又看了看那只吊坠,然后把它藏了起来,跟跟跄跄,急忙跑到门口喊道:"托丽雅!托丽雅……"

他知道她就在旁边,在她自己的房间里。他以前也叫过她帮忙,但现在她几乎瞬间就来了,而且几乎和他一样脸色苍白。显然,他的声音中一定有什么吓到了她。"父亲?"

在她身后,他看到了埃格特·索尔的身影。最近两人一直形影不离。老天啊,请保佑他们。

"托丽雅,还有您,埃格特……你们快到五个泉眼取水来。我会告诉你们是哪些,在哪里。拿着我的灯笼,即便有最大的风吹来,它也不会熄灭。你,托丽雅,穿上你的斗篷。快点。"

即便他们想问,他们也不能问,或者不敢问。主任像变了个人,看到他的眼神,甚至托丽雅都吓得退缩了。她一言不发,从他手中接过五个系着皮带的小水壶。埃格特为她披上了斗篷,她感受到了他手掌的温度、鼓励的触摸。门外是潮湿但并不寒冷的冬天,埃格特把点亮的灯笼高高举起,托丽雅挽上他的胳膊,两人出发了。

他们像是在履行一种仪式,从一个泉眼走向另一个泉眼,总共有五个。他们有三次不得不从砌在石头内的管子里打水,一次是从某一人家院子里的小井中打水,还有一次是从一个废弃喷泉的铁蛇嘴巴里打水。五个水壶都装满了水,挎在了埃格特的肩上。当他们疲惫地跟跄着跨入主任办公室的门槛时,托丽雅的斗篷已经湿透了。向来阴暗的办公室,那天晚上却灯火通明。桌子上、地板上、墙壁旁都摆满了一列列蜡烛;当门被打开时,所有的火苗都在闪烁,仿佛在迎接客人的到来。

在房间的中央,摆着一个形状奇怪的支架,下面有三个弯曲的爪在支撑,上面支着一个圆形的银碗。

主任做了一个不耐烦的手势,埃格特退到最远的角落里,坐到地板上,而托丽雅则坐到了旁边的矮凳上。

蜡烛的火苗在不断地拉长,不自然地拉长了,让人看着不习惯。主任就站在银碗的上方,水壶里的水被依次倒出。他的手慢慢地向上移动,紧紧地咬着嘴唇,没有抖动。在办公室的寂静中,在窗外呼啸的风声中,也许是因为恐惧,埃格特仿佛听到了刺耳的话语声。天花板上的阴影图案融合成一片后又分开,如同成群的昆虫聚拢又散开。

好像有什么东西撞到了外面的玻璃上,索尔紧张得像根绷直的弦,痉挛性地抽搐了一下。托丽雅目不斜视地将手放在了他的肩膀上。

主任的嘴唇噘起来,仿佛在用力。蜡烛的火苗痛苦地伸展着,然后又落回了正常的形状。主任一动不动,瞬间后低声说道:"请过来。"

碗里就像从来没有装过水一样,本来该是水面的地方,躺着一面镜子,像水银一样白而亮。这是水镜,埃格特意识到了这一点,不禁呆住。

"怎么什么都看不到?"托丽雅小声地问道。

埃格特差点愤怒了,镜子本身对他来说就已经是个奇迹了。然而就在那一刻,白雾晃动了一下,变黑了,已经不再是雾,而是夜,是窗外的风,是枯树上来回摆动的树枝,是灯火……一,二,三……是火把。埃格特没有试图破译图像,只是在惊叹,就在这里,在一面小小的圆镜中,竟然可以映照出未知的、看不见的、不知发生在何处的事情。他被魔法以及自己也介入的神秘事件迷住了,托丽雅的一声大喊才让他回过神来:"拉什!"

这一简短的词让埃格特彻底清醒过来,就像一记耳光打在他的脸上。黑暗的身影在镜子里徘徊,即使在少量火把的照耀下,也能看到罩在眼睛上的风帽,而有人的风帽则是放在后面的,一群拉什战士不知为何在夜色中蜂拥而至,任风吹动着他们长袍的下摆。

"这是在哪里?"托丽雅害怕地问道。

"别出声,"卢阿扬咬着牙说,"走了……"

画面渐渐变得模糊,仿佛覆盖了一层脏兮兮的乳白色薄膜,然后变成一片白色的蜡,只是在其深处有一丝渐渐熄灭的火花在闪烁。

"真是糟糕的一天,"卢阿扬喃喃自语道,似乎自己也很惊讶,"多么糟糕的一个夜晚。"

他伸出双臂,在镜子上方展开手掌,愣在一旁的埃格特可以看到皮肤下交错的静脉、筋腱、血管在慢慢凸起。

镜子停顿了一下,又变暗了,主任迅速把手缩回,像是被烫了一样,于是埃格特又看到了黑夜、人群和火把,似乎火把更多了,正在按一种奇怪的顺序移动,周围的斗篷人弯着腰,似乎在鞠躬,有节奏地在鞠躬,他们是在数鞠躬的次数吗?

"埃格特,"托丽雅笑着问道,"也许这是一种仪式?你知道这是什么仪式吗?"

索尔摇了摇头,提到他以前与拉什教团的渊源,尽管他非自愿,也没干成什么,现在对于他来说都是一种强烈的谴责。托丽雅突然意识到了自己的错误,愧疚地攥紧了他的手。主任快速地瞥了他俩一眼,然后再次俯身在碗上。

人影时而消失在黑暗中,时而又从黑暗中显现,但没有一次是清楚的,都是一些零碎的、残缺的、个别的细节:有泥泞中的

第三部分 卢阿扬

靴子,有斗篷的下摆。其中有一次埃格特认出了大师凌乱的白发,于是他打了个寒颤。偶尔,白色的蜡又会涌现,主任咬紧牙关,将手掌伸向镜子上方,但蜡并没有立即消失,仿佛很不情愿,仿佛在与斗篷人同流合污。

"这是在哪里,父亲?"托丽雅再次问道,"他们这是在哪里?他们在做什么?"

主任只是咬着嘴唇,一次又一次地重新捕捉那难以捉摸的错误影像。

快到黎明时分,三个人都已筋疲力尽,而镜子也筋疲力尽了,但终于完全屈服于主任的意志,白蜡退去了。隐藏在银碗里的夜也要结束了,画面变成了灰色,火把的光也渐渐消失,俯身看着镜子的三人同时猜到了鞠躬仪式的秘密。

斗篷人围着一座高高的山丘排成一排,埃格特认出了那是他和托丽雅曾经去过的地方,他们曾在那里欣赏河流和城市。斗篷人拿着铁锹,不知疲倦地铲着土。黑土堆在各处不断地堆积起来,仿佛在标记着一只巨型鼹鼠的路径。有东西出现了,埃格特凑上前去,禁不住瞪大眼睛,那是一堆骨头,甚至还有头盖骨,那无疑是人的头盖骨,无疑是很久以前的,而泥土正从空洞的眼窝里滚出来。

"这,"托丽雅痛苦地喊道,"就是那座小山丘,这……"

镜子碎了。水花四溅;永远都沉着冷静的卢阿扬主任拼命地、不住地用手掌击打它。

"啊,看漏了。该死的,该死的!错过了,看漏了……"

燃烧了一整夜的蜡烛,还未燃尽便突然熄灭了,像是来了一阵风。眨着半瞎的眼睛,在黎明的昏暗中,埃格特并没有立即看清楚卢阿扬那张因痛苦而扭曲的脸。

"我看漏了,这是我的错。疯子,畜生。他们不是在等待末日的到来,而是在召唤着末日,已经召唤来了。"

"这座小山丘……"托丽雅惊恐地重复道。主任紧紧抓住他的头,水从他湿漉漉的手上滴了下来。

"这座小山丘,埃格特……那里埋葬着黑死病的受害者,那里是它的巢穴,被封起来,与人类隔绝。黑死病曾经蹂躏过这座城市和周围的乡村,如果不阻止它,它也会毁灭这片土地。拉尔特·列吉阿尔阻止了黑死病。那是几十年前的事了,如今没人了。如今……"主任痛苦地呻吟着。叹了一口气,转身走到窗前。

"但是主任先生,"埃格特低声说,勉强忍住自己的颤抖,"主任大人,您是伟大的魔法师,您会保护城市和……"

卢阿扬转过身来。他的眼神让埃格特咬住了自己的舌头。

"我是一名历史学家,"主任低声说道,"我是一名学者。我从来都不是一个伟大的魔法师,也永远不会是。我一直是一个学徒,一个学徒……我不是一个伟大的魔法师!不要惊讶,托丽雅。不要那么痛苦地看着我,索尔!我只能做我擅长的事;是智慧和知识让我成了一名好的魔法师,但绝不是一个伟大的魔法师!"

办公室里沉默了一阵。然后,由近及远,满城的狗一只接一只地叫了起来,声音越来越大。

⚔

谁会想到,有如此多的老鼠栖身在这座城市的地下?

街道上爬满了灰褐色的背影,狗一听到老鼠的碎步声和数百条尾巴摇动的沙沙声时,就急忙躲开,四处乱窜,挤在门口,狂叫、哀嚎，直到一块沉重的石头砰然落地，是某人颤抖的手扔过来的，因此也打得不准。男人们，尤其是一些勇敢的男人，会拿着大棍子，瞄准它们粉嘟嘟的长着胡子的脸，还有满口黄牙，不断地抽打。

那天没有商店或作坊开门，共同的恐惧像一块令人窒息的幕布一样笼罩在城市的上空。街道的主人是老鼠。人们都挤在窗门紧闭的房子里，不敢大声说话。那天，很多人都觉得在城市的街道上，在门窗的缝隙间，有冰冷的、审视的目光在徘徊。

瘟疫盯了这座城市两天。第三天，它出现了。

空荡荡的街道上不再安宁。几小时内，瘟疫就打开了毫无用处的门和窗。天空飘起了哭泣声、呻吟声、哀号声。早上第一批得了黑死病的病人已经成了第一批死者，那些给他们送水的人也病倒了，奄奄一息，深受干渴和溃疡的折磨，没有任何治愈的希望。

城门口的隔离点也没有坚持多久。人们只在逃跑中看到了活命的希望，于是他们扑向长矛和刀剑，哭喊着，祈求着，恐吓着，拆毁了隔离点。卫兵们追赶着逃亡者，于是很快，黑死病传遍了郊区、周围的大小村镇以及被遗弃的农庄，惊奇的狼群很容易就在田野里找到食物，而它们自己也在痛苦中死去，因为黑死病并没有放过这些狼。

服从于市长混乱的命令，仍然忠于职守的卫兵们走上了街头。他们裹着层层的麻布袍，拿着好像畸形鸟爪一样的弯叉，有序地挨家挨户上门，旁边有木头挡板的大马车载着大量的尸体。来来去去，越来越安静。第二天，已经没有人再去收尸了，整栋整栋的房子都已经变成一座座坟墓，等待着一只仁慈的手能从开着的窗户扔进一支火把。

Шрам
疤面人

拉什塔用厚重的烟雾来保护自己免受黑死病的侵袭。等待救治的人群日夜包围着这座神圣之灵的塔。然而拉什塔的门窗都从里面封死了，甚至连刀刃插不进去的细缝都被小心翼翼地封死了。没人知道这些烟是从哪里来的，但人们还是吸入了这些烟，盼望着刺鼻的酸涩气息能够保护他们免于死亡。

"蠢人，"卢阿扬主任痛苦地说，"真是一群愚蠢的人。他们以为只要躲起来，就能拯救自己，他们希望能抽身而出！一个固执的恶童放火烧房子，却虔诚地以为他的玩具不会被火烧到。末日……是对世界来说，但对拉什来说不是……蠢货，恶毒的蠢货。"

第一波黑死病在三天内就消停了，而幸存者认为他们是受到了祝福，也许是受到拉什的保护。死气沉沉的街道被劫匪突袭，他们抢光了邻居的酒窖，拿走了人家的传家宝，精明强干的父亲们向妻子和孩子们夸耀他们的战利品，而年轻的小伙子给幸存的女友戴上从死人手上撸下来的手镯。这些人都以为自己会长命百岁，但第二波黑死病很快便降临到了他们和他们的亲人头上。

主任禁止学生们离开学校，但他的禁令无法让所有年轻人留在象牙塔内。他们每个人都有家人或未婚妻在城里、郊区，或是某个偏远的地方。起初，学生们去找卢阿扬寻求帮助和拯救，但他把自己锁在办公室内，不愿见任何人。学生们的希望变成了困惑，然后是愤怒，最后是绝望，他们一个个都离开了大学，痛苦地抱怨着魔法师，在他们最需要帮助的时候，魔法师却避开了凡人。埃格特在听到别人骂主任抛弃学生、让他们听天由命的时候，咬紧了牙关；他很难接受卢阿扬不是全能的这个想法，但更难接受的是，他的行为看起来像背叛。

托丽雅也不轻松。父亲生平第一次要独自经历艰难的时刻，

第三部分 卢阿扬

而不是和她在一起。这个认知比所有的流行病更让她感到痛苦。埃格特对她寸步不离。像牙痛一样纠缠自己的恐惧，为自己性命担忧的习惯性恐惧如今显得十分苍白，尤其在想到他能奇迹般地遇到托丽雅、她的父亲、大学、城市以及卡瓦伦城的时候。

卡瓦伦城离得很远，卡瓦伦城可能是安全的。卡瓦伦城有时间设立警戒线，实行残酷的隔离措施，卡瓦伦城会保护好自己。但在每晚反复出现的梦境中，埃格特看到了同样的场景："高贵之剑"旅馆前的狗在嚎叫，烟雾顺着空荡荡的街道延伸，河岸边堆积如山的尸体，一扇锁着的大门，上面的徽章已经被烟尘熏黑……

主任说，如果不加以阻止，黑死病将肆虐大地。这片土地上有成百上千的卡瓦伦城。对于瘟疫来说，一个小城又算什么？哪怕它古老而又傲慢。

留在大学里的学生们像被遗弃的羊群一样挤作一团。校长杳无音讯，服务人员跑了，老师们也不在，不久前还以为自己是饱学之人的年轻人们如今变成了一个个无助的小男孩。有一天，活动礼堂里传来了真正的哀嚎声，一名坐在硬板凳上的"问道者"在痛哭，他是个乡下男孩，对他来说，第一年的学校生活已经变成了一场噩梦。其他人都眼神躲闪，不敢看同伴们那一张张苍白的脸和颤抖的嘴唇。而这时，狐狸大怒，发起火来。

从来没有人听到过他如此犀利的话语。他对在场的所有人、每个人说，他们是可鄙的懦夫，他们需要卷线轴来抹掉自己的大鼻涕，需要躲到母亲肥大的裙子下面，还需要一个便盆，以备不时之需。他在讲坛上抛出了一系列新发明的词汇，称同学们为"哭丧鬼""舔狗""无用的臭狗屎""口水箱"和"妈妈的阳痿病人"。正在哭泣的那个小伙子，在最后一声抽泣后张大了嘴巴，

Шрам
疤面人

瞬间涨红了脸,红得像女人的胭脂。

该事件以一场纵情狂欢而结束。狐狸任命自己为总管,拆封了大学地窖里多年的藏酒;他们直接就在讲堂里喝酒,唱歌,回忆"独眼蝇"酒馆的时光。狐狸放肆地笑着,组织了一个游戏,每个人都要坦陈自己的初恋经历,无一例外,没有初恋的人必须保证在第二天去弥补失去的时间;喝醉的学生们互相吵嚷着,中间夹杂着一阵阵歇斯底里的笑声。埃格特从上面看着这场狂欢,透过那扇连接大厅和图书馆的圆窗,有断断续续的声音传来:"哎,哎,哎,别说……亲爱的,别说……哎,我的灵魂在燃烧,门在吱吱响,没有上油……"

他回到托丽雅身边,给托丽雅讲狐狸过往的一些恶作剧。有些是他看到的,有些是他听说的,有些是他随口编造的。听着他故作欢快的唠叨,托丽雅起初只是淡淡地笑着,后来为了取悦他,甚至使劲儿大笑起来。

午夜过后,活动大厅里的喊叫声停止了,托丽雅睡着了。埃格特在她身边坐了一会儿,为她整理好被子,轻轻抚摸了一下她的头,然后下了楼。

学生们一个挨一个地都睡着了,有的在长椅上,有的在桌子上,有的在冰冷潮湿的地板上。狐狸不知所终,埃格特一看就知道,不知道为什么,但他的心一下子揪了起来。

盖坦也不在他的房间里,他的斗篷也没有挂在衣钩上。埃格特久久地站在大学门廊上,望着昏暗的夜色。法院大楼的窗户里亮着昏暗的灯,圆形基座上被处决的布娃娃在雨中摇曳,拉什塔哑然无声,像一座被砌得死死的墓穴,对在它脚下死去的城市漠不关心。

狐狸早上也没有回来。夜里的浓雾到了中午还没散去,反而

第三部分 卢阿扬

凝固了起来,像果冻一样黏稠、潮湿,甚至连风都被卷入其中。主任的办公室门仍然紧闭,托丽雅在图书馆的书架间徘徊,喃喃自语,回应着自己的想法,用天鹅绒布在书脊、书套、烫金边上来回擦拭。

索尔没有告诉她他要去哪里。他不想打扰她。

潮湿和恐惧使他微微颤抖,他咬紧牙关,踏入了空旷的广场。这里没有小贩,没有行人,一片寂静,房屋的灰色影子和仁慈的薄雾覆盖着这座城市,就像床单覆盖着死人的脸。

埃格特一下子意识到,自己找不到狐狸。他沿途看到了许多死尸,尽管他转移了视线,但他的眼睛还是看到了一只女人的手,手里紧紧攥着一块石头;看到了鹅卵石上的头发,还看到了一只漂亮的卫兵靴子,因被雾水打湿而闪闪发亮,仿佛在阅兵式上一般。腐烂的气味夹杂着某处飘来的烟味。他往前又走了几步,忽然抽搐了一下,因为他在凝滞的空气中闻到了熟悉的苦涩气息。

拉什塔在执行可怕的任务,持续不断地冒着烟雾。埃格特走到塔前,奇怪的是他心里毫无波澜。在拉什塔的入口处,一位穿着围裙的白发男子正在敲打着石垛说:"开门……开门……开门……"

旁边有几个人表情漠然,疲惫不堪地坐在人行道上。一个美丽的女人,帽子已经跑到了后脑勺,正茫然地抚摸怀里已经死去的小男孩。

"开门!"白发男子喊道。他的拳头已经被石头磨破,正在往人行道上滴血;旁边放着一把已经断成两半的镐头。

"祈祷吧!"有人低声说,"祈祷吧,拉什的幽灵……"

穿着围裙的白发男人在新的狂热中扑向了被砖头封住的门。

Шрам
疤面人

"开门……啊……坏蛋……棺材匠……开门……你们躲不掉的……开门……"

埃格特转过身去，踉踉跄跄地离开了。已经无法找到狐狸，他消失了，消失在了某处的瘟疫大锅里，谁也帮不了，无法去挽回，埃格特也会死。一想到这里，无理性的恐惧在他的灵魂中肆虐，但他无论是心里还是在脑子里都非常清楚地知道，托丽雅是他短暂生命中的焦点。她最后的日子里不应该有恐惧和痛苦，他，埃格特，不允许自己先死，只有确保托丽雅不再有危险，他才能够闭上眼睛。

当埃格特看到前面的人行道上躺着一具尸体时，他想尽可能绕开，但那人动了一下，索尔听到了一声微弱的碰撞声，那是铁与石头的碰撞声。那人身旁有一把剑。埃格特看到了剑鞘上的水滴，那是一把昂贵的剑，剑柄上刻有花字，还有绣着宝石的佩剑带。然后他把目光转向那人的脸。

卡尔维尔说不出话，他的胸口在剧烈颤动，呼吸着潮湿的空气，他的嘴唇干裂，眼皮红肿。一只戴着薄手套的手紧紧抓住人行道上的石头，另一只手紧握着剑柄，仿佛即使面对瘟疫，这把武器也能保护好它的主人。卡尔维尔紧紧地盯着埃格特的眼睛。

在弥漫的雾气中，从远处传来一阵断断续续的马嘶声。

卡尔维尔抽搐地叹了口气。他的嘴唇抽动了一下，埃格特听到了微弱的声音，就像碎沙撒落的声音："索尔……"

埃格特沉默着，因为无话可说。

"索尔……卡瓦伦城……卡瓦伦城现在怎么样了？"

卡尔维尔的声音里有一种微妙的恳求音调，这让埃格特瞬间想起了他童年的朋友，十二年前那个优柔寡断的薄嘴唇男孩。

"这个……这个死亡……不会波及卡瓦伦城吗？"

"当然,不会,"埃格特自信地说道,"离得很远,再说还有隔离点、巡逻队……"

卡尔维尔停顿了一下,似乎松了一口气。他把头向后仰去,遮住眼睛,微笑着低声说:"沙子……坑洞,脚印……冷……水。一起笑着……"

埃格特沉默着,以为这些随意的话是他在胡说。

卡尔维尔的视线没有转移,仿佛穿透了沉重的眼睑,古怪而茫然。"沙子……卡瓦河……还记得吗?"

索尔有一瞬间看到了洒满阳光的海岸,黄白相间,就像裹着糖衣的奶油面包,还有绿油油的小岛,一群男孩在水中嬉戏……

"你……总是往我的眼睛里扬沙子。你还记得吗?"

他努力想唤起那段记忆,但他的眼前只有湿得发亮的路面。他说的那些曾经发生过吗?是的,发生过。卡尔维尔当时并没有抱怨,而是听话地清洗了满是沙子、已是红肿的、紧闭的双眼。

"我不是故意的。"埃格特不知为何如此说道。

"是故意的。"卡尔维尔小声地反驳道。

他们沉默了很久,大雾迟迟还未散去,到处烟雾缭绕,散发着腐烂和死亡的气息。

"卡瓦伦城……"卡尔维尔轻声说,几乎听不清楚。

"它不会有事的。"埃格特回应说。

卡尔维尔期待地盯着他,试图支撑着抬起身子。"你……确定吗?"

索尔的眼前浮现闪闪发光的河面,阳光在水面上闪烁,绿色的树冠、卡瓦伦城的屋顶、塔楼、风向标……都倒映在水中,摇晃着。

知道自己在撒谎,他平静地笑道:"当然,我肯定。卡瓦伦

疤面人

城是安全的。"

卡尔维尔深吸了一口气，再次躺回人行道上，半闭着眼睛说："荣耀……归给上天……"

之后，再无一言。

雾已散去，在索尔的眼中，广场就像一个战场。这里的食物足以喂饱数以千计的乌鸦。但城里一只鸟都没有，没有谁去打扰死者，就好像这是被禁止的。

不过，也不尽然。埃格特环顾四周，从一具尸体到另一具尸体，一个年约18岁的小伙子，矮小瘦弱，肩上背着一个粗麻布袋。一般乞丐会用这样的袋子来装施舍物。埃格特猜到了这个小伙子的袋子里都装了什么。那人俯身在尸体上，灵巧地从死者身上搜走了一个钱袋，或是鼻烟盒，或是一件珠宝；但摘戒指就很麻烦，因为死者手指已经肿胀，戒指不好往下撸，小伙子嗅了嗅，警惕地瞥了一眼埃格特，但他又继续忙活起来，用事先准备好的肥皂头儿在死者手上擦来擦去。

索尔想大叫，但恐惧比愤怒和厌恶更强烈。这位掠夺者走大弯儿绕过了埃格特，时不时地往肥皂头儿上吐吐口水，但听到尖锐、刺耳的哨声之后，他蹲了下去。

埃格特僵住了，看着小伙子拼命地跑开，看到他在广场的最边上被两个高大的身影追上了，一个像是穿着白红相间制服的卫兵，另一个像是穿着件黑色衣服，衣衫不整。小伙子突然喊了一声，像兔子一样东蹿西跳，但还是落入了别人手中，他从身上扯下了布袋子，像是要付钱。埃格特不想看，但还是看了，只见那位穿着卫兵制服的人用布袋抽打着小伙儿的头，然后一声尖叫传遍了整个广场。

"不！我没……没有人想要它！没有人想要！死人不需要……哎哟！"

刺耳的尖叫声渐渐变得模糊，最后停止了。路灯上，一具干瘪的尸体在摇晃，胸前挂着一个麻布袋子。

⚔

深夜时分，狐狸回来了。那些日子里埃格特的直觉越发敏锐，像刺一样，他最先碰到了狐狸。盖坦就站在大学门口的石头台阶上，搂着木猴的肩膀；他的三角帽已经皱得不成形，滑落到了他的额头上。当然，他已经酩酊大醉。埃格特大大地松了一口气，想把他从寒冷处赶紧弄到床上去。听到索尔的脚步声，狐狸哆嗦了一下，转过身来。大门口上方的路灯照在他的脸上，盖坦很清醒，就像考试那天一样清醒，但他蜜色的眼睛此刻却是深色的，几乎是乌黑的。"索尔？"

埃格特不明白是什么让他的朋友如此害怕。他再次走上前去，伸出手说："我们走……"

盖坦往后躲了一下。他的眼神让埃格特愣住了。他们认识这么久，他从未见过他朋友如此奇怪的眼神。这是仇恨？还是蔑视？

"狐狸……"他尴尬地嘟囔着。

"不要靠近我，"盖坦低声回应道，"不要靠近我，埃格特。不要靠近我，求你了，走开。快回去。"他跟跟跄跄地退后，索尔突然意识到，清醒的盖坦勉强站着，他几乎站不住了，他就要倒下了。

他明白了，明白了狐狸的眼神意味着什么。是对即将到来的死亡的恐惧,也是害怕连累他的朋友,索尔。

"盖坦!"埃格特咬牙切齿道。而盖坦把猴子抱得更紧了。

"没事,你知道吗,法丽昨天死了。你还记得法丽吗?"

"盖坦……"

"你回去吧。我去……我慢慢走。我会走到……'独眼蝇'酒馆。如果老板还活着……他会给我倒杯酒。我赊账。"狐狸笑着说,费力地伸出手,勉强够到了猴子那光滑的屁股,拍了拍。

埃格特站在台阶上,看着他。狐狸踉踉跄跄地走了,他偶尔会摔倒,就像他曾经不止一次醉酒归来时那样。他那顶带着银色流苏的帽子就躺在木猴的脚边,像是最后的礼物。城市上空乌云密布,而广场上隐约可见烟雾缭绕、寂静无声、密不透风的拉什塔。

※

整整一个白天和一个漫长的夜晚,他们都在翻云覆雨。

当托丽雅清醒过来时,她感觉到了隐约的羞愧。她这辈子都无法想象,在她的身体里栖息着一只不知疲倦的贪婪野兽,不仅愿意撕掉她的衣服,还愿意撕掉她的皮肤。感到难为情的她犹豫了一会儿,不敢看躺在她身旁的埃格特,甚至不敢用呼吸去触摸他的皮肤,但那只火热的野兽活过来时便扭曲了她所有关于尊严和体面的想法。在激情的驱使下,她回应了索尔同样贪婪的、不知疲倦的激情。

天啊,难道每个人都会经历这个吗,但彼时的生活与托丽雅想象的大不相同,那时操控一个人的力量超乎她所有的想象,彼时很明显,是什么黑暗的东西迷惑了她的母亲……母亲?但为什么是黑暗的东西?这是幸福,这是快乐,埃格特,埃格特,即便

第三部分 卢阿扬

是一个老太婆,可能到死也不知道世界的真相……但也许这根本不是真相,而是一种妖术,一种呓语,一种欺骗?

她因呻吟而声音嘶哑,并没有擦去脸颊上滚落的泪水。她浑身松软下来,蜷缩在索尔的双臂之间,就像在一个安全又温暖的巢穴里。她闭上眼睛,懒洋洋地回忆着一些随机的画面,不时会出现一连串清晰的、确凿的真相。

真相是,她如果成为迪纳尔的妻子,她就永远不会体验到除了朋友、兄弟之外的爱。真相是,迪纳尔的死让她成了一个幸福的人,天啊,这很可怕,不可能,迪纳尔,我很对不起!托丽雅开始无泪地轻声哭泣,索尔在睡梦中将她抱得更紧。梦中,她看到迪纳尔就在旁边,像往常一样,坐在对面的椅子上。他安静,严肃。他看着托丽雅,眼里既没有责备,也没有宽恕,仿佛想说:已经发生了的事情无法挽回,不要哭,他是如此爱你……

随后关于迪纳尔的记忆便消失了,消失在了其他人群中。托丽雅想到了她的母亲,冻死在雪堆中的母亲,还有她的父亲,永远背负着愧疚感的父亲。而一个激情迸发的女人,她的过错又是什么呢?如果托丽雅的外表真像她的母亲,那她是否也继承了她的激情?

而如今,一切都无所谓了。如今他们都站在死亡的门槛上,迪纳尔已经跨过了这个门槛。此刻,她就陪在埃格特的身边,他们是两个人在一起,即使他们活不到婚礼的那一天,而她的父亲却孤身一人,一个人在他的办公室里,如果说她有害怕,那就是为父亲担心。难道她是用自己的幸福背叛了他吗?难道她是抛弃了他吗?难道……

托丽雅又哭了,索尔亲吻着她湿润的眼睛,喃喃地说着一些甜言蜜语,她根本听不清他在说什么,但这很好,此刻根本无需

Шрам
疤面人

语言……

  然后她沉沉地睡去，梦见了青山。

  山上覆盖着一层犹如羊毛般柔软的青草，它高耸入云，占据了半个天空，而另一半天空是深深的蓝色。托丽雅记得，这样的蓝是他们家窗户上油漆的颜色。山仿佛蓝天中的绿宝石，托丽雅喘着粗气，越爬越高。这座山是值得爬的，因为山顶站着她的母亲，她戴着一条耀眼的白围巾，笑着，手掌里捧着一把鲜红的草莓，那是第一茬草莓，离那个冬天还有半年，还有半年，还有时间……

  埃格特在睡梦中呻吟着重重地压到了她的肩膀，于是她醒了。

  凌晨时分，他们都睡着了，睡得很安稳，很沉，无梦，所以他们没有听到主任办公室的门，一扇从里面反锁了好几天的门，吱呀一声轻轻地打开了。烛火在黑暗的房间里燃烧殆尽，室内闷热无比，烟雾弥漫，浓稠的空气冲向了门外。桌子上、地板上和所有书架上都摆满了书，打开的、平躺着的、无助的，就像被扔到岸上的一只只水母；一只戴着锁链的老鼠标本恶狠狠地龇着牙；里面放有蜡烛头的玻璃地球仪上布满了灰尘，但铁翼伸展得依然坚定而有力，在铁翼的遮蔽下，就在主任的桌子上，先知那神圣不可侵犯的纯金护符在闪闪发光。

  主任在门口站了很久，靠在门框上。然后他直起身来，随手紧紧关上了门。

  大学的走廊对他来说很熟悉，他甚至知道拱形天花板上的每一道裂缝。他边走边听着自己的脚步声在空荡荡的走廊里回荡。

第三部分 卢阿扬

在女儿的房间前，他停了下来，脸颊紧紧贴在沉重的门上。

现在他们是幸福的。主任不需要打开门就能看到在昏暗的晨光中，他们两人躺在同一个枕头上，手臂、头发、膝盖和大腿都交织在一起，呼吸、美梦、命运都交织在一起……仿佛在这个房间里，幸福、安宁、疲惫的生命正在甜美的睡梦中，对死亡一无所知。

主任茫然地抚摸那扇门。古老的木头让他感觉很温暖，就像活物的皮肤。他又站了一会儿，最终也没有下定决心走进去，于是他离开了。

他无数次地来到大学台阶前，站在象征着智慧的铁蛇和象征着求知的木猴之间。昔日人群熙攘的广场上，如今只剩未被收走的尸体在迎接黎明。广场上耸立着那座被烟熏黑、像是咒诅的拉什塔，而主任身后的大学却沉默不语。面对拉什塔那得意洋洋的目光，他无力自卫。

如果不加以阻止，瘟疫将毁灭这片土地。卢阿扬十四岁时，正处于辉煌时期的拉尔特·列吉阿尔来到了他空荡荡的家中；卢阿扬对他了解很多，但也只是斗胆问了一个问题：您真的阻止了瘟疫吗？

几十年前，瘟疫吞噬了遥远的沿海一带的一座座城市，漂满尸体的海水溢出了海岸。卢阿扬依稀记得火舌在一动不动的人脸上奔跑，有人用手掌遮住了他的眼睛，他记得裹在脸和肩上粗麻布的重量，记得远处传来的嚎叫声，不知是狼的，还是女人的……瘟疫夺走了卢阿扬的家、父母和对过去的记忆，但那场瘟疫放过了他，像一根腐烂的绳子一样突然断掉了，饶过了他。父母双亡的他和一群孤儿一起开始流浪，直到一次仁慈的机会或是残酷的命运把他带到了奥尔兰的家。

Шрам
疤面人

　　然后他了解到，瘟疫从未主动离开。那次是一位名叫拉尔特·列吉阿尔的伟大魔法师阻止了它。

　　卢阿扬仰面看向神秘莫测的灰色天空。在他漫长的一生中，他终未取得伟大的成就。

　　他环顾四周，看了看大学，又看了看拉什塔。他习惯性地揉了揉鼻梁。天啊，他在十四岁时觉得自己多么强大，而实际上他是那么弱小。彼时的世界无比酷热，在山脚下，太阳那么火辣，就像烧得炽热的石头，奥尔兰的脸被晒得黝黑且粗糙。

　　细如碎屑的湿润白雪开始纷纷落下。

　　这座城市因恐惧而麻木、石化，所有幸存的活物都躲在深深的缝隙里，只有死人无所畏惧。卢阿扬走路时没有转移视线。一家被洗劫一空的商铺猛地关上了那扇只剩下一个合页的门；它的老板早已死去，因此对洗劫无动于衷，他就靠在门槛上，用一只已经干枯的眼睛斜视着过往的行人，而另一只眼睛那里有一堆蛆在蠕动。卢阿扬继续往前走。在一个宽阔的门口处，有个男孩正在荡秋千，一根粗绳的两端绑在门的上梁上，男孩用手抓着两根绳，忘我地在摇摆着，口里嘟囔着什么在为自己打气，时而飞入空荡荡的黑屋，时而飞到外面，掠过那个头戴黑色头巾、仰面朝天、已经死去的女人。旁边有一只兔笼子，里面有一只瘦瘦的兔子活蹦乱跳地望着一路走过的卢阿扬。小男孩顾不上，他甚至都没有朝路人的方向看上一眼。

　　离城门越近，就有越多烧毁和半烧毁的房屋出现在视野中，黑乎乎的，仿佛在哀悼。这些房子的方形窗口注视着卢阿扬。其中一个窗台上，他看到一个被熏黑的花盆，上面死去的花枝已经变得皱皱巴巴。

　　到处都弥漫着浓烟、恶臭和腐烂的味道。他跨过一具具尸体，绕过翻倒的马车、废弃家具店、大车、成堆的麻袋和动物的尸体。狭窄的运河一夜之间结了一层薄冰，一张蜡黄的、没有嘴唇的脸从冰面下望着卢阿扬。

有时，听到脚步声时，一双双活人的眼睛会从黑暗的缝隙中快速地露出来，然后还不等卢阿扬的目光与之对视，又立即都躲了回去。但死者的眼睛不会躲，而他也诚实地回望他们，不会转过头去，仿佛他既不恐惧也不厌恶。

拉尔特·列吉阿尔是一位伟大的魔法师。奥尔兰也是一位伟大的魔法师，而他卢阿扬只是一个学者，他很软弱，天啊，他是多么软弱啊……

他迷失了方向，在熟悉的街道上迷失了方向，两次回到了同一个地方。一个理发馆招牌的铁钩上一个吊死的抢劫者正在摇晃。一只插口松动的风向标在吱吱作响。

拉尔特·列吉阿尔当时把他叫到身边……当时还是小男孩的他或许应该迎接命运的挑战，可是现在他头发都白了，他已经老了，无可救药地老了……

吱呀一声，一扇门打开了。门旁边有人在移动。卢阿扬停下脚步，仔细观察了一下，然后走上前去。在冰冷的水坑里，一个男人奄奄一息，他曾经年轻力壮，如今可怕得像一具半腐烂的尸体。他扭动着身体，想要喝下融化的雪水，他大口大口地喝着，咳嗽着，瞥了一眼卢阿扬，试图再喝，干裂的嘴唇舍不得放过任何一滴来之不易的混浊雪水。

不知为什么，卢阿扬俯身向前靠近那个男人，随即被吓得躲了一下。在今天的整个路途中他第一次躲闪。瘟疫就出现在他面前，瞪大眼睛，有了脸和形状。垂死的黑死病病人被可恶的黑色手指紧攥着，抚摸着，揉搓着，就像蜘蛛在织网抓一只苍蝇。

Шрам
疤面人

卢阿扬离开了那里。每一个院子里和每一条街上，每一栋房子里都充满了瘟疫、黑色血块和挣扎中的人，每一条门缝的背后都有一双泛白的眼睛在望着，充满了疼痛、冰冷的仇恨，既冷漠又贪婪。黑色的手指抚摸着死者，摸索着扭曲的脸，伸进半开的嘴里，无耻地研究着男人和女人的身体，卢阿扬仿佛能听到衣服被扯开、皮肤被抚摸的簌簌声，空气越来越黏稠，充满了对死亡与杀戮的渴望……

他像个酒鬼一样摇摇晃晃地走到了城门前。死者成堆地躺在那里，在他们身上，瘟疫的黑色手指像草一样摇曳着。

那扇沉重的城门已经被撞开，可以看得到城门外平坦而又阴郁的道路和田野，这里或那里都有破烂的布条在风中摇曳。

卢阿扬转身面对这座城市。

天啊……奥尔兰，我的导师，帮帮我吧。拉尔特·列吉阿尔，你曾经成功过一次，我保住了你的吊坠，帮帮我吧。流浪者，无论你在哪里，无论你是谁，但如果可以，请帮帮我，你们自己看看，我是多么弱小啊。

他闭上了眼睛，然后他抬起头，举起手，看着这座城市，瘟疫的居所。

……为什么这么热？因为是正午，烈日当头，石头像糖一样白。井里传来阵阵寒意，在潮湿昏暗的深处，住着另一个小男孩，就是水镜里的那个。哦，第一口就会让他的牙齿疼痛，铁皮水桶啪的一声击落到水面，这声音加剧了他的口渴……

赐予我的力量，我命令，我召唤，我要从活人身上、从死人身上，从张开的嘴里拔出，从空洞的眼窝里、从鼻孔里，从血管里，从肌肉组织里、从骨头里、从头发里拔出……我拔出，就像

第三部分 卢阿扬

人们把根拔出，拔出钉子，拔出刺入肉中的箭，凭着赋予我的力量，我命令。

……水桶越沉越深，略微生锈的水桶逐渐盛满水，已经可以往上拉了，但辘轳如此沉重，它从未如此沉重。小男孩的双手已经麻木，不禁咬紧牙关，水桶勉强脱离了水面，水滴落下，发出清脆的响声……

我命令，我召唤，把你赶出街道，把你赶出水面，把你赶出风口，赶出家门，赶出洞口，赶出缝隙……够了。凭着赐我的权力，我要制伏你。

……随后水桶越拉越高，但力气够吗，烈日炎炎，真想喝个痛快……水桶沉沉地晃动着，水滴落下的声音越来越小……

泛白的眼睛，抚摸着死者的绵软手指。一团黑黑的在动的东西，血块。一座被掘开的小山丘。

……渴了，我想喝水，天啊，不要让我的手放开辘轳，不要让水桶跌落下去，我好累……

我要驱赶你，哪来回哪去。我把你驱赶至深渊之处，赶到地洞里，任何铁锹和他人意志都无法到达之处。我驱赶你，我封住你。地表之上再无你容身之处，你再无权力控制活人，我用自己的身体来封住你，我要做一个守护者。直到永恒。

……好烫的石头，好茂盛的青草，还有耳边响起的蝉叫声……而水，原来是甜的。像蜂蜜一样甜而浓稠，顺着下巴、胸口、腿部流下，流到了干裂的大地上……烈日当头……烈日。

⚔

傍晚时分，城里所有活着的人都开始怯生生地忙活起来，他们一边从屋子里探出头来，一边问自己，他们还会被宽限多久，

Шрам
疤面人

病人们开始好转,照料他们的护士终于流出了眼泪,一些狗也不知道从什么地方冒了出来,街道上空飞来奔赴盛宴的乌鸦拍打着翅膀,姗姗来迟。这时,埃格特和托丽雅打着主任的灯笼找到了他。

卢阿扬就躺在被掘开的小山丘之上,仿佛在用他的身体为它遮挡。埃格特看了看他的脸,没敢让托丽雅看上一眼。

第九章

第二天，霜冻又来了，必须在地面结冰之前抓紧时间。

埃格特和托丽雅把卢阿扬埋在了小山丘上，离始祖先知的墓地不远。埃格特想把金吊坠也留给他，但突然某天停止哭泣的托丽雅阻止了他。她认为，把护符留在坟墓里就是对坟墓的搅扰。他们两人一起为逝者举行了所有该有的仪式，没有人打扰他们。尽管市长，这位不知道从哪儿冒出来的幸存者，严格下令把所有瘟疫的受害者都埋在同一个地方，就是被掘开的山丘上。

托丽雅一时还无法接受父亲的离去，没办法进入父亲的办公室。埃格特进去了，在打开的书和燃尽的蜡烛中，只有主任的手稿井然有序，那是一份厚重的、内容丰富的未完成手稿，上面附有一份已完成章节、片段和大纲的清单，十分清晰，同时还附有尚未撰写章节的详细计划。没有信，没有纸条，只有手稿，就像一份遗嘱，以及先知的护符，就像一份遗产。

听完索尔的讲述，托丽雅勉强微笑着说："他……最终成了一位伟大的魔法师。对吗？在这份手稿中……如今……应该有一个章节来写他……是吗？需要……去完成……"随即，马上又说

Шрам
疤面人

道："埃格特，你发誓，你永远不会死。"

⚔

市民们并没有立即相信自己的好运。殡葬队匆匆忙忙地埋葬了死者，病人们陆续康复；损失很大，但幸存者也不少。他们仍然躲在缝隙中，提心吊胆地互相问询：这个时代怎么样了，是否已经终结？

一天过去了，没有新的受害者，然后又是一天，然后又是一天；那些已经注定死亡的人重新站了起来，整整一个星期，城里再没有一个人死亡。成堆的土被运到这座被掘开的山丘，将死人与活人隔开；在那些日子里，山丘变得更高了，葬下了数百具尸体。街道上的尸体已经被清理干净，但看起来仍是破败的样子，令人恐惧。但城市的幸存者已经猜到，瘟疫已经彻底过去了。

还没等所有死者从城市各处被转运至指定地点，城市里已经开始放起了烟花。

所有涌入街道和广场的人中，没有一个人经历过这样的节日。陌生的人们相互拥抱，抱头痛哭，为突然获赠的生命，为许多人已经放弃的甜蜜生活喜极而泣。昨日还必死的人如今仅仅陶醉于一个念头：明天会是新的一天，然后又是新的一天，春天会到来，孩子会降世……衣衫褴褛的女人们欣然地让男人们享受她们的爱，她们爱世界上的每一个人，甚至瘸子和乞丐、流浪汉和卫兵，青年人和老人。十四岁的男孩们当街变成了男人，他们的意中人欢快地笑着，随后消失在人群中。狂热的节日庆祝又导致了一些人的死亡，有人淹死在运河里，有些人被踩死在人群中；这些死亡并没有被注意到，因为在那些日子里，人们相信永生。

拉什塔漠然地望着幸存者的狂欢，它的门窗依然紧闭，也没有一丝烟雾从尖顶升起。歇斯底里的欢呼渐渐平息，随后城里谣言四起。

末日，它到底来不来？瘟疫从哪里来，为什么它会出现，为什么它又离开？门窗紧闭的拉什塔隐藏着什么？躲在塔墙之内的斗篷人为什么没有与百姓共患难？如今又会怎样？人们窃窃私语，望着拉什塔，有人胆怯，有人愤怒，因为有传言说，正是拉什的仆人们招来了灾难。甚至有人说是他们给城市带来了瘟疫，而他们自己却躲在坚固的塔墙之内。也有人说，伟大的魔法师，大学的前主任就在瘟疫结束的当天失踪，他的女儿现在把所有的死亡都归咎于斗篷人。市民们忧心忡忡，面面相觑，不相信这些传言。拉什塔并不急于推翻这些扰乱人心的谣言，而人们看向它的眼神越来越阴森。有一天，人们不听从市长的劝告，准备用撬棍和镐头进行攻击时，塔门的石头墙体被从里面打穿而倒塌。

当时，埃格特正在图书馆里，他感受到地面抖动，不禁打了个寒颤。他从窗口望去，看到围绕着塔楼的人群纷纷后移，就像被一阵风吹了出去。

在黑色的破口中，站着一个矮小的灰色身影，他一头凌乱的白发，像月亮一样。

所有的拉什战士中，只有不到一半的人还活着。死去的斗篷人尸体躺在塔前，排成长长的一排，宽松的风帽遮住了他们的脸，只露出下巴。活着的拉什仆从站着那里同样不动，风帽也同样遮住了他们的脸，轻风同样懒洋洋地拉扯着活人与死人的衣服。

埃格特听不到大师在说什么，恐惧使他无法靠近。众人静静地听着。在大师抑扬顿挫的讲话中，在最激动人心的部分，索尔的耳朵捕捉到了一个简短的词"拉什！"于是人们颤抖着，不由

Шрам
疤面人

自主地低下了头。然后大师沉默了,人群散去。顺从的人们默默无言,仿佛沉浸在大师给出的谜题中。

⚔

几个星期过去了,幸存的学生们在大学门口相遇时欢欣鼓舞,但热烈的拥抱和问候之后是尴尬的沉默;询问朋友的命运很容易得到最悲伤的消息。不过不管怎样,大学里开始热闹起来了。主任去世的消息悄悄传开,许多人听到后战战兢兢,许多人感到伤心,也因此去看望托丽雅,想分担她的痛苦。

校长大人向托丽雅表达了他的哀悼之情,她彬彬有礼地接受了。她父亲的办公室成了她的办公室,她在铁翼下花很长时间来研究卢阿扬的文件,特别是手稿。在埃格特的请求下,先知的护符被藏到了一个只有她自己知道的地方——索尔不想知道秘密。托丽雅咬着嘴唇,满足了他这一愿望。

学生们在走廊上碰到托丽雅时,会跟她打招呼,而且几乎像尊重主任一样尊重她。埃格特跟在她后面寸步不离,大家已经知道,只要丧期一过,他就会成为她的丈夫。没有人对托丽雅的选择感到惊讶,大家都默认埃格特是一个例外。

有一天,卢阿扬的继承人托丽雅将学生们召集到大礼堂。一小时后,学校成了一口沸腾的大锅,因为首次登上讲坛的托丽雅平静而简洁地向大家讲述了有关拉什什从罪行的真相。

大家越说越激动,有人呼吁上街,有人呼吁砸烂拉什塔,有人提起了狐狸:他是对的,他不喜欢斗篷人,要是他,肯定会给他们点颜色瞧瞧!校长脸色苍白,白到了他的秃顶,勉强制止了他们的暴乱。

托丽雅被叫到校长办公室,谈话持续了很长时间。埃格特看

第三部分 卢阿扬

到校长站在办公室的门口,在托丽雅身后摇着他的光头,不知所措地说:"我不认为……我的孩子,我不认为你所说的应该公之于众。再说,没有证据,而且,我不认为……请克制一下,不要过早地……不值得。就这样吧……"

校长说了又说,而托丽雅已经离开了,她的头低得很低。

"他害怕,"她在关上父亲办公室的门时痛苦地说,"他不愿意……毕竟他不相信。他认为我悲痛欲绝,疯了。而城里的人们如今都认为是拉什的仆从通过不懈的祈祷和各种仪式阻止了末日的到来。人们已经在筹款要为拉什立新碑了,怎么会这样?"

"我不明白,"埃格特无奈地说,"他们自己的人中死了那么多……他们希望得到什么?"

托丽雅苦笑道:"记得我父亲说过吗?'放火烧房子的恶童虔诚地相信,他的玩具不会被火烧到……'"

她突然停住,仿佛有一只鸟爪掐住了她的喉咙。对父亲的回忆让她难以承受。她转过身去,背对着埃格特,沉默了许久,她颤抖的手漫不经心地抚摸翻开的手稿。

埃格特忍不住想要安慰她,但此刻显然不合适。他只是默默地看着,除了心疼伤心的托丽雅,还有自己习惯性的恐惧之外,另一种感觉越来越强烈。

"托丽雅,"他终于尽可能小心翼翼地说,"我知道,我说的你可能不爱听,但我只是重复我们校长说的话:不值得……和拉什纠缠。我说完了,现在你可以骂我了……"

她慢慢地转过身,紧咬的嘴唇变成了白色,她眯起眼睛,神情让埃格特吓了一跳。

他想解释,驱使他的不仅仅是恐惧,怀念卢阿扬对他来说和托丽雅一样珍贵,他对凶手的仇恨一点也不少,但拉什教团全是疯子，会不惜一切代价；而且，与他们开战，托丽雅就要与他们刀兵相见，而对他索尔来说，世界上没有什么比她的生命更宝贵……但托丽雅沉默不语，眼里满是冷酷的责备。面对这样的眼神，索尔根本无法组织连贯的语言来表达所有不安的想法。

"我不会骂你的。"她说得如此冷漠，埃格特惊骇不已，"咒语会替你说话的……但从什么时候开始，它那懦弱的声音开始变得如此像你自己的声音了？"

停顿，漫长而痛苦的停顿。埃格特想起了托丽雅用书砸他脸的那一天。

"我对校长如此寄予厚望，"托丽雅终于说道，声音有些颤抖，"光靠学生们的支持……是不够的……虽然……"她想了想，继续说，"尽管我会获得……支持……但难道不是从你这里吗？！"

埃格特真想给她跪下，但他没有，他走过去，直视她那双冷酷的眼睛说道："你怎么想我都可以。不管你怎么想我，但这与咒语无关，没有人诅咒我让我……为你担心！而我……"他又结巴起来，尽管他有很多话想说，想到在这个充满敌意的世界里只剩下他们两个人，想到失去她将会多么可怕和荒唐。想到他不能保护自己最宝贵和最心爱的人，这让他非常痛苦。这一切都需要用语言表达出来，但他可怜的努力是徒劳的。

她转过身去，终究没有等到他开口。望着她那格外挺拔的背影，他恐惧地意识到，他们之间已经出现了裂痕，这次谈话可能会被永远记住。他明白，一定要拯救托丽雅和自己，但他依旧保持沉默，因为她是对的，因为他是一个懦夫，他不是男人，因此配不上她……

走廊里传来了脚步声，不是寻常有节奏的声音，而是异常响亮、急匆匆的脚步声；听到了校长慌乱的声音之后，埃格特惊讶地抬起头。托丽雅慢慢地转过身来,有人在敲门。起初是零星的、胆怯的,然后是猛烈的、强硬的,甚至是粗鲁的。索尔在学校里待了这么久,从未见过主任办公室的门有过如此的待遇。

托丽雅扬起眉毛,冷冷地发问:"怎么回事?"

"奉法律之名!"门后有人如此说道。随即是校长那焦急而又慌乱的声音:"先生们,这一定是误会。这里是科学的殿堂,这里不允许携带武器,先生们!"

新一轮的敲门声再次响起,门已经开始晃动,每一次的敲击都让埃格特的心想逃得更远。他咬紧牙关,默默祈祷:上天啊,帮帮我吧,至少此刻让我表现得有点尊严吧!

托丽雅轻蔑地笑了。她撩开了门上的挂钩,站到门槛上。索尔一边骂着自己,一边忍不住退到了一个黑暗的角落。在外面人看不到他的情况下,他从托丽雅的背后望去,看到了红白相间的制服,校长的秃头,看到了激动的学生人群,以及一张高颧骨的平静面孔,那是一名军官,手里攥着一根鞭子,这表明他此刻正在执行当局的意志。

"这是我父亲的办公室,"托丽雅依然冷冷地说,"不允许任何人擅闯,没有我的同意,谁都不能进来。先生们有什么事?"

那位军官举起鞭子道:"所以,您确认您是卢阿扬主任的女儿?"

"我可以重复说一千遍,一千遍我都会为此感到骄傲。"

军官点了点头,像是托丽雅的回答让他很满意:"那么在这种情况下,我们邀请女士跟我们走。"

埃格特感到冷汗已经顺着背脊流下。最可怕、最不可思议的事情只适合在噩梦中出现,可这些为什么却总是在他的现实生活中真实地发生?

Шрам
疤面人

不过，此时的托丽雅把头抬得更高，尽管这似乎已经是不可能的了，但她还是说道："你们在邀请我？你们凭什么？如果我拒绝呢？"

那位军官再次点点头，再次表示满意，似乎等的就是这样一个问题。"我们是根据法官大人的命令行事，"他晃了晃手中的鞭子以证实自己的话，"如果女士拒绝自愿跟我们走，那我们有权强制执行。"

此时埃格特多么希望托丽雅能回头看他一眼。

看一眼来寻求帮助、支持和保护，这时候要容易一些……但他从一开始就知道，她不会回头，因为不能指望来自索尔的保护，看到他那痛苦、内疚、疲惫不堪的眼神，既不会感到支持，也不会感到希望。他深知这一点，但仍然默默恳求她转身。而她本来也正要这样做，但在转到一半时愣住了。

"先生们，"校长打断道，索尔看到这位老人的头在他的细脖子上晃动着。"先生们，这……不可思议。还从来没有人在这校园之内被逮捕过……这是一座学府，这是灵魂的庇护所。先生们，你们正在亵渎神灵，我要去找市长……"

"别担心，校长大人，"托丽雅缓缓开口，像是在考虑，"我相信，误会很快就会解除，而且……"这句话没说完，她就转向军官说："好吧，我明白，即使动用暴力，你们也不会停止，先生们，我不希望在这已经被亵渎的地方出现更多的暴力。我跟你们走。"她走上前去，迅速关上了身后办公室的门，似乎希望通过这最后的一个动作来保护索尔不被发现。

门被关上了。埃格特仍旧站在那里，指甲紧紧地抠着掌心，听着走廊上皮靴敲击地面的声音、学生们激动的窃窃私语声以及校长的哭诉声渐渐远去。

第三部分 卢阿扬

　　法院楼是广场上最庞大、最拙劣的建筑。埃格特习惯性地避开那些写有"敬畏法律!"字样的铁门。在带有一个小绞刑架的黑色圆基座上，一只破布娃娃在绞索中晃动着，让他觉得既可怕又令人厌恶。

　　天下着湿雪，索尔感觉雪是烟灰色的，就像存放过久的棉絮。他那双矮帮的鞋子陷在冰冷的泥泞中，水顺着灯柱流淌了下来，灯柱对他来说像是避难所。他浑身瑟瑟发抖，跺着脚，眼巴巴地盯着紧闭的大门，最开始还愚蠢地希望大门能打开，能放托丽雅出来。

　　最初陪他一起来的那群学生逐渐散去。他们垂头丧气，郁郁寡欢，谁都不看谁一眼就散开了。进出法院的人，要么是傲慢的或是焦虑的官员，要么是手持长矛的卫兵，要么是缩着脖子的请愿者。埃格特一边向冻僵的手指哈气，一边猜想托丽雅是否被起诉了，她被指控了什么，如果连校长去找市长都没用，如今谁又会帮忙呢？

　　他在广场上度过了一个充满恐惧的漫漫长夜。只有路灯的微弱光线和法院大楼窗口透出的不祥之光。黎明来得很晚，在天色泛白的早晨，埃格特看到拉什仆从们进入铁门。

　　他们一共四人，索尔感觉他们每个人都很像法吉拉。门在他们身后关上了，埃格特站在灯柱旁抽搐，恐惧，绝望，痛苦不堪。

　　指控当然来自拉什。埃格特回忆起了很早以前法吉拉说过的话："城市法官一样会听从大师的建议。"的确，但毕竟还是拉什教团，并不是一个法庭！也许，可以向法官解释，让他睁大眼

Шрам
疤面人

睛……也许，黑死病也夺走了他的亲人，毕竟黑死病不会看官衔和职位……

一群卫兵匆匆走出了铁门，索尔似乎觉得他能认出那位逮捕托丽雅的军官。卫兵们匆匆离去，无情地用靴子践踏着雪水，弄得到处都是。埃格特责备自己太过多疑，他感觉他们这是再次赶往大学去了。如果主任还活着该有多好，如果卢阿扬主任还活着，他们就不敢……如今，托丽雅没人可以依靠，除了……

他把脸颊贴在湿冷的柱子上，等待着恐惧发作。他要路过那个被处决的布娃娃身旁，走到铁门前，跨过那道门槛……因为托丽雅已经跨过去了。

他花了很长时间说服着自己，告诉自己他将要做的这件事儿没什么好怕的，他只不过要走进去，然后出来，只是需要见到法官，说服他……法官不是拉什……而托丽雅已经在那里了，也许，他会见到她……

这一想法是具有决定意义的。他马上想起了他所有的保护仪式，他伸出一只手的手指画了个十字，另一只手攥住一颗纽扣。他走了一条迂回曲折的路线，来到了铁门前。

他绝没有勇气去抓住门把手，但不知是幸运还是不幸，门自己打开了，走出一位面无表情的抄写员。索尔别无选择，只能迈向前去，迈向未知。

未知变成了一个低矮的半圆形房间，有很多门，中间有一张光秃秃的桌子，门口有一个无聊的哨兵。哨兵并没有注意到走进来的索尔，而那个无精打采的年轻办事员，心不在焉地在桌面上转动生锈的铅笔刀，疑惑地瞟了一眼埃格特，但也没有特别关注，说道："把门关紧。"

即使没有埃格特，门也啪的一下关得很紧，就像笼子的门。

第三部分 卢阿扬

拴在门闩上的锁链发出了当啷啷的响声。

"办什么事儿?"办事员询问道。他那张睡眼惺忪、长相普通的脸让索尔稍稍放松了一些。他在如此可怕的机构里遇到的第一个男人,看起来并不比某个小店伙计更凶。埃格特鼓起勇气,死死攥紧自己的纽扣,勉强说道:"大学主任卢阿扬的……女儿……昨天被捕了……我……"他突然停下来,不知道接下来该说什么。而办事员则活跃起来问道:"名字?"

"谁的?"索尔愚蠢地又问了一遍。

"您的。"办事员似乎早已习惯了访客的愚蠢行为。

"索尔。"埃格特停顿了一下说。

办事员浑浊的眼睛开始放光,问道:"索尔?旁听生?"

惊愕于办事员的熟悉,埃格特感到有些不适,勉强点了点头。办事员用刀尖刮了刮自己的脸颊说道:"我想……等一下,索尔,我去报告一下。"办事员悄悄地从桌子后面溜了出来,钻到一个侧面的走廊里。

此刻,埃格特的感觉不是高兴,而是再次感到害怕,比以前更害怕了,连双膝都在颤抖。他的双腿不由自主地迈向门口,正在打盹的守卫眼睛动了动,他的手漫不经心地放在长矛杆上。埃格特愣住了。第二个守卫从办事员溜走的地方走出来,挑剔地看着索尔,就像一个厨师看着他从市场上带回来的肉一样。

办事员从另外一扇门望过来,向埃格特招手道:"来吧,索尔……"

埃格特像个孤儿院的孩子一样,听话地走上前去迎接他的命运。在一条黑暗的走廊里,他与几个斗篷人擦肩而过。一股曾经熟悉、如今令他作呕的呛鼻气味向他袭来。没有一位拉什仆从掀起风帽,但埃格特却感觉到了四道冷酷的目光。

Шрам
疤面人

⚔

法官一脸褶子,他那双锐利的小眼睛就陷在这一堆褶子里面。埃格特看了他一眼之后立刻低下头,盯着光滑的大理石地板,水从他湿透的鞋子上落到了地板上。法官打量着他,尽管他没有抬头,但他还是能感觉到他那深入骨髓的目光。

"我们正期待着能够早点见到您,索尔。"法官那嘶哑的声音几乎让人听不见,每一个字似乎都需要他花费很大的力气。"我们料想……被捕的卢阿扬主任的女儿是您妻子,对吗?"

埃格特不禁一颤。法官不得不等了许久才听到他的回答:"但是……我们只是要结婚……我们打算……"

低声说出这句可怜的话语之后,埃格特对自己充满了厌恶,似乎告诉法官这一事实,在某种程度上就是对托丽雅的背叛。

"这是一样的,"法官喃喃道,"公正裁判就靠你了,法庭上您将作为主要证人。"

埃格特抬起头,问道:"什么……证人?"

门外传来断断续续的说话声和靴子踩踏地板的咚咚声。办事员从门帘后面出现,快速对法官耳语了些什么。

"告诉他们,命令已经解除,"法官沙哑的声音就像蛇皮在干燥石头上摩擦的声响,"他已经在这里了。"

索尔敏锐的直觉准确无误地断定,他们是在说他。他想起了路上碰到的那些卫兵,于是舔了舔干裂到麻木的嘴唇。

"您没什么好怕的,索尔,"法官看着他笑道,"您只是一个证人,一个很有价值的证人,因为您与老巫师一家人关系密切,是这样吧?"

埃格特感到他苍白的脸颊变得又热又红。称卢阿扬先生为老

第三部分 卢阿扬

巫师无异于突破了所有无耻的底线,但恐惧吞噬了索尔的愤怒,就像沼泽吞噬了扔入的石头。

法官冷冷地说:"证人要做的就是勇敢地说出真相。您知道瘟疫让这座城市付出了怎样的代价。您知道它不是自然出现的……"

埃格特一下子紧张起来。

"瘟疫不是自然而然出现的,"法官继续低声说着,"是老巫师与其女儿用法术把它从地底下召唤出来的,而地底下正是黑暗滋生的地方。神圣的拉什幽灵预告了末日的到来,他的仆从通过不懈的祈祷和各种仪式成功阻止了攻击,并消灭了巫师。城市得救了,但多少受害者啊,索尔,多少受害者啊。您应该赞同,犯罪的同伙必须接受法律的惩罚,死者的亲属们呼吁这样做,正义本身也呼吁这样做。"

法官沙哑的嗓音在索尔听来就像待宰的畜群发出的吼声一样震耳欲聋。

"那不是真相。"他低声说道,即便某一瞬间他心里的恐惧已经麻木,"那不是真相……是拉什的仆从们掘开了瘟疫的巢穴,是他们召唤了它,而主任付出生命代价阻止了它……我看到了,我……"

就在这一刻,恐惧从休克中回过神来,嚎叫着,焦躁不安,紧紧咬住埃格特的嘴,汗水哗哗地流,使他陷入无情的颤抖之中。

法官强调:"对拉什的言语冒犯,一次且是第一次,可处以公开鞭笞……"

一片寂静,在漫长的几分钟里,埃格特想象出了鞭子、人群、刽子手及其助手的画面。他湿漉漉的后背上刺痛的疤痕自然地泛起了红光。

法官叹了口气,他的喉咙里似乎有什么东西在叫,随后像气泡一样爆裂。

"不过,我理解您的状态。您无法完全控制自己,也不能对自己的话负责,所以我会假装没有听到。可能,判决就在这几天进行,在对被告的审讯结束后。至于您,索尔,我没有理由拘留你,但控方可能会想问您一些问题。"

法官伸手去拿桌上的铃铛。还没等铃声响起,一名身材魁梧的守卫从秘密门帘后面走了出来。索尔迈开僵硬的腿,走到了被掀开的秘密门帘后面。

潮虫在潮湿的墙壁上爬跑。在墙壁上的火把的照耀下,押送人员的影子像一只巨大的夜蛾一样飞舞着。听着自己的脚步声,埃格特想着托丽雅,十分难受。

他们正在审讯她,而且还会继续审讯她。关于什么?她能告诉他们什么?她……天啊,难道他们真敢去拷问一个女人吗?

这时,在走廊的寂静中,他仿佛听到了遥远的、被压在石头下的叫声。他忍不住呻吟起来,陪同他的守卫惊讶地环顾四周。

暗门的钥匙响了一下,守卫轻轻一推就把埃格特赶了进去。狭窄、黑暗的房间看起来更像是一间牢房,埃格特确信他被直接带到了监狱。这时,送来的火把照亮了角落里的一把高脚椅和坐在椅子上的一个人。埃格特并不惊讶,甚至也不害怕。他认出了法吉拉。

守卫将火把插入铁环内,然后低头走了出去。他的脚步声在走廊上回荡了很久。法吉拉没有动,风帽被撩到了身后,埃格特觉得自从他们最后一次见面,仿佛已经过去了几十年。那之后发生了太多可怕的事,曾经年轻的熟人突然就老了。埃格特感到惊讶的是，他才发现法吉拉的真实年龄。

过了好一会儿，斗篷人叹了口气，站起身来，要把房间里唯一的一把椅子让给埃格特，说道："请坐，索尔。我看，你站着很困难。"

"我站得住。"埃格特轻声回应道。

法吉拉严肃地摇了摇头道："不，埃格特，你站不住的。你自己很清楚这一点。你的骄傲和懦弱正在把您撕成两半，但直觉告诉我，懦弱会更强大。当然，你可以一直为此痛苦，折磨自己，惩罚自己，或者你也可以坐下来，听听喜欢你的人怎么说。因为我喜欢你，埃格特。从一开始我就喜欢你。"

"您是控诉人，"埃格特对着黑暗的角落说道，并没有问，只是在确认，"您是托丽雅案子的控诉人，我应该想到的。"

"是的，"法吉拉悲伤地答道。"我是控诉人，而你将作证。"

埃格特靠在墙上站了一会，感觉身体的每一块肌肉都在接触着冰冷的石头；然后他屈膝坐下，背靠在了石头上。

"法吉拉，"他疲惫地说，"您见过……瘟疫吗？我不知道你们塔内发生了什么……但这座城市……您看到了吗？"

法吉拉在低矮的房间里走动，埃格特看到了他脚上那双做工精良的军靴，被垂到足际的斗篷遮挡。

"索尔，"法吉拉停顿了一下，"你们是不是……有人死了？"

"我的一个朋友死了，"埃格特轻声说，"还有……我的老师也死了。"

"是的，"法吉拉继续在房间里走动，"我理解……而我，索尔，我家里死了六口人：我的母亲，我的兄弟，我的姐妹，我的侄子……他们住在郊区，死在同一天。"

埃格特沉默不语。他一下子意识到，法吉拉没有说谎，斗篷人的声音变了，变得奇怪，不同寻常。

"我不知道，"他嘶哑地说，"拉什的仆从……有家庭。"

"你以为，"法吉拉苦笑着说，"拉什的仆从像梨子一样长在树上？"

房间里只有火把燃烧的噼啪声，还有法吉拉的军靴在石板上踱步的声音。

"对不起。"索尔终于开口说道。

法吉拉没有停下脚步，笑道："你当时不在塔里。当时所有的入口都被封死，甚至是暗道和老鼠洞都被封死了。可当瘟疫开始之后，甚至都没有地方存放尸体。"

"是你们自己……"埃格特悄声说，"是你们自己想要这样……"

法吉拉严厉地笑道："我们的想法不用你来评判……"

"但这是疯狂的……"

"是的，因为大师是个疯子！"法吉拉干笑道，"他是一个疯子，但是拉什教团不是大师一个人组成的……大师们会离开，教团还会在，秘密还在。"他的语气中流露出赤裸裸的讽刺，"与之相关的权力还在……"他变得严肃，"你不会明白的，索尔。你似乎不是一个贪权的人……"

"贪权的人是您。"索尔用勉强可以听得见的声音澄清道。

法吉拉点了点头道："是的，你知道谁会是下一个大师吗？"

"我知道。"埃格特低声答道，房间里又安静了下来。然后，地下某处传来铁器叮当的响声，索尔又仿佛听到远远传来模糊的叫喊。他浑身发冷，但整座法院大楼像以前一样寂静无声，也许那些可怕的声音只是索尔的病态想象而已。

"听我说，"他绝望地说道，"权力是权力……但您和我一样都知道真相。您知道瘟疫是怎么来的，是谁击退了它……我们能活着都归功于主任先生，您、我……法官……卫兵们……市长……他为此献出了自己的生命，而你们为什么还想惩罚他无辜的女儿？"

"卢阿扬比我想象的还要强大。"法吉拉停顿了一下，眯着眼睛看着火把的火焰，"确实，他是一个伟大的魔法师。"

这些话说得如此干脆，毫不犹豫。索尔一下子冲向前，说："所以您是承认的？！"

法吉拉耸了耸肩说："只有像大师那样的疯子才会想要否认。"

埃格特疲惫地攥着湿漉漉的手掌，说："看在老天的份儿上，你们究竟想指控托丽雅什么罪？"

法吉拉看着埃格特那张恳求的脸，叹了口气，在他身边的地上坐下来，背靠着墙。在地下某处，一扇铁门哐当响了一下。

"你将会回到家里，"法吉拉说，面无表情，"你有一个年迈的父亲，一个生病的母亲……在一个叫卡瓦伦的小城……"

"你们想指控托丽雅什么罪？"埃格特近乎无声地又重复了一遍。

"的确，她很美，她太美了，埃格特。她总是带来厄运。她，尽管是间接的，但她也是造成其第一任未婚夫死亡的原因，就是那位……"

"您是怎么……"

"就是那位被你所杀的人。她不像其他女人，她身上有某种……天赋，我称之为天赋，埃格特。她是一位非常独特的女性，我理解你现在的遭遇。"

"她是无辜的，"索尔在昏暗中对着法吉拉闪烁的眼睛说，

"你们想指控她什么罪?"

法吉拉转过脸,答道:"指控她参与了召唤瘟疫的巫术活动。"

墙壁没有倒塌,大地没有震动,火苗仍然盘绕在火把顶端的树脂处,角落里空扶手椅上的装饰银片在闪闪发光。

"我不明白。"埃格特无助地说,尽管他明白了一切,而且即刻就明白了。

法吉拉叹了口气说:"那么请试着明白,有些东西比单纯的生命和一时的正义更宝贵。受害者永远都是无辜的,否则她还算什么受害者?祭品永远要优于围绕祭坛的人群。"

"法吉拉,"索尔低声说,"不要这样做。"

对方面无表情地点头道:"我明白,但我没有其他选择。必须要有人为这次瘟疫担责。"

"犯人……"

"邪恶的女巫托丽雅,主任卢阿扬的女儿,是有罪的,"法吉拉平静地说,"想想看,索尔。我有能力让你成为帮凶,但你只是个证人。你知道,这些天你一直是走在悬崖边上吗?"

埃格特咬紧牙关,等待着恐惧的来袭。法吉拉用手摸了下他的膝盖,说:"但你只是一个证人,索尔。而你的证词是有分量的,因为你爱被告,但为了正义你会放弃自己的爱。"

"为了正义?"

法吉拉站了起来,墙壁上出现一道长长的黑影。他走到椅子跟前,胳膊肘支在椅背上,在火把的照耀下,索尔觉得他几乎就是个老头。

"等待她的是什么?"索尔不听话的嘴唇自己问道。

法吉拉抬起头来。"你为什么要知道她到底会怎么死呢?回

第三部分 卢阿扬

到你的卡瓦伦城去。审判结束后,你立刻走。我不认为你会那么幸运。但时间会治愈各种创伤。"

"我不会做不利于托丽雅的证言。"在恐惧捂住他的嘴之前,埃格特如此喊道。法吉拉摇了摇头,叹了口气,思索着,向埃格特点头说:"起来吧……跟我走。"

麻木的双腿已经不听使唤,埃格特在第二次尝试时才站了起来。法吉拉从斗篷深处抽出一串叮当响的钥匙。在黑暗的角落里,有另一扇低矮的铁门,门后有一个陡峭的螺旋梯通向下方。

法吉拉和索尔到达时,一个身穿肥大上衣的矮壮男子正在用一个木片剔牙,当他蹦起来迎接斗篷人时,差点吞下了自己的工具。他从法吉拉手中接过火把却不敢往前走,而埃格特则试图回忆以前在哪里见过他。当护送者讨好地为法吉拉和索尔打开一扇装有栅栏窗户的矮门时,索尔就不再努力回忆了。

这里已经点燃了两三支火把。在火把的照耀下,石头墙的四壁摆满了各种丑陋的刑具,只有恶棍才想得出来这些。

埃格特突然变得虚弱,停在了那里。法吉拉训练有素地精准搀扶住了他,紧紧抓住他的上手臂。在挂钩和架子上存放着大量未曾动过、已经生锈的刑具,都蓄势待发。钳子、钻头、用来夹脚和膝盖的夹具、针板、多尾鞭,还有其他令人作呕的器具,埃格特移开目光。刑讯室中间有一个火盆,最后的余烬在燃烧。旁边有一个三条腿的凳子和一把高背扶手椅,就和法吉拉留在空荡小房间里的那把一样。在一个小平台上,索尔看到了一张破旧的木床,带着悬挂着的镣铐。

此刻,他想起来在哪里见过那位刑讯室的矮壮主人,就在狂欢节那天,他与法官和死刑犯一起登上了脚手架,当时他手里拿着一把斧头,挥动斧头的样子就像他此刻扇动火盆里的炭火一样

Шрам
疤面人

简单而又平常。

"埃格特,"法吉拉轻声问道,仍然扶着他,"主任的那个金吊坠在哪里?"

木炭从黑色变成了深红色,刽子手会是一个出色的司炉。埃格特喘着粗气,试图说出哪怕一个字。

"还记得我问您保险箱的事吗?我们的人搜遍了主任的办公室,但什么都没找到。您知道那个吊坠现在藏在哪里吗?"

索尔沉默不语,在他被恐惧所模糊的意识中,有个想法挥之不去:亵渎……办公室……铁翼……他们亵渎了……主任先生,您在哪里……

"埃格特,"法吉拉看着他的眼睛,"我对这个问题非常感兴趣。相信我,严刑拷打下的叫喊声不会给我带来任何快乐。说,在哪里?"

"我不知道。"索尔用几乎听不到的声音说,但斗篷人看他的嘴唇便可读出他的话。他慢条斯理地、深情地把目光从埃格特身上转向刽子手,又从刽子手转向火盆,然后叹了口气,揉了揉嘴角说:"你没有撒谎,索尔。其他任何人我都不会相信,但你……可惜,你是真不知道。"法吉拉放开了他的手。"托丽雅知道,是吗?"

埃格特差点摔倒。他不知道自己在做什么,当他试图坐到木床上,又向后倒了一下。法吉拉把他轻轻地推向扶手椅,埃格特没有站住,他的后脑勺撞到了高高的椅背上。他的手死死地抓住了扶手。

刽子手疑惑地盯着法吉拉,后者疲倦地说:"等等。"

他拉起那把三条腿的凳子,在索尔面前坐下,斗篷的下摆遮住了地板。

第三部分 卢阿扬

"我重申一次,我喜欢你,埃格特。我对你没有秘密。法律对拒绝作证或作伪证的行为会进行处罚。被发现犯有此罪的人将立即受到惩罚,会被割掉说谎的舌头。给我看看钳子。"他转向刽子手说。

刽子手就像一个经验丰富的裁缝瞄了一眼埃格特,然后飞快地跑到角落里,从一堆刑具中抽出一件他认为最合适的工具。弯曲的钳嘴处泛着油光,刽子手的技艺高超,也很精准,甚至钳柄的设计也非常符合特殊需求,被磨得像两把巨大的锥子。

埃格特眯起了眼睛。

"这不管用,"法吉拉在为索尔叹息,"没用的,埃格特,你怎么像个孩子……这就是生活,而生活无常,不必闭上眼睛……好吧,没有必要,你不要看。大概后天就要开庭,有人会来照看你。需要告诉你不要逃跑吗?不需要,我看,你自己明白……如果几天后你需要钱回卡瓦伦城,我可以借给你,你以后再还我,好吗?"

埃格特试图回忆起托丽雅的笑脸,但却无法想起。

⚔

这座被黑死病折磨得伤痕累累的城市想要开始新生活。

继承者们从或远或近的地方赶来,希望得到被洗劫一空的房屋、作坊和店铺;到处充斥着争吵和纠纷。手工作坊数量大大减少,他们摒弃了世代尊崇的规则与原则,甚至允许未出徒的人加入进来。形形色色的外省人从早到晚不断涌入城门,他们大多是有野心的年轻人,渴望快点儿飞黄腾达,或发财,或与贵族结婚。贵族们也回来了,街道上又响起了马蹄声和车轮声,仆人们手中的轿子又开始摇晃起来,孩子们又出现在了街头:奶妈怀里

Шрам
疤面人

粉嘟嘟的婴儿和灰头土脸的贫民区孩子同样为终于到来的第一场白雪而欢呼。

白天,这座城市热闹非凡,但每晚都会有人哭泣,做噩梦,痛苦地回忆。那些瘟疫时期失去理智的疯子在原封未动的废墟中游荡,甚至流浪狗都同情并害怕他们。没有一个家庭是毫无损失的,所以当传令兵在寒风中声嘶力竭地宣布即将到来的审判时,整座城市都骚动起来。

一夜之间,大学里已经没有剩下一扇完好的窗户。那些不相信主任及其女儿犯下滔天罪行的市民与邻居一家大小相互小声对骂,翻来覆去地用同一句话辩护:"不可能!"大多数人都在怀疑,撇撇嘴,耸耸肩:"魔法师……谁知道他们……这些魔法师是普通人无法理解的,可瘟疫是有来头的……巫师,让他们……"

广场上有人打架,是一群学生与一群愤怒的工匠,打得彼此鲜血淋漓,最后只好靠卫兵的严厉干预才阻止了这场战斗。被打得鼻青脸肿的学生们向大学走去,身后还不断飞来石块。

还是在审判的前一天晚上,第一批观众已经来到法院门前;黎明时分,广场上人山人海,守卫们不得不用鞭子来清出一条进入大楼的道路。人们在前往法院的拉什仆从队伍面前自行分开,彼此推挤,啊呀声此起彼伏。尽管大学的窗户都被打破,但一群学生还是冲破呵斥与侮辱来到这里。四个强壮的卫兵手持长矛护送着一位身材高大、脸颊上有一道疤痕的金发男子走进法院,据说他是主要证人。

并非所有人都被允许进入大厅,但考虑到案件的重要性,法官慷慨地允许市民站在门口、走廊和台阶上。如此一来,宽敞的法庭就通过一条宽宽的人肉带与广场相连;人们通过口口相传,

第三部分 卢阿扬

就像救火的人们手递手传水,法庭上所说的一切在几分钟之内就会传遍整个广场。

听证会迟迟没有开始,一拖再拖。坐在吱吱作响的长椅上,埃格特冷眼旁观,拉什的仆从们在空空如也的法官坐椅背后面喋喋不休,办事员在削笔尖,对面的长椅上坐着的是一些惊恐的店铺老板,他们也是证人,瘟疫的证人。一切都当尊重规矩。可惜无法传唤那些尸体被埋在山丘下的遇难者,可惜无法传唤卢阿扬主任……他无法从地底下站出来,哪怕是来帮助他心爱的女儿。

埃格特转过头来,看到了大厅里有带流苏的学生帽,立马移开了目光。

两个书记员在一张长桌旁忙活着,埃格特听到一个人低声问另一个人:"你有指甲锉吗?我的指甲断了,呸……"

人群坐立不安,互相推搡着,窃窃私语,同样好奇地打量着大厅里阴森森的陈设、书记员、埃格特、卫兵、法官席、桌上那只与门口一模一样的玩具式绞刑架。被告席是空的,只是旁边的凳子上坐着一位穿着宽松上衣、其貌不扬之人;他的腿上放着一个麻布袋子,从布袋的轮廓上,埃格特很容易就看出了藏在里面的东西。

那是一把带长柄的钳子。

十分钟过去了,然后又是十分钟过去了。观众们终于兴奋地伸头,索尔看到了正在走进来的法官。陪在他身边的是一个戴风帽的人,埃格特知道那是谁。法官费力地抬脚登上铺有天鹅绒的台阶,然后重重地坐到椅子上。法吉拉就站在他身旁,没有掀开他的风帽,埃格特感觉到了他注视自己的目光。法官声音沙哑地小声说了些什么,于是办事员传他的话,就像一声响亮的回声:"带被告人上庭!"

Шрам
疤面人

　　埃格特缩起头，眼睛盯着地板上灰色的花纹。大厅里开始骚动，响起了一阵铁器的碰撞声，此刻索尔恢复了感知他人痛苦的能力。

　　尽管他没有抬头，但他的皮肤已经感觉到，托丽雅正在走进来。一连串的痛苦与绝望要靠顽强的意志来支撑。他感觉得到，她第一眼一定是在大厅里寻找他，贪婪地、充满希望地寻找他，寻找埃格特，这定格在他身上的目光会让他感觉到温暖。他意识到，她已经知道了一切，知道了法院为埃格特准备的角色，但仍为能见到他而欢欣鼓舞，仍像个孩子一样真诚地希望，希望见到她最亲爱的人……

　　于是他抬起头来。

　　审讯的日子对她来说并没有白过。当她与埃格特目光相遇时，她试图微笑一下，但她有些愧疚，因为咬伤的嘴唇已经不听使唤。她的黑发打理得异常整齐，比以往更加光滑；她红肿的眼睛依然是冷漠的。守卫扶着托丽雅坐到被告席，她厌恶地躲开守卫那双手的触碰，并再次瞥了一眼埃格特。他试图用一个微笑来回应，但他不忍心再看她，于是移开了视线，却与法吉拉的目光相遇。

　　凳子上的刽子手大声叹了口气，他的叹息声在整个大厅里回荡，因为就在这时，原告站到台上，快速掀去他的风帽，现场一片死寂。

　　埃格特能感觉到托丽雅的惊恐，当法吉拉看了一眼她时，她甚至闪躲了一下。一想到这个人曾亲手拷打她，索尔咬牙切齿，真想杀了他，但随之而来的恐惧又让一切都回到了原点。

　　法吉拉开始了他的控告演讲，从第一句话开始，埃格特就明白这个案子毫无希望，托丽雅一定会输，不会有任何赦免。

第三部分 卢阿扬

法吉拉说得简单明了，人们屏气凝神地听着，只有后排的人还在小声议论。指控者的话通过传播链传到了广场上。他的话是经过仔细权衡和反复修正的，就像珠宝商的作品一样，不容争辩。他说，主任早就打算毒害这座城市，而他的女儿当然帮了他；法吉拉提到的细节与拿出来的证据让索尔心痛不已：要么是大学里早就有了拉什教团的间谍，要么是托丽雅在酷刑下说出了父亲最隐私的生活细节。人群中充满了愤怒，埃格特感觉到正义的怒火正在通过人群传到法庭之外，广场上的人海中涌动着对报复的渴望。

托丽雅听着心都揪到了一起。埃格特能感觉到，她正在努力集中她的思想，她因被指控而颤抖，仿佛遭受了打击。看到索尔后闪现的希望正在渐渐熄灭，如同燃尽的木炭。

专注地看了一眼埃格特之后，法吉拉结束了自己的控诉，他戴上风帽，走回到法官的坐席旁。在法官的示意下，证人一个接一个地开始走上台。

第一个证人最难，是一个胖胖的商人，因为他不知道该说什么，只是词不达意地抱怨着。人们同情地听他讲述，人群中任何一个人都可以代替他说同样的话。所有在商人之后上台的证人就是这样做的，一遍一遍地重复抱怨着，妇女们哭诉着，数算着她们的损失；人群陷入了悲伤的情绪，安静了下来。

终于，名单上的瘟疫证人都说完了。人群中的一个小伙子主动冲出来想说说自己的情况，但他很快就被制止了。所有人的目光都变得严厉，阴森森的目光都集中到了被告身上，埃格特感到仇恨重创了托丽雅。他无声地呻吟着，想要冲向她，想要掩护并保护她，但他仍坐在原地。这时法官又说了点什么，而办事员又重复说，控诉人现在开始审问被告。

Шрам
疤面人

　　托丽雅站了起来,光是这一个动作就需要她无比痛苦地努力,埃格特感觉到她的每根神经、每块绷紧的肌肉都在颤抖。当她站到台上时,她瞥了一眼索尔,索尔向前移动了一下,想要在精神上支持、拥抱、安抚她。法吉拉也站到台旁,托丽雅抽搐了一下,似乎斗篷人的近距离接触让她无法忍受。

　　"卢阿扬主任是您的父亲,对吗?"法吉拉大声地质问。

　　托丽雅转过头(埃格特深知这要花费她多少力气),直视他的脸答道:"卢阿扬是我的父亲。"她的声音沙哑,但响亮而坚定。"他已经死了,但在成千上万人的记忆中,他还活着。"

　　原本寂静无声的大厅里人们开始窃窃私语。

　　法吉拉的嘴唇微微颤抖了一下,索尔觉得他仿佛就要笑了。

　　"好吧,女儿的感情是值得赞扬的,但这并不能洗刷害死数百人的罪!"

　　埃格特感觉到托丽雅在努力战胜自己的痛苦和恐惧。

　　"这些人是被你们害死的。戴着风帽的刽子手,现在你们开始为自己的受害者哭泣了?!但在瘟疫出现的那个晚上,"她转向大厅,"就在那个晚上……"

　　"不要浪费口舌。"法吉拉突然打断她,"就在那天晚上,你和你父亲把自己锁在办公室里施了法术,是或不是?"

　　埃格特意识到了她是多么害怕。法吉拉就站在她身旁,盯着她那双红肿的眼睛。托丽雅在他的逼迫下踉跄了一下。"是,不过……"

　　法吉拉动作夸张地转向法官,然后转向大厅,说:"整个晚上,主任办公室里燃烧着数百支蜡烛。你们的亲人还活着。清晨,全城的狗都叫了起来,你们的亲人虽然也都还活着,但被法术召唤来的瘟疫来了……"

第三部分 卢阿扬

"不是这样的！"托丽雅本想大喊，但她的声音失控了。她看着索尔，似乎在乞求帮助，而他看出她的希望正在慢慢消失。

"不是这样的……"回声从学生们聚集的角落里传来，人群骚动起来，以至于办事员不得不敲打桌子，而守卫们不得不举起他们的长矛。

在意外支持的鼓励下，托丽雅重新控制住了自己。埃格特清晰地感觉到，托丽雅脑海中爆发出了强烈的愿望要去反抗和控诉。

"瘟疫不是受我父亲召唤而来。是拉什教团为我们招来了死亡。你们当中有谁知道拉什教团究竟是什么吗？你们当中有谁知道他们在风帽下酝酿了怎样的计划？你们中有谁不能证明，我父亲一生中从未伤害过任何人……你们当中有谁记得，他伤害过哪怕是一条狗？不管是否借助魔法，但他为大学服务了几十年……他做了一件好事，是他把你们从瘟疫中拯救出来，是他用自己的身体掩护了我们……是他献出了自己的生命，而如今……"

托丽雅突然痛苦地摇晃了一下，酷刑在她身上留下了许多可怕的痕迹。埃格特把自己的手咬出了血。人群中发出了嗡嗡声，惊讶的人们互相重复着被告的话，把它们传到广场上，在某些人的心里，也许这些话已经让人产生了怀疑。学生们背对着背，组成了一个人肉堡垒，是保卫托丽雅的堡垒。索尔的余光注意到校长先生手捂着心脏，向出口挤过去。

法吉拉不动声色，苍白的嘴角微微上扬，轻声说："你对拉什的言语冒犯会加重你的罪责……"

再次开口说话对托丽雅来说非常艰难。"您……没有拿出一件可靠的证据来证明我父亲有罪。您所说的一切……什么都……您……既没有证据，也没有……证人。"

Шрам
疤面人

她说话的声音越来越小。人群在试图听清她的话,随后陷入了沉默。在闷热的大厅里只能听到鞋底的吱吱声和数百人憋闷的呼吸声。

法吉拉微笑着说:"有一个证人。"

托丽雅还想再说点什么,她已经抬起头,想把所有的愤怒和蔑视全部倾泻在法吉拉身上;但她停了下来,陷入了沉默。埃格特感觉到她所有的力量、所有的意志都在流逝,就像水从张开的指间流过;到这一刻还抱有的希望,帮助她战斗的希望,最后一次颤抖了一下,然后死去。沉默中,托丽雅转过头,与埃格特对视。

他独自坐在长椅上,抽搐着,注定着要背叛。托丽雅的眼里充满了忧虑的疑问,而索尔却无法回答。他们相互对视了几秒钟,他能感觉到,在她的心里既有怜悯、绝望,也有对他软弱的蔑视,随后是死亡般的疲惫。托丽雅慢慢地低下头,蜷缩着身子,拖着沉重的双腿,一言不发地回到了自己的座位上。

大厅里沉寂了几秒钟之后是迅速高涨的嗡嗡声。办事员正要敲桌子,法吉拉用一个难以察觉的动作阻止了他。一段时间里,大厅内没有任何人制止,人们自由地表达着惊讶和愤慨,以及对女巫的愤怒,因为她在无可辩驳的证据面前已经投降。

最后法吉拉打了个响指,办事员敲了敲桌面,守卫们用长矛杆敲了敲地面。人群过了一会儿才安静下来。法官说了些什么,索尔听不清。办事员大声地重复了一下,索尔身后的一名守卫紧紧抓住他的胳膊肘,把他从座位上揪起来;这时,处于呆滞中的他才听到这句话。

他环顾四周,法吉拉正从风帽下看着他,眼神既和善又充满了威严。

埃格特不记得他是怎么走上台的。

墙外，或许，太阳已经升起，两道阳光透过两扇高高的铁窗落下。他所在的角落里，情绪低落的学生们一下子都活跃起来。埃格特听到自己的名字一遍一遍地被重复着，有人激动，有人冷漠，有人小声，有人大声，或带着惊奇，或带着喜悦和希望。那些昔日曾与索尔同住一房、同坐一桌的人，那些曾与他一起听课、一起喝酒狂欢的人，那些知道他与托丽雅即将结婚的人，有权期待他诚实地说出一切。

刽子手又叹了口气，试图擦掉长袍上的黑色斑点；他袋子里的钳子发出轻微的响声，埃格特感觉到无理性的恐惧再次袭来。

托丽雅看向一旁，仍然驼着背，疲惫不堪，表情冷漠。

"这是控方的证人，"法吉拉强调道，"这个人叫埃格特·索尔，他最近是主任办公室的常客，与他女儿关系密切。因此他的证词对我们来说非常重要，就在那个不幸的夜晚，他见证了那场可恶的巫术仪式。索尔，请讲。"

整个世界出现了一种令人窒息的、反常的死寂。两扇窗户像两只空洞透明的眼睛一样盯着埃格特，他沉默不语。灰尘在光柱中飞舞，僵在长椅上的托丽雅突然抬起了头。

或许，他的痛苦和悲伤传递给了她，但就在这一刻，他突然觉得她在寻找他的目光，因为她感受到了爱人的恐惧和绝望。

他沉默不语，无力发出任何声音。法吉拉笑道："好吧，那么我来提问，您来回答。您的名字叫埃格特·索尔，是吗？"

"是。"他的嘴唇机械地答道。人群发出一声叹息。

"您大约一年前从卡瓦伦城来到这里，是吗？"

埃格特看到了塔楼和风向标倒映在春天的卡瓦河河面上，看到了被雨水冲刷过的路面，看到了盛装的孩子们骑着马，看到了

Шрам
疤面人

砰砰响的护窗板和用一只手挡住眼睛在笑的母亲……

"是。"他冷漠地回答道。

"好,这段时间您一直住在大学里,与主任及其女儿交往密切,她几乎成为您的妻子,这是真的吗?"

他终于屈服于托丽雅的无声请求,眼睛望向她。

她坐在那里,身体前倾,眼睛盯着他。埃格特能感觉到,她在捕捉到他的目光之后稍稍放松了下来,而她的脸也变得更加亲切,咬伤的嘴唇在试图微笑。即使此刻,就在他即将背叛的时刻,她依然非常高兴看到他。她急于向他倾泻出即便严刑拷打都无法使其泯灭的、几乎如母性的热烈柔情,因为他也遭受着酷刑,遭受着折磨,也许更苦、更痛,在整座城市面前,在心爱的女人面前,她理解他的感受,理解他此刻和之后面对的是什么,她都明白……

对他来说,忍受蔑视比忍受同情更容易。他向法吉拉投去充满仇恨的目光,答道:"是!"

而就在这一刻,托丽雅的目光闪烁了一下。索尔再次与之对视,他头发都竖了起来,因为他忽然恍然大悟。

他抬起颤抖的手摸向脸上的伤疤。这是唯一的一天。唯一的机会。不要弄错答案……

"瘟疫到来的前一天晚上,您在主任的办公室里,看到了那里发生的一切,这是真的吗?"

路必须走到尽头。

"是。"他第四次答道。

刽子手挠了挠鼻子,他很无聊;法吉拉露出了胜利者的微笑,问道:"是主任及其女儿通过妖术在城里招来了瘟疫,是这样吗?"

第三部分 卢阿扬

刀刃划破了他的脸颊，咒语摧毁了他的生活。那日清晨，春寒料峭，水滴从树干上滚落，仿佛为某人哀哭，而他狂妄自大……当流浪者手中的剑落在他的脸上时，他没有眯眼，有过疼痛，但即使在那一刻他也不曾恐惧……

他感觉到脸颊上的伤疤复活了，跳动着，燃烧着；他仍然用手掌按着它，他望向人群，那双没有睫毛的清澈眼睛正注视着他。

流浪者就站在墙边，在人群中，与其他人隔开。在众多好奇、兴奋、阴沉和紧张的面孔中，他那张布满垂直皱纹的脸似乎无动于衷，犹如挂在门上的锁。"当您心里首要的变成了末要的……当您对五个问题的回答皆为'是'时……"

命运正沿着预定的路线引导他。

他感到不寒而栗，因为就在这一刻，托丽雅也认出了流浪者。索尔没有转身就看到她肿胀的嘴唇慢慢地笑了，先是不确定，而后是越来越大胆，越来越开心。

她微笑着走向可怕的死亡。原来，对索尔的赦免将是对托丽雅的宣判。她知道了这一点并微笑着，因为在她的生命中，她见过始祖先知坟头的常青树，曾有过那些在壁炉旁度过的美好夜晚，还有他的誓言——为了她也要去除疤痕……

心里首要的应该成为末要的。为了她，为了履行自己的誓言，他要撒谎和背叛，并且要签署判决书。是谁打了这个死结？

天啊，他耽搁得太久了，大厅里已经开始骚动，法吉拉皱着眉头，而刽子手正饶有兴致地窥视着，漫不经心地把装钳子的袋子放到了地上。

他眯起了眼睛，他的想象根本不在乎他是否睁着眼睛，他想象出了一幅清晰到每个细节的生动画面：在刑讯室，皮带抽打他

Шрам
疤面人

的身体,其貌不扬的刽子手,穿着肥大的上衣,手里拿着一把钳子,俯身上前。埃格特紧咬住的牙齿被一把巨刀撬开,钳子越来越近,铁嘴张开,仿佛在期待着一顿美餐,索尔抽搐着试图把头转开,黑暗中的某个地方,一个平静的声音说道:"因作伪证。"埃格特感觉到他的舌头根部被冰冷的铁钳夹住……

一个人不会如此害怕。只有落入陷阱的野兽和被赶进屠宰场大门的牲畜才会如此害怕……埃格特神奇地站住了,并没有倒下。

法吉拉死死地盯着他,他的目光像一块墓碑一样压着他,在他的心里翻腾,扰乱他的想法。第五个问题已经提出……

他必须现在回答,趁着铁钳还在袋子里,趁先知先觉的流浪者还在看着……他只要回答,恐惧将不再折磨他,伤疤将不会疼痛,不会跳动,不会令人不安,它就像一个生物,像一个水蛭,多日来吸食别人的血,而现在它注定要灭亡……

"埃格特。"被告席传来几乎让人听不到的声音。也许,托丽雅并没有喊他的名字,但当他转过身来时,他意识到,她正在祝福他的这第五个"是"。

壁炉里的火,枕头上的黑发……孩子般的恐惧,还有孩子般的信任……图书馆里高高的窗户……小路上湿漉漉的鸽子……还有阳光,阳光透过窗户……手中的菜篮子,篮子里青葱的叶子,还有她手中的热面包……又是阳光。柔软温暖的地面上的脚印……手掌放在眼睛上,阳光在指间流淌……湿润的青草散发着清香,雪在发间融化……

托丽雅在座位上微微动了一下,凳子发出了轻轻的吱吱声。"埃格特……"

她是多么担心他。她多么希望这一切快点结束,多么希望他最终能说出……

他甚至不需要犹豫。他的恐惧会自己做这一切，而他的嘴唇除了神奇的第五个"是"之外，也根本无法说出其他任何词。即便他想偏离预定路线，他的声带也会拒绝工作。

"够了，索尔！"法吉拉富有深意地瞥了一眼刽子手，"我再最后重复一遍，是主任及其女儿通过妖术在城里招来了瘟疫，是这样吗？"

流浪者那张没有唇肉的嘴微微颤抖了一下。"犯错很容易，犯错会让您付出沉重的代价……一生中只有一次这样的机会，错过的人就会永远失去希望。"

此刻的大厅里承载了多少痛苦啊！托丽雅小小的身躯里承载了多少痛苦啊……还有那道疤痕有多么地疼啊！

周围寂静无声。

他抬起头，两扇窗口正望着他，就像流浪者那双冷漠的眼睛。

"不……"

恐惧在他心中咆哮。它咆哮着，嚎叫着，撕裂了他的喉咙，麻痹了他的舌头，像一头狂暴的怪兽一样在嚎叫着，翻腾着。这只怪兽正是早就栖息在索尔内心中那种可以吞噬一切的巨大恐惧。

"不是。"

这个词从他嘴里脱口而出，他疲惫地闭上了眼睛，良心安宁，他宁愿遭受恐惧的折磨。

在充满寂静的大厅里，这个词听起来像火药塔的爆炸声。

在某处，学生们胜利地尖叫起来；在某处，人群开始七嘴八舌。法吉拉猛然扔出了什么东西，而坐在座位上发愣的托丽雅惊恐不已，恐惧的是，如今索尔身上的魔咒将永远存在。不可打破。他自己也意识到了这一点，不禁打了个寒颤，双手伸向嘴边，似乎想要把刚刚从嘴里吐出的话塞回去，但他松了口气，一言既出驷马难追，就让恐惧把他掀翻吧。他踉跄着退后，看着大厅，看着流浪者，那眼神近乎是在挑战。

在兴奋的人群中，只有流浪者无动于衷，他允许自己笑了一下。

埃格特眼前的世界摇晃着，飘浮起来，褪色了，仿佛被烧毁了。有那么一瞬间，他感受到了最彻底的安宁，他想闭上眼睛，享受这不似真实的静谧。但随后，世界又回来了，被人群的嗡嗡声和卫兵的叫喊声所淹没，色彩又回来了，埃格特一生中从未见过如此鲜艳的色彩。

这些人都是谁？那个把脸藏在风帽下的人是谁？他们怎么胆敢扣留……托丽雅？

脚下的台子震动了一下，埃格特意识到自己已经在逃跑了，穿红白相间制服的卫兵吓得作鸟兽散，用长矛保护着自己。刽子手的板凳像一只死老鼠一般笨拙地栽倒在一边，而铁钳从袋子里掉了出来。

埃格特觉得自己正在缓慢移动，就像一只被困在蜂蜜中的苍蝇；一张张扭曲的面孔在他的视野边缘闪过，一声声喊叫在他的耳畔飘过，有人喊"抓住他"，有人喊着"不要碰"……学生们大叫着，办事员在敲打桌子，而托丽雅那张苍白的脸越来越近，越来越近的还有她那双眼睛，她的眼睛瞪得大大的，连睫毛都碰到了眼皮，还有她那没有光泽的瞳孔，半张着的嘴唇干裂而肿胀。他一直在跑，脚下的地板在震动，有人想挡住路，却被撞飞了。埃格特奔跑着，血顺着他的脸颊、嘴唇、下巴流到了他的衬衫上，因为现在他脸颊的疤痕处有一条裂开的伤口。

然后他的脚被人故意用剑鞘绊了一下，托丽雅的脸离开了他的视线。他摔倒了，摔破了胳膊肘；台角在他眼前闪过，然后是高高的、黑暗的天花板，一个响亮的声音从上面传来："这是对作伪证的惩罚！"

太阳穴处是青紫的，苍白的嘴唇在抽搐，嘴角处有一道黑色的裂口……这是那个人的脸。那个曾经拷打过托丽雅的人。法吉拉手里拿着一把短剑，这是卫兵的武器，剑尖直指索尔的肚子。

托丽雅。他能感觉到，她因无法忍受的恐惧而变得更加虚弱，刽子手用力地紧紧抓住她，他眼睛里黑红色的雾变得更浓。

一个跳跃。一个翻转。他的身体已经两年没有战斗过了，他本以为自己的身体会不听使唤，但他感受到的却是肌肉的狂喜，就像狗被解开锁链后的喜悦。

托丽雅在别人的手里挣扎。谁敢碰她？

他出手了，几乎看都没看，跑过来的守卫弯下腰，剑本来要从他的手上掉下来，但却没有，因为埃格特抓住了沉重的剑柄。一把短剑，一件不熟悉的武器，但他的手自己举了起来，埃格特惊讶地听到金属与金属的碰撞声，看到了四溅的火花，看到了自己面前法吉拉那双充满暴怒和疯狂的眼睛。

托丽雅在挣扎，她就在他的旁边。埃格特能感觉到抓着她的手粗暴地触痛了酷刑留下的伤口，而她几乎不在意疼痛，只是流露出对埃格特的担心。

两把剑再次交叉在一起。法吉拉半张着嘴，再次举起武器，而埃格特恨透了这个挡在他和托丽雅之间的障碍，迅猛地发起了反击。

他好像在呼喊着什么。好像有一个穿灰色斗篷的人欲从背后

Шрам
疤面人

偷袭，托丽雅吓呆了，于是下一秒，一个血淋淋的东西重重地落到了地上，那是一只攥着匕首的手。绞刑架模型从法官的桌子上掉了下来，那只被处决的布娃娃多年来第一次从绞索中掉了出来。片刻过去，法吉拉的剑飞进了尖叫的人群中，法吉拉本人也踉跄着跌倒了。有那么一瞬间，索尔低头看了看他那已经泛白的眼睛。

"埃格特！"

别人的脏手毫不留情地把她拖走。索尔怒吼一声，说时迟那时快，他从无名守卫那里夺来的短剑已经飞了过去。

一个城市刽子手的生命，一个平淡无奇的生命，瞬间就被斩断。他背上露出的刀柄晃动了一下之后，这个可怜人就倒在了地上，就倒在了自己不久以前的受害者脚下。托丽雅吓得躲闪了一下，埃格特与她的目光相遇。

为什么她要经历这些？鲜血，恐怖……为什么？可怜的姑娘……

他又跑了起来，她也迎面奔向他；他向她伸出手臂时，发现她看向了他的身后。他转过身，非常及时，因为嘴已经变形的法吉拉正龇着牙，举着匕首，准备偷袭。

不，托丽雅。不要害怕。永远不要害怕。

他成功地抵御了第一次进攻。这位剑术老师……是多么的顽强和命大啊。

第二次，匕首几乎划伤了埃格特的手臂。

武器！天啊，请给我一把剑吧，哪怕一把菜刀……

他绊了一下，又勉强站住了，绝不能让匕首碰到托丽雅，只要划一下就完了，刀尖上的毒液足以……钳子在他的脚下叮当响。他立马捡起，感受到了它的重量，迅速举起，挡在面前防卫。也就在那一刻，法吉拉向他发起了最愤怒、最疯狂的进攻。

埃格特不想让托丽雅看到这些。他退了一步，抓住她的肩膀，用手掌遮住了她的眼睛。

法吉拉仍然立在那里，钳子从他的胸口里露了出来，张开的铁嘴无力地威胁着埃格特，而背部，埃格特知道，露在外面的是血淋淋的手柄。斗篷人的死状恐怖非常，索尔把托丽雅拉到自己怀里，小心翼翼地避开那些疼痛的伤疤。

她的半张脸都被他的手掌遮掩着，似乎很神秘，就像在面具下一样。她的嘴唇颤抖着，似乎要笑，她的睫毛挠着他的手掌，不知为何，他想起了蜻蜓翅膀的触感。

或许，时间的流逝本身发生了变化；他抬起手，怯生生地摸向他的脸颊，他的手指惊讶地抚摸着自己的脸颊，但终究也没有找到那道熟悉的疤痕。

大厅里发生了不可思议的事情。学生们加入了战斗，他们掀去了斗篷人头上的帽子。有人大声咒骂，有人拿起了武器。观众成群结队地从街上涌入，扫除了来路的一切，践踏了路上碰到的拉什仆从们，大张旗鼓地捣毁了法院大厅。

埃格特听不见了。人群的叫喊声起初越来越远，然后完全消失了。也许埃格特已经聋了，他的视力也奇怪地变了，他望向混乱的人群，只看见一位满脸皱纹的高大老人。

流浪者慢慢地转过身来，走向出口，像刀子划过水面一样分开人群。埃格特目送着他，他在门口处微微转身，似乎在告别，于是埃格特看到了那双清澈透明的大眼睛。

春天来了。

Шрам
疤面人

　　爬上山的过程很艰难，因为托丽雅很虚弱，她的伤口还没有愈合。他背着她，坚实地踩在被水冲刷过的黏土上，而他的脚从未滑过。

　　山顶上有一座坟墓，像是被一只手掌、一只展开的铁翼覆盖着。他们低着头站着，在他们的头顶，蓝蓝的天空中白云在变换着形状。埃格特和托丽雅不需要谈起这个在翅膀下永远安息的人，不用说，他也与他们在一起。

　　他们相互依偎地站着，就像在那个漫长的冬日里一样，只是他们成对的影子不是躺在闪闪发光的雪地上，而是躺在湿润的黑土地上，上面长满了第一茬小草。埃格特张开鼻孔，呼吸着青草的芬芳。不过他分不清他是闻到了托丽雅的味道，还是山坡上的花散发出来的香气。

　　在她紧握的拳头里，一枚闪闪发亮的金吊坠挂在一条链子上，似乎托丽雅想要向父亲展示，他的遗产完好无损。

　　下面远处是一条涨满水的黑色河流。从城门开始就是一条马路，空荡荡的马路上只有一个黑点，正在缓缓地走向地平线。此刻无需多言，不必再谈论这位正在离开的人，因为他俩早已记住了他，所以他们只是默默地盯着流浪者要去的远方。

⚔

　　世界被地平线切分，所有的道路都通向远方，像老鼠一样在脚下散开，很难知道你是即将上路还是已经归来。

　　世界由众路之母守护着，她会关心忠实的旅者，减轻他的孤独。路上的灰尘会落于风衣的下摆，星座的灰尘会落于夜空的天幕，风会在黎明时分拂过云层，同样也会拂过挂着晾晒的床单。

　　如果灵魂已被太阳晒枯，并非不幸；大火将其摧毁，才更可怕。如果你不知往何处去,并非不幸;想走已无路可走,才更不幸。踏上考验之路的人即便走到尽头,也不会离开。

因为路没有尽头。